I0689629

DE CHOSES

ET D'AUTRES.

VINGT-QUATRE PAMPHLETS,

Par C. Tillier.

NEVERS,

IMPRIMERIE DE C. SIONEST.

1843

COMMENT L'ASSOCIATION PEUT ÊTRE REMPLACÉE.

Premier Pamphlet.

Décidément l'*Association* est morte ! On l'a laissée mourir de faim, l'infortunée ! Il ne reste plus qu'à écrire sur sa tombe comme on écrit sur celle de tous les trépassés, pour peu qu'ils aient de neveux : elle fut bonne citoyenne, elle laisse des amis inconsolables !

Cependant une fin si déplorable n'a pu désarmer la colère de ses ennemis ; ils disent d'elle, les infâmes qu'ils sont, les choses les plus propres à offenser l'honneur et la délicatesse de son ombre. Ainsi un certain *E* flanqué d'un certain *G*, s'est permis d'affirmer qu'il y avait eu lutte entre notre défunte amie et l'*Echo de la Nièvre*.

Ô *E* impie ! ô misérable *G* ! soyez maudits entre toutes les lettres de l'alphabet ! que **M.** Pierquin de Gemblou, le terrible Pierquin de Gemblou, bâtisse sur vos têtes avec sa plume un gros traité en pierre de taille comme il l'a déjà fait à l'égard del'**Y.**

Quoi ! il y aurait eu lutte entre l'*Association* et l'*Écho de la Nièvre*.

Où l'auteur des spirituelles initiales que je viens de signaler au mépris des honnêtes gens, a-t-il donc pris cette malencontreuse idée? l'a-t-il traduite du hollandais? l'a-t-il exhumée de quelque bouquin de la bibliothèque royale? ou bien aurait-il eu la mauvaise fortune de la rencontrer en allant à la recherche du bonheur. Ce monsieur n'a donc pas un ami lettré qui revise ses articles; ne sait-il donc point la différence qu'il y a entre une lutte et une déconfiture; ne se souvient-il donc plus de cette grande huée que l'*Association* a soulevée contre les homélies de sa gazette épiscopale; ne comprend-il donc pas que dans l'histoire de ces prétendues luttes dont il ajourne le récit en 1850, le titre de vaincu serait encore trop honorable pour l'*Echo de la Nièvre*; les seules dépouilles opimes que son héros ait remportées sur l'*Association*, c'est son vieux drapeau qu'il a bravement acheté à l'encan pour la somme de 5 francs. Vous voyez que l'*Echo de la Nièvre* achète à bon marché ses triomphes. Moi, dont l'*Association* était un peu la chair de ma chair et l'os de mes os, l'imputation que lui adresse le compère de l'*Echo*, m'a profondément affligé. J'ai passé sous la châsse de Ste-Flavie, et je lui ai demandé ou l'humilité de M. Dufètre, pour supporter cette mortification, ou le sublime courage de **M.** Avril pour la traduire devant la jurisprudence Bourdeau ; mais hélas elle ne m'a pas exaucé, Dieu ne m'a rien envoyé que le paragraphe que vous venez de lire.

Le fait est que l'*Association* a laissé un vide dans le département ; ceux qui criaient le plus haut contre ses prétendues violences, sont les premiers à s'affliger de sa disparution ; car ainsi va le monde, c'est toujours quand les gens ne sont plus qu'on les regrette. Hélas j'en sais quelque chose moi, des regrets que la défunte laisse après elle ; je pourrais dire comme disait Énée á Didon, en lui racontant le siège de Troie : j'en suis le témoin et la victime ! Vous êtes bien heureux vous qui n'avez été ni parent ni ami de l'*Association*, quand on vous rencontre on vous demande comment vous vous portez, comment se portent votre femme et vos enfans, et cela ne laisse pas que de flatter votre amour-propre d'homme et de père de famille. Mais moi quand on m'aborde, on me demande, sans même se donner le temps de m'ôter son chapeau ; et votre journal, quand reparaîtra-t-il ? quand aurons-nous un journal ? je suis obligé de leur répondre ce que disait un philosophe grec à Périclès : monsieur, quand on veut qu'une lampe éclaire, il faut avoir soin d'y mettre de l'huile.

Le département se passe très-bien de journal, me dit quelqu'un ; un département qui fume a assez de la feuille de préfecture pour allumer son cigare. Pardon, Monsieur, c'est se passe très-mal, qu'il faut dire. O rentiers, heureux volatiles qui pouvez bâtir votre nid partout où il vous convient, si j'avais vos ailes dorées, je ne voudrais point m'arrêter dans un département qui n'aurait point de journal ; j'aurais toujours peur qu'un mandat d'amener ne vint me saisir au moment où je vais me mettre à table, ou bien que quand je prends le frais à ma porte, un bon gendarme ne vint me demander mes papiers, ou encore que quelque perfide délateur ne me fît délivrer la croix d'honneur à mon insu.

Un journal est utile à tout le monde, aux grands comme aux petits, aux forts comme aux faibles. En vain certains grands seigneurs du régime actuel auxquels la presse a fait leur réputation, affectent pour ses criailleries un superbe dédain. Il n'est personne, si hautes que soient ses échasses, qui puisse dire qu'il n'aura jamais besoin que le journal lui vienne en aide ; car le fort et l'oppresseur de la veille est souvent le faible et l'opprimé du lendemain. Le journal est utile aux citoyens, non seulement par ce qu'il dit , mais encore par ce qu'il peut dire. L'arbitraire est un poltron hargneux, le titre seul d'un journal le fait reculer, comme avec un pistolet non chargé vous faites quelquefois reculer un voleur. Prenez une feuille de papier , badigeonnez-là d'un peu de politique , et comme ces crânes de régiment qui se font appeler bras-de-fer, sans-quartier , mange-monde , brise-montagne , appelez-vous *le Patriote* , *l'Impartial* , *l'Indépendant* , vous ferez une peur terrible à l'administration , vous ne l'empêcherez pas de toucher ses appointemens , mais vous troublerez sa digestion , vous lui ferez faire de mauvais rêves, et du diable, si en votre présence, elle s'avise de maltraiter qui que ce soit.

Et vous, qui dites matin et soir , mon Dieu délivrez-nous du journal ! mon Dieu , paralysez la main qui écrit contre nous ! mon Dieu , faites que cet homme n'ait plus de quoi acheter un paquet de plumes et une bouteille d'encre de la petite vertu ! Craignez que Dieu dans sa colère n'exauce vos imprudentes litanies. Le journal vous défend contre vos propres excès, c'est pour vous un garde-fou salutaire qui s'oppose à ce que vous vous précipitiez dans le ridicule et dans l'absurde.

Ainsi, pour n'en citer qu'un exemple, un respectable prélat s'est promené pendant une huitaine, la crosse à la main, dans son diocèse; bien que ses très-chers frères, sur la parole de l'*Echo de la Nièvre*, attendissent de lui des miracles, ses journées n'ont été marquées que par de longs et bons dîners. Or, à son retour, cet homme, trois fois saint et trois fois vénérable, monte en chaire et nous dit avec son éloquence abondante et facile : « Non, mes très-chers frè- » res, ce n'est point une tournée épiscopale que » j'ai faite, c'est une course triomphale que j'ai » fournie ! » Je ne suis pas, moi, et je vous en remercie, ô mon Dieu, de ces frondeurs impies qui trouvent que le langage tenu par monseigneur est peu convenable dans la bouche d'un prélat envoyé de Dieu pour nous enseigner l'humilité et les autres vertus chrétiennes, que dans cette occasion monseigneur ressemble un peu à ces empiriques nomades qui ont toujours la bouche pleine

des succès qu'ils viennent d'obtenir. Je trouve,
que quand on a triomphé pendant huit jours de
suite, il est bien naturel d'en faire part aux
populations parmi lesquelles on a triomphé, et
même de leur donner avis par l'*Écho de la Nièvre*,
afin qu'elles n'en ignorent, qu'on les a converties.
Mais enfin, il n'est dans l'évangile rien qui ressemble au langage de M. Dufêtre. Jésus-Christ
ne proclamait point à Jérusalem qu'il avait triomphé à Samarie ! Il s'est même avancé jusqu'à dire :
quiconque s'élève sera abaissé, quiconque s'a-
baisse sera élevé; il n'y a pas que je sache d'exception pour les évêques. Assurément M. Dufêtre
sait mieux que Jésus-Christ, comment un chrétien
doit se conduire, mais comme c'est au goût de
Jésus-Christ qu'il faut faire, parce que c'est lui
seul qui absout ou qui condamne, qui punit ou
qui récompense, je crains fort que M. Dufêtré n'ait
un peu reculé dans ses bonnes grâces, et que les
articles de l'*Echo de la Nièvre* ne suffisent point
pour le remettre bien en cour céleste. Or, j'ose affirmer que si l'*Association* eut vécu, M. Dufêtre eut
craint de nous parler de sa huitaine triomphale.
L'*Association* lui eut donc rendu un service que
son ange gardien n'a pu lui rendre.

Je vous ai déduit de mon mieux les avantages qui résultent pour tout le monde de la publication d'un journal ; et vous conviendrez qu'il valait autant vous parler de cela que d'autre chose ; mais gardez-vous d'aller conclure de là que je veux vous faire un journal. Un journal coûte fort cher, et n'en fait pas qui veut. Nous avons la petite vanité, nous autres français, de nous croire le peuple le plus civilisé du monde, et cependant chez nous l'homme pauvre, fut-il plein des vérités les plus utiles et les meilleures à dire, n'est qu'une boîte fermée : il faut que ses idées meurent étouffées sous l'épais couvercle de nos lois fiscales, que sa lampe s'use lentement sous le boisseau. On nous dit que la presse est la plus grande puissance des temps modernes, cela peut être vrai, mais cette majesté qui porte une plume pour sceptre, et dont le doigt est tout noir d'encre, voyez un peu comme la liberté donnant le bras à l'ordre public la traite : il faut qu'elle écrive sur du papier timbré comme un huissier et un garde-champêtre.

Grace aux amabilités du régime constitutionnel, le journalisme est non seulement le plus dangereux de tous les métiers, mais encore celui sur lequel l'impôt pèse de la manière la plus oppressive. Un petit journal paie son existence plus cher au gouvernement qu'une grosse usine. Ainsi l'*Association*, pendant la dernière année qu'elle a vécu, a rapporté au fisc environ deux mille cinq cents francs ; et un journal quotidien qui aurait dix mille abonnés ne verserait pas au trésor, pour droit de timbre et de poste, moins de 220,000 francs. Vous voyez que l'état s'approprie au moins les neuf-dixièmes des rudes labeurs du journalisme. S'il rendait aux journalistes ruinés tout l'argent qu'il a reçu d'eux, les malheureux auraient de quoi rouler carosse.

Ajoutez à cela qu'un journal est astreint à un cautionnement comme un percepteur. Or, à quoi bon un cautionnement pour un journal ? Est-ce qu'il a entre les mains, des deniers appartenant à l'état ! est-ce qu'il peut vous emporter un centime. C'est, dites-vous, pour répondre des amendes qu'il peut encourir ; mais alors pourquoi ne pas soumettre tous les citoyens à un cautionnement, puisqu'ils sont tous susceptibles d'encourir des amendes ? pourquoi même ne pas mettre le gérant d'un journal sous la surveillance de la haute-police, afin qu'on puisse toujours s'assurer de sa personne, quand il sera besoin de l'envoyer en prison.

Si encore vous pouviez faire en sorte que vos écus vous revinssent intacts et sans avoir été échancrés par les dures molaires du fisc, mais le parquet est là, les griffes tirées, qui guette votre cautionnement comme un chat guette sa souris. Dites un mot de trop, effleurez d'une épigramme l'inviolable dynastie, et vous êtes ruinés, et non seulement vous êtes ruinés, mais encore soumis aux rigueurs de la détention la plus rude. N'est-ce pas que c'est un pays bien civilisé que celui où on est puni plus sévèrement pour avoir eu de l'esprit qu'un banqueroutier pour avoir ruiné vingt familles.

Si toutefois à force de précautions oratoires et de réticences vous échappez à la cour d'assises, vous tombez nécessairement dans les filets de la jurisprudence Bourdeau ; vous ne pouvez vivre qu'à la condition d'attaquer les actes des fontionnaires, mais osez discuter le moindre fonctionnaire qui aime les bonnes œuvres, et vous saurez ce qu'il vous en coûtera. Souvent une réputation qui ne vaut pas une vieille pièce de trente sous effacée , on vous l'estimera dix mille francs. Vous aurez beau dire par l'organe de votre avocat que cette réputation était détériorée, les juges ne vous écouteront pas. Ces sortes de réputations, quand on les insulte, et les carreaux de vitres fêlés quand on les casse, c'est la même chose : cela se paie toujours comme du neuf.

Or , allez donc faire un journal de l'opposition dans un pareil monde. Vous vous étonnez quelquefois que malgré la guerre d'extermination que les chasseurs font aux lièvres , il existe encore un assez bon nombre de ces estimables rongeurs. Étonnez-vous donc plutôt qu'il existe encore des journaux de l'opposition malgré la guerre que leur fait le régime actuel. Toutefois, si j'étais quelque peu riche, ces considérations ne m'arrêteraient pas; d'abord si la prison que le conseil général nous a votée s'exécute , ce sera un plaisir d'aller en prison ; ensuite, autant dépenser son argent en timbre et en amendes , qu'en champagne drogué et en maîtresses frélatées ; mais malheureusement pour vous et surtout pour moi , je suis pauvre entre ceux qui sont très pauvres ; si par un effort désespéré , je parvenais à faire le cautionnement du journal , je ne pourrais plus payer mes frais d'impression ; or , à quoi sert de se donner bien de la peine à fondre la cloche, quand on n'a pas de quoi faire le battant.

Nous avions prié nos amis de nous assister d'un millier de toutes petites actions pour faire notre cautionnement, mais les uns ne sont pas riches et les autres ne sont pas prêteurs , la plupart d'entre eux n'ayant pas répondu à notre appel, j'avais eu l'idée de m'adresser à nos ennemis , je leur aurais dit les prenant par les sentimens:

Vous, monseigneur , vous aimez beaucoup les reliques , et bien , vous habillerez de velours et vous coifferez de longues tresses blondes tous les vieux os qui sont dans les catacombes , vous leur ferez guérir la cataracte , les douleurs de dents , et les cors aux pieds , toutes les maladies enfin qu'il vous conviendra , et je n'éleverai pas la moindre objection contre l'authenticité de vos miracles , vous en serez quitte pour la bagatelle de mille écus , dont je suis prêt à vous donner quittance ; il faudrait que la fabrique n'eut pas mille écus dans la caisse pour que vous refusiez des offres aussi avantageuses ; vous pouvez même prendre un abonnement pour toutes les petites peccadilles qui échappent dans l'année à votre clergé ; si vous mettez cette pieuse idée à exécution, vous serez étonné de la douceur de mes prix.

Vous, honorable **M**. Avril, vous êtes un grand homme, vous ne pouvez dire le contraire. Vous êtes jurisconsulte, vous êtes publiciste, vous êtes poète, vous êtes philosophe, vous seriez théologien si on vous en priait ; il serait en un mot plus court de dire tous ce que vous n'êtes pas, que tout ce que vous êtes. En votre qualité de fabricant de fer laminé, vous vous connaissez en charrues, en bœufs, en moutons, en chevaux, en domestiques fidèles à leurs maîtres, et c'est par vos mains que ces lauréats de diverses espèces sont couronnés ; vous labourez très-bien avec le bec de votre plume ; ce serait un magnifique spectacle de vous voir avec **M**. Dupin aîné, autre laboureur de comice, vous courbé sur la charrue, et lui pressant les bœufs de l'aiguillon, quels beaux chiffons de papier vous feriez pousser dans vos sillons.

Vous comprenez que chacun de vos mérites est justiciable d'un écrivain qui tient à faire rire ses lecteurs. Si vous les payiez ce qu'ils valent, vous n'en seriez pas quitte pour dix mille francs, rien que Bras-de-Fer vaut cette somme; mais je veux vous traiter en ennemi généréux ; ce qui est passé est passé, et je ne vous en demande rien. Cependant vous avez fait dernièrement un traité dans lequel vous avez très-bien prouvé que la mendicité devait être abolie, vous n'y avez oublié qu'une chose, c'était d'indiquer les moyens qu'il faut prendre pour l'abolir ; d'un autre côté, un apothicaire de mes amis a fait un très-beau mémoire sur les chenilles. Ce savant homme y prouve très-bien, que ces vilains animaux doivent être détruits, mais il se tait sur les moyens de les détruire, eh bien, donnez-moi les mille écus que vous avez reçus de l'*Association* pour faire de bonnes œuvres, et je ne vous comparerai pas à cet homme; je vous donne dix minutes pour réfléchir. considérez d'ailleurs que de cette façon, les bonnes œuvres que vous avez faites avec notre argent vous appartiendront en propre, et quand vous serez amené devant Dieu, St-Yves lui-même ne pourra vous en contester la propriété.

L'aristocratie de Clamecy, de Clamecy champ

fécond en épis, mais où croît une poignée de grands imbéciles de pavots , qui veulent absolument élever leur tête rouge et inodore par dessus les blés , eut aussi figuré sur mon registre , mais je lui aurais fait une déduction raisonnable , attendu que M. Paillet n'est plus conseiller , et qu'il semble vouloir renoncer à la société de sa canne ; mais ces velléité de paix et de conciliation , ma férocité naturelle les a surmontées. Selon aucuns, je suis une bête féroce , tout ce qui me distingue de la race féline , c'est ma pipe et mon palletot ; or une bête féroce ne vend pas sa proie , surtout quand elle est grasse comme celle que je tiens sous ma griffe.

Et pourtant ce sillon que l'*Association* a commencé, il faut qu'il se continue ; il reste devant nous de grands espaces en friche à féconder , quand je n'y ferais croître qu'un épi, je ne croirais pas avoir perdu ma peine, je me suis fait l'ouvrier du peuple , et tant qu'il me battra un peu de sang dans les veines, je n'abandonnerai point ma tâche. Et remarquez–le bien , car je ne veux point me donner auprès de vous un mérite que je n'ai pas, c'est moins un acte de conscience que j'accomplis , qu'une jouissance que je me donne. J'obéis à un instinct puissant, semblable à celui qui pousse le chien contre la bête

carnassière des forêts ; je suis né faible et souffre-
teux dans le camp des pauvres , et aussitôt que
mon cerveau à pu produire quelques pensées, aussitôt que ma plume a su écrire quelques lignes,
j'ai protesté contre la domination triviale du riche.
Je n'étais qu'un petit moucheron , et c'est précisément contre le plus gros animal du système, contre
le roi de Clamecy, M. Dupin aîné, que j'ai essayé
mon aiguillon, je n'ai pas la prétention de lui avoir
fait beaucoup de mal ; mais du moins j'ai mêlé,
aux acclamations que tout un peuple de flatteurs lui
envoyait, un bourdonnement désapprobateur qui a
été entendu. Lui, l'énorme mamout, il n'a pu
m'écraser sous sa lourde patte , et moi je l'ai bien
souvent piqué au museau.

Quelques-uns ont dit que j'avais attaqué le
grand homme parce qu'il m'avait refusé un emploi. Si j'avais voulu comme tant d'autres déser-
ter notre vieux drapeau déchiré , peut-être m'eut-
on acheté quelque chose ; il n'eut pas été tout-à-
fait impossible au pauvre maître d'école de se
faire un martinet d'or ; mais le plat et monotone
bonheur du riche ne me convient point ; c'est
le ciel bleu de l'Egypte que ne traverse aucun

nuage, c'est le souffle toujours tied que l'éternel printemps vous jette à la face, c'est l'éternel cantique que les élus chantent dans le paradis, toujours sur le même air, c'est l'immuable sourire d'une statue qui vous regarde toujours du même œil, et que par fois vous souffletteriez.

Il me faut à moi les luttes de l'opposition ; si j'étais désarmé de ma plume, ma vie serait vide et ennuyée comme celle du vieux capitaine mis à la retraite, je mourrais de gras fondu, vous me passerez facilement cette expression, vous qui ne hantez point les salons au milieu des liesses d'une riche sinécure.

Je ne prétends point remplacer l'*Association*, mais dans le vide qu'elle a laissé, en attendant que d'autres mettent un clou, moi j'y mettrai du moins une cheville. Cette cheville, c'est vingt-quatre petits pamphlets que je prétends vous faire. A la fin de l'année ils composeront un volume qui aura pour titre : *De Choses et d'autres*. De quoi vous parlerai-je, je n'en sais rien encore. Nous aviserons à cela quand j'aurai la plume à la main. Vous me permettrez d'être comme ces aventureux chevaliers qui ne choisissaient leur route que quand ils étaient en selle ; toutefois, le titre de mon volume vous dit un peu que j'aborderai tous les sujets qui seront à votre convenance et à ma portée. Du reste, je compte sur vous pour donner de la variété à mes petites publications, et j'espère bien que vous en ferez le meilleur tiers.

Il faut dire la vérité aux morts pour instruire les vivants. Or, la vérité est que l'*Association* se trouvait fille de trop grande maison pour s'occuper de ces trivialités qu'on appelle des communes. Il fallait être au moins chef-lieu d'arrondissement pour arrêter son attention ; pour moi, qui n'ai pas la rédaction si fière, je ferai à vos réclamations un accueil empressé et même reconnaissant. Pour peu que vos notes soient susceptibles de passer à l'état de pamphlet, je les ferai entrer dans mes publications, et même, je leur y donnerai une place d'honneur. Il n'est pas besoin pour cela qu'elles prennent l'habit habillé d'un beau style et qu'elles soient brodées de brillantes métaphores. Ne vous gênez pas, adressez-les moi telles qu'elles seront tombées de votre plume. Vous savez que pour faire un civet il faut un lièvre ; or , envoyez—moi le lièvre et je vous ferai le civet.

Mais direz-vous , quel sera le prix de vos pamphlets, voilà assurément le point culminant de la question. Il faut que vos intérêts se concilient avec les miens ; car , s'il est juste que vous ayez de la marchandise pour votre argent , il est juste aussi que j'aie de l'argent pour ma marchandise.

Certain marchand d'*Y* , lettre dont il a découvert la bifurcation , m'a reproché que j'écrivais pour gagner de l'argent ; je ne comprends pas trop ce que l'illustre linguiste a voulu me prouver par un argument de cet acabit. Où donc a-t-il vu que le salaire dépréciait l'ouvrier ; parce que l'officier est soldé , son dévoument pour la patrie en est-il moins honorable, le sacardoce, pourvu qu'on l'exerce bien toutefois, en est-il moins une chose sainte , parce que le prêtre reçoit un traitement , et l'épicier lui-même est-il un personnage moins important, moins municipal, moins consulaire , parce qu'il vend son huile et son vinaigre. Je suis hélas de cette multitude qui ne peut vivre que de son travail , comme je ne sais qu'écrire un peu , il faut nécessairement pour vivre que j'écrive. J'espère chers et anciens abonnés que vous ne trouverez pas cetle prétention exorbitante. Je crois donc que je puis en conscience vous faire payer mes petits pamphlets 75 centimes ; s'il me vient deux cent cinquante abonnés, je pourrai vivre en écrivant ; mais soyez tranquilles je ne deviendrai jamais assez riche pour faire banqueroute de deux ou trois cent mille francs.

Eh mais , pourquoi ne ferai-je pas valoir ma marchandise comme tant d'autres enfleurs de prospectus ? Je vous prie donc d'observer que s'il y a dans mes pamphlets moins de lettres que dans l'*Association*, il y aura par compensation plus de choses faites exprès pour vous ; toujours est-il que vous serez débarrassé de ce fatras d'insignifiantes nouvelles, dont tout journal est fatalement enveloppé comme tout melon est enveloppé de son écorce . écorce d'autant plus épaisse que le journal et le melon sont plus mauvais. Du reste , ceux auxquels , il suffit d'être abonnés à un certain nombre de syllabes et de feuilles de papier, peuvent s'adresser à l'*Echo de la Nièvre*.

Ce prospectus sera ma première livraison , je l'ai fait de telle façon qu'il peut vous tenir lieu d'un pamphlet. S'il n'a pas l'honneur de vous agréer, tant pis pour moi, ce sera de ma faute, et je vous promets bien de ne pas vous accuser de mauvais goût; mais dans ce cas faites-moi le plaisir de me le renvoyer, car autrement je vous compterais au nombre de mes abonnés; je sais bien que je ne puis vous imposer l'obligation d'aller remettre à la poste un paquet que je vous adresse, mais c'est un service personnel que je vous demande; vous concevez que je ne puis envoyer mes pamphlets qu'à ceux qui seront dans l'intention de me les payer; c'est d'ailleurs pour vous une affaire de conscience. Quiconque reçoit, s'oblige moralement à donner. Ainsi donc, comme je vous tiens tous messieurs et mes dames pour de fort honnêtes gens, il est bien entendu que je pourrai considérer comme miens abonnés, ceux d'entre vous qui garderont mon premier pamphlet, et leur adresser les vingt-trois autres.

Ces clauses arrêtées, agréez.

C T.

S'adresser (franco) à M. SIONEST, imprimeur, rue des Merciers, 16, à Nevers.

[illegible] une pamphlet. [illegible] le plus d'honneur [illegible]
[illegible] [illegible] [illegible] [illegible] [illegible]
[illegible] français [illegible], ne pas [illegible] [illegible]
[illegible] [illegible] [illegible] [illegible] [illegible] inter-
[illegible] de ne le rendre [illegible] [illegible] [illegible] votre
[illegible] [illegible] [illegible] [illegible] [illegible] [illegible] la [illegible]
[illegible] [illegible] [illegible] [illegible] [illegible] [illegible]
[illegible] [illegible] la [illegible] [illegible] [illegible] [illegible]
[illegible] c'est un [illegible] [illegible] [illegible] [illegible] vous
[illegible] [illegible] [illegible] [illegible] [illegible] [illegible]
[illegible] [illegible] qui saurai[t] [illegible] [illegible] l'intérê[t]
[illegible] [illegible] [illegible] c'est [illegible] [illegible] [illegible]
[illegible] [illegible] [illegible] [illegible] [illegible] [illegible]
monsieur, à [illegible] [illegible] [illegible] [illegible] [illegible]
[illegible] [illegible] [illegible] et [illegible] [illegible] [illegible] [illegible]
[illegible] il est [illegible] [illegible] [illegible] [illegible] con-
[illegible] [illegible] [illegible] [illegible] [illegible] [illegible]
[illegible] [illegible] [illegible] premier [illegible] [illegible] [illegible] leur
[illegible] les [illegible] [illegible].

Ces quelques réflexions, etc.

C. D.

SAINTE FLAVIE.

Deuxième Pamphlet.

Procédons comme ces gens qui mêlent toujours à l'histoire qu'ils ont à raconter des faits et gestes de leur crû.

Il était sept heures du matin; une pensée fatale m'avait éveillé; j'allais en pèlerinage à St.-Cyr; je voulais demander pardon à Dieu d'avoir crû, sur la foi du *Constitutionnel* et des périodes de MM. Quinet et Michelet, à la résurrection des jésuites, aux envahissements du parti prêtre, à ces tentatives de soustraction frauduleuse qu'on impute aux évêques, relativement à l'instruction secondaire, et aussi d'avoir interrompu, par demauvaises et intempestives railleries, cet hosanna que

2

l'*Echo de la Nièvre* chantait si bien en l'honneur de M. Dufêtre.

Ces lugubres préoccupations troublaient le peu de raison que j'ai ; je me voyais irrémissiblement condamné aux supplices des impies ; déjà je sentais dans la moëlle de mes os ces ardeurs préliminaires que doit éprouver un poulet à rôtir, alors qu'il exécute son premier tour de broche ; j'entendais sous mes pieds comme un bruissement de flammes souterraines ; les grands arbres du Château exhalaient une odeur de soufre ou de chair rôtie—je ne saurais trop dire laquelle—Les chansons des petits oiseaux, qui gazouillaient joyeusement dans le feuillage, me faisaient l'effet de ces gémissements et de ces grincemens de dents dont parle l'Écriture ; et telle était la sombre teinte de mes préoccupations, qu'un des apprentis de l'imprimerie m'ayant souhaité le bon jour, je le pris pour un des sbires de l'enfer qui venait exécuter un mandat d'arrêt sur mon ame.

Tout-à-coup des chants de lutrin éclatèrent à mon oreille ; je m'approchai : deux rangées de femmes de toutes couleurs et aussi de toute vertu, formaient, sur la place Ducale, comme deux haies en fleurs au milieu d'une prairie, un gracieux chemin de traverse. Au-dessus de ces gazes et de ces rubans, la mitre de M. Dufêtre, élevait avec une grande majesté son double pignon, et le bec de corbin de sa canne épiscopale resplendissait au soleil, entouré d'une pléiade de tonsures.

C'était le chapitre qui se livrait à la fatigante manœuvre de la procession.

Quoi ! me dis-je, trois processions en quinze jours, quand la révolution de juillet a à peine toléré que les processions missent la tête hors de leur église. Il paraît que le goût des processions est une des vertus de M. Dufêtre que l'*Echo de la Nièvre* n'a pas encore éditées. O Nevers, vieux et rude forgeron, décidément le respectable prélat veut faire de toi un moine ; si tu n'y prends garde, il te mettra au cou la plus lourde de ses médailles, et enchaînera d'un triple chapelet tes mains industrieuses. Faites-vous donc chanoine pour dormir la grasse matinée ! sous la crosse de cet évêque, le métier de chanoine va devenir plus fatigant que celui d'un officier de dragons, et les blanches joues de nos vierges vont s'imprégner de tant de soleil, que leurs mères elles-mêmes craindront de les embrasser.

Ayant dit cela, le repentir que j'éprouvais d'avoir trop cru aux jésuites et pas assez à la simplicité apostolique de M. Dufêtre, commença à s'émousser.

Je m'approchai de rechef. Une belle jeune fille de cire blonde était portée sur une civière triomphale, attelée de huit gros lévites, caparaçonnés de chasubles d'or; sa tête était parée d'une perruque blonde, frisée à l'instar de Paris, par le fer habile de M. Mativet. Elle était vêtue de velours écarlate, comme un César de Rome; sa petite main, qui semblait modelée pour tenir un éventail, portait une lourde palme d'or; peut-être même avait-elle sur le front une couronne de vierge; je compris que cette jeune demoiselle devait être l'héroïne de la procession, et je m'informai qui elle était.

C'est une nouvelle débarquée, me dit une de ces femmes hardies dont la langue n'a point de sexe; lisez, Monsieur, ajouta une respectable matrone de la société, en me présentant la brochure de M. l'abbé Gaume, lisez, et convertissez-vous!

Un instant, madame, répondis-je à la matrone; on ne se convertit pas comme cela; permettez que je lise d'abord la brochure de M. l'abbé Gaume, et s'il y a lieu de se convertir, on se convertira.

J'ouvris donc la sainte brochure, et voici ce que j'y trouvai :

« Si vous demandez à la belle inconnue d'où
« elle est, elle vous répondra : je viens de la ville
« sainte des martyrs, je m'appelle Flavie ; or ce
« nom, la position de la sainte dans les catacom-
« bes, les données historiques, tout se réunit pour
« établir que notre illustre martyre appartient à la
« famille Flavia, famille impériale, d'où sortirent
« Titus, Vespasien, Domitien. »

Quoi, me dis-je, voilà tout ce que cette jeune
romaine peut répondre aux fidèles qui lui demandent : qui êtes-vous ! Je doute fort qu'un bon
gendarme qui la rencontrerait sur la grande route,
se contentât de cette réponse. En vérité, si cette
dame est canonisée, le pape prend moins de précautions pour faire un saint, que M. le préfet pour délivrer un port-d'armes. Mais peut-être M. l'abbé
Gaume a-t-il mal entendu. Interrogeons nous-
même la sainte, et nous verrons ce qu'elle nous
répondra.

Lors donc que la procession fut définitivement
terminée et que le sermon abondant et facile de
M. Dufêtre se fut tari jusqu'à sa dernière syllabe,
je m'agenouillai devant la châsse de *la noble in-*

connue, et je lui dis, avec toute cette politesse dont vous me savez susceptible :

— Je vous prie, Madame, de ne point prendre en mauvaise part la question que je vais vous faire; elle ne m'est inspirée que par le vif intérêt que je vous porte : en vous voyant si belle et surtout si bien coiffée, un protestant lui-même vous adorerait, jugez donc si moi qui suis......

— Pas tant de compliments, Monsieur, me répondit la belle inconnue, me prenez-vous pour une grisette; allons au fait, s'il vous plait.

— Eh bien oui, Madame, allons au fait. J'ai lu dans M. Gaume que vous veniez de la ville sainte des martyrs; cependant, je vous le confesse, à votre costume, et surtout à votre perruque blonde, je serais tenté de croire, — et je dis tenté, parce que c'est sans doute une tentation du mauvais esprit, —que vous avez eu pour dernier domicile la boutique d'un coiffeur, ou que vous vous êtes furtivement échappée de quelque cabinet de cire dont le cicérone vous a peut-être fait des propositions tendant à effaroucher votre vertu.

— Monsieur, me dit la sainte, avec un gracieux sourire, sourire plus gracieux que ces petits éclairs rosés qui entr'ouvrent par une belle nuit l'azur des cieux, il est bien vrai que mon fémur et un morceau de mon crâne, — car hélas, en fait de substance calcaire, c'est tout ce que je possède, — viennent de la ville que dit M. Gaume; mais ma robe écarlate, ma perruque blonde que vous trouvez si bien, et ma pâle et touchante beauté, je ne sais d'où elles viennent et par quelles mains elles ont été faites.

Du reste, je n'ai qu'à me louer de M. Gaume; au lieu de me traiter comme ces vulgaires martyrs qu'on expédie de Rome par le roulage avec une simple lettre de voiture, il m'a amenée sur ses genoux, le galant homme qu'il est; en attendant qu'on m'eut préparé à la cathédrale un logement convenable, il m'a placée dans une riche maison où on a eu pour ma personne les attentions les plus délicates. J'ai été nuit et jour éclairée par des cierges, et on a mis auprès de moi une garde, de peur que je ne m'ennuyasse dans mon oisiveté, et qu'il ne me vint de mauvaises pensées.

— Nous nous écartons un peu de la question; permettez-moi de vous demander s'il est bien vrai que vous vous appeliez Flavie?

— Rien n'est plus certain, Monsieur.

— Qu'est-ce qui le prouve, Madame.

— Ce qui le prouve, c'est le témoignage de M. Gaume; il a lu ce nom écrit sur le couvercle de mon cercueil.

— Voilà, madame, un petit nom de jeune fille envers lequel le temps qui a déchiré tant de feuillets de nos histoires, qui a effacé sur la poussière de ce monde tant d'empreintes de capitales et d'empires, qui a rayé de la mémoire des générations tant de noms de peuples, de grands hommes et de conquérants, a été bien galant et bien respectueux. Mais quoi, madame, vous êtes martyre et vous avez un cercueil : voilà qui me paraît un peu extraordinaire. Si vous êtes une véritable martyre, et qu'on vous ait trouvée en possession d'un cercueil, il faut que vous l'ayez dérobé à quelque voisin distrait ou peu soigneux. Du reste ces sortes d'expropriations ont eu lieu plus d'une fois dans les catacombes.

Quand les martyrs avaient passé par la dent des bêtes ou par les tenailles ardentes du bour-- reau, leurs restes défigurés étaient jetés pêle-mêle, comme un tas de décombres, à la grande voirie des catacombes; si quelqu'un de ces suppliciés eût été par miracle rendu à la vie, un mois ou deux après son exécution, il eût eu bien de la peine sans doute à reconnaître lui-même, au milieu de cette défroque humaine, les membres qui lui avaient appartenu. La jeune vierge eût bien pu prendre la poitrine velue d'un soldat, ou mettre à la suite de sa blanche épaule, le bras d'un de ses persécuteurs; et vous, madame, vous voulez qu'une main pieuse ait pu retrouver, dans ce tas de débris qui s'entassaient chaque jour l'un sur l'autre, votre fémur et un petit morceau de votre crâne; mais alors il aurait fallu que le bourreau, dans la prévision des hautes destinées qui vous attendaient, eût étiqueté vos glorieux ossemens.

Et d'ailleurs, quel est le tyran qui permette d'élever des tombeaux à ses victimes! Voyez l'inquisition, souffrait-elle que les hérétiques cherchassent dans les cendres de ses auto-da-fé les restes mal éteints de leurs parents et de leurs amis, et les enfermassent dans un cercueil; puis-je admettre qu'un tyran idolâtre ait été plus humain envers des sujets rebelles qui faisaient ouvertement la guerre à ses dieux, que des prêtres du Christ envers des malheureux qui n'étaient coupables le plus souvent que de se mal conformer aux exigences de leur église.

Ne m'objectez point, madame, que vos parents

vous ont secrètement creusé un cercueil, j'aurais la douleur de vous contredire. Les romains qui avaient fait les catacombes en connaissaient les chemins aussi bien que nos ancêtres dans la foi. Ils devaient veiller à ce qu'on ne réhabilitât point par les honneurs du tombeau des cendres qui avaient subi la flétrissure de leurs bourreaux ; s'ils eussent souffert qu'il en fut ainsi, ils eussent perdu tout le bénéfice de leur cruauté ; et, certes, quand on fait tant que d'être persécuteur, on veut que ce soit pour quelque chose. Nous ne pouvons raisonnablement admettre que vos tyrans aient fait comme le tigre, qui ne s'occupe plus de sa victime après qu'il l'a déchirée.

Je vous ferai du reste observer, madame, que Jésus-Christ, votre divin maître et le mien, n'a qu'un cénotaphe. Peut-être y aurait-il quelque inconvenance de votre part, vous qui étiez encore il y a trois mois du commun des martyrs, de prétendre à un vrai tombeau, quand le premier et le plus grand des martyrs n'en a qu'une apparence. A Dieu ne plaise, madame, que je veuille dépouiller votre beau front de cette blanche couronne roses qui vous va si bien; mais de deux choses l'une, il faut que vous renonciez ou à votre cercueil ou à votre palme d'or.

— Eh bien je garde ma belle palme d'or ; mais alors , monsieur , adorez-moi bien vite.

—Un peu de patience, madame ; quoi vous voulez que je vous adore avant que votre identité soit constatée. A votre tour, me prenez-vous donc pour un conclave? Le nom de Flavie est sans doute un doux et joli nom. Il soupire dans mon oreille comme la dernière vibration d'une note qui se meurt. Ce nom, dans la langue de Cicéron , veut dire blonde , et c'est sans doute pour cette raison que M. Gaume vous a décorée d'une perruque blonde ; mais un prénom, si joli qu'il soit , ne vaut pas un acte de naissance. Il y avait sans doute à Rome , de votre temps, un millier de vierges qui s'appelaient Flavie , comme du nôtre il y a à Nevers une cinquantaine de vierges qui s'appellent Adèle ou Caroline; et même, s'il faut tout vous dire , je tiens d'un savant de mes amis, très fort sur la vie des Césars, qu'il existait sous le règne de Domitien deux Flavie, qui faisaient un assez mauvais usage de leur corps. Je vous prie de croire , madame , que je ne fais ici aucune allusion qui vous soit personnelle; mais enfin ces deux harmonieuses syllabes, la seule chose qui reste avec votre fémur et un peu de votre crâne , de votre gracieuse hypostase ne peuvent constater à quelle famille vous apparteniez ; avec ces six lettres vous ne pourriez hériter de vos parents ; vous ne pourriez, s'il vous plaisait de renoncer à votre titre de vierge, contracter mariage ; et je doute fort qu'au cas où il vous conviendrait de retourner à Rome, M. Bouziat vous délivrât un passe-port.

— Mon Dieu, monsieur, que vous êtes obstiné, me répondit la sainte ; vous n'avez donc pas lu ce qu'a écrit M. Gaume. « Mon nom de Flavie, ma
» position dans les catacombes, les données histori-
» ques, tout se réunit pour établir que je suis de
» la famille Flavia, qui a donné à Rome plusieurs
» empereurs, et que j'étais proche parente de Do-
» mitien. »

— Hélas, madame, votre nom de Flavie n'établit point du tout que vous descendez de la famille Flavia. J'aimerais autant dire qu'une jeune fille, parce qu'elle s'appellerait Blondine, descendrait de l'illustre famille des Blondin, ou que tel domestique, qui se nomme Martin, est un Martin du nord-est ou du nord-ouest, animal à sang froid ayant dans les veines les mêmes atômes que M. Martin du Nord.

Quant à votre position dans les catacombes, ce n'est pas non plus un argument sans réplique. D'abord, comment a-t-on pu constater votre position dans les catacombes, quand de tout ce qui fut vous, les lions n'ont épargné qu'un morceau de votre crâne et votre fémur ; ensuite M. Gaume devrait bien nous dire quelle était la position des membres de la famille Flavia dans les catacombes ; gisaient-ils sur le dos ou sur la poitrine, sur le côté droit ou sur le côté gauche ; regardaient-ils l'orient ou l'occident ; avaient-ils leurs mains étendues sur leur tête ou modestement croisées sur leur nombril. En supposant que votre position dans les catacombes établisse quelque chose, vous êtes bien heureuse que personne n'ait interverti la position de votre fémur et de votre morceau de crâne ; car alors, adieu votre parenté avec les empereurs. Mais aussi M. Gaume est-il bien sûr que durant cette longue série de siècles, aucune main profane ne vous ait fait, en vous dérangeant dans votre cercueil, de faux titres de noblesse.

Puis, à quel titre les ossemens de la famille Flavia se trouvaient-ils dans les catacombes? est-ce comme os de païens ou comme os de martyrs. Si vous dites que c'est en qualité d'os de martyr, pourquoi les noms de ces illustres personnages ne sont-ils pas écrits dans le martyrologe, et comment savez-vous qu'ils ont été martyrs ; si c'est comme os de païens seulement, alors les dépouilles des idolâtres étaient confondues avec celles des chrétiens, et dans ce cas, quelle confiance voulez-vous que nous ayons en vos reliques. Vos catacombes, c'est un sac au fond duquel il y a moitié serpents moitié anguilles; qui nous dit que le pape a eu la main assez heureuse pour n'en tirer que des anguilles.

Les données historiques pourraient bien établir quelque chose; malheureusemeut M. Gaume, semblable à ce perfide gargotier qui n'ayant pas de lapin vous fait une gibelotte de matou, au lieu de nous faire votre histoire nous fait celle des catacombes. Cependant avant de vous adorer, il est bon que nous sachions qui vous êtes, en quoi consiste votre martyre et à quelle occasion vous avez — comme ils disent — trempé votre robe dans le sang de l'agneau ; car enfin, si vous étiez un de ces chrétiens fanatiques, semblables au Polyeucte de Corneille, qui s'étant mis en tête que le paganisme devait vider le monde, par cela seul que la croix s'était montrée dans quelque faubourg de

Rome, couraient sus aux statues des dieux partout
où ils les rencontraient, vous sentez que nous
ne pourrions vous accorder nos hommages; dans ce
cas ce serait la rébellion aux lois que nous consa-
crerions, et non seulement vous vous seriez mise
en insurrection contre les autorités constituées,
mais encore contre les préceptes de Jésus-Christ,
qui dit formellement dans son évangile :

« Rendez à César, ce qui appartient à César. »

Vous comprenez, du reste, qu'il est permis à
chacun d'avoir sa conviction, et que si nous voulons que les autres respectent nos croyances, il
faut aussi que nous respections les leurs. Je suis
bien sûr que M. Gaume se fâcherait, si quelque
ultrà-protestant, sous prétexte que Luther condamne la confession, venait mettre en pièces son
confessionnal.

Ainsi pour nous résumer, quand M. Gaume
nous dit : le nom de la sainte, sa position dans
les catacombes, les données historiques, tout se
réunit pour établir, etc., etc., il ne fait rien
autre chose qu'une addition de zéros. Pour moi,
comme je tenais à vous raconter votre propre vie,
j'ai, pendant le sermon de M. Dufêtre, cherché
qui vous étiez dans Godescar, l'historien le plus

complet des bienheureux ; mais il n'y est pas plus question de vous que de moi, de votre martyre que de mes pamphlets ; il serait donc fort possible que ces jeunes vierges qui délaissent leur tricot ou leur tapisserie pour votre autel, se prosternassent devant une vénérable matrone qui a eu des brus et des gendres autant qu'Hécube, peut-être même . . . . Pardon, Madame, j'allais dire une grosse sottise en même temps qu'une grosse impiété. Mais enfin je ne conçois pas cet acharnement que met M. Gaume à établir votre parenté avec Domitien : comme si la rose et la ciguë pouvaient croître sur la même tige. A votre place, je saurais très mauvais gré à ce chanoine de l'horrible lignage qu'il m'attribue, et quand il viendrait me dire devant ma châsse :

« Depuis long-temps je répands mon ame en votre présence, vous suppliant etc., etc. »

Je lui répondrais, M. Gaume, allez répandre votre ame ailleurs.

— Apprenez, monsieur, me répondit la vierge, que je ne fais de malhonnêtetés à personne.

—Et bien soit, madame, que M. Gaume répande son ame devant vous tant qu'il lui plaira,

mais franchement, est-ce que vous faites des miracles?

—Certainement, monsieur, me répondit-elle.

—Alors, donneriez-vous bien un peu d'esprit à
l'*Echo de la Nièvre.*

—Pourquoi non, monsieur, la puissance de
Dieu est infinie.

—Inspireriez-vous bien un petit discours de dix
minutes, au député de l'arrondissement de Cosne.

—Cela ne me paraît pas impossible; Dieu a
bien tiré une source d'eaux vives d'un rocher.

—Et le roi de Clamecy, **M. Dupin** aîné, l'homme au boutoir, feriez-vous bien en sorte, qu'ayant
parlé blanc, il ne dît pas noir.

—La langue et la pensée des mortels sont entre les mains de Dieu, mon cher **M. Claude.**

—Enfin, madame, pourriez-vous élever d'un
cran plus haut, **M. Dufêtre** dans sa propre estime.

—Oh ! pour cela, monsieur, c'est impossible.

—Je m'en doutais, madame; du reste, dans la
prière que **M. Gaume** nous propose de vous adresser, je lis après l'invocation et entre deux parenthè-
ses : (exprimer ici la faveur qu'on demande pour
soi ou pour les autres à la sainte.) D'abord, Mme,

je vous ferai observer que demander à Dieu une faveur, c'est presque toujours le tenter; cet emploi, par exemple, que je le prie de me faire obtenir , ou d'autres en sont plus dignes que moi, ou j'en suis plus digne que les autres; or dans le premier cas, je demande à Dieu un acte d'iniquité, et dans le second je l'insulte en doutant de sa justice. Mais de quel genre sont les faveurs que vous faites obtenir? Accordez-vous des bureaux de tabac, des perceptions, des justices de paix ; procurez-vous un bon numéro aux conscrits , placez-vous les domestiques sans maîtres , faites-vous retrouver les objets perdus , préservez-vous de la croix d'honneur.

—Ma spécialité, monsieur , c'est la guérison des maladies. N'avez-vous pas lu dans M. Gaume qu'il s'échappait du tombeau des martyrs une vertu secrète qui guérit les infirmités de l'ame et les maladies du corps.

— Prenez garde , madame , en France on ne peut guérir sans être médecin ou officier de santé. Je dois vous en prévenir ; vous êtes justiciable d'un article du code pénal qui condamne à la détention les sorciers , les rebouteurs , et les donneurs de remèdes. Quelle douleur pour M. Dufêtre , s'il vous voyait , vous qu'il promenait naguère triomphalement par la ville, arrachée de votre châsse par de barbares gendarmes, et conduite en prison avec ignominie : le respectable prélat en éclaterait d'indignation ; comme une pièce d'artillerie trop chargée.

— Je vais vous raconter un miracle que j'ai fait dernièrement, et vous comprendrez facilement que je n'ai rien à craindre du parquet.

Voici le fait : ces jours passés une femme m'amène une espèce de petit aveugle, elle le plante à genoux devant ma châsse, lui pose un chapelet entre les mains, et lui ordonne de réciter. Or, cette vieille imbécile m'avait amené un aveugle de bon aloi, et il fallait que je lui rendisse la lumière ; vous concevez que j'aurais autant aimé qu'elle se fût adressée à un oculiste. Quand le gamin eut bien tourné et retourné son chapelet, on lui met un morceau d'étoffe sous les yeux, et on lui demande de quelle couleur il est, il répond sans hésiter qu'il est rouge, or l'étoffe était noire; on lui en présente un second, un troisième, un quatrième, tous les chiffons enfin que les vieilles femmes ont dans leurs poches, toujours ce vilain petit éraillé devinait à l'envers ; et personne là, pas le moindre sacristain pour le souffler ; vous concevez, monsieur, quelle dut être ma confusion, une proche parente de Domitien, rester en figure d'âne devant tout le public de la neuvaine ; je suais sous le velours de ma pourpre, comme si j'eusse eu une fièvre cérébrale ; je me repentais presque de m'être laissée faire martyre par M. Gaume, et s'il se fût trouvé là, je lui aurais donné de ma palme d'or au visage.

—Quoi ! madame, vous vous seriez portée à cette extrémité.

—Sans doute, monsieur ; une sainte n'aime pas plus qu'une autre qu'on la ballotte. Heureusement un bon jeune homme me vint en aide : il s'approche de mon aveugle, et passant une rose sous son nerf olfactif, mon ami, lui dit-il, qu'est-ce cela ? alors les yeux du malade s'illuminant tout-à-coup, il répondit : monsieur, c'est une rose. C'est ainsi que je guéris ce petit malheureux de sa cécité. Bon jeune homme, va, si jamais tu veux une place.... dans le banc d'œuvre, tu peux t'adresser à moi.

—Voilà certes un miracle très-bien exécuté ; mais cependant il me vient un scrupule : comment se fait-il donc que ces miracles que j'entends raconter par les vieilles femmes, soient toujours l'œuvre de saints de bas étage, de ces saints infimes qui n'ont pas même reçu les honneurs du calendrier, auxquels on ne souhaite jamais leur fête, saints qui font abstinence de plain-chant, et ne reçoivent à la Toussaint pour eux tous, deux ou trois cent mille qu'ils sont, qu'une grand'messe indivise, dont il faut qu'ils vivent toute l'année.

Ainsi donc, pour ne parler que de ce diocèse, à La Charité, c'est le cœur de Sainte-Marie de Chantal qui s'amuse à tacher de sang le satin de son reliquaire ; à Cosne, c'est Sainte-Brigitte qui a la manie de réparer de ses propres mains son éternelle église, et qui communique à l'eau bénite de sa mare, mare sainte et privilégiée, dont les grenouilles ne doivent jamais mourir, la vertu de laver toutes les plaies et de guérir toutes les maladies. A Tannay, c'est votre sœur, la fraiche et grosse Agathe, qui remplaçant dans l'arrondissement de Clamecy, la Lucine des anciens, féconde les femmes frappées de stérilité, et emplit de lait les mamelles arides ; aussi, sous Napoléon qui aimait beaucoup les conscrits, avait-elle une statue d'argent. A Nevers, enfin, c'est vous, Madame, vierge obscure, martyre ignorée, et que MM. Gaume et Dufêtre ont seuls l'honneur de connaître, qui ouvrez à la lumière les yeux pleins de ténèbres. Le

soit changée en un moine immonde ? à la place de
ces marches triomphales qui resplendissaient des
dépouilles de tout l'univers, qu'as tu mis ? des processions, traînant à leur suite des prêtres rapés,
et un long amas d'hommes en guenilles. Un suisse
de cathédrale, arlequin chamarré de ridicules oripeaux, fait maintenant résonner sa hallebarde sur
les dalles du Capitole, et meurtrit la poussière des
Paul-Emile et des Scipion. Rome, ville de misère et d'opulence, ville de servitude et de despo-
tisme, ville de prêtres en serge et de cardinaux en
velours, si tes saints peuvent pour toi quelque chose, demande-leur donc un rabat plus propre pour
mettre sur ta thiare.

Je ne doute pas madame, que cette pincée de
votre cendre, que M. Gaume aurait pu nous apporter dans sa tabatière, soit plus puissante que tout
le reste des catacombes ; mais enfin vous-même,
quel acte de protection avez-vous accompli en notre
faveur, et comment, depuis tantôt trois mois que
vous êtes ici, nous sommes-nous aperçus de votre
présence. Voyons-nous le commerce reprendre ses
balances et sa demi-aune, et le crédit, devenu moins
cauteleux, nous r'ouvrir son escarcelle ; avez-vous
tari ces pluies incessantes, qui après avoir noyé nos

tyre, vous eussiez eu l'honneur d'être un grand capitaine, eussiez-vous accordé à quelques obscurs soldats de votre armée une distinction que vous auriez refusée à vos plus illustres lieutenants. Je ne puis vous accorder, toute belle que vous êtes, que Dieu soit moins juste et moins reconnaissant que ne le serait la tourbe des mortels.

Je raisonnais dernièrement de ces sortes de miracles avec saint Claude, mon vénérable patron, qui porta la crosse et la mître dans la capitale de la Franche-Comté, et voici ce qu'il me disait :

Mon cher Claude, Dieu est engagé envers ses créatures par les qualités qui constituent son essence, par sa sagesse, par sa bonté, par sa justice, comme ses créatures le sont envers lui pour les devoirs qu'il leur a imposés. D'après ce principe, tu conçois qu'il ne peut y avoir de passe-droit à sa cour. Si Dieu accordait à une fillette de vingt ans, sous prétexte qu'elle a été vierge, un privilége qui me serait refusé à moi, vieux saint à barbe, qui ai vécu quatre-vingts ans dans les privations du célibat, le bonheur de le voir face à face et d'entendre son orchestre d'or, ne me retiendrait pas là haut cinq minutes ; je déposerais ma barbe et mon auréole au pied de son trône éternel, et j'irais dès demain m'engager dans les dragons.

Cher patron, lui répondis-je, sous la grande épée du maréchal Soult, ce serait bien pis encore.

C. T.

(La fin au troisième pamphlet.)

Nevers, imprimemie de C. SIONEST.

SAINTE FLAVIE.

Troisième Pamphlet.

D'un autre côté, madame, c'est une chose grave que d'interrompre les lois de la nature ; les lois de la nature, c'est la charte de l'univers, et je ne sais trop si Dieu, alors qu'il en suspend l'exécution, ne commet pas une illégalité ; d'ailleurs, c'est sur ces lois éternelles que la conservation de la société est fondée, et que les lois humaines ont leur base ; il n'y aurait plus rien de stable, rien d'assuré parmi nous, si nous avions en France trois à quatre cents bienheureux qui eussent le privilége des miracles ; à quoi servirait-il, par exemple, que moi médecin, j'achetasse bien cher un diplôme du gouvernement, si le patron du lieu pouvait me faire concurrence; que je plaidasse contre mon curé, si quelque martyr de son église lui faisait gagner sa cause; que je misse, pauvre conscrit, la main dans l'urne du tirage, si la moitié des jeunes gens de ma classe, au moyen d'un médaillon de quatre francs, ou d'un cierge allumé devant un autel, pouvaient se procurer un numéro libérateur; que j'établisse un moulin sur un cours d'eau, si d'un souffle une vierge pouvait tarir mon ruisseau, et le faire sortir à une lieue de là, sur la propriété du marguiller de la paroisse; enfin que j'achetasse à rente viagère le bien de quelque vieil individu cassé et décrépit, si son patron pouvait faire vivre mon homme trois cents ans.

D'une autre part, que signifierait notre régime constitutionnel, si quand les députés de l'opposition ont voté, quelque saint comblé de plain-chant par un ministre, changeait dans la boîte parlementaire la couleur de leurs boules; et notre code pénal et nos gendarmes, de quelle utilité nous serait tout cela: quand la cour d'assises aurait condamné un accusé à mort, cet homme, ressuscité par miracle, reviendrait le lendemain à son domicile et reprendrait tranquillement, et sans qu'on pût l'inquiéter, le cours de ses occupations, car il aurait subi sa peine.

— Vous le voyez donc bien, madame, si Dieu suspendait les lois de la nature, il faudrait qu'il eût des motifs très graves pour en venir à ces mesures extrêmes ; ce serait, par exemple, pour faire comprendre aux incrédules, par une éclatante démonstration, qu'ils ne sont que des imbéciles ; que lui qui ramassait des copeaux dans l'atelier de son père, lui que les juifs ont pendu comme un vil scélérat, il est bien celui qui a allumé notre soleil, qui a suspendu notre terre dans l'espace, et qui nous a mesuré l'Océan dans le creux de sa main; et aussi pour confondre ces raisonneurs insensés, qui entassant syllogisme sur syllogisme et dilemne sur anthimême veulent, semblables aux géants de la fable, le chasser de son ciel. Mais dans ce cas il ne ferait pas de ces miracles obscurs, contestables, qui ont besoin d'être appuyés d'un certificat de médecin, miracles semblables à celui que fit autrefois mon oncle Benjamin à Moulot, que la plupart contestent, et qui ne convertissent personne, miracles enfin qu'on vilipende dans la rue, tandis qu'on les sonne et qu'on les psalmodie à l'église. Dieu sait trop bien ce qu'il a à faire pour compromettre sa dignité par un acte de toute-puissance inutile ; il opérerait au contraire de ces miracles éclatants, qui frappent tous les yeux et saisissent tous les esprits. Ainsi, il ferait tous les dimanches apparaître le soleil surmonté d'une croix éclatante, à l'instar de la boule de Charlemagne, ou bien il graverait sa signature en lettres rouges, sur la blanche surface de la lune en son plein ; ou bien encore, les jours de fête solennelle, écartant cet immense rideau d'azur qui nous cache les magnificences du paradis, il se montrerait à nos yeux dans toutes les splendeurs de la divinité. Du moment que Dieu ne fait point de ces grands et insignes miracles, il est naturel de conclure qu'il n'en fait plus du tout ; ou bien il faudrait dire que sa puissance est restreinte à de tout petits et insignifiants miracles, comme la puissance d'un roi constitutionnel est restreinte à des ordonnances.

—Je vous ai laissé aller jusqu'au bout, monsieur ; mais selon vous, les martyrs, ce n'est donc que racaille, lors même qu'ils réunissent sur leur blason une couronne de vierge à leur palme ; si telle était votre opinion, monsieur, vous devriez bien me prier de vous en guérir.

Vous autres gens du siècle qui levez une lèvre dédaigneuse sur les martyrs, vous rendez à vos

grands hommes un culte d'admiration, vous
décernez à leurs cendres les honneurs du triomphe, vous leur dressez sur vos places publiques des statues de pierre et de bronze; vous avez
toujours la bouche emplie de leurs noms; cependant M. Dufètre, vous l'a dit, les martyrs sont
autant au-dessus de vos grands hommes, que les
cimes rayonnantes de la cathédrale, sont au-dessus
de la poussière de la rue. Vous avez dû être bien
mortifié, Monsieur, quand avec sa voix de grosse
cloche, le vénérable prélat s'est écrié : vous aussi
vous avez vos saints, mais ces saints, quels
sont-ils.

Il ressort clair comme le jour de ses paroles,
que votre ex-panthéon était un mauvais lieu,
hanté par des vauriens, qui avaient eu l'impiété
de gagner des batailles à la France, ou de l'é-
clairer par les rayons de leur génie. Ce récep-
tacle de gloires immondes, de ces gloires qui ont
brillé durant votre révolution, comme les éclairs
dans un orage, vous l'appeliez un temple, et vous
avez même eu l'insolence d'écrire sur le fronton,
en guise d'enseigne : *Aux grands hommes, la
patrie reconnasisante.* M. Dufètre, dans sa jeunesse, a eu l'occasion de lire cette inscription, et

voyez monsieur, comme ce digne prélat est sensible, son cœur en a saigné, il en saigne toujours de désespoir, et peut-être comme le cœur de St.-Marie de Chantal, si merveilleusement doué par Dieu, il saignera encore dans le cercueil.

—Certes, madame, Dieu n'a pas envoyé M. Dufètre parmi nous pour avoir tort ; s'il a contre lui l'opinion de la France, qui s'obstine sottement à battre des mains au nom de ses grands hommes, il a pour lui celle du révérend père Loriquet; et qui pourrait nier qu'à eux deux, l'un le révérend père Loriquet, pamphlétaire jésuite, l'autre M. Dominique Dufètre, recruteur de congrégations, ils ne forment la partie la plus éclairée de la nation; mais s'il convient au vertueux prélat d'insulter nos saints, qu'il nous permette du moins d'apprécier ses martyrs.

A Dieu ne plaise que je veuille rabaisser les martyrs; ces convictions inflexibles qui meurent plutôt que de céder, ces dévouements qui se laissent torturer par le bourreau, et montent d'un pas ferme à l'échafaud sont sans doute, à quelque cause qu'ils appartiennent, de belles et grandes choses; mais enfin, ces martyrs quels sont-ils? des hommes qui ne sont connus que par leurs supplices, souvent que par un nom furtivement gravé sur une muraille, et auxquels on a fait un autel de leur échafaud.

L'homme qui veut regarder le soleil met sa main devant ses yeux, de peur d'en être ébloui ; quand j'examine ainsi le martyre religieux, je ne vois dans cette action qu'on a couronnée d'une si grande auréole, qu'un acte d'intérêt bien entendu et même un acte d'égoïsme ; car enfin, qui peut nier qu'il n'y ait de l'égoïsme à se débarrasser d'une vie qui peut être utile à ses semblables, parce qu'on trouve l'occasion de s'en défaire avantageusement.

Vous dites à un homme, livre au bourreau tes membres à torturer, sinon tu seras jeté, comme un vil copeau, dans un feu qui ne s'éteindra jamais ; assurément, s'il n'est pas un insensé, un brute esclave de l'instinct de la conservation, il préférera le bourreau, qui ne torture que quelques heures, au feu qui dévore incessamment ; il ne fait en cela que suivre ce vulgaire axiome qui nous guide dans toutes les situations de la vie : de deux maux, il faut choisir le moindre. Il y a là moins que le prosaïque courage de celui qui se fait arracher une dent pour se soustraire à ce feu invisible qui lui brûle les gencives, ou qui se fait couper une jambe que déjà la gangrène mord de sa dent empoisonnée, pour reculer d'une année ou deux le terme de sa vie.

Mais si vous dites à cet homme, tu passeras des mains ardentes du bourreau dans un lieu d'é-ternelles délices ; si surtout vous ajoutez, avec M. Gaume, dans ce style éclatant et pittoresque dont les prêtres seuls ont le secret : *Sur ton corps plus pur et plus brillant que le diamant, res-plendiront comme autant de rubis et d'éme-raudes les glorieuses blessures que tu auras reçues ; tu précéderas dans la liturgie et dans les honneurs de l'église, les pontifes, les doc-teurs, les prêtres, tous ceux enfin qui ne sont point martyrs ; dans le ciel, tu seras assis sur un de ces trônes sublimes qui approchent de plus près le trône éternel de Dieu.* Cet homme — et c'est du reste ce que faisaient les martyrs — courra avec empressement au-devant des suppli-ces, jaloux de gagner consciencieusement sa place au paradis il excitera lui-même la cruauté du bourreau ; quelques tortures qu'il subisse, il ne se plaindra que d'une chose, c'est qu'on ne le fait pas encore assez souffrir. Vous avez proposé à cet heureux homme le marché le plus avantageux qu'on puisse offrir à un mortel, et vous vous récriez d'admiration parce qu'il l'accepte ; mais qu'y a-t-il donc là de si beau, de si grand, de si généreux, et que diriez-vous donc de ce soldat qui se laisse trouer la poitrine par vingt baïonnettes ennemies, plutôt que de dire un mot qui soit fatal aux siens. Moi qui vous parle, si j'avais une faveur à demander à Louis-Philippe, ce ne serait, je vous l'assure, ni une perception, ni un bureau de tabac, ni même un porte-feuille de ministre ; mais j'irais trouver M. Dupin aîné et je lui dirais : roi de Clamecy, faites en sorte je vous prie, que votre cousin Louis-Philippe m'accorde un petit martyre ; du reste, si le grand homme refusait d'apostiller ma pétition, sous prétexte que je ne suis pas électeur, je n'en resterais pas inconsolable, je vous prie de le croire.

Tout le mérite donc, que je reconnaisse à nos martyrs, c'est d'avoir cru aux promesses de l'église ; si la crédulité fait les sots, la foi fait les saints, je le sais, je me soumets, et je dis priez pour nous ; mais je m'abstiens d'admirer. Non, la foi ne peut suffire pour élever un simple cordonnier, qui toute sa vie n'a fait que des souliers, mais qui a cru, au-

dessus de nos grands hommes ; on aura beau l'é-
crire et le prêcher , je n'admettrai jamais qu'une
couronne toute sèche de martyr, efface ces couronnes de lauriers que le génie, donnant la main à la
vertu , a décernées.

Ce sont les services rendus aux hommes qui font
les belles actions ; les vertus stériles et les plantes
qui fleurissent avec éclat, mais sans donner de fruits
sont choses que je prise fort peu. Et que nous importe à nous du sang inutilement versé, du sang que
la terre boit aujourd'hui , et dont la pluie lavera
demain jusqu'à la moindre trace. Savez-vous quels
sont les véritables martyrs : ce sont ceux qui sont
morts pour leur pays, c'est d'Assas, c'est Barra,
c'est Viala, ce sont les soldats de ces quatorze armées
qui sont tombés à la frontière en défendant la liberté de la France. Et eux pour prix de leur dévouement , qu'ont-ils reçu de la patrie ? les uns un
morceau de bois , pour remplacer la jambe que le
boulet leur avait tuée , et les autres un roulement
de tambours et une couche de chaux vive sur leur
fosse : voilà les hommes dont il importe de faire
rayonner la tombe ! et pourtant ce sont eux que les
prêtres choisissent pour objet de leurs stupides dé-
dains. Il appartient bien à ceux qui ont grandi et

engraissé sous les tranquilles voûtes d'une cathédrale, d'insulter ceux qui ont mené la dure vie
des champs de bataille. Venez donc mettre à côté
de cette existence glorieuse, pleine d'un bout à
l'autre de combats et de victoires, votre existence, remplie de plain-chant et de grand'messes,
que nous voyions celle qui a été la plus utile à la
patrie. Vous croyez avoir fait une bien rude pénitence, parce que vous vous êtes assujettis rigoureusement à des exercices de moines ? mais que
diriez-vous donc, si vous aviez porté jusqu'à votre
vieillesse, le lourd fardeau de la discipline ? vous
qui ne pouvez traverser une place sans avoir un
parasol sur votre tête, comment vos joues molles
et rebondies, se seraient-elles accomodées du soleil
de l'Egypte. Croyez-vous, en cas que vous portiez
un cilice, que la cuirasse d'un carabinier, ou le
sac d'un fantassin, ne vaillent pas bien votre cilice ?
vous êtes saints entre tous, vertueux entre tous,
parce que vous jeûnez aux jours indiqués par l'é-
glise, et que le vendredi vous vous contentez de
frais légumes, de poissons choisis sur les marchés, de gras oiseaux pêchés dans les marécages ; mais eux, ces hommes que la guerre nous
a dévorés, ils ont fait des campagnes sans pain,

sans habits, sans chaussure, et tandis que vous vous étendiez mollement dans vos lits bien blancs et bien bassinés, ils s'endormaient sanglants, meurtris, affamés, et sans se plaindre de Dieu, qui leur faisait une vie si dure, sur la neige de leur bivouac. Vous auriez voulu peut-être qu'ils combattissent de la main gauche, afin de faire le signe de la croix de la main droite. Vous croyez sans doute, avoir plus fait pour votre pays, parce que vous avez remercié dieu de ses victoires, que ceux qui les ont remportées. Et que seriez-vous, ministres duseigneur, si à ce grand cri de détresse poussé par la convention : la patrie est en danger! au lieu de courir à leurs armes, ils se fussent contentés d'égrener un chapelet entre leurs doigts? que seriez-vous, si les femmes, qui ont nourri ces hommes de fer du lait ardent de leurs mamelles, eussent été vierges ; et que serie-zvous encore si Napoléon eut été évêque ? Un prêtre grec chanterait la messe dans votre cathédrale, ou un ministre protestant ferait le prêche dans votre chaire ; le martyre de ces hommes que vous traitez en ennemis, vous a été plus utile que tous ceux que vous préconisez, car en défendant votre patrie, c'est aussi votre foi et votre autel qu'ils ont défendus.

Jésus-Christ a fait sa religion pour le genre humain et non pour tel ou tel peuple ; si la religion chrétienne était plus nationale, ce sont précisément ces hommes du Panthéon et des champs de bataille qui seraient ses saints et ses martyrs. Pourquoi cette grande pensée de Napoléon qui confondant tous les mérites ensemble, les couronnait de sa glorieuse effigie, n'a-t-elle pas été celle des fondateurs de notre église ? Qu'importe pour celui qui a sauvé un peuple, un peu plus ou moins de dévotion, un doigt trempé plus ou moins profondément dans l'eau bénite.

Dieu, Madame, a-t-il donc tant besoin de prières. Et à vrai dire, s'il faut qu'il fasse droit aux oraisons qu'on lui adresse, de tous les coins du monde, qu'il réponde à tous nos saints patrons qui le tirant chacun de leur côté par sa robe, lui disent : Seigneur par-ci, mon Dieu par-là, je ne voudrais pas être à sa place. Mais si l'église ne veut point honorer nos grands hommes, au moins que ses ministres ne les insultent pas; car c'est par les grands hommes qu'elle a produits, qu'on est fier de sa patrie, et plus on est fier de sa patrie, plus on l'aime.

— Monsieur, revenons aux miracles : la bonté

de Dieu est infinie ; pourquoi ne prêterait-il pas aux saints un peu de sa toute-puissance pour guérir les infirmités des hommes.

— Quoi, madame, les infirmités qu'il a lui-même envoyées ; mais il ressemblerait donc à ce médecin italien qui allait attendre les passans au coin d'une rue pour les frapper de son stylet, et venait ensuite panser leur blessure. Croyez-vous donc que Dieu, le roi de la terre et de tous ces mondes éparpillés comme une rayonnante poussière dans l'espace, Dieu qui a tant de choses à faire, s'amuse à guérir un enfant de la cataracte ou du prorigo ; qu'il trouble cet ordre de choses établi par lui-même pour obliger un malheureux en lui ôtant son entorse ou en faisant tomber une taie de son œil ? s'il lui convenait, pour un motif quelconque, de guérir une de ses créatures, au lieu de faire intervenir un saint, ne chargerait-il pas de la commission les drogues du docteur ou le bistouri du chirurgien.

Soit un homme auquel on dit : votre ennemi sape votre maison par les fondements, et qui refuse de se lever, puis qui se lève cinq minutes après pour ouvrir la porte à son chien tendant vers lui des pattes suppliantes. Si Dieu s'abstenait de faire des miracles, quand il s'agit de défendre ses autels , et s'amusait à faire de petits miracles de complaisance pour rendre la vue à celui-ci, l'ouie à celui-là , l'usage de son bras ou de sa jambe à un autre , le maître du ciel ne ressemblerait-il pas à l'homme de notre hypothèse.

— Mais monsieur, et les miracles de l'évangile?

— Chut, madame, n'entamons pas cette question, s'il vous plaît , j'ai peur qu'il y ait là devant votre châsse quelque mouchard qui nous épie ; mais au lieu de discuter , agissons. Si vous pouvez faire des miracles dans l'intérêt d'un boiteux ou d'un aveugle , à plus forte raison pourrez-vous en faire dans l'intérêt de toute une commune. Je vous proposerais bien de prendre cette baroque église de Saint-Pierre qui rend tout redressement de la rue du Commerce impossible, et de la jeter ou bon vous semblerait , ou bien d'aller dans la vallée du Rhin choisir, pour faire niche aux protestans, trois à quatre beaux ponts que vous placeriez sur la Loire ; mais j'aurais peur que ces gros et rudes miracles n'écorchassent vos belles mains ; c'est un joli petit miracle , un miracle tout mignounn, vrai miracle de dame que je vous propose.

Au pied des Montapins, sur la route de Fourchambault est une fontaine que la limpidité de ses eaux a fait nommer la Fontaine d'Argent ; allez nous la chercher dans le creux de votre main , et apportez-la sur la place Ducale , d'où elle s'épandra en ruisselets par tous les quartiers de la ville. Si vous vous tirez avec honneur de cette épreuve, non seulement je vous adorerai de ma personne, mais encore je vous amènerai ma femme et mes enfants , le chapelet aux mains et le scapulaire au cou, afin que de gré ou de force ils vous adorent. Si même Dieu poussé à bout par ces pamphlets impies où j'ai l'audace de mettre Jésus-Christ au-dessus de M. Dufètre , m'affligeait d'une seconde fille , je voudrais qu'elle s'appelât de votre joli nom.

— Monsieur, dit la sainte, si vous ne venez devant ma châsse que pour me conter de pareilles sornettes, je me passerais bien de votre pratique.

— Madame , répliquai-je, n'empoisonnons point par des paroles acerbes le peu d'instants que nous avons à passer ensemble ; mais à propos, est-il bien vrai que vous ayez pris notre heureuse cité sous votre protection.

— Je l'ai ouï dire par M. Dufètre.

— Alors, je ne suis plus étonné que mon propriétaire m'ait augmenté hier de cinq francs le loyer de mon atelier, — mais au moins en ai-je pour mon argent — et de quel genre est votre protection : les banquiers nous prêteront-ils à cinq pour cent, le gouvernement nous revendra-t-il sa poudre et son tabac de régie à prix de facture ; les tailleurs vaincus par cette *vertu secrète qui sort du tombeau des martyrs*, se résoudront-ils à coudre nos paletots, les banqueroutiers cesseront-ils d'être des gens comme il faut, les épouses seront-elles fidèles à leurs. . . . .

— Quelle question, me répondit la sainte ; comment une femme peut-elle trahir son époux.

— Entendons-nous, madame, c'est fidèles à leurs amants que je veux dire.

—Monsieur, faites attention avec qui vous êtes !

— Pardon, madame, je n'ai pas l'habitude de parler à des vierges ; mais enfin quelles seront les limites du territoire protégé ? s'étendra-t-il jusqu'aux confins de l'octroi, dépassera-t-il les faubourgs ; ces riantes et joyeuses maisons de campagne, éparpillées autour de la ville comme des enfans jouant dans l'herbe autour de leur mère qui travaille, en feront-elles partie ; combien de temps faut-il de domicile à Nevers pour avoir droit à votre protec-

3···

tion ; protégez-vous les voyageurs , protégez-vous ceux qui sont détenus dans les prisons de la ville ; protégez-vous la garnison , est-ce avec armes et bagages ou sans armes et bagages ; faut-il, pour être protégé par vous, acheter un de vos médaillons , ou le médaillon n'est-il pas de rigueur ?

— Monsieur !!!! fit la sainte , avec un geste dans lequel je crus voir du Domitien ?

— Eh bien oui ! oui ! oui ! répondis-je épouvanté, vous nous protégez ; nous ne pouvons certes avoir de meilleurs protecteurs que votre fémur et ce petit morceau de votre crâne. Dieu ne saurait manquer de faire exprès pour nous un petit ciel calqué et taillé sur le patron du département ; ce petit ciel sera toujours plein de chaudes brises et de soleil, et ces gros vilains nuages qui versent la pluie n'oseront s'y présenter que quand ils seront mandés par le comice agricole.

D'autre part, lorsque la chenille vorace et le hanneton impie viendront au printemps pour dévorer nos récoltes en bourgeon, on enverra le sacristain de la cathédrale les prévenir qu'ils aient à vider les lieux ; mais madame, une petite question s'il vous plaît : croyez-vous que si monseigneur de Rheims faisait venir de Rome des reliques , beaucoup de reliques, cent mètres cubes de reliques, la Champagne pouilleuse reverdirait ?

— Cela n'est pas impossible, monsieur.

— Cependant, madame, il me vient un scrupule : s'il suffit, pour protéger une commune, d'un os de martyr enchâssé dans un reliquaire, comment se fait-il qu'il y ait des communes qui soient encore sans protecteur ? Rome est une ville à double fond : sous la Rome vivante est la Rome morte, la Rome des consuls et des empereurs ; il y a dans cet immense sépulcre, (M. Gaume le dit lui-même) des os de plusieurs millions de martyrs ; or, si ces richesses calcaires étaient partagées entre toutes les églises du monde catholique, elles en auraient chacune plein leur sacristie. Que le curé de ces paroisses disgraciées, qui n'ont point de reliquaire ou dont les reliques sont tombées en désuétude, prenne la diligence et aille à Rome ; il en rapportera non un morceau de crâne et un fémur, — ce n'est pas la peine d'aller à Rome pour si peu de chose — mais un, deux, trois squelettes à choisir. Cela ne revient, pour les frais de voyage et autres menues dépenses, qu'à cinquante écus pièce, et on a la décoration de l'Eperon d'Or par-dessus le marché. Moi qui vous parle, j'ai voyagé dernièrement sur l'impériale de la diligence, dans la société peu aimable de six squelettes bien complets, qui s'en allaient en Auvergne, et ils nous ont si bien protégés, que nous avons versé en route.

Vous me répondrez à cela que le papé est prudent, et qu'il ne lâche ses reliques qu'à bon escient ; en cela à comme en toute autre chose, sa sainteté a grandement raison. Si tous les lieux de la terre avaient leurs reliques, Dieu ne saurait plus que faire de sa grêle, de ses trombes, de ses ouragans, de ses tremblements de terre, et ne trouvant plus d'endroits pour lancer son tonnerre, il serait obligé de le supprimer.

— Voilà, monsieur, précisément ce que j'allais dire.

— Permettez que j'aie encore un petit et dernier scrupule, madame : j'ai voyagé chez les protestants, là point de processions, point d'images, point de reliques, et partant point de protection divine ; cependant ces campagnes maudites sont aussi vertes que notre terre bénie ; les cités de ces infâmes sont aussi florissantes que nos villes les plus haut mîtrées. Leurs magasins sont aussi brillants, aussi bien parés de jolies femmes que nos magasins catholiques, où la banqueroute se tapit sous le comptoir ;

leurs usines élèvent plus haut et plus fièrement que les nôtres leur panache de fumée ; et plus d'un pays très apostholique et très romain , est l'humble vassal de cette industrie qu'exercent des mains réprouvées. Comment donc cela peut-il se faire, madame?

Un autre sujet d'étonnement pour moi , c'est que cette Italie si bien pourvue de reliques, si largement tonsurée et qui a bu tant d'eau bénite, soit pourtant si malheureuse ; et Rome elle-même, madame , sa destinée est-elle bien brillante? tous les jours je me demande pourquoi elle ne fait point du noir animal de ses reliques ; à quoi lui sert d'être non seulement la capitale , mais l'église du monde chrétien? le sceptre de l'univers s'échappait de sa main en même temps que la statue de Jupiter tombait des hauteurs du Capitole ; sa puissance, sa gloire, ses grands hommes , tout s'en est allé avec ses dieux , et ses mamelles épuisées ne peuvent plus nourrir que des chanteurs et des capucins.

O Rome, Rome ! voilà donc où ta catholicité t'a réduite. Au pied de ta croix, il ne vient plus, au lieu de lauriers en fleurs, que du chiendent et des orties ; ta terre désolée ne produit plus qu'un peuple idiot et décrépit, triste regain d'une moisson de héros. Comment se fait-il donc que la reine des nations se

soit changée en un moine immonde ? à la place de
ces marches triomphales qui resplendissaient des
dépouilles de tout l'univers, qu'as tu mis ? des processions, traînant à leur suite des prêtres rapés,
et un long amas d'hommes en guenilles. Un suisse
de cathédrale, arlequin chamarré de ridicules oripeaux , fait maintenant résonner sa hallebarde sur
les dalles du Capitole , et meurtrit la poussière des
Paul-Emile et des Scipion. Rome , ville de misère et d'opulence , ville de servitude et de despo-
tisme , ville de prêtres en serge et de cardinaux en
velours , si tes saints peuvent pour toi quelque chose , demande-leur donc un rabat plus propre pour
mettre sur ta thiare.

Je ne doute pas madame , que cette pincée de
votre cendre, que M. Gaume aurait pu nous apporter dans sa tabatière , soit plus puissante que tout
le reste des catacombes ; mais enfin vous-même,
quel acte de protection avez-vous accompli en notre
faveur, et comment , depuis tantôt trois mois que
vous êtes ici, nous sommes-nous aperçus de votre
présence. Voyons-nous le commerce reprendre ses
balances et sa demi-aune, et le crédit, devenu moins
cauteleux , nous r'ouvrir son escarcelle ; avez-vous
tari ces pluies incessantes, qui après avoir noyé nos

prés renversent nos épis; et ces jours derniers, quand la Loire dévorait sous nos yeux un de nos plus jeunes concitoyens, êtes-vous venue lui arracher sa victime? cependant vous eussiez touché une prime de dix écus pour faire vos bonnes œuvres. Si votre protection est pour nous sans résultat, à quoi sert-il donc que vous nous protégiez; c'était bien la peine ma foi de disgracier ce pauvre St.-Cyr, qui se tenait si tranquille et si raisonnable sur son cochon, pour vous mettre à sa place. Voyez-vous là bas ce vieux Clamecy qui rit sous cape à votre nom : je suis bien sûr qu'il préfère la protection de M. Dupin aîné à la vôtre.

—Monsieur, me dit la sainte, je suis ici comme un roi au milieu des dévoûments équivoques de sa cour : vous qui avez quarante ans et au-delà, et qui parconséquent devez mieux que moi distinguer un masque d'une face vivante, une dévotion de chair, d'une dévotion de plâtre, tirez-moi d'un doute, je vous prie ; est-il vrai que les prêtres croient à mes miracles ?

—A la vérité, madame, j'ai vu bien des masques ; mais que voulez-vous, il est des apparences si bien imitées qu'il faut en approcher de bien près pour les distinguer de la réalité.

Les prêtres croient-ils à vos miracles ? j'en doute et voici mes raisons. Les prêtres en général se portent d'une manière florissante, c'est une qualité qu'on ne saurait leur refuser. Cependant il en est bien certains parmi eux qui sont atteints de quelques infirmités , ne serait-ce que de ces infirmités contractées par les jeûnes, les abstinences et les macérations de toute espèce qu'ils font subir à leur corps. Or, quand les prêtres ont la fièvre ou la colique, c'est toujours au médecin qu'ils s'adressent. Ce matin encore, à votre procession, j'étais auprès d'un vieux et respectable ecclésiastique qui s'en allait ployé sous un faix de quatre-vingts années , et se faisait de son valet une béquille. A ses côtés, des femmes se disputaient à qui passerait sous votre châsse , et lui, cet octogénaire tombant en ruines , il n'a pas le moindrement songé à en faire autant. Cependant quelque vénérables que soient les infirmités , je ne crois pas qu'on y tienne beaucoup.

Quant à **M. Dufêtre**, bien certainement il croit à vos miracles. Un prêtre ne saurait mentir, et un évêque le voudrait qu'il ne le pourrait pas. Voyez-vous, madame, un prêtre c'est la vérité qui en sortant de ce puits impur ou le paganisme l'avait plongée revêtit sa nudité d'un rabat et d'un tricorne ; la

chaire doit, comme un témoin qui dépose, dire toute la vérité et rien que la vérité. Or M. Dufêtre,
ne dirait pas rien que la vérité, si cherchant à nous
faire croire à vos miracles, lui-même n'y croyant
point ; et dans ce cas, pour dire toute la vérité, il
serait obligé de nous désabuser desdits miracles
comme d'une superstition.

Ce serait pour lui non seulement un devoir de
religion, mais encore un devoir d'humanité ; et il faudrait qu'il n'y eut pas chez lui le moindre atome de
St. Vincent de Paule pour qu'il s'en départit. De pauvres malades, que l'ordonnance du médecin a consi-
gnés dans leur lit, se traînent, madame, à grand renfort de béquilles au pied de votre autel et se pros-
ternent devant vous sur des genoux ankilosés ; ces
pieux imbéciles en cherchant à se guérir des maladies
qu'ils ont, se donnent des maladies qu'ils n'avaient
pas. Et même l'an passé un malheureux père de famille était frappé d'une mort soudaine pour s'ê-
tre plongé tout couvert de sueur dans les eaux mira-
culeusement salutaires de votre sœur Brigitte. Vous
n'avez encore rien de semblable à vous reprocher,
belle sainte ,, j'aime à vous rendre cette justice ;
mais vous le voyez, cette médecine qui traite
toutes les infirmités par des cierges et des neu-

vaines et qui au premier aspect paraît si innocente, si bonne personne, elle est cependant plus fatale qu'un rebouteur à la santé publique.

M. le commissaire de police veille à ce qu'il ne soit porté aucune atteinte à la conservation des habitans de la commune ; il pousse même la sollicitude sur ce point jusqu'à faire empoisonner votre chien de peur qu'il ne vous morde. Il pourrait, il devrait même vous mettre la main sur l'épaule ; mais on conçoit qu'il ne l'ose pas , un acte de cette autorité empêcherait peut-être le ministre de la marine de lui faire tenir son orphelin de la Guadeloupe.

D'un autre coté le parquet décernerait très bien un mandat d'arrêt contre vous, pour exercice illégal de la médecine ; mais le parquet est trop galant , trop parquet français , pour en venir avec une demoiselle à une aussi rigoureuse mesure.

Je ne vois donc que M. Dufêtre , qui soit à même d'intervenir dans cette affaire ; d'un mot il peut jeter un rayon de lumière à travers cette épaisse et fatale ignorance qui compromet la santé de son troupeau ; et pourtant ce mot il ne le dit pas. Il faut donc qu'il attende de vous quelque grand miracle , un miracle devant convertir les deux ou trois de ses diocésains, qui dans la dernière course triomphale, par lui fournie ont échappé à sa parole victorieuse.

— Oh! oh! fit la sainte, avec un joli petit bâillement. M. Dufêtre aurait bien dû m'épargner les fatigues de cette procession; je suis harassée; me faire promener sur la place Ducale par un soleil de 20 à 25 dégrés, sans ombrelle et avec une robe de velours, voilà un procédé bien peu aimable!

— En toutes choses, lui répondis-je, M. Dufêtre ne considère que la plus grande gloire de Dieu. Quand il s'agit d'honneurs à recevoir au nom de son maître, il ne s'épargne pas plus que les autres, et paie bravement de sa personne. Ainsi lors de son entrée triomphale à Nevers, combien il a dû souffrir dans sa modestie, d'être exposé pendant trois heures et à bout portant aux acclamations de la foule. Et encore il est des infâmes qui révoquant en doute la simplicité de cet homme apostolique, prétendent qu'il se complait au milieu de ces pompes mondaines, et qu'il aime l'évidence dorée du premier plan: les malheureux! mais ils ne conprennent donc pas que, si ce respectable prélat a exigé de M. le maire, tous les honneurs qui lui revenaient et même un peu plus qu'il ne lui en revenait, ce n'est pas pour lui qu'il les réclamait, c'est pour Dieu;

c'est qu'il importait à la gloire de Dieu , que son représentant traversât le pont de Loire au bruit de l'artillerie.

Et à Donzy encore , où ce martyr de l'épisco-pat a été appelé brutalement **M. Dufètre** tout court par le juge de paix. Pourquoi se plaignait-il que la garde nationale ne fut pas venue à sa rencontre , cela est facile à comprendre , c'est parce que Dieu eut été bien aise de voir la garde nationale de Donzy sous les armes.

— Monsieur , dit la sainte, cet appareil triom-phal peut convenir aux grandeurs d'ici-bas , mais je doute fort qu'il convienne aux grandeurs du ciel. Le Dieu que nous adorons est né dans une crèche et mort sur une croix : ce n'est pas par un vain étalage de choses précieuses qu'il faut l'honorer; cette croix, vous devriez vous rappeler ce qu'elle représente , hommes insensés ; c'est son gibet que vous couvrez d'une couche d'or si épaisse. Si Jésus-Christ pen-dant sa vie mortelle eût voulu se rehausser par un éclat étranger , n'avait-il pas à son service toutes les magnificences du ciel. Pourquoi ses serviteurs veulent-ils pour son image des honneurs dont il n'a pas voulu lui, pour sa personne ; et ne ressemblent-ils pas un peu ici à ces adroits cuisiniers qui prépa=

rent à leur maître un ragoût qu'il n'aime pas pour s'en régaler eux-mêmes.

L'Évangile est-il meilleur pour être si bien re-lié; et quel précepte de morale mettent en honneur ces bruits de cloches dont on emplit la ville, ces cha-subles qu'on promène par les rues, et ce lutrin qu'on transporte sur la place publique.

Hélas, monsieur, qu'est devenue la touchante et majestueuse simplicité de notre église primitive; où sont ces chrétiens avec lesquels j'ai prié dans les cryptes, où sont ces vieux évêques qui vivant dans la retraite et le dénuement absolu des choses d'ici-bas, ne voulaient faire de prosélytes que par l'exemple de leurs vertus.

Ceux qui se disent les successeurs des apôtres, ceux qui se laissent appeler les envoyés de Dieu par leurs flatteurs, ce n'est plus au cœur du chrétien, c'est à ses yeux qu'ils s'adressent. Au lieu de par-ler à sa raison et à son ame, ils étourdissent son oreille par un continuel bourdonnement de psaumes et de cloches; ils lui donnent des fêtes aujourd'hui à cet autel, demain à cet autre; ils l'amusent par des processions mêlées de mascarades, où le sauveur des hommes est représenté par un enfant portant un agneau sous son bras; ils donnent, comme les frères ignorantins à leurs élèves, des médaillons aux dames qui ont été bien sages. Cette grande et sévère figure de Jésus-Christ qui jette du haut de sa croix un regard mélancolique sur le monde, ils l'atiffent de soie, de dentelles et de verroterie, comme une sainte Renne.

Grâces à ces continuelles cérémonies, le dogme qui impose des sacrifices est délaissé pour le culte qui donne des spectacles. Cette dévotion hypocrite des italiens, dévotion toujours prosternée, et qui brûle tant de cierges, a succédé à la piété féconde de nos pères. Cette foi des anciens temps qui défrichait les solitudes de la Gaule, qui mettait des ponts sur ses fleuves, qui maçonnait dans les nuages les flèches dentelées de nos cathédrales, qui jetait des armées de paysans et d'ouvriers sur des plages lointaines, qu'est-elle devenue ? Hélas, monsieur, ce n'est plus qu'un soleil d'hiver qui brille, mais ne fait rien éclore.

Ces gens qu'on appelle sans cesse à l'autel, au lieu de payer Dieu en bonnes œuvres, le payent en pratiques religieuses ; et tous les ans à Pâques, ils vont avec confiance demander leur quittance à leur confesseur ; quelles bonnes œuvres, en effet, voulez-vous attendre d'hommes qui croient qu'avec des neuvaines ils achèteront la rémission de leurs péchés.

Ces femmes en robe, et ces autres femmes en paletot, que vous prenez pour des hommes, ce sont en apparence d'excellents chrétiens ; il n'y a pas de troupe mieux disciplinée : vous leur dites à genoux, et ils s'agenouillent ; redressez-vous, et ils se redressent ; faites le signe de la croix, et ils le font ; mais allez demander à celles-ci pour vêtir et rassasier les pauvres, cet or et ces diamans dont elles frelatent leur beauté, œuvres et pompes de satan auxquelles pourtant elles ont renoncé lors de leur baptême, et à ceux-là cet habit d'homme comme il faut, taillé à Paris par les ciseaux et pressé par le passe-carreau d'un homme de génie, et vous verrez ce que c'est que leur piété.

J'ai vu, en traversant la France, des hommes noirs qui s'agitaient, qui criaient, qui gesticulaient, qui déclamaient leurs livres, qui faisaient à grand renfort de cimbales et de grosse caisse des recrues pour leurs congrégations, qui cherchaient enfin à se rendre importans par les attaques qu'ils dirigeaient contre tout le monde et par celles qu'ils provoquaient contre eux-mêmes ; j'ai demandé à M. Gaume quels étaient ces hommes, et il m'a dit que c'étaient des jésuites.

Je suis sainte, monsieur, mais je n'ai point les préjugés de ma caste, et Dieu m'a fait la grace de détester les jésuites. J'ai ri de pitié en voyant ces prètres charlatans vouloir achalander leur église par les mêmes moyens qu'un marchand achalande sa boutique, et je me suis étonnée que tous les chrétiens sincères et éclairés ne se réunissent pas pour les combattre. Car ces gens-là, en voulant relever leur domination abattue, perdront le peu de religion qui reste en votre France.

Le genre humain est sorti de ces superstitions qui faisaient la puissance des prètres; leur noire soutane ne peut plus déteindre sur les constitutions; le peuple souverain ne va plus à confesse, et son front est trop haut pour que leur main puisse atteindre à sa couronne.

Pour être quelque chose, il faut que le prètre redevienne ce qu'il était autrefois, un disciple de Jésus-Christ, un simple ministre de l'évangile, qu'il ne se tienne point clos et immobile dans son presbytère, tel qu'un saint dans sa niche; qu'il se mêle au peuple, comme le faisait son divin maître, qu'au lieu d'aller boire du vin rouge ou jouer à la bouillote chez le notaire et le percepteur de la commune, il entre dans les chaumières, qu'il s'asseie à l'humble foyer sur l'escabelle du pauvre ; que désespérant de convertir ses paroissiens en masse et par arrondissement, comme a le bonheur de le faire de M. Dufêtre, il les prenne homme par homme, et conscience par conscience, qu'au lieu de leur faire un sermon, il converse familièrement avec eux , qu'il écarte doucement et avec la sollicitude attentive d'un médecin qui lève un appareil, les voiles qui enveloppent leur esprit, et qu'après les avoir ébranlés par la puissance de ses paroles, il les persuade par l'exemple de ses vertus ; qu'il soit, partout où il entre, suivi de la paix et de la concorde, qu'il réconcilie les ennemis, qu'il prévienne les procès, qu'il joue comme Jésus-Christ avec les petits enfants, qu'il trinque, sobrement toutefois , avec le père de famille , qu'il ait le mot pour rire avec les jeunes filles de la maison , et qu'au besoin, de crainte que le tentateur ne se mêle de ce qui le regarde, il les marie avec leurs amoureux.

A cette condition les prêtres seront beaucoup encore, ils seront plus que vous, plus que moi, plus que le seigneur du château voisin, plus que le maire de la commune , plus que le sous-préfet de l'arrondissement , et s'il faut tout vous dire, je ne connais point de rôle plus honorable et plus digne d'un homme que celui d'un pasteur régnant sur sa paroisse par l'ascendant de ses vertus.

— Ce que vous dites là , madame, est bien pour une sainte ; mais puisque vous avez tant de bon sens, vous devez vous apercevoir que vous êtes ici un sujet d'oisiveté pour beaucoup, et que votre présence porte préjudice à un grand nombre de pauvres familles ; pendant que ces femmes récitent leur chapelet devant votre châsse , ce n'est pas vous qui raccommodez les hardes de leurs enfants et faites bouillir le potage de leur mari; et je suis bien sûr que plus d'une ne rentre chez elle qu'avec la crainte d'être battue. Croyez-moi , rendez votre perruque blonde au coiffeur, vendez votre robe rouge et votre palme au profit des pauvres , et retournez à Rome. Nous avons assez de saints que nous ne ne prions pas , sans qu'on nous en amène encore de nouveaux ; vous comprenez, madame, qu'une ville ne change pas de saints comme elle change de conseillers municipaux.

C. T.

QUELQUES PAMPHLETS

DE MES ADVERSAIRES.

Quatrième Pamphlet.

Voyez un peu comme j'étais sot. Je me figurais que j'étais le seul pamphlétaire de la Nièvre ; que j'avais sucé tout le fiel du département aux mamelles de ma mère, et que cette argile, dont on faisait le reste de mes concitoyens, était pétrie, comme la pâte de jujube, avec du sucre et de la fleur d'orange. J'aurais surtout garanti la mansuétude des prêtres. Une noire vipère au fond d'un bénitier, m'eût étonné moins et moins effrayé qu'une parole méchante tombée de la bouche d'un homme à soutane. Voici du reste ce que je m'imaginais des prêtres : le jour de leur consécration, un ange, pendant leur sommeil, avait extrait délicatement leur cœur de leur poitrine. Le tordant, il en avait ex-

primé toutes les choses impures qui sont dans le nôtre , et l'avait doucement remis à sa place.

Maintenant , je reconnais mon erreur. Je n'ai
que ma part de méchanceté , et bien juste. Il y a
dans ce département au-delà de trois cent mille
pamphlétaires; et à Nevers , d'après le dernier re-
censement , il en est un peu plus de dix-sept mille,
pamphlétaires en jupes de bure, en robe de soie , en
faux toupet , en perruque, en bottes, en sabots, en
tricornes; et tel qui m'appelle infâme pamphlétaire,
est lui-même un pamphlétaire très-infâme. Entre
les pamphlets de ces gens-là et les miens , toute la
différence qu'il y a, c'est que les leurs ont la pointe
émoussée , au lieu que. . . . . Mais quoi! lorsque
la mouche vous mord , si sa morsure n'enfle pas
comme celle de la guêpe , devez-vous lui en savoir
beaucoup de gré.

Du reste , chers abonnés , on ne peut toujours
se fendre la bouche à faire de grandes phrases. Je
veux vous donner aujourd'hui quelques échantil-
lons des mille et mille pamphlets qui se chuchottent
contre moi. Vous verrez que , si quelque chose
manque à mes adversaires, ce n'est assurément pas
la méchanceté.

Le premier et le plus joli peut-être , est l'œuvre

d'un docteur en théologie. Ce savant ne connaît ni métaphore, ni hyperbole, ni ironie. Il a fait toute sa rhétorique sans se permettre la moindre figure. Pour lui les mots n'ont que la valeur que leur donne le dictionnaire de l'académie, et les phrases ne signifient que ce que disent les mots. Il est peu gentil et quelque peu vieux le cher homme; eh bien ! si une jeune et folâtre béate lui disait en plaisantant: M l'abbé, je raffole de vous, rien ne lui paraîtrait plus sérieux. De sa vie il ne la verrait, et si elle demeurait à la porte de la Barre , il s'enfuirait, avec ses in-folio, sur le quai de Loire. Je suis bien sur qu'il a pris à la lettre ce mot de l'évangile : heureux les pauvres d'esprit , et que , si par cas fortuit, il lui échappait un mot spirituel, il irait s'en confesser de suite ; au-demeurant, c'est un homme de sience et de bon sens.

Maintenant revenons au pamphlet du révérend. Le révérend dînait chez un fonctionnaire et disait : cet écrit — c'est de mon pamphlet qu'il parlait— est plein d'ordures, il est d'un cinisme dégoûtant ; Voltaire et Marat , ont pu penser de pareilles choses ; mais ils ont eu la pudeur de ne pas les écrire.

Que dites-vous de ce petit morceau ? Marat et Voltaire , qui ont pu penser que M. Dufêtre pé-

chait un peu du côté de la simplicité et de la modestie ; mais qui ont eu la discrétion de n'en rien
dire à personne..... Je ne suis pas riche , mais je
donnerais bien cinquante francs , pour que l'*Echo
de la Nièvre* eût dit de telles choses.

Le révérend ajoutait : cet homme, — c'est moi,
maintenant qui suis sur la sellette du révérend ,
— a une ame vile ; imaginez-vous , monsieur ,
imaginez-vous , madame , qu'il voulait se vendre à
M. Avril, pour la somme de mille écus.

Mais objecta quelqu'un, dont j'ai l'honneur d'ê-
tre connu, c'est sans doute là une plaisanterie de
pamphlétaire. C. Tillier , sait bien qu'il vaut à
peine quinze cents francs. Or quand on a envie de
vendre, on ne surfait pas de moitié sa marchandise.

C'est une infamie de plus, mon cher monsieur ,
poursuivit le révérend , presque scandalisé de ce
qu'on n'était pas de son avis ; rien n'est plus certain, il veut se vendre : il se vendrait à un marchand
d'hommes, s'il avait les qualités requises pour remplacer. Il s'est offert à monseigneur lui-même ; je
n'ai pas de conseil à donner à ce sage prélat ; mais
à sa place, j'achèterais le quidam par souscription ; nous l'emploirions à faire des cathéchismes

ou à composer de l'onguent contre la morsure de la vipère noire.

Qu'est-ce monsieur, fit l'unique et officieux auditeur du révérend, que cet onguent contre la morsure de la vipère noire.

Quoi, monsieur, vous ne connaissez pas l'onguent contre la morsure de la vipère noire ? La vipère noire, c'est l'incrédulité, l'onguent, c'est la doctrine chrétienne, un livre magnifique, monsieur, qui fait partie de la bibliothèque formée par monseigneur, pour orner l'esprit, former le cœur et raffermir les croyances religieuses de ses ouailles. Quand on se mêle de faire des pamphlets, voilà monsieur, comme il faut en faire ; tenez, je vais vous en citer un passage :

» Messieurs et Mesdames, Vous allez voir ce que vous
» allez voir : une chose merveilleuse que vous n'avez pas
» encore vue. Et cependant, Messieurs et Mesdames, en fait
» de bêtes et en fait d'hommes, en fait d'inventions et en fait
» de remèdes, que n'avez-vous pas vu ?
» Des chiens savants qui jouent aux échecs, comme feu M. de
» Talleyrand aux protocoles : vous en avez vu. Des puces mili-
» taires faisant l'exercice en douze temps, et capables de former
» la première batterie d'artillerie à cheval de cette brave garde
» nationale parisienne dont nous sommes tous susceptibles de
» marcher avec : vous en avez vu. Des artistes en vers, en
» prose, en législature, en philosophie, dont les yeux ornés de
» doubles lunettes ne les rendent pas très-capables de distin-
» guer nettement le bout de leur nez, et qui se flattent de lire
» dans la nue : vous en avez vu. Des veaux blancs à deux têtes
» et des chevaliers tricolores à quatre, à huit, à dix, à treize
» consciences : vous en avez vu. Les quatorze mille vérités de
» la Charte constitutionnelle : vous les avez vues. Les cendres

» du grand Napoléon : vous les avez vues. Du bitume de toute
» qualité et toute couleur, vous en avez vu.. . . . .

» Ainsi, Messieurs et Mesdames, prenez une boîte de mon
» onguent, respirez-en seulement l'odeur, et vous pouvez voya-
» ger dans tous les lieux infectés de la vipère noire, fréquenter
» nuit et jour les malheureuses victimes de ses morsures conta-
» gieuses, avec la même assurance que le médecin visite les
» lazarets de pestiférés, lorsqu'il a sous le nez son flacon de
» vinaigre des quatre ministres, pardon, des quatre voleurs. »

Et tout le livre, monsieur, est de cette force.

Pouah ! firent tous les convives. Cette exclama-
tion ne découragea pas le docteur et il poursuivit : Imaginez-vous, monsieur, que l'an passé,
j'ai, sans le savoir, voyagé avec ce drôle — c'est
toujours de moi qu'il est question — oui, nous
avons fait deux myriamètres côte à côte. Il m'a
brûlé la moitié de mon tricorne avec son cigare,
et il ne m'a pas seulement dit : excusez.

Et le saint homme semblait éprouver les deux
sentiments que voici : d'abord, une sorte d'étonnement, de ce qu'il ne fut pas rayonné de lui, alors
que nous étions sur le même coussin ; quelque
chose qui m'eut sanctifié ; puis, cet effroi qu'éprou-
verait une jeune fille, si sa femme de chambre venait
lui dire que dans le panier à ouvrage, qui était
tout-à-l'heure sur ses genoux, il y avait une vipère
noire.

Excellent prêtre, va, heureux ceux qui dînent

avec toi, surtout si on leur sert de bon Champagne, et qu'ils aient une jolie voisine.

Vous comprenez, chers abonnés, que je ne suis
pas assez docteur en théologie, pour me mettre
en souci de tels propos ; si je les consigne ici, c'est
qu'il est bon qu'on se fasse une idée de la portée
d'esprit de ceux qui sont chargés d'enseigner les
choses saintes à nos jeunes prêtres, et de la charité de tous ces professeurs d'évangile ; du reste, ne
me demandez pas le nom de ce spirituel abbé, je
ne vous le dirais pas, quand bien même vous me
mettriez à la question, j'aurais peur, que M. Dufêtre lui donnât de l'avancement.

Le second pamphlet est de M. Paillet. M. Paillet a fait contre moi des pamphlets qui valent beaucoup mieux que celui-ci. Ainsi il m'a fait condamner à huit jours de prison ; ainsi quand il était du
comité cantonnal...... mais qu'importe, je vous
donne son pamphlet pour ce qu'il vaut.

D'abord, il faut vous dire que de son vivant,
M. Paillet jouissait de l'estime de ses concitoyens,
sa canne inclusivement ; il parlait sans trève et sans
repos de l'estime de ses concitoyens. Vous lui
eussiez dit, au cercle littéraire de Clamecy: M. Paillet, vous avez fait une grande faute de littérature

en tirant cette bille au doublé ; vous lui eussiez dit,
dans un bal aux frais de la ville, M. Paillet, vous
avez mal exécuté cet en-avant-deux, il vous eut répondu , se rejetant fièrement en arrière : apprenez , monsieur , que je jouis de l'estime de mes
concitoyens ; mais je ne sais comment cela se fit ,
bien qu'il jouît de l'estime de tous ses concitoyens,
M. Paillet fut tué raide aux dernières élections mu-
nicipales , et Dieu sait ce que sa fin déplorable a
coûté de larmes aux ménétriers , et aux divers
employés des bals bourgeois. M. Micot, en fut
indisposé de chagrin , son épouse en eût des
vapeurs, et pendant trois jours, tous les violons
salariés du canton, exhalèrent des sons plaintifs
de leurs cordes. Cependant, M. Paillet revient.
D'abord, il revient le samedi de chaque semaine
à son audience, ensuite il revient tous les soirs au
cercle littéraire de Clamecy, dont ses talents au billard et à l'impériale, deux genres de littérature
qu'il possède à un haut degré, l'avaient fait nommer
président.

Or, audit cercle littéraire, après avoir lu mon premier pamphlet, il ouvrit, pour me servir de l'expression de Virgile, la bouche en ces termes : mais cet
homme demande l'aumône ? Je soupçonne fort

M. Paillet, d'avoir fait un peu de théologie.

Ses collégues ébahis attendaient qu'il s'expliquât; mais le grand trépassé se drapa majestueusement dans son linceul et se tut ; c'en était fait, le coup était porté. Ce trait de littérature m'avait mis hors de combat ; celui qui fait des sabots pour vivre, travaille ; mais celui qui gagne sa vie en écrivant mendie, cela est évident, et si évident qu'un célèbre avocat du crû la confirmé ; ainsi il ne me reste plus qu'à briser ma plume et à épandre mon encre de la petite vertu dans le ruisseau ; bien heureux encore si, quand j'irai revoir mon pays natal, M. le maire de Clamecy, qui est l'avocat ci-dessus, ne me fait pas arrêter comme vagabond.

Et pourtant ce M. Paillet, je l'avais amnistié à l'occasion du baptème du comte de Paris. O clémence humaine, ne feras-tu donc jamais que des ingrats !

Je sais les égards qu'on doit aux grandeurs déchues, aussi ne voudrais-je rien dire qui fut trop dur à cette ame en peine, et même si elle avait besoin de quelques *de profundis*, j'en aurais à son service ; mais il ne faut pas que M. Paillet abuse de sa qualité de défunt pour attaquer les vivants;

je n'admets pas que la grande infortune dont il a été frappé, lui confère le droit d'insolence. Les ruines, si elles veulent être respectées, ne doivent pas faire tomber leurs pierres sur les passants.

Toutefois, j'ai de l'obligation à M. Paillet; si je ne suis plus maître d'école, c'est à ses complots que je le dois; je me contenterai donc de lui répondre qu'il me prend pour un autre; peut-être me prend-il pour un homme dont je vais vous raconter l'histoire en peu de mots; car ce n'est pas une trop belle histoire: l'individu qui en est le héros pourra quelque jour être mis au rang des avoués célèbres, mais je doute fort que sa biographie fasse jamais partie du Plutarque de la jeunesse.

Le héros donc de mon histoire, était sous la restauration un pauvre petit clerc râpé, besogneux, dînant de peu et déjeûnant à peine, très actif du reste, très griffonneur, mais au demeurant, ne sachant où prendre une charge, et attendant qu'il lui en tombât une du ciel. En ce temps-là, un avoué de l'arrondissement se fit destituer, et notre petit monsieur, de demander sa charge: il dit tant et tant de patenôtres à la porte des ministres, à la porte de madame d'Angoulême, à la porte du roi de France et de Navarre, à la porte des valets de chambre du palais, qu'on lui fit la charité de la charge de son confrère, et à vrai dire, il est le seul homme au monde auquel ledit confrère ait fait du bien.

Or, il advint qu'à son tour la restauration fut destituée; alors notre avoué se mit à déblatérer contre la restauration, comme s'il n'eut fait que cela de sa vie.

A la vérité, disait-il, cette dynastie a rendu un grand service à la France en me faisant avoué, je ne puis dire le contraire; mais son parjure a effacé tout le mérite de cette action : je ne la connais plus. Il fut d'abord tout liberté, tout ordre public ; mais la liberté étant tombée dans la disgrace de la cour, il finit par n'être plus qu'ordre public. A cette époque il prit une canne, porta le ventre en avant et rejeta les épaules en arrière , pose symbolique qui indiquait la stabilité du gouvernement en même temps que l'importance du personnage. Vous sentez que les bienfaits de la restauration devaient brûler les mains à ce généreux patriote , aussi n'avait-il rien tant à cœur que de s'en débarrasser. Il eût bien pu, comme tant d'autres, donner sa démission , mais le député de l'arrondissement eût été assailli de pétitions au sujet de sa succession et il voulait épargner cet embarras au grand homme. Ayant donc trouvé un bon prix de sa charge, il la lava.

Louis-Philippe, ô mon roi, s'écria-t-il alors, tu le vois, je n'ai plus rien à cette coupable dynastie, gratifie maintenant ton serviteur d'un bon emploi !

Mais, me dit quelqu'un, cet homme ressemble beaucoup à un mendiant qui, sa besace pleine, va vendre le pain qu'il a ramassé, et revient dire à d'autres portes : un morceau de pain, s'il vous plaît, pour ce pauvre homme qui meurt de faim. Monsieur ou madame, allez demander cela à M. le maire de Clamecy, qui apprécie si bien la mendicité, et laissez-moi, achever mon histoire.

Il n'y avait pas pour le moment d'avoué destitué dans le pays. Le héros infortuné de cette histoire fut donc obligé de se contenter d'un emploi non traficable. A la vérité cet emploi lui donne peu de peine et ne lui rapporte pas mal d'argent; mais il est toujours fort désagréable de ne pouvoir revendre ce qui ne vous a rien coûté. Ce qui console, du reste, cet honnête fonctionnaire, c'est que quand l'âge le forcera d'abdiquer, il pourra revendre à son successeur sa robe et ses vieux rabats.

Si M. Paillet me prenait pour ce grand mendiant, il me ferait beaucoup trop d'honneur; j'avoue en toute humilité que je ne suis pas digne de délier les cordons de sa besace, et même que je n'aurais pas la force de la porter.

Adieu, M. Paillet; quoiqu'il advienne, c'est un suprême adieu que je vous fais. J'aurais pu répondre plus au long à votre pamphlet, mais j'ai craint de faire de la peine à votre canne, à votre canne, veuve inconsolable, qu'on voit toutes les nuits rôder autour de la boîte où les électeurs vous ont enterré, et qui s'en retourne chancelante, désespérée, et jetant comme un bruit de gémissements sur le pavé, parce que votre main ne s'est pas appuyée sur sa pomme. On dit même que dernièrement elle a battu votre greffier qui, l'ayant rencontrée dans la rue, voulait la ramener à la maison. Toujours est-il que je perds en vous un beau sujet de pamphlet, M. Paillet.

Voici maintenant quelques pamphlets de la façon des béates. Il y a à mon égard un schisme dans la congrégation de M. Gaume : beaucoup de ses vierges prétendent que je me meurs par la protection de Sainte Flavie; beaucoup aussi, plus impatientes que les autres, veulent que je sois déjà mort, très mort, et même enterré. Je me meurs, soit;

cela est possible. Il y a long-temps, en effet, que les années de la jeunesse, ces beaux oiseaux de passage qui fuient aux approches de l'hiver se sont envolées de moi. J'ai fait plus de la moitié de mon voyage ; déjà je suis sur l'autre versant de la vie, terre morne où il reste à peine aux arbres quelques feuilles, et dont le ciel gris et gypseux, est plein de neiges qui voltigent. Or, quand on est arrivé à cette pente, on roule plutôt qu'on ne descend. Mais que je sois mort, je le conteste. Voilà du reste un miracle qui est *hoc* à sainte Flavie ; que je meure aujourd'hui, que je meure demain, que je meure dans dix ans, les vierges émérites de M. Gaume ne manqueront pas de dire que c'est leur sainte qui ma tué.

Ces menaces d'une mort prochaine m'effrayaient ; je l'avoue ; mais saint Claude, mon vénérable patron, m'est apparu une de ces dernières nuits : Ne crains rien, cher Claude, m'a-t-il dit, Jésus-Christ a lu tes pamphlets, il les approuve, et s'il ne s'y abonne point, c'est seulement pour ne pas désobliger M. Dufêtre. C'est toi qui défends la religion, et ceux qui l'attaquent, c'est cette tourbe de jésuites qui la manipulent ; qui la façonnent dans l'intérêt de leur ambition, comme si elle était leur chose. Tu tousses, je le sais, de là haut je t'entends tousser, et, sans compliment, je trouve que tu tousses très bien ; mais ne prends point de sirop de gomme, c'est un liquide insignifiant ; couche-toi tôt, lève-toi tard, et va t'imprégner de l'air salutaire de la campagne. Je n'affirme pas que ce régime te guérira, je ne suis pas moi un de ces saints empiriques qui font la médecine, comme s'ils avaient besoin de cela pour gagner leur vie. Mais si sainte Flavie touche à ta poitrine, elle apprendra ce que c'est qu'un Claude : d'un coup de ma crosse je lui mets son fémur en cent morceaux.

— Cher patron, lui répondis-je, est-ce que par hasard votre crosse serait plombée ? Mais en tout cas, vous ne voudriez pas en faire usage contre une femme, vous êtes trop franc-comtois pour cela.

— Une femme, me répondit-il, une femme, qu'est-ce que cela signifie ? La méchanceté est-elle donc inviolable, du moment qu'elle est jointe à la faiblesse ? Et toi-même, Claude, tout Claude que tu es, t'abstiens-tu de tuer une puce qui t'a mordu, par la raison que tu es plus fort qu'elle ?

Là-dessus, je m'inclinai, et mon saint patron disparut, ne laissant d'autres traces de sa présence, que quelques fils de son interminable barbe.

Mais voyez un peu, mes abonnés, quelle idée ces

saintes femmes, élevées à l'école des prêtres et nourries du corps et du sang de Jésus-Christ, se forment des objets de leur culte ; leurs superstitions sont-elles moins féroces que celles des sauvages qui engraissent leurs idoles de chair et de sang humain ? Quoi ! voilà une jeune fille qu'elles adorent entre tous les saints, pour laquelle leur capricieuse dévotion a délaissé le grand St.-Cyr lui même, et elles s'imaginent qu'elle va assassiner par miracle un pauvre écrivain, père de famille du reste, pour quelques phrases qui ont mal sonné à ses oreilles ! s'il en était ainsi, elle serait certes beaucoup plus proche parente de Domitien, que ne l'établissait sa position dans les catacombes.

Mais alors moi, que vous traitez d'impie, je vaux beaucoup mieux que vos saints. Dieu sait toutes les plaisanteries que l'Echo de la Nièvre a faites contre moi quand j'étais l'Association. Deux fois par semaine il m'appelait patriote, indépendant et vertueux : or voyez un peu comme c'est agréable d'être traité de vertueux par l'Echo de la Nièvre. Cependant je ne suis pas allé attendre ledit Echo au détour d'une rue, et je n'ai perforé aucune de ses neufs colonnes avec ma bonne lame de Tolède. Si ces saintes femmes écrivaient ce qu'elles disent, elles feraient

contre la religion le plus sanglant de tous les pamphlets ; de cette idée que les saints assassinent ceux
qui les raillent, à cette conclusion qu'il faut assassiner ceux qui raillent les saints, qu'elle distance
y a-t-il donc ?

D'autre part, un curé, je ne dis pas de ma paroisse, car je ne sais guère de qu'elle paroisse je
suis, s'est permis de m'excommunier. Comme ce
pamphlet est antidaté d'au-moins trois cents ans, je
n'en parle que pour la forme. Ce ministre de l'évangile s'imaginait, sans doute, que ma femme me servirait à dîner au bout d'une perche, que mon valet
de chambre ferait mon lit avec des pinces et que mon
chien, cessant tout rapport avec un hérétique, refu-
serait de me donner la patte ; mais je le préviens
pour sa gouverne que rien de semblable ne s'est passé ; il y a plus, hier j'étais témoin à la justice de paix,
et on m'a déféré le serment comme aux autres.

Passons maintenant à **M. Dufêtre**. **M.** Dufêtre a
prêché contre moi ; or, comme j'écris ici et que
M. Dufêtre prêche là bas, il est difficile que nous
nous entendions. Pour éviter cet inconvénient,
désormais j'enverrai mes pamphlets à **M.** Dufêtre,
j'espère que de son côté, quand il lui prendra fantaisie de parler de moi dans sa chaire, il m'invitera à

son sermon ; de cette façon , nous serons les meilleurs ennemis du monde.

Mais ce n'est pas là tout ; M. Dufêtre a dit dans des lieux à moi inaccessibles , que j'étais un esprit infernal. Comme le digne prélat ne peut ni se tromper, ni tromper les autres , j'ai douté un instant de ma nature. A la vérité , je n'apercevais sur mon front aucun stygmate , pas le moindre bouton, pas la plus insignifiante verrue, mais cela ne me tranquillisait qu'à demi; enfin j'essayai de faire le signe de la croix , et l'opération ayant très-bien réussi , je fus complettement rassuré.

Mais sérieusement , M. Dufêtre, pourquoi donc suis-je un esprit si infernal ? Est-ce parce que j'ai révoqué en doute l'identité de votre sainte. Mais vous-même , vous avez dit quelque part que vous étiez presque sûr qu'elle était parente de Domitien. Si vous en êtes presque sûr , vous n'en êtes pas entièrement sûr ; si vous n'en êtes pas entièrement sûr, vous en doutez , et si vous en doutez , vous êtes vous même un esprit infernal : la logique n'a pas deux poids et deux mesures.

Est-ce parce que je ne veux pas croire à ces absurdes miracles que les jésuites vont colportant parmi le peuple, à ces enfans guéris par l'application d'une image , à ces lettres écrites du ciel

par Jésus-Christ et qui donnent de son style épis-
tolaire une si malheureuse idée. Mais ces misérables charlatans dignes tout au plus d'être écoutés par
ces chrétiens de foire qui achètent les bagues de St.-
Hubert pour se préserver de la rage, rapetissent
Dieu avec toutes leurs jongleries ; ils le rendent
ridicule, ils dépouillent sa face de ses rayons resplen-
dissans et nous le montrent sous les traits grotes-
ques d'une caricature. Lui, l'auteur de toute intelligence et de toute raison, ces mauvais porteurs de tricorne le feraient volontiers passer pour un imbécile.
S'il avait fait tout ce qu'ils racontent de lui, le sceptre de l'univers commencerait à trembler dans sa
main caduque, et il ne serait pas trop tôt qu'il
confiât à un conseil d'archanges le gouvernement
des mondes. Que dire en effet d'un Dieu qui écrit
aux hommes pour se plaindre qu'il est trahi par
eux, et leur recommande de bien garder sa lettre?
Ce ciel où tant de soleils resplendissent, cette terre si
féconde, si parée et qui nourrit tant d'êtres à ses larges mamelles, n'est-ce pas là des miracles assez éclatants pour révéler sa grandeur, sans que de maladroits serviteurs lui prêtent, croyant ainsi le rehausser, le rôle d'un écrivain public, d'une médecine ou
d'un emplâtre. Mais ces colporteurs de miracles, ces

marchands de reliques , ne s'aperçoivent donc pas
que , dans l'intérêt passager de leurs ambitions impies, ils ruinent la religion en la livrant aux déri-
sions des incrédules ; ne se rappellent-ils pas que
Voltaire avec les légères , mais retentissantes bou-
lettes de sa plaisanterie, a plus endommagé nos autels que tous les philosophes du dix-huitième siècle
avec les gros canons de leur logique ; et d'ailleurs
cet axiome : on ne croit pas au menteur , alors
même qu'il dit la vérité , croient-ils qu'ils n'en
sont pas justiciables comme les autres ? La plupart
des chrétiens d'aujourd'hui ne savent des choses
saintes que ce qu'ils en entendent dire à l'église ;
leur raison aventureuse, éclose au soleil ardent de
nos révolutions, ne se soumet plus à l'autorité des
prêtres ; quand ces prêcheurs de miracles apocryphes leur enseigneront les vraies vérités de la réli-
gion, ils leur riront à la face ; ils prendront pour
de la fausse monnaie l'or le plus pur de l'évangile ;
dans le ministre de Jésus-Christ , ils ne verront
toujours que le charlatan ; à ses arguments les
plus victorieux, ils opposeront cette objection profondément stéréotypée dans leur esprit : il a déjà
voulu me tromper , il peut bien vouloir me tromper encore. Quelle confiance, en effet, peuvent-ils

avoir dans la parole de ce jésuite qu'ils surpren-
nent à chaque instant en flagrant délit d'absur-
dité ? Ils n'ont certes pas trop de toute leur foi
pour admettre les mystères du christianisme, sans
qu'on leur en fasse dépenser une partie à croire de
ridicules miracles.

Est-ce parce que j'ai attaqué vos neuvaines ?
Mais la prière que Jésus-Christ a faite pour nous ne
vaut-elle pas bien toutes celles que peut composer
M. Gaume. Jésus-Christ savait probablement aussi
bien que vous tout ce qui est bon aux chrétiens. Or,
si les neuvaines sont pour nous un moyen de salut,
pourquoi ne nous les recommande-t-il pas dans son
évangile ; si au contraire elles ne sont qu'un vain
bruit, que des genoux souillés d'une inutile poussière, pourquoi faire dépenser à ces pauvres femmes leur
temps dans une opération frivole. Soit une heure
qu'elles perdent avec votre sainte, et supposons
qu'elles soient mille ; si pendant neuf jours elles travaillaient toutes les mille une heure pour les pauvres, elles pourraient changer en chauds vêtements
les haillons d'une cinquantaine d'entre eux. Et
quand bien même elles n'auraient procuré ce bien-
être qu'à un seul pauvre petit enfant grelottant dans
ses guenilles : un malheureux soulagé n'est-il pas

plus agréable à Jésus-Christ que toutes ces mauvaises phrases, algues plutôt que fleurs de rhétorique que lui fait jeter M. Gaume par ses béates.

Est-ce enfin par ce que j'ai effleuré vos congré-
tions de mes railleries. Homme ingrat ! au lieu de
m'en vouloir de ce que j'ai dit, remerciez-moi donc
plutôt de n'avoir pas dit davantage. Le cœur vous a
saigé de désespoir à vous, quand vous avez lu sur le
frontispice du Panthéon : aux grands hommes la
patrie reconnaissante ; je n'ai pas dit pour cela que
vous fussiez un esprit infernal, ni même un jésuite.
Eh bien! j'éprouve, moi, la même douleur, quand
je vois maneuvrer par la ville ces régiments de femmes que vous commandez en colonel et dont le suisse de la cathédrale se fait le tambour major ; et je ne
conçois pas comment il se trouve des mères qui y
laisssent enrôler leurs filles. Quel avantage trou-
vent-elles donc à vous confier la direction de ces
jeunes ames, à vous qui ne savez ni ce que c'est
qu'un enfant, ni ce que c'est qu'un père. Nous ne
voulons pas, nous, faire de nos filles des vierges,
des religieuses, des saintes à miracles ; nous voulons
qu'elles soient mères de famille, parce que c'est
pour cela, et rien que pour cela, que Dieu les a faites. Or, cette dévotion surchargée de pratiques de

cent sortes et toute hérissée de scrupules que vous leur
inspirez sera-t-elle bien de mise dans leur ménage, à
moins que ce ne soit un sacristain qu'elles épousent.
Pendant qu'elles seront à l'église ou qu'elles sui-
vront la procession, leur mari bercera-t-il l'enfant
ou fera-t-il bouillir la marmite conjugale. Est-ce
avec des lambeaux de sermon qu'elles le retiendront
au logis, et lorsque s'approchant d'elles, il se sera
deux ou trois fois piqué aux épines de leur vertu,
ne laissera-t-il pas sa sainte dans sa niche pour aller chercher des distractions là où on ne parle ni de
l'enfer ni du paradis.

Et sans que nos femmes se mêlent à nos luttes
politiques, n'est-il pas bon qu'elles, aussi, elles aient
une ame citoyenne, oui une ame citoyenne ! d'a-
bord, afin que nos enfants entendent dès leur berceau prononcer avec amour le nom de la patrie ;
puis afin qu'elles n'abusent point du pouvoir déce-
vant de leurs charmes pour nous détourner, nous,
leurs époux, des devoirs que nous avons à remplir
envers la France.

Et qui sait d'ailleurs ce que l'avenir nous réserve ; qui sait si ces canons qui sont depuis si long-
temps assoupis sur leurs affuts ne se réveilleront
pas, et si nous n'aurons pas encore besoin des blan-

chès mains de nos femmes pour nous pétrir du sal-
pètre ? Est-ce dans vos congrégations que nous
trouverons de ces jeunes filles qui se seraient crues
flétries par l'attouchement d'un traitre, de ces épouses qui vendaient leurs bijoux pour que leur mari
put aller rejoindre le drapeau national à la frontière, de ces mères qui étaient à demi-consolées
quand leur fils avait pour linceul la terre d'un glorieux champ de bataille. Qui êtes-vous, vous qui
voulez qu'on vous laisse pétrir à votre gré l'ame
de nos enfants ! votre patrie est-elle en France ou
à Rome, avez-vous une famille, à quoi tenez-vous,
pour qui travaillez-vous, que laissez-vous après
vous, quels rejetons pousseront de vos racines,
êtes-vous autre chose qu'un pieu stérile enfoncé
dans le sol de la France ? Vous voulez l'éducation
de notre jeunesse, mais vous vous trouvez bien
comme vous êtes, sans doute ; donc vous façonne-
rez vos élèves à votre image ; or, quel germe de
liberté et de patriotisme avez-vous rencontré que
vous ne l'ayez écrasé sous vos pieds ?

Savez-vous, pour en revenir à vos congrégations,
ce qui est arrivé ici sous les derniers mois de l'empire ? Tandis que la France, épuisée de sang, se
défendait encore du tronçon de son épée contre

l'Europe entière, un prêtre français se mettait tous les matins à la tête de nos vierges et leur faisait faire le chemin de croix pour le succès des armées coalisées. Oui, on faisait prier ces malheureuses jeunes filles pour que nos soldats tombassent sous les balles des Prussiens, et que la Restauration arrivât à nous avec tous ses transfuges sur leurs cadavres, et leurs mères n'en savaient rien ! Et pendant ce temps-là peut-être, quelques-unes, prosternée à un autre autel, demandaient à Dieu le salut d'un fils ou d'un époux expirant sur notre dernier champ de bataille. Voilà comme on dirigeait nos jeunes filles ; et qui sait encore si cet abominable prêtre ne leur a pas dit qu'elles pouvaient, sans pécher, laisser un immonde cosaque se vautrer sur leur couronne.

A quoi sert-il d'ailleurs que nos filles aillent faire par la ville étalage de leur chasteté, représentée ar un cordon bleu ; les vierges qui vont ainsi sont-elles plus chastes que celles qui, pudiquement cachées derrière les blancs rideaux de leur chambrette, rajeunissent, avec leur industrieuse aiguille, le linge de la maison ou les vêtements de leurs jeunes frères. Cette blanche vertu de jeune fille dont vous voulez qu'elles fassent parade dans

vos fêtes, vous les exposez précisément à la tacher.
C'est quelque chose de joli sans doute que ces deux
fraiches guirlandes que vous suspendez à votre procession ; mais parmi ces roses , quelques–unes ne
laissent-elles point tomber de leurs pétales aux
fanges de la rue , et même si l'on cherchait bien,
ne trouverait–on pas au calice d'aucunes quelque
poussière laissée par l'aile d'un papillon.

Directeurs des ames , êtes-vous donc si étrangers aux choses de la vie , que vous ne sachiez
pas que des hommes démesurément corrompus ,
ennemis infatigables de la chasteté des femmes,
guettent vos vierges au passage , et que , tandis
qu'elles vont le front baissé sous leur voile , ils les
analysent , ils les discutent comme des objets d'art,
et choisissent parmi elles celle qu'ils veulent faire
tomber dans leurs embuches ; sont-ce vos bedeaux
qui repousseront avec leur batte les regards pas-
sionnés des beaux fils ? C'est une chose déplorable
à dire , mais il est bien des liaisons peu honnêtes
qui ont commencé à la procession et qu'on n'est
jamais venu vous faire bénir à l'église. Que diriez-
vous donc d'un berger qui , fier de son troupeau,
le ferait parader au front d'un bois devant une ran-
gée de loups , afin que ces féroces animaux puis-

sent choisir la grasse brebis que le lendemain ils attaqueront ; et cependant voilà, dans l'intention d'honorer Dieu , ce que vous faites. Allez, ne venez jamais m'emprunter ma fille pour parer vos processions, j'aurais la douleur de vous éconduire.

Voilà, dans la simplicité de mon cœur, ce que je pense ; et j'ai cru servir la religion en le publiant. Si pour cela je suis un esprit infernal, alors je me fais gloire de n'être pas chrétien ; car ce n'est plus du ciel, c'est de l'enfer que la vérité nous arrive.

C. T.

Nevers , Imp. de C. SIONEST.

sont choisir la grosse cloche qui dans l'insédégin la
attaqueront ; ce ... soit ... vous, dans l'intention
d'honorer Dieu ... allez, allez, ne re-
Ne jamais ... ville pour ... vos
processions. ... de ... vous conduire.
— Voilà, dans la ... de mon cœur, ce que
je pense ; et j'ai ... la religion en le par-
liant. Si pour cela je suis un esprit infernal,
alors je me fais gloire ... car
ce n'est plus du ciel, c'est ... que la vérité
nous sert.

G. T.

 DU PAMPHLET.

Cinquième Pamphlet.

C'était le 19 août. L'Écho de la Nièvre m'était malencontreusement tombé sous la main. Était-ce un trait des vengeances de sainte Flavie, je n'en sais rien; mais que mes détracteurs n'aillent pas arguer de là que je lisais l'Écho de la Nièvre. Non, je le jure à la face du département, je ne lisais point l'Écho de la Nièvre; seulement, je le parcourais, enjambant lestement, d'un paragraphe à un autre, comme un saute — ruisseau qui traverse une rue pleine d'immondices. Je me heurtai — sans me faire de mal toutefois — contre cette fameuse lettre de M. de Lamartine au *Bien public de Mâcon*. Vous savez comme rédige l'Écho de la Nièvre : il extrait, extrait, extrait, et il met sous bande; voilà comme

5

il se procure du talent et de l'esprit : ce n'est pas plus difficile que cela. Ôtez-lui sa plume et laissez-lui ses ciseaux, ses tartines n'en perdront pas un centigramme de leur poids. Aussi je soupçonne fort le rapace confrère, d'avoir fait son apprentissage d'écrivain sur l'établi d'un tailleur.

Toutefois, n'allez pas lui dire : M. l'Écho, c'est à votre journal, et non aux Débats, non au Globe, non à la Presse que je suis abonné, il vous répondrait très-pertinemment : monsieur, vous ne perdez point au change.

Mais notre vieux découpeur d'articles n'a pas la main heureuse : le mauvais l'attire. Il pose toujours et fatalement sa droite à côté du bon : parmi cent pièces d'or, il choisirait un sou de Monaco.

N'y eût-il qu'un seul crapaud dans un vivier rempli de magnifiques poissons, s'il y jette l'épervier, c'est le crapaud qu'il pêchera. Ainsi a-t-il fait, relativement à la lettre de M. de Lamartine : il a pêché son crapaud, et il l'a mis triomphalement sur le gril. De ces pages magnifiques où tant de beautés de pensée et de style resplendissent, il extrait les lignes suivantes :

« Le misérable métier de pamphlétaire quoti-
» dien dégraderait la vérité même. Les journaux

» ne sont point les gladiateurs salariés de la mali-
» gnité publique. Se servir de la presse pour de
» pareils usages, c'est une profanation d'un des
» plus beaux dons de Dieu. La presse est sainte,
» car, après avoir été l'instrument qui a nivelé le
» monde, elle est aujourd'hui l'instrument qui doit
» y semer l'ordre nouveau, la religion, la liberté
» et la paix. »

D'abord, ce n'est pas au pamphlet que s'adresse
la muse de M. de Lamartine. Assurément, il n'a
pas voulu insulter la mémoire de Paul—Louis
Courrier et la gloire encore militante de M. de
Cormenin. C'est le journalisme de l'opposition qu'il
veut atteindre ; mais l'illustre poète trempe, sans
s'en apercevoir, le bout de sa plume dans l'infâme
pamphlet ? Il croit chanter et il crie ; fallait-il
donc qu'en indiquant à son compatriote du *Bien
Public* la voie qu'il croit bonne à suivre, il in-
sultât le journalisme qui marche dans une autre
voie. La main qui se lève pour montrer, doit-elle
nécessairement retomber sur la tête de quelqu'un ;
et le fanal qui jette aux navires ses lointains rayons, est-il obligé de brûler son rivage. M. de
Lamartine est dans son droit, sans doute ; la mission de la Presse est d'attaquer comme de défen-

dre ; mais au moins, il ne faut pas flétrir chez les autres ce qu'on fait soi-même ; et peut-être avec moins de raison qu'eux, et se croire saint quand on les appelle infâmes.

M. de Lamartine, pense-t-il être le seul en France qui ait une conscience à lui ? Pourquoi les écrivains qu'il attaque ne seraient-ils pas d'aussi bonne foi dans leur opposition qu'il l'est lui, aujourd'hui, dans la sienne, et qu'il l'était autrefois dans son ministérialisme. Que gagnent-ils — puisque diffamation il y a — à diffamer ? Des amendes qui les ruinent, et des détentions qui leur prennent les belles années de leur jeunesse. M. de Lamartine est un si grand homme, que je suis très-contrarié de n'être point de son avis ; mais j'aime mieux être de l'avis d'un autre grand homme appelé Blaise Pascal. Je crois à la loyauté de témoins qui déposent sur le seuil de la prison et sous les ongles tranchants du fisc.

L'appréciation de M. de Lamartine a du reste le défaut d'être un peu surannée. Depuis M. de Marcellus de la restauration, jusqu'à M. Liadières de la dynastie de juillet, une grosse d'orateurs bien pensants et mieux payés encore, ont dit la même chose, à peu près dans les mêmes termes. Que quelque canard égaré rencontre le cygne de Mâcon dans les belles eaux où il se baigne , soit, cela n'est pas sa faute; mais qu'il aille salir ses blanches ailes dans la mare verdoyante et pourrie où s'ébat la troupe barbottante des canards , voilà ce qu'il ne devrait point se permettre.

Toutefois , quittons les étangs de Mâcon et revenons à l'Echo de la Nièvre. Pourquoi a-t-il extrait ces malencontreuses lignes de la lettre de M. de Lamartine ? N'y a-t-il dans son fait que du mauvais goût ? Serait-ce, par hasard, qu'il fait allusion à mes pamphlets ? Oui ! tel a dû être son dessein ; je reconnais la manière de procéder de notre ancien adversaire. Quand il se hasarde à tirer, il se cache volontiers derrière un autre; il aime d'ailleurs l'esprit tout fait, et soit pauvreté, soit avarice, en fait d'imagination , nul plus que lui ne craint la dépense.

Ah ! monsieur , me dit quelqu'un, cela ne peut avoir de suites; riez de l'Écho de la Nièvre quand il se rencontre sur votre passage, à la bonne heure, mais ne l'acceptez pas pour adversaire. Riposte-t-on à un vieillard goutteux qui vous donne un coup de sa béquille ? poursuit-on un méchant enfant qui vous jette une pierre et s'enfuit?—Vous en parlez bien à votre aise, vous, monsieur, qui n'avez été qu'ennuyé par l'Écho de la Nièvre; mais je vous répondrai par des exemples tirés de notre histoire : le chevalier Macaire s'est bien battu en duel avec un caniche de Montargis, et Louis XIII a bien tiré l'épée contre le mulet de Bautru. Oui, le sort en est jeté, je prends l'extrait pour une allusion à mes pamphlets, et je me commets avec l'Écho de la Nièvre. Du reste, je n'ai pas autre chose à faire.

Vous dites que le métier de pamphlétaire est un métier infâme; mais donnez-nous donc au moins vos raisons. Il y a certes, de bien sottes gens, mais il n'y a point de sots métiers; tout métier a de l'esprit quand il est fait tel qu'il doit l'être: ainsi l'a décidé la sagesse des nations. J'ai beaucoup de déférence pour l'opinion de l'Écho de la Nièvre, mais quand sa sagesse se trouve en désaccord avec celle des nations, je ne puis faire autrement que de lui donner tort.

Dans le métier de pamphlétaire comme dans tous les autres, comme dans le métier de doreur d'hémistiches, comme dans le métier de bedeau d'évêché et de tambour de préfecture, il y a des hommes qui déshonorent la profession, comme il y en a qui l'honorent. Mais ceux qui la déshonorent, leurs confrères sont-ils responsables de leur turpitude. Je suppose que l'Écho de la Nièvre se trouve en présence d'une barre d'acier, traitera-t-il cette barre d'infâme métal, parce qu'on en fait des poignards pour assassiner aussi bien que des instruments pour guérir; et moi-même, est-ce qu'il m'est jamais arrivé d'insulter l'encre de la Petite Vertu, sous prétexte que l'Écho écrit avec.

Mais savez-vous quels sont ceux qui déprécient le pamphlet : ce sont ceux qui sont impuissants à faire des pamphlets, ceux dont le fiel infécond ne peut rien produire, ceux qui n'ont à mettre au service de leurs colères que de plates et triviales injures incessamment répétées. Ces fanfarons effrontés de la presse ministérielle qui n'ayant à leur côté qu'un fourreau, veulent faire croire qu'il y a dedans une épée, une épée qu'ils ne tirent jamais, parce qu'ils craignent de blesser leurs adversaires. Oh ! si au lieu de cette épée de sous-préfet, de cette épée de suisse de cathédrale, ils avaient une véritable épée, s'ils pouvaient obtenir, par ordonnance royale, un peu d'esprit, d'imagination et de style, comme ils obtiennent la croix d'honneur, vous verriez quelles terribles estafilades ils nous feraient; comme les

bonnes plaisanteries, comme les sanglantes déri-
sions, comme ces ardentes épigrammes qui s'attachent à la peau, ainsi qu'un trait goudronné aux
flancs d'une tour, et dont il faut long-temps porter
la cicatrice, partiraient dru et serrées de leur plume. Oh! oui, ils déprécient le pamphlet, comme
le sot déprécie l'esprit, comme la vieille décrépite
et édentée, dont les yeux ardents pleurent ainsi qu'un
tison de bois vert, déprécie la jeunesse et la beauté;
gras et podagres renards qui ont queue de plomb et
pattes de laine, ils s'indignent de voir l'oiseau bec-
queter les raisins de la treille, et quand ils ont bien
sauté à l'entour, ils décident qu'ils sont pleins d'une
liqueur empoisonnée.

Entre ces gens-là et nous, il y a guerre, guerre
acharnée; ils veulent ne nous rien rendre de ce
qu'ils nous ont pris, et nous, nous voulons tout
avoir. De notre part c'est la guerre que faisait
Spartacus aux légions de Rome. Nous accourons
sur le champ de bataille avec les armes les plus
dures, les mieux trempées que nous puissions trouver, tant pis pour eux; si leurs armes ne valent
pas les nôtres. De quel droit se plaignent-ils que
nous leur fassions trop de mal, quand ils nous
font, eux, tout le mal qu'ils peuvent nous faire?

Faut-il donc, parce que leur épée est trop courte, que nous rognions notre épée; et moi qui suis moucheron, suis-je obligé d'arracher mon dard et de me couper les ailes, parce que ce gros bœuf, mon adversaire, qui écrase ma touffe d'herbe sous ses pieds n'a que deux cornes immobiles, plantées à perpétuité dans son front? En vérité, ces messieurs devraient bien faire régler par arrêté de préfecture le nombre et la profondeur des blessures que nous avons le droit de leur faire.

C'est un misérable métier que celui de pamphlétaire, me disent-ils du haut de leur chaire et d'en bas de leurs journaux. Je comprends; mes pamphlets les gênent, et ils seraient bien aises que je n'en fisse plus. Mais c'est comme si les bedouins de l'Algérie chantaient au général Bugeaud : enclouez vos canons; vous êtes un misérable de nous attaquer avec de l'artillerie, quand nous n'en avons point. Non, mes honnêtes et scrupuleux ennemis, ne comptez point que je me laisserai impressionner par vos criailleries; ce serait aussi par trop niais de ma part. L'arme dont je me sers est bonne, elle est dure, elle est pointue, elle est tranchante, elle perce et elle estafile; je ne veux pas la briser pour vous faire plaisir.

5*

Vous m'appelez faiseur d'infâmes pamphlets, misérable pamphlétaire. Voilà les seuls pamphlets que vous sachiez faire, vous, et vous les faites; vous n'avez qu'un vieux débris, un fil usé de lanière pour battre ma réputation, et vous l'en frappez. Mais peu m'importe comment vous m'appeliez, pourvu que je vous tienne saignans et terrassés sous mes verges. Loin de me blesser, vos injures me sont agréables; je les reçois comme un hommage; elles prouvent que mes coups tombent d'aplomb. Je suis un homme féroce, moi, un tigre, quelque chose de plus encore: quand je bats quelqu'un, je veux qu'il crie. Mais où avez-vous donc vu qu'une épithéte fût un argument, et surtout une preuve : parce que vous m'appelez infâme, cela veut-il dire que je le sois; si je vous appelais, moi, illustres, immortels, serait-ce une raison pour que vous allassiez à la postérité? Ces épithètes, dont un parti croit flétrir d'honnêtes gens, elles sont, à la vérité, répétées de confiance par un chœur de badauds, mais elles ne durent que quelques heures. C'est la boue que des ivrognes jettent à une statue, et que la pluie lave le lendemain. Sous la restauration, les hommes de la convention s'appelaient régicides; les soldats de la république, des buveurs de sang, et ceux de l'empire, les brigands de la Loire. Mais aujourd'hui, écoutez comme on les appelle.

De leur côté, les jésuites écrivaient que Pascal était un tison d'enfer, et le procureur général De Broé traitait Courrier de vil pamphlétaire ; ces lâches insultes ont-elles fait tort à la mémoire de ces deux grands écrivains, et n'aimeriez-vous pas mieux être leur glorieuse cendre, que votre obscure personne?

Quoi, d'une part je fais des livres infâmes, de l'autre tous les crimes qu'il fallait commettre pour allumer les foudres de l'excommunication — quand l'excommunication était un foudre — je les ai commis, et tous tant qu'ils sont, ils ne peuvent me répondre que par quelques épithètes anonymes, furtivement placardées à la suite de mon nom; mais il est aussi trop commode de répondre à des pages de raisonnements par un adjectif. Apprenez à un perroquet ces quelques mots : Claude est un infâme, Claude est un impie, Claude est un misérable, et pourvu que quelque chat philosophe ne torde pas avant le temps le cou à votre dialecticien, il sera contre moi un adversaire aussi puissant que vous.

Oh! M. Dufêtre, voyez donc comme donnent

vos soldats armés de cierges ; comme ils gagnent leur ration de pain bénit. Ils ne savent qu'insulter l'ennemi que vous leur avez donné à combattre ; s'ils avaient des canons, ils les chargeraient avec de la boue.

J'ai là sous les yeux votre biographie de prédicateur répandue par la ville avec profusion , et je ne sais par quelles mains , et j'y lis ces lignes :

« Monseigneur Dufêtre , depuis le jour de son » entrée dans la milice sainte , est ce soldat sans » cesse debout sur les remparts d'Israël , appuyé » sur de vieilles armes noircies au milieu des com- » bats ; entouré de ses trophées, il est là, l'oreille » attentive , toujours prêt à repousser les attaques » de l'ennemi du salut , etc. etc. »

Eh bien ! l'ennemi du salut est arrivé ! Que tardez-vous à prendre vos armes noircies, et que faites-vous là haut sur votre rempart ? Puisque vous avez l'oreille attentive , vous devez entendre la foule éplorée de vos béates qui vous crie : Monseigneur Dufêtre , cher monseigneur Dufêtre , descendrez-vous de là haut ! et cependant vous ne descendez pas. A quoi vous sert donc tout ce Fénélon dont vous êtes empreint ? Cette parole abondante et facile que vous épanchiez partout sur votre passage, comme un sac délié épanche sa graine, n'est-elle bonne qu'à célébrer la gloire des frères ignorantins. Est-ce pour dénoncer les impies au ministre et non pour les combattre que Dieu vous a envoyé dans ce diocèse. Votre tribune catholique, dont vous me menaciez, quand sortira-t-elle de votre sacristie ? Est-ce donc l'arche de Noé à bâtir, ou quand elle sera faite, craignez-vous de n'avoir personne pour mettre dedans ?

Vous avez des armes noircies, et moi je n'ai à la main qu'une frêle houssine, que craignez-vous de descendre de votre rempart ? en une minute vous aurez fait de moi un trophée. Je vous en préviens, en loyal ennemi, votre silence à l'égard de mes pamphlets vous fait tort ; on dit que vous ne remportez de trophées sur l'ennemi du salut que quand il est absent ; que vous ne savez tuer que des mannequins ; qu'il faut, puisque vous ne me répondez pas, que votre cause soit bien mauvaise, ou que vous ayiez peu de confiance dans la puissance de votre dialectique.

Après cela, vous en ferez ce que vous voudrez, cela m'est bien égal, je vous l'assure.

Mais abstraction faite de moi, pourquoi le pamphlet est-il infâme, pourquoi les pamphlétaires sont ils des misérables? L'infâme pamphlet! le misérable pamphlétaire! docteurs, vous avez bientôt tranché la question. Mais vous êtes un peu excoriés ; vous me faites l'effet de malfaiteurs qui se plaignent d'avoir été mal menés par la patrouille.

Le pamphlet est-il donc infâme de droit ? Apporte-t-il en naissant sa tache d'infamie comme l'homme sa tache de péché originel : est-il comme le bourreau infâme, quoi qu'il fasse et aussitôt qu'il apparaît dans la rue, roquets et molosses, ont-ils le droit d'aboyer sus? et pourquoi en serait-il ainsi, pourquoi serait-il plus infâme que le feuilleton, que le premier Paris, que l'histoire et même que la méditation poétique? Ne peut-il, comme les individus susnommés, s'enrôler sous un saint drapeau ; Est-il l'ennemi naturel et nécessaire de tout ce qui est gloire, vertu, grandeur, comme le chat l'est de la souris? Son encre se solidifierait-elle dans sa plume s'il voulait défendre une bonne cause. Hélas! non ; *l'Onguent contre la morsure de la Vipère noire*, ce pamphlet qui défend avec tant de puissance de logique et tant d'agrément de style la doctrine chrétienne en est la preuve ; mais on le juge sur le nom qu'il porte ce pauvre pamphlet. O vulgaire! t'ameuteras-tu donc toujours contre des noms? une soutane passe, et tu dis voilà un homme pieux; si c'est un uniforme, tu dis voilà un brave; mais regarde-donc au moins ce qu'il y a sous cette étoffe. Si j'avais donné à mes petits livres le titre de Sermons, tous ces badauds qui m'appellent l'infâme pamphlétaire, m'appelleraient le pieux Claude.

Sans doute le pamphlet est infâme, quand il a recours à la diffamation, quand il descend jusqu'à la calomnie; mais qui de nous procède ainsi? Si je voulais remuer votre fumier, j'y trouverais des tas d'horribles choses. Dites, vous qui écrivez maintenant avec de l'eau bénite, quand vous nous accusiez d'avoir provoqué les luttes sanglantes de Clermont, d'être les complices de Quénisset, était-ce de la charité chrétienne que vous faisiez?

Mais, moi, soit rédacteur de l'Association, soit pamphlétaire, quand vous ai-je calomniés? citez-moi une ligne faite par ma plume, qui soit pour vous une calomnie; et pourquoi vous calomnierais-je! la calomnie est l'arme du faible, et c'est vous qui êtes le faible. Vous! car pour m'attaquer vous vous cachez derrière un nom; vous! car ce que vous avez à me dire, vous me l'envoyez dire par M. de Lamartine.

Et à ne considérer que vos éloges , ces éloges que vous distribuez dans l'intérêt de votre marmite , à tous ceux qui peuvent vous aider ou vous nuire, sont-ils donc bien plus moraux que mes critiques ? Qui de nous a pris la plus honorable tâche ? Quand je vois un homme qui corrompt , je dis il corrompt, vous, vous le niez ; quand un homme se vend , je dis voilà un homme qui se vend, vous, vous répondez , c'est un homme qui se détrompe. Quand un homme abandonne sciemment les intérêts de la France , je dis il trahit son pays , vous, vous prétendez qu'il le sert ; et pourtant c'est vous qui êtes la presse sainte, et moi la presse impie. C'est vous qui m'appellez infâme ! En vérité , de la manière dont va le monde aujourd'hui , si une querelle s'élevait entre les ombellifères et les graminées, ce serait la ciguë qui reprocherait à l'épi d'être un poison.

Vous défendez au pamphlet les personnalités ; mais il faudrait plutôt les lui recommander. N'êtes-vous pas bien aises d'avoir un magistrat , qui fait gratuitement la police morale de la ville ? Qui êtes-vous donc , vous, pour prétendre à l'inviolabilité ? cette étoffe d'inviolabilité est rare en France , il n'y en a que de quoi faire un manteau , et ce manteau c'est le roi qui le porte. Quoi! vous voulez être

un personnage important, et vous vous fâchez de
ce qu'on critique vos actes : ne vous êtes-vous donc
fait acteur qu'à la condition d'être applaudis? si vous
ne voulez pas qu'on marche sur votre ombre, il ne
faut pas aller dans la rue. Mais ces personnalités
que vous reprochez au pamphlet, elles tournent au
profit de tout le monde. Voici un monsieur qui a la
manie d'être un grand personnage ; il s'est attaché
une clochette au cou afin de ne point faire un pas
que la ville n'en soit instruite ; il fait plus de bruit
dans la rue qu'une compagnie de fantassins qui passe tambours battants. Il écrirait volontiers sur son
chapeau, comme le Guillot de La Fontaine: c'est moi
qui suis dans cette ville le protecteur de l'agriculture, du commerce et de l'industrie ; parce qu'il
remue beaucoup ses bras et ses jambes, sa langue
et sa plume, il se croit un prodige d'activité. Or,
si cet homme accapare — comme c'est son dessein—
toute l'attention publique ; il n'en restera plus pour
le mérite modeste, pour l'homme qui se dévoue en
silence aux intérêts de son pays. Et pourtant chacun
a droit selon ses œuvres, aux coups de chapeau
que décerne la cité. Le pamphlet a donc raison de
rappeler à l'ordre celui qui en prend une trop grosse
part, et d'ailleurs, n'est-ce pas une bonne œuvre

et une œuvre d'autant meilleure qu'elle ne coûte rien à personne, que de chercher à guérir cette pauvre vanité hydropique?

Vous seriez bien aise, n'est-ce pas, quand un intarissable bavard vous étourdit depuis une heure de son tic-tac importun, que le maître du salon lui fît comprendre qu'il ennuie ; or, n'est-ce pas ce que fait le pamphlet à l'égard de certaines gens qui, n'étant bons qu'à rédiger des factures, étourdissent la ville de leurs écrits philantrophiques. Un homme, qui n'est que banquier et rien de plus, a donné un bon dîner à son député, pour cette action d'éclat il a reçu la croix d'honneur ; le pamphlet perce la foule de ceux qui le saluent et lui dit : monsieur, ce n'est pas vous qui avez gagné cette décoration, c'est votre cuisinière, c'est à elle que reviennent tous ces hommages. En défendant les droits de ce pauvre cordon-bleu, dont le gouvernement a méconnu les services, n'est-ce pas un acte généreux qu'il accomplit, et la presse sainte de M. de Lamartine, pourrait-elle faire mieux.

Si dans une distribution de soupe, vous voyiez un homme vendre sa ration à son voisin, et apporter de nouveau son écuelle à remplir, ne diriez-vous pas à cet appétit frauduleux : mon ami, vous larronnez la portion d'un autre. Le pamplet a-t-il donc tort, quand à un homme, qui ayant reçu du gouvernement une charge en pur don, la vend et en sollicite une autre, il dit la même chose? Souvent ce que vous prenez de la part du pamphlet pour une outrageante personnalité, ce n'est qu'un acte de bienveillance, un bon conseil qu'il inflige. Ainsi quand il voit un savant estimable, bâtir un gros traité entre les deux branches d'un Y, il lui dit, monsieur vous perdez, dans un travail stérile, votre esprit et vos veilles, de même que vous diriez à un homme que vous rencontreriez semant des aiguilles dans un champ, qu'il perd son temps et sa marchandise. Ce savant s'irrite contre l'officieux pamphlétaire et prétend qu'il écrit en style de corps-de-garde, c'est de rigueur; mais le pamphlet n'est-il pas meilleur pour lui en cette occasion que ce perfide ami qui lui caresse les oreilles de ces douces paroles: poursuivez, grand homme, pour le bien de l'humanité, le cours de vos recherches; vous avez déjà trouvé la bifurcation de l'Y, peut-être finirez-vous par découvrir que l'O est elliptique, et l'I simple rectiligne.

Et cette plume de pamphlétaire qu'il faut toujours tenir comme un glaive, croyez-vous qu'elle

ne soit pas lourde à porter, qu'elle ne fatigue point
les doigts qui la conduisent ? En ce moment je suis
là, accoudé sur la fenêtre de mon atelier , contemplant cette belle vallée de la Nièvre qui s'emplit
d'ombre et ressemble , avec sa forêt de peupliers,
à un champ garni de gigantesques épis verts ; le
soleil se couche derrière moi ; ses derniers rayons
allument , comme un brâsier , les ardoises du moulin ; ils illuminent la cîme vacillante des peupliers
et bordent de franges roses les petits nuages qui
passent à l'horizon. Dans le lointain , les pâles
fumées de Pont — Saint — Ours , ondoient et s'en
vont, emportées par le vent, comme une procession de blancs fantômes qui défile. La Nièvre, cette
laborieuse naïade que les tanneurs forcent du matin au soir à laver leurs peaux, a fini sa journée ;
elle se promène libre et tranquille entre ses roseaux
et clapotte doucement sous les racines des saules.
A cette heure si belle et si douce, je sens à ma vieille
lyre de poète une corde qui se réveille ; j'aimerais à
décrire ces riants tableaux , et peut-être du fond de
cette encre immonde, amènerais-je quelque paillette
d'or au bec de ma plume ; mais hélas ! quand je voudrais peindre et chanter, il faut que j'écrive, que je
martelle des phrases aggressives contre mes adver-

saires. Ce faisceau de flèches ébauchées qui est là sur ma table, il faut que je le garnisse de pointes. Quand mon ame s'emplit comme ce vallon de paix et de silence, il faut que j'y tienne la colère éveillée ; quand je voudrais pleurer peut-être, il faut que je rie.

Derrière cette verdure étrangère et cette traînée bleuâtre de collines que je ne connais pas , sont les premiers arbres qui m'ont abrité , les premières collines que j'ai foulées ; c'est de ce côté que s'envolent mes pensées , semblables à des pigeons qui, lâchés sur une terre lointaine , s'enfuient à tire-d'aile vers le colombier natal. C'est là qu'est ma mère , mon frère , mes amis , tous ceux que j'aime et dont je suis aimé. Quelle destinée m'a donc éloigné de ces lieux ! Pourquoi ne suis-je point là avec ma femme et mes enfants ! Pourquoi ma vie ne s'y écoule-t-elle pas doucement et sans bruit comme l'eau claire d'un ruisseau ! Hélas ! ce même soleil qui s'est levé sur mon berceau , il ne se couchera donc point sur ma tombe. Maudits soient ces imprudents persécuteurs qui m'ont appris que j'avais une arme redoutable , en me forçant à me défendre. Loup féroce, c'est pourtant en léchant leur sang, que cet appétit du sang m'est venu ! Et que m'importe à moi que ce journal prêche et que cet évêque fasse le journaliste. Cruel pamphlet, laisse-moi un instant avec mes rêves. Ces oiseaux aux plumes blanches et roses, tu les effarouches des éclats stridents de ta plaisanterie. Laisse-moi passer et repasser la main sur leurs ailes, peut-être, hélas ! ne reviendront-ils plus de sitôt ; et d'ailleurs, ces messieurs sont-ils si pressés qu'on les fustige ?

O mes amis, que faites-vous en ce moment ? tandis que je suis là pensant à vous et entouré de vos chères images, vous entretenez-vous de moi sous vos tonnelles ? Voici l'heure où ma mère se repose à l'ombre de son petit jardin ; je suis bien sûr qu'elle rêve de moi en arrosant ses fleurs ; peut-être dit-elle mon nom à sa petite-fille. O ma mère ! si je vous écris moins souvent, c'est ce dur métier de pamphlétaire qui en est la cause ; mais soyez tranquille, je n'attendrai point pour vous revoir, que l'hiver ait mis entre nous ses neiges. Quand ce ciel commencera à blanchir, que ces arbres se teindront de jaune, qu'un plus pâle sourire sera venu aux lèvres de l'automne, j'irai m'asseoir à votre foyer et rajeunir ma poitrine à cet air que vous respirez. Ces beaux chemins où j'ai tant rêvé, tant fait de vers perdus, comme le chant

des oiseaux dans l'espace , je veux me promener
encore entre leurs grandes haies pleines déjà de
pourpre et d'or , et toutes brodées de clochet-
tes blanches, et ce sera pour la dernière fois peut-
être.

Je veux encore écouter les flots amis de ma rivière de Beuvron, et les écouter long-temps. L'eau
qui mord par le pied mon vieux saule de la petite
Vanne, l'a-t-elle renversé ? a-t-il encore à ses racines beaucoup de mousse et de petites fleurs bleues?
Je veux encore passer une heure sous son ombre ,
contemplant tantôt ces noirs rubans d'hirondelles
qui flottent dans les cieux , tantôt ces longues traînées de feuilles jaunes qui s'en vont tristement au
courant de l'eau comme un convoi qui passe , et
tantôt aussi ces pâles veilleuses, tant redoutées des
jeunes filles , et qui sortent de terre semblables à
la flamme de la lampe qu'il leur faudra bientôt allumer. Ces images de deuil plaisent à mon ame ;
elles la remplissent d'une tristesse douce et presque souriante. Je me représente l'année comme
une femme phtysique qui , sortant d'une fête , dépouille lentement et une à une les parures dont elle
était revêtue , pour se coucher dans son cercueil.
Mais adieu ma mère, adieu mon vieux Clamecy ,

on m'appelle ; je me suis fait l'exécuteur des colères de la société, et il faut que ma tâche s'accomplisse.

Eh! que disais-je tout-à-l'heure? que cette pénalité morale, appliquée par le pamphlet, aux délits que les lois ne peuvent atteindre, produisait un résultat utile à tous.

Mais ce n'est pas seulement dans ces petits duels d'homme à homme que le pamphlet sait combattre ; il a une arme plus lourde que celle du ridicule. Dans toutes ces grandes luttes où la liberté des hommes est mise en question, il est au premier rang, armé de sa bonne épée, et son effort est presque toujours décisif. Avant qu'il sût écrire, il faisait déjà des révolutions.

A Rome, une aristocratie avare et insolente a fait tomber le peuple du haut de la souveraineté dans la servitude, et de la servitude dans la misère. Un pamphlétaire seul ose venir en aide à cette foule qu'on tyrannise : c'est Caius, l'aîné des Gracques ; il est du sang des oppresseurs, il a sa part de leur autorité usurpée, il est assez grand pour devenir le premier parmi eux ; mais ce cœur-là, serviteurs de toutes les autorités constituées, il ne battait pas comme les vôtres.

Tiberius s'arme du pamphlet — du pamphlet parlé, vous entendez — et il le fait éclater et retentir comme la foudre ; mais lui, ce n'est pas à des hommes comme les vôtres, comme vos bourgeois parvenus, comme vos notabilités inconnues, comme vos grands seigneurs brodés de laine qu'il s'adresse ; c'est au sénat, c'est aux consuls, c'est à tout le corps des patriciens, aux ancêtres des conquérants du monde. Cette grande personnalité n'est pas trop vaste pour son étreinte, et longtemps il la tient pantelante et tout épuisée d'haleine, contre sa robuste poitrine. Il périt assassiné, mais la lutte n'est pas terminée.

Un autre pamphlétaire, le frère du premier, son frère par la destinée, hélas, ainsi que par le sang, prend sa place ; il meurt comme lui, comme sont morts, du reste, la plupart de ceux qui ont pris la défense du peuple.

Qui viendra maintenant au secours de cette multitude abandonnée ! Sa lâcheté et son ingratitude, n'ont-elles point découragé tous ses défenseurs ? Non ; un troisième pamphlétaire grandit dans l'ombre ; mais à cette tribune où il doit monter, il y a deux marches, qui sont des cadavres, les cadavres de ses frères. Il y monte cependant, et......

vous savez le reste. Mais ce sang ne reste point infécond, le peuple est réhabilité, il remonte enfin au rang dont on l'avait fait descendre. O Gracques ! Gracques ! — et que ne puis-je écrire ce nom comme je le prononce dans mon cœur : — qui n'aimerait mieux mourir comme vous, que d'être gras comme tant d'autres !

Mais cette aristocratie défaillante a besoin, à son tour, qu'on la protège. C'est dans son sein même, comme au sein d'un cadavre éclosent les vers qui le dévorent, que sont ses plus redoutables ennemis. Catilina et un tas de patriciens dégradés, tous gens perdus de dettes et de débauches, conspirent contre la république. Il leur faut, pour payer leurs créanciers, les dépouilles de l'univers et, dans une orgie faite avec le sang d'un esclave, ils ont juré le massacre du sénat et l'incendie de Rome. Ils ont une armée d'assassins à leurs ordres, ils comptent dans le sénat de puissants auxiliaires, à la tête desquels est César, César déjà grand par sa parole avant de l'être par son épée. Ils ont tous cette audace désordonnée qui décuple comme la folie la force des hommes, et lance, ainsi que la poudre lance le boulet, tous les moyens d'action qu'on possède contre un obstacle.

Cette Rome si puissante, tandis que ses armées menacent l'Asie et l'Afrique, que ses aigles sont aux extrémités connues du monde, elle va périr sous des poignards, comme un roi qu'on assassine dans sa chambre, tandis que ses gardes veillent aux portes du palais, et ce grand sceptre avec lequel les patriciens gouvernaient les nations, va tomber tout entier aux mains d'un bandit. Heureusement, elle a pour consul un pamphlétaire. Cicéron monte à la tribune, et il accable Catilina de cet admirable pamphlet connu sous le nom de première Catilinaire. Le brigand vaincu s'enfuit devant ces ardentes personnalités, comme devant l'épée flamboyante de l'ange s'enfuyait le premier homme. La conspiration périt avec son chef sous les coups de Petreius et la liberté peut encore se traîner en boitant et en chancelant jusqu'aux champs de Pharsale.

Maintenant, à la place de Cicéron mettons l'Écho de la Nièvre avec son horreur des personnalités. Le voilà consul; il est à la tribune; écoutez!! D'abord il procède par un pompeux éloge de Catilina; car enfin Catilina peut réussir. Il loue la noblesse de sa naissance, son courage et même la faculté qu'il a de bien supporter le Falerne; puis il ajoute : Pères conscrits, je vous dois la vérité, et j'aurai le courage de la dire tout entière. S'il était vrai que cet illustre patricien eût conçu le dessein de nous massacrer tous et de brûler Rome, il ne serait pas tout-à-fait exempt de reproches. Mais dans ce cas j'ai la confiance qu'il reviendra à des sentiments plus romains ; ses hautes vertus et ses antécédents nous en donnent la garantie ; quant à ces vils, à ces infâmes, à ces misérables prolétaires qui ont pris une part quelconque au complot, il faut qu'on les égorge jusqu'au dernier ; le salut de la république l'exige. Voilà comme l'Écho eut sauvé Rome.

Dix siècles s'écoulent, et le pamphlet s'est fait théologien. C'est dans la bouche de Luther et de Calvin qu'il a mis sa langue de fer. Le pape, ce roi en surplis qui courbait toutes les majestés du monde sous sa main bénissante, il est vaincu et presque détrôné par deux moines pamphlétaires ; tandis que la moitié de ses sujets lui échappe, l'autre moitié se désabuse. Car le coup que Luther a porté à son infaillibilité, a retenti d'un bout de la chrétienté à l'autre. Le prestige qui entourait cette mystérieuse puissance est dissipé ; cet esprit d'examen qui avait fait triompher la religion chrétienne des absurdités du paganisme, et que les prêtres avaient étouffé lorsqu'ils n'en eurent plus besoin., il se réveille et secoue son flambeau au milieu des ténèbres du monde. L'église, avec tous ses conciles, n'est plus assez forte pour imposer silence à la raison. Les rois agenouillés se relèvent, les peuples se relèvent ensuite. L'excommunication n'est plus qu'un tonnerre postiche qui lance à peine de loin en loin quelques impuissants éclairs, et le maître du monde chrétien, renversé de sa niche sublime, est redevenu, ce qu'il n'aurait jamais dû cesser d'être, le chef de l'église.

Mais après avoir renversé la puissance des papes, le pamphlet, entre les mains de Blaise Pascal, renverse la puissance des jésuites. Cependant Pascal, cet infâme pamphlétaire, il est un des hommes les plus vraiment chrétiens de son époque. Sa vie est simple et désintéressée comme celle d'un apôtre ; quand il parle des grandeurs de la religion chrétienne, cette plume de colibri, avec laquelle il écrivait les Provinciales, se change en une plume d'aigle. Sa pensée s'élève alors à des hauteurs où Bossuet lui-même n'a pu monter. Les jésuites sont vivaces et ils ont repoussé de leurs racines ; mais ces prêtres sinistres portent toujours à leur épaule le stygmate ardent dont les a marqués Pascal ; ils sont obligés de dissimuler leur nom. S'ils rentrent en France, c'est à petit bruit, à l'aide de faux passe-ports et par des issues secrètes, et partout où ils se montrent, la clameur publique éclate contre eux. Sans le vieux pamphlet de Pascal, ces avides écornifleurs d'honneurs, d'influence et de richesses, au lieu d'en être encore à essayer, sur la populace de nos églises, l'effet de leurs faux miracles et de leurs saints controuvés, seraient depuis long-temps dans la plénitude de leur puissance, et le monopole de l'éducation publique serait déjà entre leurs mains.

Mais ai-je besoin pour réhabiliter le pamphlet de ces exemples choisis parmi les hommes. Scribes et Pharisiens de notre temps, vous connaissez sans doute l'évangile ? N'est-ce pas que la morale de ce divin livre est bien aussi pure que la morale du journal des Débats, et que celui qui l'a écrit pourrait bien être aussi honnête que vos congréganistes. Cependant le pamphlet s'y rencontre de page en page ; l'évangile c'est la ruche qui est pleine de miel, mais qui est pleine aussi d'aiguillons. Cette parole si calme, si sereine, quand elle développe les sublimes vérités du christianisme, cette parole qui devient presque tiède quand elle exprime l'amour du ciel pour la terre, tout-à-coup vous l'entendez gronder, et la voici qui éclate en sanglantes personnalités. Jésus-Christ, le meilleur des pères et le plus doux des maîtres, ce roi de tous, qui voulait qu'on laissât les petits enfants venir à lui et qui abaissait, pour les bénir, ses mains jusqu'à leurs blondes têtes, quand les Scribes et les Pharisiens viennent se heurter contre lui, il devient un pamphlétaire inexorable.

Jésus-Christ est beau, certes, quand sur la montagne il instruit cette multitude de pauvres gens qui ont quitté leurs maisons pour le suivre, et se sont enfoncés après lui dans le désert, sans s'inquiéter d'où le pain leur viendrait; mais il n'est ni moins beau, ni moins grand quand, tout resplendissant d'une sainte colère, il chasse du temple ces marchands qui en avaient fait une boutique, qui avaient transformé l'autel de Dieu en un comptoir. Il est beau encore quand, brisant les fils de cette dialectique captieuse où voulaient l'enserrer les docteurs de la loi, il les enferme à leur tour dans ses paraboles, et armant de pointes de fer son inflexible parole, il les fustige jusqu'à ce qu'ils saignent; et encore quand il met à nu toutes leurs hypocrisies, qu'il écarte l'herbe et les fleurs sous lesquelles se cachaient ces hideux sépulcres et qu'il montre au peuple la pourriture qui est au fond. Et que ces colères du christ ne vous étonnent point! il est bon sans doute plus qu'aucun homme ne peut l'être ; mais il n'y a point de véritable bonté sans haine des méchants , et de dévouement aux hommes, sans indignation contre ceux qui les oppriment. Délier les chaînes sous lesquelles le genre humain est accablé, et faire en même temps honte à cette poignée de maîtres barbares qui l'ont réduit à ce misérable état, telle est la double tâche que Jésus-Christ s'est imposée.

Qui sait même si ce ne sont point ses victorieuses attaques contre le clergé biblique de Jérusalem qui l'ont conduit à son calvaire. Cette coupe de fiel et de vinaigre qu'on lui fait boire, n'est-ce pas pour le pamphlétaire qu'elle est préparée. Le peuple n'est point féroce quand il est abandonné à lui-même, et le peuple de Dieu ne pouvait être un peuple de barbares. Il refusait de croire à la divinité de Jésus-Christ ; mais les vertus de l'homme privé et les enseignements sublimes du philosophe devaient racheter cent fois à ses yeux les torts du faux messie, et quand bien-même Jésus eût pris le titre de Fils de Dieu pour donner plus d'autorité à sa doctrine, à cette doctrine libératrice qui devait affranchir le genre humain, était-ce un peuple réduit en esclavage qui devait lui en faire un crime ?-

Otez de cette foule qui le suit à son calvaire, en le poursuivant de ses insultes, quelques Phariséens et deux ou trois docteurs de la loi, et tous ces hommes égarés tomberont à ses pieds, et le supplieront de répandre sur eux ses divines paroles. Non, je ne puis croire autrement, c'est une haine de prêtres démasqués dans leur hypocrisie et froissés dans leur orgueil, qui a poussé les juifs à tremper leurs mains dans le sang du Christ; car les prêtres de tous les cultes — les prêtres catholiques exceptés, cela va sans le dire— sont toujours les mêmes : ils pardonneront plutôt dix insultes faites à leur Dieu, qu'une insulte à leur personne. Malheur, éternellement malheur à qui les touche !

Du reste, si je ne craignais de blesser l'amour-propre de M. Dufêtre, en le comparant à Jésus-Christ, je dirais que, comme ce divin pamphlétaire, notre digne prélat assaisonne toujours de quelques traits de satire les enseignements qu'il nous donne. A mon premier pamphlet je vous en fournirai la preuve.

Auprès des grands pamphlétaires que je viens de

dire, M. Dufêtre inclusivement, je suis assurément fort peu de chose, et rien si vous le voulez. Mais à quoi me servirait-il d'être Cormenin ou Paul-Louis Courrier pour le résultat que je veux produire? Il n'est pas nécessaire d'avoir une hache pour couper quelques ronces, et qu'est-il besoin d'être ouragan, quand on n'a que quelques cierges à éteindre?

Je ne suis qu'un fétu, soit; mais ce fétu, aucuns, quand il s'est logé sous leur paupière, l'ont pris pour une poutre. Vous, cependant, grands écrivains, faiseurs d'enthousiasme commandé, à quoi vos feuilles sont-elles bonnes? Celles qui sont tombées hier de votre arbre, il vous serait aussi difficile de les retrouver que les feuilles des bois que les ouragans du dernier hiver ont emportées. Ce tas d'articles religieux que vous avez faits pour M. Dufêtre, ont-ils ajouté un pouce à sa taille? Vous l'avez aidé de tous vos efforts à monter sur son grand piédestal, mais il est resté sur la première marche comme une statue que ses câbles rompus ont abandonnée. Parce que vous ouvrez la bouche bien grand, vous croyez que vous faites beaucoup de bruit. Cette cloche, que vous appelez votre journal, il y a dix ans que vous la sonnez, et vous ne vous êtes pas encore aperçus qu'elle n'a point de battant. Il y a plus , médecins ignares, vos remèdes font un effet contraire à celui que vous en attendez ; vos éloges blessent plus que votre blâme; et je suis bien sûr que M. Dufêtre s'en priverait volontiers , à la condition que je lui ferais grace de mes critiques.

Mais moi , si petit qu'il soit, mes pamphlets ont un résultat , et voilà ce qui excite votre colère. Que vous importerait , en effet, que votre ennemi parlât mal de vous, s'il s'adressait à un sourd? Votre sainte, qu'est-elle devenue ? qui parle encore de ses miracles ? qui achète ses médaillons protecteurs ? qui récite la prière de M. Gaume? pourquoi se tient-elle , pauvre vierge délaissée , triste et boudeuse, dans sa chapelle? pourquoi M. Dufêtre ne lui permet-il plus de voir personne? n'est-ce pas parce que mes pamphlets l'ont réduite à l'expression qu'elle doit avoir, à une pincée de poussière. Pour M. Dufêtre , s'il est un peu descendu dans l'admiration publique, je ne m'en attribue point le mérite ; il s'élevait sur la pointe des pieds pour se grandir , il ne pouvait long-temps se maintenir dans cette position fatigante : ses talons sont retombés sur le sol ; cela devait arriver tout naturellement , et sans que personne s'en mêlât. Mais vous, ses porte-plumes, n'avez-vous pas subi un peu, sans vous en apercevoir du reste, l'influence de mes pamphlets. Ces pétarades d'articles religieux que vous lâchiez à chaque instant, ne me semblent plus aussi fréquentes, et vos tartines de pain bénit ont un peu, je crois, diminué de longueur ; quand je n'aurais produit que ce résultat, vos abonnés me devraient une couronne.

Ce nom de pamphlétaire que vous me jetez, je le ramasse, je m'en fais un titre de gloire. Dire la vérité aux hommes, c'est, quoique vous en écriviez, un noble métier. Peu m'importe que quelques vieilles cigales et deux ou trois scarabées qui n'ont plus d'ailes, fassent bourdonner autour de moi leurs petites colères, j'ai la conscience d'avoir fait un bon usage du peu d'intelligence que Dieu m'a départi. J'aime mieux être en paix avec moi-même qu'avec autrui, et je préfère mon estime à celle d'un ramas de badauds qui ne me connaissent, ni ne me comprennent.

Comme écrivain, qu'ont-ils à me reprocher ? J'ai toujours pris parti pour le faible contre le fort, toujours demeuré sous les tentes déchirées des vaincus et couché à leur dur bivouac. J'ai bien, à la

vérité, biffé quelques épithètes trop somptueuses
que certains ajoutaient à leurs noms ; j'ai bien crevé
à quelques amours-propres bouffis leur vessie ; mais
les gens que j'ai traités ainsi, ils étaient du parti
qui nous est opposé, et j'avais le droit de rogner
leur importance. Je n'ai point outrepassé envers
eux les droits de la guerre : quand ils se plaignent
de moi, c'est comme si un vieux kaiserlich se plaignait d'avoir été blessé à Austerlitz par un soldat
français.

Ce sont des personnalités, soit ; mais chacun
a sa manière de faire la guerre ; les uns tirent à
ceinture d'homme et sur les masses, moi je choisis mon ennemi et je l'ajuste. Quand c'est un personnage empanaché qui passe à ma portée, je lui
donne toujours la préférence.

Je n'ai qu'un nom ignoré, perdu parmi ces
noms que la cité roule tous les jours dans sa vaste
bouche ; toutefois, j'ai la prétention de croire que
ma plume est utile à quelques-uns. La haie est
humble, ses rameaux trempent dans l'herbe, mais
elle pique de ses épines le malfaiteur qui veut en-
vahir l'héritage d'autrui ; elle donne ses fleurs sauvages à la bergère qui passe, et les petits oiseaux
tressent en sûreté leur nid entre ses branches : j'aime

6..

mieux être une humble haie qu'un grand arbre inutile. Celui qui fait un métier infâme, c'est celui qui
vend au pouvoir un vieux couton de plume dont
une pauvre femme ne voudrait pas pour balayer son
foyer ; celui qui dans un intérêt d'argent passe sa
vie à mentir et à tromper, et celui-là je ne voudrais
pas être à sa place.

Donc je suis un pamplétaire ; mais suis-je bien
un impie, ainsi que les prêtres voudraient le faire
croire à leurs béates ? un impie selon la religion
des prêtres, je ne m'en défends pas, mais selon
celle de Jésus-Christ, je proteste. Et qu'est-ce que
le juge suprême, si je comparaissais demain à son
tribunal, aurait donc tant à me reprocher. Je n'ai
point empli mes mains d'argent ? je n'ai point trafiqué de ma pensée, je l'ai donnée aux hommes
telle que Dieu me l'envoyait, comme l'arbre leur
donne ses fruits. J'ai pris des mains de Dieu ma
ration de pain quotidien sans jamais lui en demander une plus grosse ; quand ce pain est noir,
je ne me plains point, quand il est blanc je le mange de bon appétit ; mais blanc ou noir je n'en laisse jamais pour le lendemain ; je vais droit devant
moi sans regarder en avant, sans regarder en arrière, ne cherchant qu'à éviter le caillou qui est à

mes pieds et ne l'évitant pas toujours. Lorsque je rencontre une mauvaise herbe sur mon chemin, je l'arrache, quand c'est une bonne graine, je fais un trou en terre et je l'y dépose ; si elle ne vient pas pour moi elle viendra toujours pour un autre ; je fais comme le papillon qui jouit de l'été sans songer que l'hiver est au bout, et pour les quelques jours qu'il a à rester sur la terre, ne se donne pas la peine de se bâtir un nid. J'engage mes enfants à faire comme moi, je leur lègue mon exemple, c'est la meilleure des richesses, et pour celle-là du moins, ils ne paieront pas au gouvernement de frais de succession. Je prie rarement Dieu, et voici pourquoi : parce que Dieu sait mieux que moi ce qu'il doit faire, parce que je crains de lui demander des choses qui ne me soient pas bonnes, parce que sans que nous le lui demandions, tous les matins il fait lever son soleil, et tous les ans il couvre la terre d'herbes, de fruits et de moissons ; enfin parce que Dieu, du moment qu'il nous a créés, est obligé de pourvoir à nos besoins, et qu'il ne peut ressembler à ces mauvais pères qui ayant fait un enfant vont l'abandonner à la porte d'un hospice. Je ne l'adore pas non plus, parce qu'il n'a pas besoin qu'on l'adore, parce que l'homme ne peut rien pour sa satisfaction, parce que d'ailleurs ces hommages que la foule lui adresse, ce sont les adulations de créatures intéressées, qui veulent aller en paradis ; mais quand j'ai un sou qui ne me sert pas, je le donne à un pauvre.

J'ai dit ce que j'étais, que ceux qui m'appellent impie racontent sincèrement ce qu'ils sont, et on verra qu'ils ont moins de religion que moi.

C. T.

A M. DUFÊTRE,

Évêque de Nevers,

SUR L'INDEMNITÉ DE ROUTE QUI LUI A ÉTÉ ALLOUÉE PAR
LE CONSEIL GÉNÉRAL.

Sixième pamphlet.

Pardon, monseigneur, un mot, s'il vous plaît. Est-il vrai que le conseil général vous ait accordé deux mille francs pour frais de tournée ? s'il en est ainsi, j'en félicite ces messieurs du conseil. Voilà de l'argent supérieurement dépensé, c'est une véritable bonne œuvre. M. Avril eut été un de ses membres, que le conseil n'eût pas fait mieux; ce vote ne peut manquer d'attirer sur ses auteurs les bénédictions du ciel, et il faudrait qu'ils tuassent père et mère pour n'aller pas tout droit en paradis.

Quelques contribuables impies se plaindront, sans doute, qu'on ait dépensé leurs centimes additionnels en frais de culte ; mais on ne peut faire au gré de tout le monde, et il faut mieux remplir ses devoirs envers Dieu qu'envers les hommes. Le conseil général a sans doute avisé dans les commandements de Dieu ou de l'église, un commandement que nous n'y avons pas aperçu, et qui doit être conçu à peu près en ces termes :

> Deux fois mille francs tu paieras
> A ton évêque tous les ans,
> Afin qu'en ses petits états,
> Il voyage commodément.

Pourtant ce qui m'humilie pour vous, c'est que vos pieux deux mille francs n'aient obtenu qu'une voix de majorité dans le conseil. Vous, monseigneur, un envoyé de Dieu, vous qui entriez si triomphalement, il y a quatre mois, par le pont de Loire, vous ballotter comme un pont, vous discuter comme un aqueduc ! Voyez un peu ce que c'est que la gloire qui vient trop vite : quand elle est arrivée à grands pas, elle prend des ailes pour s'en retourner.

Mais si le conseil général avait de bonnes raisons pour vous accorder votre indemnité, il me semble que vous en auriez eu de meilleures encore si vous aviez voulu les faire valoir, pour refuser ce cadeau. D'abord il ne faut point vous appuyer de l'exemple de M. Naudot, votre prédécesseur ; M. Naudot, lui, ne faisait que de simples tournées,

tous ceux qui allaient au-devant de lui y étaient
venus de bonne volonté ; il n'entrait pas au son du
clairon et des tambours dans les paroisses , comme
entre un général dans une place conquise ; il
n'exigeait point que la garde nationale, ce vieux
soldat dont les tiques ont dévoré l'uniforme et qui
ne sait plus aller au pas , s'avançât à sa rencontre ; il n'avait pas besoin de l'artillerie de la localité pour bénir ceux qui voulaient de sa bénédiction. Mais vous, ce ne sont pas des tournées que
vous faites , ce sont des courses triomphales que
vous fournissez. Or , il me semble que vous pouvez très bien triompher à vos frais , et qui'l n'est
pas délicat de votre part de nous faire payer vos
ovations.

En second lieu , à quoi serviraient maintenant vos
tournées. Vous ne pouvez alléguer qu'il vous faut ,
aventureux missionnaire, aller jusqu'aux extrémités connûes du département, et sous le ciel bru-
meux du Morvand, convertir les infidéles ; c'est
une besogne faite depuis longtemps. Lors de votre
dernière tournée , vous avez converti tout le monde et au-delà ; et s'il faut en croire l'Echo de
la Nièvre, votre historiographe, à Lormes où il
n'y a que quinze cents personnes, vous en avez

converti trois mille. Croyez-moi, faites comme le conquérant qui a achevé la guerre en une bataille, reposez-vous sur vos trophées. Tous ces gens que vous croyez soupirant après votre présence, et que vous dérangez de leurs occupations, n'ont pas besoin de vos bénédictions pour vivre. Vous croyez qu'ils se tiennent là, prosternés et les mains jointes sur votre passage, pour vous faire honneur, détrompez-vous? ce serait un éléphant blanc ou une giraffe qui arriverait dans leur petite ville, qu'ils accourraient, aussi nombreux et aussi empressés, à la rencontre de ces curieuses bêtes. S'ils viennent au-devant de vous, c'est tout simplement pour voir comment est fait un évêque. L'Echo de la Nièvre peut conclure de là que le sentiment religieux se réveille en France? Hélas! non, il n'en est rien; c'est tout simplement la curiosité qui ne s'y endort pas. Que sert-il que vous alliez avec vos armes noircies faire si loin la guerre aux gouvernantes, qui ne sont pas trop décrépites, et aux saintes qui ont les mamelles trop amples? Le beau trophée que vous aurez remporté quand vous aurez fait rogner la gorge de sainte Allaite, et que vous aurez forcé un pauvre vieux curé à prendre son lait de poule des mains de parchemin d'une vieille édentée, plutôt que des blanches mains d'une jeune et jolie servante. Les monseigneur vous manquent-ils donc ici, pour que vous alliez vous faire monseigneuriser dans ces régions hyperborées qu'on appelle le Morvand, au risque d'y rencontrer quelque juge de paix récalcitrant, qui vous donne du monsieur par la face. Votre sainteté est-elle donc à l'épreuve des coups de soleil ou des rhumes, et d'ailleurs, est-ce donc un si beau spectacle qu'un maire en écharpe, dont la parole n'est rien moins qu'abondante et facile, et une demi-douzaine de conseillers endimanchés et retapés.

Mais vous avez la passion des lointaines expéditions, et vous prétendez que vos tournées sont utiles. Eh bien, soit; je vous accorderai même que si vous n'alliez de temps à autre réchauffer par un petit sermon la foi de vos diocésains des arrondissements, ils é feraient tous circoncire; mais alors vous plaidez contre vos deux mille francs. Vous êtes payé pour être évêque, n'est-il pas vrai, il me semble même que vous recevez pour cela dix mille francs du gouvernement. Si c'est un métier pénible de trôner en chasuble d'or dans un chœur de cathédrale, vous conviendrez que votre labeur n'est pas trop mal rétribué.

Mais être évêque, qu'est-ce donc selon vous ? n'est-ce pas remplir toutes les fonctions attachées à l'épiscopat ? Or, si vos tournées sont utiles, elles rentrent dans vos fonctions, et le gouvernement avec les dix mille francs qu'il vous alloue, vous paie aussi bien pour faire des tournées, que pour ordonner des prêtres, bénir des églises et rédiger des mandements. Ainsi quand le ministre des cultes, vous a soldé sous forme de traitement vos frais de voyage, vous vous les faites resolder sous forme d'indemnité par le département. Je ne veux point conclure de là, que vous vous faites payer deux fois ; mais enfin, si vous aviez un valet de chambre qui vous dit : c'est vrai, monseigneur, je suis à votre service moyennant 40 francs par mois, mais toutes les fois que je brosserai votre soutane vous me donnerez un pour boire. Que pensereriez-vous de ce drôle ? Moi qui vous parle, j'ai un cordonnier qui me fait payer mes bottes 18 fr ; si quand je lui solde sa note, et que je me dispose à lui souhaiter le bonjour, il me disait : un instant monsieur, vous n'êtes pas quitte envers moi, vous me redevez 3 f. pour les tiges de vos bottes et 8 fr. pour les semelles, croyez-vous que je ferais droit à la demande de cet avide St. Crépin, et même que je ne le destituerais pas de ma pratique. Voilà pourtant, si vous acceptiez l'indemnité qui vous est offerte, le procédé que vous mettriez en honneur. D'après le principe établi par vous, et auquel vous donnez l'autorité de votre exemple, le chapelier viendra bientôt nous demander une indemnité pour avoir mis une coiffe à notre chapeau ; et le tailleur pour avoir cousu notre redingote.

Si c'est un simple pour boire qu'on vous alloue, votre dignité s'oppose à ce que vous le receviez ; si c'est un supplément de traitement, je vous ferai observer qu'il y a dans ce département cinq cents cantonniers qui n'ont pas 400 francs de traitement, mille gardes-champêtres qui n'en ont pas tant, deux cents maîtres d'école qui n'en ont guère davantage. Cependant ces malheureux supportent sans se plaindre les rigueurs de leur fortune, aucun d'eux ne s'avise de tendre la main à un supplément d'honoraires, qui à la rigueur ne serait pour eux que quelques bouchées de pain ajoutées à leur chanteau, et pourtant ils ont sur les bras une famille.

Comment donc vous, monseigneur, qui n'avez que votre personne à entretenir, qui ne fumez pas, qui n'allez jamais au café, qui vivez loin du monde, toujours au pied du crucifix, dans le silence, les austérités et la prière , et qui recevez de l'état environ mille francs par mois, comment, dis-je, pouvez-vous réclamer un traitement supplémentaire ; mais si vous acceptiez ce surcroît de traitement , songez-vous que les malheureux que je viens de dire en paieraient leur part.

Le gouvernement a calculé votre traitement sur vos besoins. Puisque vous nous demandez un supplément de traitement , dites-nous donc quels sont les besoins compatibles avec la vie sacerdotale , qu'avec vos dix mille francs vous ne puissiez satisfaire.

N'alléguez point que cet argent vous servira à faire des aumônes : les malheureux ne sont hélas point rares ici , et le conseil général saurait aussi bien que vous en trouver.

Je vois encore une raison pour que vous renonciez à votre indemnité , la voici : vos tournées ne vous mettent point en frais, elles sont, au contraire, pour vous une occasion d'économie ; pendant que vous vous bercez dans votre carosse sur la molle poussière des routes, l'autoclave épiscopal cesse de bouillir ; et les bons vins ne baissent point dans vos tonnes , c'est toujours autant d'épargné sur vos dix mille francs. Il faut vivre en route, direz-vous. L'ob-

jection vaudrait quelque chose , si elle se rappor-
tait à un simple bourgeois. Mais vous, vous ne vivez
point en route, d'un bond de vos chevaux vous
franchissez les hôtelleries ; quand vous avez déjeûné
chez l'abbé Jean , vous allez dîner chez l'abbé Philippe ; et ces déjeûners ainsi que ces dîners sont des noces. Ce n'est véritablement qu'à vos curés que vos
tournées sont à charge, et, s'il faut tout dire, elles les
ruinent. Huit jours avant votre arrivée, toute la paroisse est en pêche ou en chasse, et tout le presbytère en cuisine. Le pauvre curé auquel est advenu
le dispendieux honneur de vous recevoir , dévore
dans un repas un quartier de ses appointements ; au
lieu d'économiser pour nourrir de vieux parents accablés d'infirmités, ou, s'il n'a point de parents, pour
venir en aide aux pauvres de la paroisse , il est obligé d'économiser pour vous donner à dîner. Allez ! au
presbytère sur lequel vous vous êtes abattu, long-
temps encore après votre départ on se ressent de votre passage ; le curé porte un tricorne râpé, la gouvernante va à la grand'messe avec une robe fa-
née, et les pauvres raccommodent leurs haillons.
Si donc vos tournées donnent à quelques-uns des
droits à une indemnité, il me semble que c'est à ces
pauvres desservants qui ont le malheur d'être placés

sur votre itinéraire. Il est peu dans l'ordre que ce soit le riche qui reçoive et le pauvre qui débourse. En distribuant entre vos hôtelliers les deux mille francs que vous tenez de la munificence du département, vous ne ferez que payer une dette, et pour être un illustre prélat, il faut avant toute autre chose payer ses dettes.

En tout cas, monseigneur, si nous vous devons des frais de voyage, nous ne sommes pas forcés de les payer, sans compter et par somme ronde de mille francs. Faites-nous la note de vos déboursés, et nous verrons ; car enfin, puisque c'est une indemnité de voyage que vous réclamez ; il ne vous revient que ce que vous avez dépensé en route. Il me faut deux mille francs, vous écriez-vous : cela est bientôt dit ? Quoi ! deux mille francs pour un voyage d'une huitaine de jours et d'une cinquantaine de lieues ! Mais celui qui tient l'escarcelle épiscopale, jette donc l'or à deux mains sur la route ? En vérité, un régiment en marche dépense moins que vous, et une frégate en mer ne dépense pas davantage. Avec deux mille francs, moi, je ferais le tour du monde, et avec dix écus celui du département. Où en seraient donc les commis voyageurs, s'ils dépensaient autant que votre seigneurie ? vous ne

pouvez dit-on, vous qui êtes, partout où vous avez
la fantaisie d'aller, l'envoyé de Dieu, voyager comme un simple bourgeois : vous êtes l'envoyé de Dieu,
soit ; mais alors, avant de vous délivrer votre ordre
de départ, Dieu devrait bien mettre un paquet de
billets de banque dans votre poche. Et comment
voyageait donc Jésus-Christ, s'il vous plaît, lorsqu'il
traversait la Galilée ? Je m'en vais vous le dire, moi :
il partait de bonne heure, à pied, entouré de ses disciples ; il s'arrêtait là où la faim le surprenait, soit
sous un arbre du chemin, soit sous une chaumière,
et il mangeait des mêmes fruits que les oiseaux ou
du même pain que ses plus humbles hôtes. Il est
vrai que Jésus-Christ n'est que le maître, et que
vous êtes le serviteur ; mais enfin à quoi sert donc
tout ce luxe dont vous vous revêtez ? Est-ce un paquet de passementerie qui traverse nos paroisses
ou un évêque qui les visite. Si vous croyez que
pour représenter un Dieu pauvre et dénué de tout
sur la terre, il vous faille étaler les magnificences
d'un nabab ; alors voyagez à vos frais. Quand on
va aux dépens des autres, il faut ménager leur
bourse. Il n'y a pas besoin d'être un Fénélon,
et un Vincent de Paul pour sentir cela ! Je crois,
monseigneur, que l'indemnité réclamée par vous

est un peu exagérée; vous avez mal établi vos comptes ; si vous repassiez vos calculs, je suis sûr que vous reconnaîtriez qu'il vous a été trop alloué , et vous êtes trop juste et trop généreux pour profiter d'une erreur .

Du reste, monseigneur , si vous gardiez ces deux mille francs , je craindrais que cela ne jetât sur vous comme un soupçon d'avidité. Quand vous nous prêchez l'abnégation et le désintéressement , il ne faut pas que votre exemple atténue l'autorité de vos paroles. Le suisse aurait beau agiter d'un air menaçant sa hallebarde, on chuchoterait toujours autour de votre chaire : ce prêtre qui veut que nous détachions notre âme des biens du monde , il reçoit dix mille francs de l'état , on lui fournit un palais tout meublé , et il ne se trouve pas encore assez bien pourvu , il faut qu'on lui paie en sus de son traitement, tous les pas qu'il fait dans le diocèse. Ce n'est donc pas le désintéressement , c'est donc la cupidité qui est une vertu ; car lui qui est évêque il doit savoir les choses du salut , et il ne court pas sciemment vers la perdition ; assurément il faut mieux prendre le chemin qu'il suit que celui qu'il nous montre du bout de sa crosse. Vous auriez, monseigneur, beau faire feu de tous les foudres de votre éloquence , ces propos impies en détruiraient l'effet et rendraient stérile votre zèle ; car on croit plutôt ce que font les prêtres que ce qu'ils disent.

Et qui sait si le conseil général ne vous tend pas un piége ? s'il ne veut pas atténuer votre considération en vous faisant passer pour un homme d'argent? si, enfin, il ne s'entend pas avec moi ? Pour vous, monseigneur , qui êtes riche , qu'est-ce que deux mille francs? un rien, une bagatelle, cela ne vaut pas seulement la peine d'émarger. Voudriez vous donc compromettre votre réputation de sainteté pour si peu de chose. Croyez-moi , renvoyez au conseil ses sacs tout cachetés, et dites-lui qu'une autre année il n'y revienne plus. Si vous faites cela nous vous tiendrons tous pour un grand évêque.

Je suis avec cette confiance ,

Votre fidèle serviteur,

C. T.

Nevers , Imp. de C. SIONEST.

Distribution de Prix

AUX ÉCOLES CHRÉTIENNES.

Septième Pamphlet.

Août est un mois bien cher aux enfants : quand j'étais écolier, je passais à implorer son retour les onze autres mois de l'année. Pour moi, c'était le mois des vacances ; pour les autres, c'était le mois des couronnes. Si au lieu de ce tronçon de de plume j'avais un bout de crayon sous la main, je placerais le mois d'août sur la couverture de ce pamphlet, portant une couronne verte à son bras gauche et, dans sa main droite, un mauvais volume habillé, comme un épicier qui va à la cour, d'une superbe reliure, où, peut-être, le représenterais-je sous la figure de cinq à six tambours battant aux champs et d'une pièce de 30 sous tombant d'un

1843

premier ou d'un deuxième étage, empaquetée dans un morceau de l'Echo de la Nièvre.

On était donc au mois d'août ; les Ignorantins, parés de leur robe du dimanche, tous d'un noir inusité et sans tache, distribuaient des couronnes à leurs deux ou trois cents néophytes. L'Echo de la Nièvre a oublié de dire que c'était une cérémonie touchante ; cependant elle était d'autant plus touchante, cette année, que M. Dufètre, en simple tonsure et dépouillé des rayons de l'épiscopat, y assistait. Du moment que M. Dufètre y assistait, il est inutile de vous dire qu'il y prêcha. Vous connaissez assez l'illustre prélat pour savoir qu'il n'est pas homme à se tenir durant toute une cérémonie les lèvres closes ; sa parole abondante et facile l'étoufferait. Comprimez, par une forte résistance, ce jet d'improvisation et fermez la bouche au saint prélat avec une pièce de taffetas d'Angleterre, il parlerait soit par les narrines, soit par les oreilles.

M. Dufètre donc commença un plantureux sermon sur les différents mérites des Ignorantins et sur l'excellence de l'éducation qui s'élabore dans leur petite jésuitière. Jusque là, tout était bien, si ce n'est que le sermon était quelque peu décousu, peu riche d'idées, assez pauvre d'expression, et que l'éloge y était hyperbolisé comme si M. Dufêtre eût parlé de lui-même ; mais enfin, l'école des Ignorantins est aussi celle de l'évêque ; il est bien permis à un marchand d'étoffes de préconiser l'excellence de son stoff ou de son madapolam, et à un épicier d'exalter son huile à quinquet ou son gruyère. Cependant la concurrence a ses droits comme toute autre guerre. Il ne faut point dénigrer le commerce qui contrarie le nôtre ; faites votre enseigne aussi brillante que vous le voudrez, mais ne couvrez pas de boue celle de votre voisin ; cela ne sied pas à un industriel bien élevé, surtout quand il a l'honneur d'appartenir à l'église.

C'est là pourtant ce qu'a eu l'air de faire M. Dufêtre ; aussi j'avais mes raisons quand je vous disais qu'il épiçait toujours ses sermons d'un peu de pamphlet. M. Dufêtre qui trouverait fort mauvais qu'on l'appelât marchand de messes, marchand de cierges, marchand d'enterrements, marchand de livres, ne craint pas de faire entendre que les maîtres d'école laïques sont des marchands d'éducation : eux, ils n'enseignent que pour gagner de l'argent ; les Ignorantins, au contraire, se consacrent par dévouement à l'éducation de la jeunesse ; ce sont des mendiants ; c'est pour l'amour de Dieu, *Gratis pro deo*, comme nous disons, nous autres mauvais latinistes, qu'ils font l'école ; ils ont rompu avec toutes les jouissances d'ici-bas ; ils se nourrissent de légumes ; ils n'ont pour vêtement qu'une robe de bure ; voilà pourquoi leur enseignement est supérieur à celui des maîtres d'école laïques, espèce vorace qui se nourrit de chair et qui porte des redingottes : en douter le moins du monde serait un péché mortel, une hérésie à faire destituer un sacristain.

Tout ce que M. Dufêtre avance relativement à la toilette et à la manière de se nourrir des Ignorantins, je le lui accorde volontiers. Oui, il est vrai que les Ignorantins mangent des légumes : je les ai vus plusieurs fois de ma fenêtre circuler entre cette verdoyante allée de laitues que forment à la revenderie les boutiques des jardinières, et acheter des artichauts et des asperges ; je ne saurais dire, par exemple, à quelle sauce ils les ont mangés. Oui, il est vrai encore que les Ignorantins portent une robe de bure, et même ils ont un air assez grotesque sous cet accoutrement ; j'accorderai, de plus, à M. Dufêtre qu'ils se coiffent d'un tricorne. Je ne sais si c'est parce que je suis un ancien maître d'école ou que j'ai l'esprit un peu tortu, mais cela ne me semble pas établir la supériorité de l'enseignement Ignorantin mieux que la position des deux os de Ste. Flavie dans les catacombes n'établissait la parenté de cette vierge avec Domitien. Je préférerais que M. Dufêtre nous affirmât que les Ignorantins savent la grammaire; car, enfin, ils ne passent pas d'examen, et une robe de bure et un tricorne, quelque respectables que soient ces objets d'habillement, ne me semblent point de nature à remplacer un diplôme.

Quant au reproche qu'adresse M. Dufêtre aux maîtres d'école d'enseigner pour gagner de l'argent, il ne vaut guère la peine qu'ils s'en justifient; si le vertueux prélat n'eût été pressé par le démon de l'improvisation qui lui crie sans cesse : parle, Dufêtre, parle, parle, quand bien même tu n'aurais rien à dire, il eût trouvé beaucoup mieux que cela. Cependant, en ma qualité d'ancien maître d'école—comme dirait un épicier en gros—je prie mes confrères de permettre que je dise un mot pour eux à l'oreille de M. Dufêtre.

Il est vrai, M. Dufêtre, que les maîtres d'école enseignent pour de l'argent; mais, trouvez-moi dans la société une profession où l'on ne travaille point pour de l'argent, et je vous achèterai tout votre *Onguent contre la morsure de la vipère noire.* De bonne foi, croyez-vous que le couvreur irait se suspendre aux flèches de vos cathédrales si vous ne lui payiez point sa journée ? le graveur qui vous a fait ces médailles à votre effigie que vous distribuez aux enfants qui sont bien sages et même à ceux qui ne le sont point, s'est-il contenté de vos bénédictions ? vos prêtres, ne disent-ils point la messe pour de l'argent ? vos chantres ne psalmodient-ils pas les vêpres pour de l'argent ? ces pelottes de graisse que vous appelez vos chanoines, ne s'arrondissent-elles pas pour de l'argent ? et, vous-même, est-ce pour des coquilles de noix que vous faites le métier d'évêque ?

Quand vous n'étiez que prédicateur, votre parole n'était-elle pas salariée comme celle de l'avocat, comme celle du crieur public ? Chaque goutte de sueur qui tombait de votre front ne se changeait-elle pas pour vous en une parcelle d'or ? et cela, je ne vous en fais pas un reproche ; les choses iront ainsi tant que le pain ne se ramassera pas à pleines corbeilles dans les sillons, que le vin ne découlera point à flots des ceps, et que les maisons ne pousseront point de terre, comme l'herbe, toutes

décorées, toutes meublées et pourvues de chemi-
nées fumivores. Tout l'inconvénient qu'il y a, c'est
que certains gagnent dix mille francs par an, avec
une indemnité de route de deux mille francs, à se
prélasser dans un chœur, tandis que d'autres re-
tirent à peine quelques livres de pain noir du travail de toute leur journée ; mais, assurément ce ne
sont pas les maîtres d'école qui s'engraissent de
la portion des autres.

Je persiste donc à croire que ce n'est pas une raison, parce qu'on exerce un métier pour de l'argent, pour qu'on l'exerce mal ; il me semble, au
contraire, que plus on est intéressé à bien faire une
chose, et mieux on la doit faire. C'est, du reste,
l'opinion de Dieu qui, pour nous engager à faire
de bonnes œuvres, nous les paye en félicités éternelles. Quant aux choses qui se font pour l'amour
de Dieu, elles sont toujours assez mal faites : que
M. Dufêtre me permette de lui en citer un exemple ;
il m'excommuniera après s'il le veut.

Un capucin entra dans la boutique d'un barbier
et le pria de le raser pour l'amour de Dieu ; ce barbier prit le rasoir avec lequel il rasait pour l'amour
de Dieu, un rasoir rouillé, édenté, dont vous
ne voudriez pas, si vous étiez muletier espagnol,

pour raser votre mule, et il se mit à en raboter le menton du capucin. Ce n'est pas une petite besogne que de faire la barbe à un capucin, même avec un bon rasoir ; depuis un quart-d'heure notre pauvre saint homme était à la torture. Cependant, comme il avait de très-bonnes raisons pour se débarrasser de sa barbe, il prenait son mal en patience, et même il l'offrait à Dieu : c'était sans doute un mauvais cadeau à lui faire ; mais, enfin, on ne peut offrir que ce qu'on a. Sur ces entrefaites, un chat, le chat bien aimé du barbier, se mit à miauler, dans l'arrière-boutique, d'une manière lamentable ; et le barbier de demander ce que cela signifiait. Hélas ! monsieur, dit le capucin, c'est sans doute un pauvre chat qu'on rase pour l'amour de Dieu.

O , je ne vois pas de raisons pour que l'amour de Dieu fasse plutôt merveille dans une école que sur un menton de capucin. Dernièrement, M. Dufêtre demandait une indemnité de tournées au conseil général, si on lui eût dit : celui qui travaille pour l'amour de Dieu fait mieux que celui qui travaille pour de l'argent ; or, nous vous refusons l'indemnité que vous nous demandez, afin que faisant vos tournées pour l'amour de Dieu, vous

les fassiez mieux , comment eût-il trouvé cet argu‑
ment ?

Mais non , M. Dufêtre, les ignorantins ne tra‑
vaillent point pour l'amour de Dieu ; ils ne sont
point des mendians ; je les justifie, moi, du mau‑
vais compliment que vous leur faites. Comme vous
semblez ignorer quelle est leur position , permettez
que je vous en instruise : d'abord, les frères igno‑
rantins reçoivent six cents francs par tricorne, en‑
suite ils sont logés et meublés gratis , ils vivent en
commun comme les fourmis et les soldats , et leur
uniforme, s'il ne leur est pas donné, ne leur coûte
pas cher. Il s'en suit de là qu'une marmite de six
frères ignorantins a trois mille six cents francs en‑
viron pour se faire bouillir ; il me semble que six
personnes dont le salaire s'élève à une pareille som‑
me , leur logement et leur habillement prélevés, ne
travaillent point pour l'amour de Dieu ; si vous
priez M. Charles Dupin de vous faire une statis‑
tique à ce sujet, vous verrez qu'en France et
ailleurs, sur dix ménages il n'y en pas un qui ait
à sa disposition un aussi gros revenu. Prenez un
sous-préfet, par exemple : le ménage d'un sous‑
préfet se compose d'au-moins six personnes. Ce‑
pendant un sous-préfet de l'espèce commune ne

touche pas plus de trois mille six cents francs par an, et sur cette somme, il faut qu'il représente, qu'il se galonne, qu'il donne de temps en temps des soirées, et qu'il illumine son hôtel le jour de la fête du roi; il faudrait conclure de là qu'un sous-préfet travaille pour l'amour de Dieu. Il est vrai de dire aussi que d'après la manière dont certains administrent leur arrondissement, on pourrait le croire. Ainsi donc, la position pécuniaire d'un ignorantin qui travaille pour l'amour de Dieu, correspond à celle d'un sous-préfet, c'est-à-dire de l'homme le plus notable d'un arrondissement. Quant à la robe de bure dont ils sont enveloppés, comme ils ont probablement une chemise par-dessous, ils n'en sentent pas les aspérités. C'est un vêtement commode et chaud qui préserve très bien des intempéries des saisons, et qui n'a pas du tout l'inconvénient d'empêcher de jouir des choses de la vie. Et le tricorne, dites-vous,—le tricorne est, j'en conviens, une vilaine et incommode coiffure; j'aimerais autant avoir un auvent sur la tête; mais enfin, si j'avais une femme à presser entre mes bras, ma mère ou ma tante, par exemple, je trouverais très bien moyen de m'en débarrasser; et d'ailleurs on ne couche pas avec un tricorne.

Mais nous autres, maîtres d'écoles, qui travaillons pour de l'argent, quelle est notre position, je vous prie ? oseriez-vous la mettre en paralèle avec celle des ignorantins ? j'en appelle encore ici à **M.** le baron Charles Dupin. Nous avons beau nous faire sonneurs de cloches, préconiseurs, tambours de la garde nationale , beau vendre du tresson et des lacets , sur dix d'entre nous, il n'y en a pas un qui puisse élever son revenu jusqu'à six cents francs, et pourtant chacun de nous a une femme, un marmot, deux marmots, trois marmots et d'avantage encore, car la misère est très prolifique . De notre portion déjà si congrue, il faut que nous retranchions chaque jour quelques bouchées de pain pour acheter des ménages aux filles et faire apprendre un métier aux garçons. Ce n'est pas tout, il nous faut un habit propre pour chanter le dimanche au lutrin, et un parapluie pour aller le jeudi aux conférences, encore ce jour-là sommes-nous obligés , à moins que nous n'apportions , comme le berger qui va aux champs, notre pain dans notre poche , de prendre un repas à l'auberge , et nous, nous n'avons point de frais de tournées. Vous conviendrez que si nous ne travaillons que pour gagner de l'argent , nous avons bien mal choisi notre profession, et que nous aurions tout aussi bien fait de nous mettre évêques.

Votre ignorantin est tranquille et repu dans son petit monastère, comme l'était le rat de la Fontaine dans son fromage de Hollande; personne ne vient l'y tourmenter, et s'il n'y engraisse, il faut qu'il y mette une mauvaise volonté bien décidée. Mais pour nous, ces lâches et ignobles oppressions qui foulent toute position subalterne, viennent encore s'ajouter aux mille privations de l'indigence; la faim n'est pas notre plus cruel ennemi : nous sommes les souffre-douleurs de la commune, le maire du village nous vexe d'une façon, le conseil municipal nous vexe de l'autre, les parents de nos marmots nous vexent chacun à la sienne; le curé de son côté qui n'aime guère l'université et qui aime beaucoup les jésuites se fait presque un cas de conscience de nous persécuter autant que cela lui est possible; malheur à celui d'entre nous qui fait mine de se rebiffer contre sa suprématie, qui ne laisse pas pacager librement les poules du pasteur dans son petit jardin et qui ne le salue pas d'aussi loin qu'il l'aperçoit et même avant qu'il l'ait aperçu; il vaudrait mieux pour lui qu'il mît le feu à l'hôtel communal; il n'est pas trop tôt qu'il fasse un paquet de son mobilier et qu'il déloge; car s'il tardait trop il délogerait ruiné. Voilà quelle est notre position. Dites-nous, maintenant, si l'ignorantin auprès de nous n'est pas un grand seigneur, un véritable nabab. Et encore ce pain si dur que nous mangeons et que, pour broyer, il faut des dents de fer, vous avez l'air de nous le reprocher; mais vous voulez donc que, comme les bêtes fauves, nous vivions de l'herbe qui croît le long des chemins, ou comme les oiseaux, des fruits sauvages que les buissons font éclore.

Nous, si nous savions prêcher, que dirions-nous donc des évêques? De vous prélats, ou de nous autres maîtres d'école, lesquels gagnent le mieux leur salaire? Nous sommes là du matin au soir, entre vingt groupes qui glapissent comme une meute, à faire marcher cette lourde et paresseuse machine qu'ils appellent une école mutuelle, à enfoncer, comme un manœuvre enfonce un coin dans un tronc d'arbre, des lettres et des syllabes dans ces durs cerveaux d'enfants, à nous fêler la poitrine et à nous aigrir le sang dans des explications fastidieuses et cent fois répétées; le pauvre cantonnier peut quitter un moment sa pioche pour serrer la main à une vieille connaissance qui passe et qu'il n'avait pas vue depuis long-temps; le maçon sur son échafaud tourne la tête et suit long-temps dans la foule une jeune fille qui l'a salué d'un geste ami ; le compagnon serrurier, en faisant descendre et monter sa brânloire, rêve de sa patrie absente et du jour où il reverra sa mère ; le tailleur, en cousant son palletot rencontre quelquefois un bruyant hémistiche qu'il fait sonner long-temps en lui-même, comme le paysan fait sonner une pièce d'argent pour s'assurer si elle est de bon aloi, et quelquefois aussi il lui arrive de saisir, dans un pli de son drap, une rime bégueule qui lui a long-temps fait la nique ; mais nous, il faut que nous veillions sur notre pensée comme la sentinelle veille sur le terrain confié à sa garde, que nous en écartions impitoyablement tou rêve, tout souvenir, toute idée étrangère à notre école, que nous regardions et que nous parlions à la fois, que nous domptions celui-ci, que nous stimulions celui-là, que de ce côté nous maintenions l'ordre et que de cet autre nous hâtions le progrès ; qu'à nous seuls, en un mot, nous fassions la besogne de trois lus. Pieurs d'entre nous sont doués de brillantes facultés, mais quand leur intelligence voudrait s'envoler vers de pures et hautes régions, il faut qu'ils la clouent par les ailes aux planches de leur estrade ; ils ont un outil d'or, et ils ne peuvent remuer avec que des fanges et des graviers. Vous, cependant, nos seigneurs les évêques , que faites-vous pendant ce temps ? vous pérorez dans une chaire, vous faites les petits dieux sous un dais, vous vous faites encenser par des lévites , ou bien encore, vous exilez d'un trait de plume quelque vieux prêtre d'une paroisse amie ; pour cette rude besogne, le gouvernement vous alloue dix mille francs par an ; mais vous n'êtes gens à vous contenter de si peu de chose. Vous voyagez une fois par an ; quand vous avez fait une cinquantaine de lieues, vous revenez, accablés de fatigue, vous reposer dans votre palais , et pour cette pénible expédition vous n'exigez pas moins de deux mille francs, vous appelez cela des frais de tournées. Hélas ! combien d'entre nous seraient au comble de leurs vœux, si pour leur labeur de toute une année, ils recevaient seulement la moitié de ce que vous gagnez en huit jours, à déjeûner, à dîner et à fournir des courses triomphales.

Direz-vous que c'est votre capacité qu'on rétribue si magnifiquement? Où avez-vous pris qu'il faille plus de capacité pour être évêque que pour être maître d'école ; un bon instituteur doit tout savoir, même un peu de théologie ; mais un évéque, la théologie exceptée, que faut-il qu'il sache ? De bonne foi, croyez-vous qu'il ne soit pas plus difficile de faire un bon arithméticien ou un bon grammairien que de faire des saintes huiles ? je parie que M. Dupin aîné ferait bien dix évêques, mais je le défie de faire un maître d'école. Prétendez-vous que c'est à l'utilité de vos fonctions, qu'on proportionne le chiffre de vos appointements, eh bien, détrompez-vous une seconde fois : de ce côté-là nous avons encore sur vous l'avantage. Le diocèse a été quatre mois sans évêque, personne ne s'en est aperçu. Les cloches sonnaient, la grande messe se disait, les femmes allaient à confesse comme si de rien n'eût été ; il y avait en ville un prêtre de moins, et depuis que vous êtes arrivé, il y a un prêtre de plus, voilà tout. Mais si le diocèse restait quatre mois sans instituteurs, croyez-vous que ce serait la même chose ? L'année prochaine, donc, ne nous accusez plus d'enseigner pour gagner de l'argent, car vous voyez que nous avons de quoi vous répondre.

Un évêque pur et simple, c'est-à-dire un évêque qui au lieu de nous être envoyé par Dieu, nous eût été envoyé par le ministre des cultes, s'il avait assisté à la distribution des prix des écoles chré-

tiennes eût assisté également à celle des écoles communales, ou bien il n'eût assisté ni à l'une ni à
l'autre. Cette préférence donnée publiquement aux
gens de sa robe sur les laïques dans des choses sans
rapport avec la religion, ne convient pas à un prélat. Sa crosse est faite pour lui servir de canne et
non pour être mise comme l'épée de Brennus dans
une balance. Un évêque représente Dieu sur la
terre, du moins c'est ce qu'ils prétendent, puisque
comme Dieu ils se font appeler monseigneur; or,
Dieu est l'impartialité même; il n'a pas assisté que
je sache, plus à la distribution de prix des ignorantins qu'à la nôtre, et il a fait pousser du lierre et
des dahlias pour les lauréats de nos écoles aussi bien
que pour ceux des prêtres ; mais M. Dufêtre ne
fait point les choses comme ses confrères, du moins
comme ceux de ses confrères qui les font convenablement. Il ne s'est point contenté des actes de par-
tialité que je viens de dire ; pour amener l'eau au
moulin des ignorantins, il s'est avisé d'un moyen
qui prouve combien il est fort en réclame, et quelle
bonne maison il eût faite si Dieu, au lieu de le mettre dans les ordres, l'eût mis dans un commerce
quelconque. Il termine son sermon à peu près en ces
termes :

« Et maintenant, mes enfants, je vais vous ap-
» prendre une bonne nouvelle : chaque dimanche
» il sera dit pour vous une messe spéciale dans
» la chapelle de l'Oratoire, vous y entendrez une
» instruction destinée pour vous, exprès pour
» vous ; pour ne pas restreindre ce bienfait aux
» élèves de l'année où nous commencerons, les
» anciens élèves des frères, ceux qui auront quitté
» l'école depuis deux ans, trois ans, seront admis
» à y assister ; je viendrai quelquefois au milieu
» de vous, mais le jour de la Saint-Nicolas, je
» vous retiens, je serai votre convive et je dirai moi-
» même la messe du jour. »

Assurément, si les ignorantins ne font mention
dans leurs futurs prospectus de ce double avantage,
la messe spéciale des dimanches et la messe de Saint-
Nicolas dite par M. Dominique Dufêtre en personne, je les tiens pour les gens les plus désintéres-
sés du monde.

Que M. Dufêtre veille à l'instruction des petits
enfants, cela est bien, très-bien ; cette sollicitude
est d'un bon évêque ; il se rendra ainsi plus agréable
à Jésus-Christ que par ses entrées triomphales ;
car, Jésus-Christ disait : *Sinite parvulos ad me
venire.* Mais quand il parlait ainsi, il ne faisait

aucune distinction entre les enfants des diverses écoles de Jérusalem. Pourquoi donc M. Dufêtre établit-il une distinction entre les diverses écoles de Nevers ? Est-ce qu'il tiendrait, par hasard, à ce qu'on ne le confondît pas avec Jésus - Christ ? M. Dufêtre n'est-il pas l'évêque de tous , et payé par le gouvernement pour l'être ? Nos enfants ne sont-ils pas du diocèse aussi bien que ceux des écoles chrétiennes ? Puisqu'il ne veut être que la moitié d'un évêque, pourquoi exige-t-il des hon-neurs comme si en lui il y avait deux prélats ? pourquoi force-t-il nos magistrats de l'escorter, quand, aux jours solennels, il affiche publiquement son mépris pour les établissements de la commune? S'il négligeait d'instruire nos enfants, nous pren-drions la chose du côté le moins mauvais ; nous dirions :

Dieu nous a envoyé là un évêque bien peu sou-cieux du salut de ses ouailles ; mais il est tellement occupé de ses éditions de petits livres, qu'il n'a pas le temps de songer aux besoins de son diocèse : on ne peut faire tant de choses à la fois. Mais quand M. Dufêtre donne aux élèves de ses ignorantins une instruction chrétienne plus développée, et qu'il interdit aux nôtres d'en profiter, ceci passe la plai-

santerie. Que lui ont donc fait ces pauvres petits?
Cet intrépide soldat d'Israël ne se sert-il de ses
armes noircies que contre les enfants? Puisqu'il
est l'envoyé de Dieu, qu'il nous montre donc au
moins une instruction de Dieu qui lui recommande
d'agir ainsi. Si les enfants de nos écoles profitaient
de ses instructions, est-ce que la part des Ignorantins en serait moins grosse? Je voudrais bien
voir qu'un homme qui va une lanterne à la main
m'empêchât de le suivre, de peur que je ne m'ai-
dasse de son falot. Le paradis est assez grand,
sans doute pour les élèves des écoles communales
et pour ceux des écoles chrétiennes; les premiers
peuvent bien y être admis sans prendre la place
des autres. L'enseignement mutuel vaut peu de
chose; mais est-il excommunié par le pape, pour
qu'on lui défende l'église? Si M. Dufètre a les
clefs du saint lieu, ce n'est pas pour l'ouvrir à ses
favoris et pour le fermer à ceux qui lui déplaisent.
Les Juifs n'excluent point les étrangers de leur
synagogue; en vertu de quel droit M. Dufètre ex-
cluait-il de l'église des enfants catholiques? Si ces
pauvres petits sont damnés à cause de l'insuffisance
de leurs lumières, M. Dufètre, qui leur a refusé une
instruction plus complète, qui leur a bouché, pour

ainsi dire, les oreilles, n'en est-il point responsable?
Que son auguste personne aille en paradis pour
avoir sauvé bon nombre d'ignoranticoles, soit ;
mais il aura au moins un petit doigt en enfer pour
avoir laissé se perdre, faute d'instruction, les ames
de nos écoles communales.

Que ne suis-je un des instituteurs de la ville ;
tous les dimanches, à l'heure où se dit la messe
spéciale, je me présenterais avec mes élèves à la
porte de l'Oratoire. Si M. Dufètre nous faisait
repousser par la hallebarde de son suisse, nous
nous agenouillerions autour de l'église, et je dirais
à Dieu : Mon Dieu, bénissez-nous vous-même,
puisque notre évêque ne veut pas nous bénir ! Si
ceux qui sont là-dedans sont les élus de M. Dufètre, faites-nous la grâce d'être les vôtres, cela
nous conviendra tout autant !

Si c'est pour achalander les écoles chrétiennes
que M. Dufètre opère ainsi, il emploie là un mauvais moyen, un moyen qui achèvera de le désacha-
lander lui-même. On achalande une école par l'instruction qu'on donne à ses élèves, non par l'instruction qu'on empêche de recevoir aux élèves de
ses concurrents. M. Dufètre abuse de ses fonctions.
S'il peut dire aujourd'hui : les élèves des écoles

chrétiennes seront seuls admis à telle instruction religieuse, qui l'empêchera de dire demain : les enfants des écoles chrétiennes seront seuls admis au sacrément de la confirmation ? Alors, qu'il dise donc tout de suite, pour avoir plus tôt fait : hors des écoles chrétiennes, point de salut, et qu'il le fasse mettre dans les traités de théologie. Si le procédé de M. Dufêtre est légal, il n'est pas juste ; or, il me semble que la justice devrait être la légalité des évêques. Supposons que le conseil municipal décide qu'il sera formé une petite bibliothèque à l'usage des enfants où les élèves de l'enseignement mutuel seront seuls admis, M. Dufêtre ne réclamerait-il pas, et aurait-il tort de réclamer ?

Si j'étais Jésus-Christ, je ne voudrais pas qu'on fît des réclames avec mon corps et mon sang. Quand le prêtre, chargé de dire la messe spéciale, m'appellerait sur son autel, je lui dirais : ouvre toutes grandes les portes de ta chapelle et admets tout le monde à ta messe, sinon je ne descends pas ; ou bien, si je descends, ce sera pour te mettre toi-même à la porte, comme il y a dix-huit cent quarante-trois ans j'ai mis les vendeurs à la porte du temple.

« Quant à votre messe de saint Nicolas dite par vous en personne, un mot d'explication à ce sujet, s'il vous plaît. De bonne foi, croyez-vous qu'une messe dite par vous ait plus de valeur, pour ceux qui y assistent, qu'une pauvre messe de village ? dans une hostie consacrée par vos augustes mains, y a-t-il plus de corps et de sang de Jésus-Christ que dans une hostie consacrée par un simple prêtre; saint Joseph avec la sainte Vierge sont-ils par supplément dans la vôtre ? mais, s'il en était ainsi, que serait-ce donc d'une messe dite par un cardinal, et surtout d'un messe dite par le pape ? Sans doute, vous n'en n'êtes pas arrivé à croire que votre messe vaille mieux que celle des curés. Si vous le prétendiez, ce serait prétendre que Jésus-Christ descend plus volontiers dans une hostie dont la farine a été moulue par le maître boulanger en personne, que si elle l'avait été par son mitron. Ainsi, il est bien entendu que votre messe est une messe ordinaire, que pour trente sous on peut en avoir une pareille, n'importe à quel autel. Mais, alors, que signifie donc la promesse que vous faites aux Ignorantins d'une messe dite par vous en personne? Tout ce qu'ils auront de plus que les écoles communales, puisque toute messe vaut la vôtre, c'est l'aspect de votre personne auguste, coiffée de sa mitre et portant sa crosse, et comme votre personne auguste n'est pas plus curieuse que celle d'une autre, tout se borne à l'aspect de votre mitre et de votre crosse ; or, que les maîtres d'école communaux, après avoir mené, le jour de saint Nicolas, leurs enfants à la messe, les conduisent chez un passementier, ils seront tout aussi avancés que vos ignoranticoles. Voilà, certes, une belle réclame en faveur des écoles chrétiennes ! Bons parents, retirez vos enfants des écoles communales et amenez-les vîte aux Ignorantins : le jour de saint Nicolas, ils verront la crosse et la mitre de M. Dufêtre ! Quand au dîner que vous leur offrez, je n'en dis rien ; je suis persuadé d'avance qu'il sera bon, surtout si c'est un vendredi que saint Nicolas nous arrive.

C. T.

(La suite prochainement.)

Nevers, Imp. de C. SIONEST.

Distribution de Prix

AUX ÉCOLES CHRÉTIENNES.

Huitième Pamphlet.

Du reste, M. Dufêtre a été très impartial dans sa malveillance envers les écoles laïques ; il a traité celles du sexe féminin avec autant de sans façon que les autres. Ces bonnes institutrices ont beau faire apprendre par cœur, à leurs élèves, des mètres carrés d'Écriture Sainte, les mener à la messe, les envoyer à confesse, M. Dufêtre, bien qu'un évêque français doive être galant, n'en est pas plus galant envers elles ; il a passé devant leur distribution de prix sans y entrer, pour aller honorer de sa personne celle des religieuses. Au fait, rien n'appartient plus légitimement à M. Dufêtre que sa per-

sonne ; il est bien libre de faire part de ce trésor
à qui bon lui semble, et tant mieux pour ceux qui
sont de ses amis. Mais , aussi , quelle institutrice
se fût risquée à faire, pour M. Dufètre, ce qu'ont
fait les très-chères sœurs ? L'auguste prélat a servi, chez ces dernières , de thème à un long exercice de géographie : M. Dufètre s'est laissé dire,
pendant une heure , à propos des cathédrales, le
nom des villes qu'il avait honorées de son domicile,
l'une comme simple séminariste ; l'autre comme
prédicateur, celle-ci comme grand vicaire, celle-
là comme évêque. Et n'allez pas croire au moins
que ce soit là une flatterie de la part de ces pieuses
femmes ; bien au contraire, l'éloge était si mesquin qu'il n'a pu satisfaire l'appétit de M. Dufètre :
le vertueux prélat eût désiré qu'on lui eût dit le
nom du village où il avait été mis en nourrice.

Mais , réfléchissez à quelles vastes recherches
les bonnes sœurs ont dû se livrer pour trouver
toutes ces belles choses , et quel tort cela a dû
porter à la confection de leur cassis et de leurs
confitures ! c'est une véritable découverte géogra-
phique qu'elles ont faite. Je ne doute point que
dans les traités futurs de géographie on ne lise telle
ville célèbre par le séjour qu'en telle année y a fait

M. Dufêtre. Et voyez , d'ailleurs, quelle ferme direction ces doctes filles donnent aux études ! Il faudrait que les institutrices du siècle n'eussent pas de sang dans les veines si elles ne suivaient pas cette impulsion. Une demoiselle bien élevée ne doit rien ignorer de l'histoire de M. Dufêtre. N'est-il pas indispensable à une mère de famille de savoir les lieux où M. Dufêtre a prêché ? Et quelle charmante distraction ce sera pour son mari , quand il rentrera chez lui la tête lourde et fatiguée d'affaires, de s'entendre raconter comme quoi M. Dufêtre écorna, dans telle ville, d'un coup de ses *armes noircies*, l'ennemi du salut, et comme quoi dans telle autre, à Nevers , par exemple , il resta sur son *rempart* sans vouloir seulement honorer le malin d'une pichenette ; ce sera, du reste , un excellent récit pour endormir les marmots qui ne voudront pas s'aller coucher. Si le ministre de l'instruction publique ne met pas la biographie de M. Dufêtre au rang des connaissances qu'il faut posséder pour être admis au baccalauréat , les jésuites feront bien de prêcher contre lui ; pourvu , encore, que, l'année qui vient , on ne fasse pas ouïr au grand prélat le nom des villes où il a fait des miracles !

Toutefois, revenons aux frères Ignorantins. Sous le rapport de l'instruction , leur école est-elle supérieure aux écoles communales ? Je ne sais ; mais j'ai interrogé, sur la Grammaire , et interrogé devant témoins, un petit ignoranticole avec lequel je suis quelque peu lié, et qui a eu , cette année, le deuxième prix de grammaire dans sa division, et je puis dire que mon jeune ami ne sait pas plus ce que c'est qu'un substantif , un singulier ou un pluriel, qu'un ours blanc du Spitzberg ou une baleine du Groenland. Cela , du reste , vient peut-être de la manière dont les frères distribuent leurs prix ; mais, si, comme le prétend M. Pierquin de Gembloux, l'école chrétienne de Nevers est supérieure, pour l'instruction , aux écoles de la ville, cette supériorité ne tient certainement pas à la manière dont les frères mangent et s'habillent ; elle doit tenir à ce qu'ils emploient l'enseignement simultané, tandis que le conseil municipal a adopté l'enseignement mutuel pour ses écoles. Je comprends que la ville, ayant un très grand nombre d'enfants à faire instruire, et ne se souciant pas de dépenser beaucoup d'argent pour cet objet , soi obligée d'avoir une machine à éducation qui lui fabrique beaucoup d'élèves à la fois ; mais, quand

elle le jugera à propos , elle aura , en employant
même des professeurs ornés d'un frac , des écoles
où l'enseignement vaudra au moins celui des
écoles chrétiennes. Je ne puis, dans un pamphlet,
dire que quelques mots sur cette matière ; mais
voilà en somme ce qu'il faudrait faire : Il faudrait
que la ville réunît ses deux écoles en une seule ,
qu'elle eût quatre professeurs au lieu de deux, et
qu'elle adoptât l'enseignement simultané. Elle a
environ quatre cents enfants à faire instruire ; or,
avec l'enseignement simultané, un professeur peut
très bien instruire à lui seul une centaine d'élèves.
Moi qui vous parle , j'en ai eu 121 sur les bras, et,
sans me flatter , ils n'allaient pas trop mal , sauf
qu'ils avaient les mains un peu crottées, ce que les
docteurs du comité local me reprochaient toujours ;
M. Paillet, surtout , qui aurait voulu que je leur
fisse porter le ventre en avant comme il le porte
lui-même , et qui m'en voulait fort parce que je
ne partageais point sa manière de voir à ce sujet.

L'adoption de l'enseignement simultané occa-
sionnerait à la ville une double dépense ; mais ,
pourquoi ne dépenserait-elle pas, pour l'instruction primaire, qui est l'instruction de tous, autant
et plus qu'elle dépense pour l'instruction du col-

lége qui n'est que l'instruction de quelques-uns? Du reste, les deux instructions sont liées ensemble; si la première est mauvaise, la seconde s'en ressent nécessairement : quand le rez-de-chaussée de votre maison n'est qu'une masure, il ne faut point employer votre argent à enjoliver et décorer le premier étage. Supposons qu'avec l'enseignement simultané vos enfants sachent lire deux ans plus tôt, deux ans plus tôt ils iront au collége, deux ans plus tôt ils auront achevé leurs études scolaires, et deux ans plus tôt ils seront avocats ou médecins; cela mérite que messieurs du conseil municipal y fassent attention : en travaillant pour eux, ils travailleront pour tout le monde.

Les prêtres disent et de bonnes dames croient que l'éducation fournie par les Ignorantins est éminemment religieuse. Entendons-nous, s'il vous plaît : il y a deux religions, l'une qui agrandit et élève l'âme vers le ciel par l'amour des hommes, l'autre qui l'opprime par la crainte de Dieu, et la tient meurtrie contre terre : la première est la re-, ligion de l'évangile, l'autre est cette religion qui se prélasse dans nos églises, toute chamarée de broderies et qui se célèbre à grand renfort de plainchant et de cierges. C'est, en un mot, la religion du prêtre. Le prêtre est ministre du culte ; dans l'intérêt de sa puissance, il faut que le culte prédomine. Pour pratiquer l'évangile , on n'a pas besoin du prêtre ; dans les cérémonies du culte , le prêtre est le premier , y eut-il dans l'assemblée un porte-diadème , l'église est son palais et l'autel est son trône ; tant que dure l'office , il règne sur la foule prosternée ; l'observation de l'évangile ne rapporte rien au prêtre , l'observance des pratiques du culte le fait vivre, le culte est son domaine. Croyez-vous donc qu'il sera assez sot pour donner à l'évangile la préférence sur le culte ; peu lui importe, à lui, que vous ayez des vertus chrétiennes ou que vous n'en ayez pas, pourvu que vous alliez à la messe! Voulez-vous savoir quelle importance les prêtres attachent à l'évangile ? voyez ces discussions religieuses où les docteurs des deux partis, s'ils eussent été en présence, se seraient presque égorgés avec leur plume ; y est-il question seulement de l'évangile ? Or, quelle différence y a-t-il entre le prêtre et l'Ignorantin ? M. Dutêtre nous a dit ce que c'était qu'un Ignorantin ; qu'il me permette de le dire à mon tour : un Ignorantin, c'est une lisière de soutane, c'est un prêtre sans confessionnal et sans autel, c'est un reste de moine et un commencement de jésuite. Ce que veulent les prêtres, l'Ignorantin le veut; ce qu'ils lui ordonnent de faire, il le fait : il est l'instrument qui gâche le mortier avec lequel les prêtres veulent relever l'édifice de leur puissance. Croyez-vous que ce soit dans votre intérêt à vous, qu'ils ne connaissent point, plutôt que dans celui du clergé, à la soutane duquel leur robe de bure est faufilée, qu'ils enseigneront.

Aussi, de quelle valeur est cette instruction chrétienne qu'ils donnent à vos enfants? vous voudriez, vous, que tout en leur inspirant des sentiments religieux, on développât leur intelligence; il ne vous convient pas d'avoir chez vous un saint de pierre. Vous avez donné un enfant, et vous vous attendez à ce qu'on vous rende un homme; mais l'Ignorantin n'a garde d'aviver l'intelligence de ses élèves; l'intelligence discute, et la foi et la discussion sont incompatibles ensemble ; la discussion est l'ennemie personnelle de l'église : l'église l'étouffait jadis sur les lèvres des hommes au milieu des flammes des bûchers; comment la tolérerait-elle aujourd'hui sur les lèvres de ses néophites? Tout a beau marcher autour d'elle, l'église est immobile comme ses cathédrales ; ces marmots qu'on donne à l'Ignorantin à chrétienniser, n'ont-ils pas un corps auquel, avec quelques brins de verge ou quelques cordes de martinet, on peut tout faire comprendre, même le mystère de la Sainte-Trinité. C'est à cette chair docile et timorée qu'il s'adresse ; soyez religieux, ou vous irez en pénitence. Voilà tout son enseignement ; il vous dresse un enfant à la religion comme on dresse un barbet à toutes sortes d'exercices. Le professeur de chiens fustige son élève s'il ne saute pour le roi, l'Ignorantin met au sien une oreille d'âne s'il refuse d'aller à la messe : voilà toute la différence qu'il y a entre les deux instituteurs. Aussi, vous comprenez que le monarque bien aimé du chien, et le Dieu tout puissant de l'écolier, doivent être infiniment flattés des hommages qu'on lui fait rendre ; l'Ignorantin, quand ses petites marionnettes sont arrivées à se tenir dans une posture respectueuse à la messe, à baisser le menton au nom de Jésus-Christ, qu'elles savent le *Credo* en latin, qu'elles apportent le vendredi du hareng pour leur dîner, est enchanté du succès de son zèle ; dès lors, il a droit aux félicitations de son évêque, et il reçoit pour gratification une messe spéciale dite par le prélat en personne.

Ce que je dis de cet enseignement religieux, je ne l'avance pas au hasard, j'ai eu la curiosité de savoir ce qu'il valait, et j'ai interrogé de nouveau le petit docteur sur lequel j'expérimente. C'est, du reste, un sujet de mérite ; il a deux ans d'école, et à la dernière procession de la Fête-Dieu, il remplissait le rôle du Sauveur du monde : Mon ami, lui ai-je dit, qu'est-ce qu'un chrétien ? C'est, m'a-t-il répondu sans la moindre hésitation, celui qui est baptisé, qui croit et professe la doctrine chrétienne. La précision et la netteté de cette réponse faillirent me satisfaire, je l'avoue ; je poursuivis cependant : Mais les cloches aussi, ont été baptisées, les cloches sont donc chrétiennes ? Monsieur, me répondit mon jeune ami, vous m'en demandez trop long ; il n'est pas question de cela dans le catéchisme. Ainsi, les parents qui envoient leurs enfants aux écoles chrétiennes ont l'avantage d'avoir chez eux un joli petit exemplaire plus ou moins complet du catéchisme du diocèse. Voilà ce qu'ils prennent pour un enfant éminemment chrétien ; à ce compte, *Vert-Vert*, notre défunt compatriote, était aussi un chrétien.

Heureusement, ce mauvais vernis de religion dont les frères frottent leurs élèves, s'en va avec l'âge ; mais s'il ne s'en allait pas, savez-vous quels chrétiens ils feraient ? vous auriez de ces chrétiens qui vont tous les jours , quelque temps qu'il fasse , à la petite messe , qui font à un calvaire postiche le chemin de la croix, qui suivent la procession les yeux fichés en terre et un gros cierge à la main , qui vont tous les mois perdre et faire perdre au prêtre une heure dans un confessionnal ; qui récitent des neuvaines pour racheter leurs péchés ; qui prendront la tête du cheval de Caligula pour un crâne de martyr, ou quelque os d'un lion du cirque pour un fémur de vierge , si cela convient à leur évêque ; qui appelleront ledit évêque monseigneur et seront très contrariés de ne point trouver une expression qui dise davantage , mais qui n'auront jamais rien fait pour les hommes, et mourront sans que Dieu ait à leur tenir compte d'une bonne action.

Or, cette piété de marionnettes, à quoi sert-elle ? Si ces exercices que le corps seul exécute font le chrétien, le petit docteur de mon dernier paragraphe a raison, les cloches aussi sont chrétiennes, et le mécanicien qui est parvenu à fabriquer un automate roulant les yeux , remuant les lèvres et saluant la société, peut se vanter d'avoir fait un homme ; mais votre dévotion sans œuvre est l'arbre sans fruit que Jésus-Christ a rencontré sur son chemin et qu'il a ordonné d'abattre. Je suis bien sûr qu'il fait plus de cas de la marmite d'airain où une pauvre femme prépare sa soupe, que de votre encensoir d'argent. Pensez-vous donc que ce soit pour lui qu'il a fait la religion? Qu'a-t-il besoin de tous vos *Gloria Patri et Filio* et de ces protestations d'amour et de respect que dédaignerait un prince philosophe! Croyez-vous donc que lui, l'auteur de toute sagesse, il soit moins sage que nos philosophes de chair et de sang? Le bruissement pieux que lui envoie une pauvre créature de cette planète, grain obscur de poussière, perdu au milieu de la poussière resplendissante des mondes, est-il nécessaire à sa satisfaction? Cette religion, c'est pour les hommes, pour les hommes seuls qu'il l'a faite: c'est un code de morale écrit de sa main et signé de son nom qu'il a fait tomber des cieux sur la terre, il sait l'argile dont il nous a faits et de quelles féroces passions le levain fermente dans nos cœurs. Il a voulu nous imposer l'obligation de nous rendre heureux les uns les autres en accomplissant les préceptes de sa loi. S'il a mis ces préceptes sous la protection d'un culte, s'il a ordonné qu'on lui dressât des autels, c'est que son nom bien qu'il soit écrit en caractères éclatans sur la surface de la terre et à la voûte du firmament, n'est pas lisible pour tous; il n'a pas voulu qu'il s'effaçât de la mémoire des hommes sous le frottement insensible des siècles; il a institué certaines cérémonies, pour nous rappeler sans cesse qu'il y avait dans les cieux un Dieu qui nous récompenserait selon le bien que nous aurions fait à nos frères, ou nous punirait selon le mal que nous leur aurions infligé; mais ces cérémonies ne sont presque que des choses de forme : c'est l'écorce de la religion, c'est la boîte où, pour le conserver, il a mis son évangile. Vous, maladroits éleveurs d'enfants qui vous croyez bien avant dans ses bonnes grâces parce que vous lui avez fait de ces chrétiens qui ne sont bons qu'à psalmodier son nom dans une église, pieux fainéants qui ont des callosités aux genoux au lieu de les avoir aux mains, vous vous trompez grossièrement, il ne vous en sait pas plus de gré que si vous lui aviez fait un lutrin ou un serpent : ce qu'il aime ce sont ces chrétiens d'action qui l'honorent en faisant chaque jour un peu de bien à leurs semblables et le prient en accomplissant rigoureusement tous leurs devoirs; ces chrétiens-là ne sont peut-être que d'honnêtes gens, mais bien certainement ils auront une bonne place en paradis. Dieu n'a rien promis à ceux qui exécu-

teraient minutieusement les pratiques de son culte,
et il a promis le ciel à celui qui donnerait un verre
d'eau en son nom.

Mais, voyez combien cette dévotion d'autel est
accommodante! elle se prête avec tant de complaisance aux actions que réprouve le plus hautement
la morale, qu'elle semble les autoriser. Regardez
loin, bien loin derrière vous, jusque dans le crépuscule de nos saintes histoires, jamais peuple n'a été
plus esclave des pratiques de son culte que le peuple juif : cependant chaque feuillet de son histoire
dégoutte de sang ; l'Italie est le pays du monde où
il y a le plus d'églises, où il se dit le plus de messes,
d'où l'on envoie le plus d'encens à Dieu, et c'est
celui, peut-être, où il y a le moins de vertus. Sans
aller si loin, combien parmi nous de vieilles dévotes
qui font jeûner leurs servantes et les battent de leur
béquille ! combien de femmes que vous prendriez
à l'église pour des madones et qui usent autant
d'amans que de chapeaux. Lehon, le Saint-Vin-
cent-de-Paul du notariat, allait tous les jours à la
messe, et je pourrais vous citer une dévotion de
la même force, bien connue dans le pays, qui a
fait banqueroute de plusieurs millions ; ces dévo-
tions, direz-vous, ne sont qu'une hypocrisie, mais

alors quel intérêt avait donc Louis **XI**, le plus dévot comme le plus méchant de nos rois, à faire l'hypocrite? Je m'explique très bien, moi, cette tendance des dévots à se débarrasser des entraves de la morale ; on a exagéré à ces braves gens, ou ils se sont exagéré eux-mêmes l'importance du culte ; quand ils en ont accompli minutieusement toutes les prescriptions, ils croient avoir payé à Dieu au moins la moitié de leur dette, et ils espèrent que, pour l'autre moitié, il se montrera bon créancier. Ne sont-ils pas d'ailleurs toujours sûrs d'avoir, à leur lit de mort, un prêtre qui leur donne l'absolution ?

Et quand, encore, cette dévotion dont les prêtres affublent leurs élèves, ne serait qu'exagérée, ce serait une bonne raison pour qu'on la répudiât. Le bon sens veut qu'on élève les enfants pour la société dont ils doivent faire partie ; ce n'est qu'à cette condition qu'ils pourront être utiles à leurs concitoyens et même qu'ils pourront vivre au milieu d'eux. A quoi bon perdre votre temps à orner votre élève de perfections dont il ne pourra faire usage ni pour lui-même ni pour les autres ? Vous le chargez d'un bagage inutile, dont, partout où il ira, cette société railleuse et jalouse lui fera chèrement payer le port. Quand vous agissez ainsi, vous ressemblez à une mère qui, dans les malles de son fils partant pour un grand voyage, mettrait un certain nombre de grosses pierres. Beaucoup de gens de ma connaissance se passent très bien de vertus, mais à Dieu ne plaise que je conclue de de là qu'on puisse s'en passer! Cependant, en fait de vertus comme en toute autre chose, il faut être éclectique. Laissez-moi de côté toutes celles qui n'étant bonnes à rien, vous rendraient odieux à certains et ridicules au plus grand nombre. Lorsqu'un arbre porte trop de fruits, il n'en amène aucun à une complète maturité, il en est de même de l'homme qui est affligé de trop de vertus. Les vertus qu'il a de plus que les autres l'empêchent de tirer profit des vertus qu'il possède en commun avec le vulgaire. L'Ignorantin est très vertueux sans doute, mais j'en appelle à toutes les mères, laquelle n'aimerait mieux que son fils devînt bossu, que de lui voir à vingt ans la tournure d'un Ignorantin ?

De bonne foi, tous ces pieux instituteurs, soit qu'ils portent au menton un rabat de prêtre, soit qu'ils portent un rabat de frères, élèvent-ils les enfants qu'on leur confie pour la société actuelle? Ils vous font un saint; mais quand ce saint sera fait, où lui trouverez-vous une niche ? Vous leur aviez donné de la cire, une cire bien pure et bien blanche, vous espériez qu'ils vous en feraient de la bougie pour éclairer votre salon, et ils vous en ont fait un gros cierge ; si vous voulez utiliser votre cierge, il faut le porter à l'église. Mais, sans métaphore, quand votre fils sera sorti de leurs mains façonné à leur image, qu'en ferez-vous ? S'il est ouvrier, les railleries de ses compagnons de travail lui rendront tout atelier inhabitable ; lui ferez-vous prendre la cocarde, il sera le jouet et le martyr de ses frères d'armes ; lui mettrez-vous une demi aune entre les mains, il la tiendra comme un crucifix, il aura l'air, dans son comptoir, d'un vieux saint qui s'est échappé de sa niche ; or, qui voudra apporter sa clientèle à un tel homme ? faites-le hériter de cent mille francs de rente, dans quel salon ne sera-t-il point ridicule ? d'un autre côté, s'il lui prend fantaisie de goûter du sacrement de mariage, quelle jeune fille voudra approcher ses lèvres de cette froide patène, ou si, par obéissance pour ses parents, elle se résout à ce sacrifice, le saint homme ne courra-t-il point risque de porter sur son chef, comme son divin maître, une couronne d'épines au lieu d'une couronne de fleurs ?

Si cette exubérance de dévotion était nécessaire

au salut, il importerait fort peu qu'elle fût préju-
diciable à celui qui en est possédé, car, perdre son
ame pour gagner tous les royaumes du monde, ce
serait un marché de dupe ; mais ces bons parens
qui envoient aux prêtres leurs enfants à façonner,
ont-ils bien cette conviction? Non, cent fois non, ils
ne l'ont point. Ces pratiques minutieuses qu'ils
laissent imposer à leurs pauvres petits, ils se gardent bien de s'y soumettre ; la mère va faner dans
les bals les dernières fleurs de son été, et le père,
s'il était accosté par un déjeûner de garçon, enverrait promener le calendrier et le prierait de lui faire
grâce de ses observations. Assurément, ces messieurs et ces dames ne croient pas se damner en
agissant ainsi ; ils comprennent, ces messieurs, surtout, on ne peut mieux leurs intérêts ; ils savent
très bien faire la balance d'un compte ; ils ne sont
pas gens à encourir, pour quelques joies éphémères,
toute une éternité de supplices ; si donc ils croient
se conduire tant bien qu'il faut pour être sauvés,
pourquoi exigent-ils que leurs enfants se conduisent mieux ? Veulent-ils qu'ils se sauvent deux fois,
et espèrent-ils pour eux deux félicités éternelles ? Qu'on désire avoir un fils plus beau que soi,
plus aimable que soi, plus spirituel que soi, meil-

leur danseur que soi, je le comprends , mais un fils plus religieux que soi, voilà ce que je ne conçois pas; car, enfin, personne ne se damne de gaîté de cœur. Si vous êtes assez religieux, que servirait-il à votre fils de l'être plus que vous, et si vous ne l'êtes pas assez, qu'est-ce qui vous empêche de l'être davantage ?

Ces éducations religieuses produiraient beaucoup de mal si elles étaient efficaces , elles déformeraient les générations sur lesquelles elles s'abattent, et il faudrait frapper d'interdiction les conseils municipaux qui votent des Ignorantins. Mais Dieu qui fait tout pour le mieux, a voulu qu'elles ne vinssent pas à profit. Cette noire soutane dont vos instituteurs tonsurés revêtent l'enfant presque au sortir de ses langes , s'use et tombe comme le premier pelage des bêtes fauves, comme le duvet que secoue l'oiseau en sortant de son nid. Malencontreux jardiniers du Seigneur, ils préparent leur terrain avec beaucoup de soin et de fatigue , ils y sèment leur graine, ils l'arrosent surabondamment d'eau bénite, et ils croient avoir fait une planche de prêtres; mais quand vient la saison luxuriante de la sève, au lieu de tricornes qu'ils attendent, ils voient poindre de leurs sillons des chevelures parfumées et des têtes ardentes de jeunes hommes qui les regardent à les faire pâmer d'effroi. La Restauration était bien religieuse, sans doute, si religieuse qu'elle a fait mourir ses lys en les replantant trop près de l'autel; elle ne nous a épargné ni les écoles chrétiennes, ni les petits séminaires, ni les abbés recteurs d'académie, ni les abbés proviseurs et censeurs de collége; elle nous eût volontiers fondu en médailles de saints le bronze glorieux de la colonne Vendôme; mais à quoi cela lui a-t-il servi? Cette génération qu'elle avait élevée au son des cloches et dont elle avait remis les lisières aux mains de ses jésuites, c'est elle qui a renversé le trône bénit de saint Louis, qui a découronné le chef oint et sacré de Charles X, et qui a fait choir les prêtres de leurs grandeurs usurpées.

D'où vient donc l'impuissance de ces pieux faiseurs d'éducation? C'est qu'ils font toujours et fatalement, au rebours du bon sens et de l'expérience; ils s'y prennent comme s'ils avaient encore affaire aux générations à peine adultes du moyen-âge; ils ont un vieux moule tout rouillé et que par tradition ils croient excellent, et ils veulent, bon gré, mal gré, y refondre la civilisation actuelle. Au lieu de faire aimer la religion à leurs disciples, de la discuter de bonne foi avec eux et de la leur laisser discuter, librement, ils la leur imposent comme un esclavage. C'est à coups de verge qu'ils leur démontrent qu'il faut croire en Jésus Christ. Si l'un d'eux osait révoquer en doute deux syllabes d'un article de foi, ils le chasseraient avec ignominie de leur jésuitière, et le renverraient bien et dûment damné à ses parents. Ils n'ont qu'intimidé, et ils croient avoir convaincu ; mais tandis qu'ils tiennent dans leurs liens la langue qui dit oui et la main qui fait le signe de la croix, la pensée, déployant ses ailes de flamme, s'envole librement vers les espaces interdits et en redescend avec le doute et l'objection, objection et doute d'autant plus pernicieux qu'ils se cachent dans un pli de l'ame, et que personne ne sachant où est le mal, ne peut y appliquer le remède. Ces pauvres gens se croient illuminés par Dieu, et ils en sont encore à savoir que l'esprit humain, et surtout celui des enfans, est rétif à toute contrainte; que si au lieu de le caresser, vous le tirez violemment par son licou vers votre opinion, il rue et se jette vers l'opinion opposée. Ils ont le coffre, ils le gardent pendant dix ans avec une vigilance qui ne s'assoupit point, sans s'apercevoir qu'un adroit voleur, Voltaire, par exemple, ayant passé par là, leur a dérobé ce qui était dedans. A force de soins et de zèle, ils produisent un effet précisément contraire à celui qu'ils voulaient obtenir. En bourrant leurs élèves de lourdes messes et d'indigestes offices, ils les dégoûtent à tout jamais de l'église. Dès que s'appartiennent à eux-mêmes ces pauvres affranchis, ils disent adieu à la religion, et cet adieu est presque toujours éternel. Ce qu'ont fait dix ans de contrainte, une heure de liberté suffit pour le détruire; au lieu d'apprivoiser leur oiseau, ils l'ont tenu en cage. aussitôt que la porte lui a été ouverte, il a gagné d'une aile rapide les vertes retraites de la forêt; demain il aura oublié tous leurs airs d'épinette, et s'ils passent au-dessous de sa branche, il fera ses ordures sur leur tête.

Si quelqu'un révoquait en doute ces déplorables effets de la contrainte, je le prierais d'observer ce qui se passe autour de lui. Voyez ces jeunes hommes voués par leur famille à la prêtrise; on les a tenus dix années sous les verroux d'un séminaire, ils ont grandi tant bien que mal au milieu des austérités d'une vie toute monastique. Cependant, si une circonstance imprévue met fin à leur esclavage, ils ne font qu'un saut de leur blanche et pudique cellule, dans ces lieux de délices inconnues où se perd le

monde. Semblables à ces chevaux long-temps rete-
nus à l'écurie, qui s'enivrent, aussitôt que leur lien est
rompu, de la poussière de la grande route, et s'emportent dans une course désordonnée, ils se livrent
avec une impétuosité sans frein à toute la fougue
de leurs passions, et laissent bien loin derrière eux,
sur les pentes rapides de la débauche, ceux de leurs
jeunes compagnons que le joug de la discipline avait
à peine effleurés. Du reste, toujours, après la violence vient la réaction ; cet effet se produit aussi
infailliblement sur les masses que sur les individus.
Qu'un roi s'avise de mettre un rabat sur sa pourpre,
qu'il se fasse prêtre et qu'il force ses sujets d'aller
à la messe, il léguera au siècle qui vient une génération anti-religieuse. Ainsi voyez Louis XIV : il
passe de l'extrême débauche à une dévotion exagérée ; il épouse une de ses vieilles maîtresses, il fait
de la fin de son règne un lugubre et mortel office ;
mais à peine est-il dans son cercueil, que ses grands
seigneurs et ses belles marquises, déchirant impa-
tiemment ce cilice dont ils faisaient leur toilette, se
vautrent à la face du peuple l'un sur l'autre, et
cette orgie, commencée sous la régence, se continue
jusqu'au règne austère de Louis XVI.

S'il m'était permis d'avoir une opinion sur cette

matière, je dirais qu'en général les instituteurs sont trop pressés d'inculquer des idées religieuses à leurs élèves ; il semble qu'ils aient peur que le diable ne vienne les leur prendre entre les mains. La religion, selon moi, n'est pas un joujou qui convienne à l'enfance ; ses sombres vérités qui ont fait éclater tant de forts cerveaux d'hommes, ne peuvent tenir dans une tête de dix ans ; qui veut les y faire entrer, ressemble à un homme qui s'aviserait de planter un chêne dans un pot à fleurs. Pour un instituteur, il ne s'agit pas de dire, il faut prouver. Or, de quelles preuves appuierez-vous les prescriptions religieuses que vous imposez à vos élèves ? s'ils vous demandent pourquoi faut-il aller à la messe ? pourquoi nous envoyez-vous à confesse ? pourquoi se damne-t-on en mangeant de la soupe grasse le vendredi ? Que leur répondrez-vous ? Que ce sont les commandements de l'église ; mais qu'est-ce que l'église ? de quel droit leur fait-elle des commandements et les damne-t-elle s'ils ne s'y conforment ? Si l'église leur avait ordonné de faire tous les matins, en se levant, la roue du moulin, seraient-ils pareillement damnés pour s'être abstenus de ce pieux exercice ? Telle est l'objection qu'ils vous feront, et je vous défie d'y répondre ; puis ce mot damner

qui revient dans toutes vos instructions. Ce mot
abominable qui résume à lui seul toute cruauté
possible, ne leur donnera-t-il pas de Dieu l'idée
d'un tyran plutôt que celle d'un père. Voilà, se di-
ront-ils, un être qui nous impose des lois dont nous
ne comprenons pas le but ; il nous condamne à des
peines atroces, si nous les enfreignons, et on veut
que nous l'appelions notre père ! est-ce donc là de la
bonté paternelle ? Assurément, notre père d'ici-bas
qui nous pardonne quand nous lui avons désobéi,
qui nous habille de neuf à Pâques et nous donne dix
centimes tous les dimanches, est meilleur pour nous
que notre père qui est aux cieux. Pour moi, si j'é-
tais chargé d'élever un enfant, au lieu de lui faire
craindre Dieu, je chercherais à le lui faire aimer, et
cela ne me semble pas bien difficile. Je l'emmènerais
dans la campagne par une pâle journée d'automne,
alors que le regard du soleil est doux comme celui
que jette une mère à son enfant, et je lui dirais : Ces
fruits qui pendent aux arbres et qui sont pleins d'un
sucre si doux, ces belles fleurs dont la prairie est
brodée, ces papillons qui vont flottans dans les airs
comme un morceau de soie emporté par le vent et
semblent vouloir jouer avec vous, c'est pour vous
que Dieu votre père a fait tout cela, pour vous qu'il

a fait tout ce que vous voyez ; en échange des biens qu'il vous envoie, il ne vous demande qu'une chose : c'est que vous l'aimiez de tout votre cœur, et que vous aimiez de même les hommes qui sont vos frères ; l'observation de ce grand précepte de morale qui renferme tous les autres et que l'auteur de l'é-vangile seul a trouvé, ne peut-il suffire pour les rendre agréables à Dieu? A quoi sert que vous leur fassiez perdre sous les sombres voûtes d'une église leurs heures les plus douces ; cette écorce épineuse de la science qu'il leur faut rompre sous leurs dents, n'a-t-elle pas déjà pour eux assez d'amertume, sans que vous leur fassiez encore endosser le noir cilice de la religion ; laissez-les donc jouir de leur jeune saison. Décembre viendra assez tôt avec ses neiges, permettez donc qu'avril ait pour eux des vio-lettes. Ne savez-vous pas que pour qu'un arbre porte des fruits, il faut qu'il fleurisse ; ne les forcez pas d'envier à l'enfant abandonné des rues sa liberté vagabonde. Et qu'importe à Dieu cette piété que vous leur faites à coups de verges ? quand vous les chassez devant vous comme un troupeau vers l'église, ou que vous les traînez, à la remorque d'une pro-cession, couverts de peaux de bêtes et chargés de croix, quel gré peut-il leur savoir de cette corvée?

Croyez-vous qu'il ne sache pas très bien que s'ils étaient libres ils aimeraient mieux jouer dans la prairie ? Ce Dieu qui est leur père , ce Dieu qui aimait, lorsqu'il était sur la terre, à s'entourer de leurs faces souriantes et rebondies, trouve très mal, assurément, qu'on les torture en son nom et pour l'amour de lui ; il aime mieux les voir jouant et courant qu'attachés par les genoux aux dures pierres d'une cathédrale; quand vous le croyez occupé à regarder deux armées qui se heurtent sur un champ de bataille, il contemple du haut de son trône des enfants qui se roulent dans l'herbe ; Dieu est assurément un meilleur père pour les hommes que je ne le suis pour mes enfants ; cependant si on les plantait tous les matins à genoux devant moi et qu'on leur ordonnât de me réciter un grand imbécile de compliment dont ils ne comprendraient pas un mot, je leur dirais : Pauvres petits , allez jouer, et aimez-moi, voilà pour l'instant ce que je vous demande. Quand la raison de mon élève serait plus forte, je lui parlerais de la religion, et je tâcherais de lui en faire comprendre le peu que j'en comprends moi-même. La foi doit-être appuyée sur la raison, dans ce sens que si nous sommes obligés de croire Dieu sur parole, cette parole, il faut au moins qu'on nous prouve qu'il l'a donnée. Dans la question que je traite, je n'ai pas l'autorité d'un concile, mais si j'étais curé, les parents auraient beau dire, je n'admettrais à la communion que des jeunes gens de 18 ans bien accomplis ; et si on me contredisait trop fort, j'exigerais qu'ils fussent bacheliers ès-lettres ; selon moi, les instituteurs commencent par la fin. La religion, au lieu d'être la base de toute éducation, devrait en être le complément, comme la croix est le complément d'une église.

Quant à M. Dufètre, je le vois venir avec ses sandales violettes ; quand il préconise les frères Ignorantins, il prêche pour les jésuites ; si les Ignorantins éduquent si bien et si chrétiennement notre jeunesse, il serait dommage que l'Université gatât ce qu'ils ont si bien commencé. Lorsqu'un habile architecte a fait sortir de terre une chapelle, il ne faut pas livrer son œuvre ébauchée à un maçon inintelligent qui vous en fera un corps de garde ; la conséquence de cela, c'est qu'il faut nous hâter de livrer aux jésuites le monopole de l'instruction secondaire, et leur demander pardon de ce qu'on les a fait si long-temps attendre.

Si j'étais un ennemi de la religion, comme aucuns le supposent, j'appuierais de toutes mes chétives

forces ces tentatives d'usurpation ; car je suis bien
convaincu que de dessous une férule de jésuite il
ne peut sortir que des incrédules ou des athées ;
mais je révère la religion à cause de Dieu, et je
l'aime pour le bien qu'elle fait aux hommes : bien
loin de l'attaquer moi-même , je regarderais comme
un mauvais citoyen celui qui tâcherait d'en détourner le peuple. A cette société si misérable ,
mendiante qui se croit riche parce qu'elle a de loin
en loin quelques perles cousues à ses haillons, il faut
les croyances consolantes du christianisme. Tous
ces philosophes de journaux et d'académie , qui
travaillent, avec tant de bruit et si peu de besogne,
à soulager la misère du peuple, ont-ils trouvé encore quelque chose qui vaille ces paroles de l'Evangile : Heureux ceux qui souffrent , parce que le
royaume des cieux leur appartient. Si lourde que
soit, sur l'épaule du prolétaire, la besace où Dieu
a mis son bagage de misères, il la portera avec
résignation, et même en chantant, si, après cette
fatigue de quelques soleils , il espère une éternité de délices. Le voyageur qui a un court trajet
à faire dans une mauvaise voiture , et qui doit,
au bout de sa course, entrer en possession d'un
palais plein de richesses , se plaindra – t – il des

boues du chemin et de la brutalité du postillon?
Non, le christianisme n'est point une religion de
vieilles femmes ; ce n'est point un vain bruit de
cloches et de chants d'église, une stérile fumée
d'encens qui se perd dans les nues du ciel ; c'est
au contraire une religion d'hommes, de citoyens,
de philosophes. Le christianisme a un large côté
politique, et, ce côté, c'est la plus rayonnante de
ses faces. Qu'est-ce que nos chartes, en comparaison
de l'Evangile? nous les écrivons sur du parchemin
avec une plume trempée dans notre sang, et, le
lendemain, passe avec son armée un roi qui les déchire; mais l'Evangile, cette magnifique déclaration
des droits de l'homme, est éternelle; sa couverture
de fer est à l'épreuve du boulet et de la bombe; les
conquérants auraient plus tôt fait de raser toutes
les capitales du monde que d'en retrancher une syllabe. L'évangile, c'est l'oppression interdite aux
rois; c'est la liberté assurée aux peuples comme
un droit et imposée comme un devoir. Jésus-Christ,
dans ce divin livre, nous recommande de nous aimer
les uns les autres; il y proclame encore qu'il est
notre père et que nous sommes tous frères ; or,
parmi les frères, y a-t-il des maîtres et des esclaves?
ce Dieu qui est mort pour tous, pour le cul-de-jatte

qui pétrit sous ses mains la boue de la rue , comme
pour le grand seigneur qu'emporte à travers la foule
le galop retentissant de quatre chevaux , a-t-il
partagé ses enfants en deux familles, l'une, race
immonde et déshéritée , condamnée éternellement
au travail et à la servitude ; l'autre, dynastie ven-
true et solidement endentée , faite pour dominer
et pour jouir ? Puis, quand nous nous aimerons les
uns les autres comme des frères, lorsqu'un de nos
frères opprimés jettera vers nous un cri de détresse,
nous accourrons à son secours; comme au bruit du
tocsin nous accourons autour d'une maison qui
brûle. Si la France eût été vraiment chrétienne ,
elle n'eût point souffert que la Pologne, sa sœur à
tant de titres, fût assassinée. La grande famille des
chrétiens primitifs n'avait d'autre charte que l'E-
vangile, et aucun peuple de la terre ne fut plus libre
et mieux nivelé qu'elle ; là, toutes les conditions,
toutes les intelligences , tous les genres de mérite
étaient confondus dans la même égalité ; la foule
assemblée nommait les évêques sans que la volonté
d'aucun fut répudiée sous prétexte qu'elle n'était
point éclairée par la raison ; tous travaillaient ensemble ; tous s'asseyaient à la même table , et le
prêtre, blanchi à l'autel , n'avait pas un siége plus

haut que le néophite, ni le fort une coupe plus large que le faible ; ils ne formaient qu'une même famille vivant du même pain quotidien, et semblable à un grand arbre dont toutes les feuilles vivent de la même sève. Pourquoi donc cette douce égalité qui devait faire passer tous les hommes sous sa guirlande de fleurs a-t-elle disparu, tandis que la croix est restée debout ? C'est que les prêtres d'autrefois ont, dans l'intérêt de leur ambition, faussé l'esprit du christianisme ; ils ont détourné sur des espaces arides ce vaste fleuve qui devait fertiliser les royaumes et les empires. L'Evangile avait été mis dans leurs mains comme un instrument de liberté, et ils en ont fait un instrument d'esclavage ; ils ont vendu au boucher le troupeau qu'on leur avait donné à conduire ; ils ont traîtreusement pactisé avec les rois : ils leur ont permis d'opprimer les peuples, à condition qu'eux, les prêtres, ils opprimeraient les rois eux-mêmes et marcheraient sur leur couronne. Aussi, il n'est point de tyrannie si abominable qu'ils n'aient bénite, point de front souillé de crimes qu'ils n'aient frottés de leur huile sainte.

J'ai quelquefois entendu dire que le christianisme avait fait son temps... Il l'a à peine commencé. Ce sillon, large comme le monde, qu'il doit faire, il en a à peine soulevé deux ou trois glèbes. La croix est partout; mais la liberté et l'égalité doivent être agenouillées au pied de la croix, et la liberté et l'égalité ne sont nulle part. Ce vieux monde ne peut faire un mouvement sans qu'on entende un bruit de chaînes. Il respire; mais comme un esclave qui a le genou de fer d'un vainqueur sur la poitrine. Mais, quand le christianisme sera revenu à l'esprit qui l'a fondé, quand la croix sera redressée et mise d'aplomb sur sa véritable base, quand cette grande voix de l'Evangile : « Peuples, aimez-vous comme des frères ! » aura retenti parmi les masses, les fers du genre humain tomberont d'eux-mêmes, comme, au son des trompettes de Josué, tombèrent les murs de Jéricho.

Nous, les hommes de la liberté et du progrès, si jusqu'alors nous ne sommes pas venus au Christ, c'est que ce large tricorne dont on l'a affublé nous cachait la majesté de son front et la sérénité de son regard. Mais, pourquoi ne serions-nous pas les prêtres de ce christianisme qui doit affranchir le monde? Sur le gibet de Jésus, ils ont écrit : *Inri*; écrivons, nous, sur son front couronné d'épines : «Jésus, fils de Dieu, premier martyr de la liberté»,

9.

et rallions les hommes autour de cette enseigne sacrée.

Vous le voyez bien, depuis un siècle que nous nous débattons entre la liberté et l'esclavage, nous n'avons rien fait qui vaille ; nous avons tiré des coups de fusils, nous avons chargé des canons et troué des murailles, nous avons fait des veuves et des orphelins, nous avons renversé des trônes, et chassé, du plat de notre sabre, des dynasties ; mais, qu'est-ce que tout cela a produit pour le bonheur du genre humain ? Ce sang que nous avons versé, il s'en est allé à l'égoût de la rue comme l'eau de la pluie, et, comme elle, il n'a point laissé de trace. En vain nous faisons des révolutions, toujours les anneaux de la chaîne brisée, semblables aux tronçons d'un ver cassé, se ressoudent d'eux-mêmes ; toujours le peuple victorieux et souverain ressemble à un cheval fougueux qui, ayant renversé son cavalier, s'embarrasse dans ses rênes tombées et se laisse saisir par un autre maître. La bonne graine de liberté, celle qui sort de terre et qui mûrit, ce n'est point de la poudre et des balles de plomb. Appelons-en à une puissance plus forte que celle des hommes. Au lieu de ces réformateurs postiches, qui nous flagornent quand ils sont petits et se vendent quand nous leur avons fait une réputation qui vaut quelque chose , prenons Jésus-Christ pour chef ; nous serons bien sûrs, du moins, que celui-là n'acceptera point de ministère. La réforme électorale est dans l'Evangile bien plus encore que dans la charte. Tous les hommes sont frères , donc ils sont égaux entre eux ; n'est-ce pas là le principe de toute législation ?

Certains des nôtres m'appelleront peut-être cagot, tandis que les prêtres me dénoncent au ministre des cultes comme un impie ; mais, peu m'importe, j'ai dit ce que je pense.

UNE CROIX DE PLUS.

━━━━◆━━━━

Neuvième Pamphlet.

Hosanna ! !.. M. Dufêtre a reçu la croix d'honneur !... Je voudrais être cymbale et grosse caisse pour faire retentir cette bonne nouvelle jusque sous le plus humble chaume... Quel honneur pour nous tous d'appartenir à un diocèse décoré !.. Quand les patrons de Sens, de Bourges, d'Autun, rencontreront le nôtre dans le ciel, il faudra qu'ils lui ôtent leur mître. Depuis cet heureux jour, les cloches sonnent à mon oreille comme des trompettes, la cathédrale me semble avoir grandi de cent mètres, et le bon saint Cyr lui-même, affecte, sur sa bête, l'attitude fière et martiale d'un officier de cavalerie.

Mais je félicite à peine M. Dufêtre de cet honneur, et, même, s'il était un peu plus mon ami, je lui en ferais mes compliments de condoléance. Qu'est-ce donc que deux ou trois centimètres de ruban pour un si grand homme ? Il lui en faudrait une pièce tout entière. C'est comme si le ministre décorait d'un lampion le phare de Brest. Mais, ce Ministre croit-il donc, dans son orgueil, avoir toute gloire enfermée sous le couvercle de ses cartons ? croit-il qu'il n'y a en France de gloire que celle qu'il distribue ? En vérité, bientôt il fera offrir à Jésus-Christ le titre de baron. Ne s'aperçoit-il pas qu'il insulte notre évêque ? Lui dire : je veux vous rehausser, c'est lui dire : vous pouvez l'être encore ; or, tous tant que nous sommes, et M. Dufêtre le premier, nous savons bien que cela est impossible. S'il veut offrir à l'illustre prélat un cadeau décent, c'est de lui faire apporter de Rome, par notre ambassadeur, le chapeau de cardinal. Si j'étais dans la soutane violette de notre Fénélon, je lui apprendrais à qui il s'adresse : je ne voudrais pas porter son ruban quand j'irais par la ville vaquer aux fonctions de mon épiscopat, et, dans l'intérieur de mon palais, je le ferais porter par mon valet de chambre. Et, d'ailleurs, lorsque M. Dufêtre, pour obéir à Dieu qui le lui avait expressément enjoint, est entré triomphalement à Nevers, n'a-t-il pas assez souffert dans son humilité, sans qu'on le force encore à repasser par ce chemin bordé de lauriers ?

Cette croix, du reste, n'est pas digne d'une illustration comme la sienne : il lui faudrait sur la poitrine le grand aigle de Napoléon en personne, tant qu'il s'étend et se comporte. Et quelle différence, mon Dieu, des décorations d'autrefois à celles que les ministres jettent maintenant par les fenêtres de leur hôtel !

La soie dont on faisait les vieux rubans avait été trempée dans du sang versé par la patrie ; la France, de sa navette d'or, la tissait pour des poitrines cicatrisées de soldats, pour ces hommes vaillants et forts qui suivaient l'empereur dans des courses bien autrement triomphales que les vôtres, M. Dufêtre ; dont le sable ardent de l'Egypte avait brûlé les pieds, et dont l'incendie de Moscou avait roussi la moustache. La biographie de ces hommes, c'est l'histoire de nos conquêtes, et leurs trophées à eux, ce ne sont point des métaphores ; ces trophées, ils sont répandus autour de vous, et *votre cœur saigne de désespoir* de les voir : c'est l'arc triomphal de l'Étoile ; c'est la colonne Vendôme ; ce sont ces noms de victoires donnés à nos ponts, à nos rues, à nos places publiques ; c'est la trace de leur talon d'airain ineffaçablement empreinte sur le pavé de toutes les capitales. Auprès de cette croix, l'or était vil ; elle restait dans les familles comme une relique ; souvent Napoléon l'avait lui-même attachée, et elle gardait comme une trace lumineuse des ses glorieuses mains. Napoléon avait beau dire qu'elle devait récompenser tous les mérites, il distrayait rarement quelques fils de cette étoffe pour les hommes pousseteux de ses administrations. Aussi, pour le peuple, ce ruban sent toujours la poudre, et il s'obstine à ne voir en lui que le signe distinctif des braves.

Hommes des banquettes ministérielles ! hommes de la paix toujours et partout ! notabilités trouvées au fond d'une urne, et que souvent un sous-préfet, bien disant et bien marchant, a faites de la poussière de sa chaussure ! ne vous énorgueillissez pas tant de vos décorations ! Si quelques pauvres artisans du peuple s'inclinent encore devant elles, c'est qu'ils vous prennent pour un autre. Dans votre ruban, c'est la gloire militaire de la République et de l'Empire qu'ils saluent. Il est des croix glorieuses ; mais savez-vous où elles sont ? Elles sont à Waterloo, parmi les ossements des braves qui ont brûlé la dernière cartouche de l'Empire et que le lion belge écrase maintenant de sa masse indolente. Allez, si vous l'osez, les tirer de ce vaste cercueil, et rapportez-nous-les à votre poitrine ; alors, tous tant que nous sommes, nous nous découvrirons devant vous.

Mais non, cette pourpre de l'ancien temps est usée ; nous n'avons plus la teinture qui la faisait resplendir ; la France a fait des lames de canif de la lame de son épée ; elle n'a plus d'autres champs de bataille que les élections, et ses héros meurent à l'hôpital. Pourtant elle n'a pas dit adieu pour toujours aux champs de bataille ; sa poudre, que l'humidité de ces mauvais jours a avariée, un soleil plus chaud peut la sécher ; elle peut avoir encore besoin de l'éclat de cette resplendissante étoile pour guider nos jeunes et fiers bataillons, indignés de n'avoir que des sauvages à combattre, dans les routes que leurs pères ont tant foulées. Mais qui voudra aller chercher cette croix au milieu des redoutes hérissées de canons, quand d'autres hommes n'ont qu'à se baisser pour la prendre, et qu'on la ramasse dans la poussière des cathédrales ?

Si encore on ne la donnait qu'à des hommes qui ne l'ont point méritée ! si d'obscurs ambitieux n'en faisaient pas la récompense de leurs valets et de leurs agents de corruption ! Mais, qu'attendre de ce ruban, quand on le prodigue à des indignes ? Vous avez greffé, sur le tronc du laurier, des rameaux de buisson : il ne peut plus vous produire que des épines.

Cette croix, donc, ne convient pas à **M**. Dufètre ; les médailles à son effigie, qu'il distribue, sont beaucoup plus glorieuses ; s'il consentait à s'en revêtir, ce ne serait que pour la réhabiliter en la portant sur son auguste poitrine. Mais je l'en préviens, cette complaisance peut avoir de graves inconvénients ; d'abord, il donnera le mauvais exemple à ses prêtres ; quand ils verront leur évêque décoré, il voudront tous avoir un bout de ruban ministériel sur leur soutane ; dès lors, le doux crépuscule de leur presbytère leur deviendra importun ; ils jalouseront le maire et le juge de paix de la paroisse ; ils voudront, à leur tour, jeter leur ombre au soleil de la vie publique ; d'hommes de prière que nous les suppo-

sons, ils deviendront hommes d'intrigues ; ils auront un candidat politique : ils iront crotter leur
soutane au milieu de la cohue des électeurs.

Puis, Jésus-Christ l'a dit : son royaume n'est
pas de ce monde ; ce n'est pas d'un ministre, c'est
de lui seul que les prêtres doivent attendre leur
récompense. Si pleins de bonnes œuvres qu'ils
soient, quand ils viendront en demander à Dieu
le salaire, il pourra bien leur répondre : Cela ne
me regarde plus, allez prier M. Martin (du Nord)
qu'il vous fasse officiers de la Légion-d'Honneur.

Je crains bien, du reste, que cette décoration
ne porte préjudice à M. Dufêtre dans ses intérêts
les plus chers et les plus sacrés, ceux de son salut. Le paradis n'est pas une caserne. Depuis que
les prêtres ont émigré, et que nos généraux, en
Vendée, en ont fait fusiller quelques-uns, les mi-
litaires n'y sont plus admis ; Napoléon, lui-même,
bien qu'il ait rétabli, en France, Dieu sur son autel, n'a pu y trouver une place. Quand M. Dufêtre, cet intrépide soldat d'Israël, sera tombé du haut de son *rempart*, et qu'il se présentera aux portes de l'éternel séjour, couvert de
ses *armes noircies*, et tout chargé de ses *trophées*; si saint Pierre aperçoit son ruban, il

pourrait bien le prendre pour quelque prevôt d'armes qui arrive des cuirassiers ou des dragons, avec son masque et ses fleurets, et lui fermer la porte au visage ; il serait même saint à prétendre qu'il pue la poudre à canon ; je sais bien que, s'il y a la moindre fissure à son guichet , M. Dufêtre trouvera bien moyen de faire passer par-là sa parole abondante et facile ; je suppose qu'il le prêchera à peu près en ces termes :

« Il paraît , vieux portier , que tu as un petit coup de je ne sais quoi dans la tête : de là vient que tu me prends pour un autre ; tu me fais attendre comme un méchant desservant de village , dont la soutane est percée au coude ; mais si par suite de la grande humidité qu'il fait ici , il arrive la moindre avarie à mes *armes noires* ou à mes *trophées* , que j'ai là déposés contre le mur , je t'en rendrai responsable ; demain tu entendras parler de moi ; je te ferai chasser de ta loge , et tu seras obligé d'aller sur la terre, te mettre portier de quelque hôtel garni ; c'est tout au plus, encore , si je permettrai à Jésus-Christ de te délivrer un certificat de bonne conduite.

« C'est moi qui ai l'honneur d'être monseigneur Dominique-Auguste Dufêtre , évêque de Nevers , et prédicateur très distingué ; si Jésus-Christ, que je crois un peu jaloux de mes grandes vertus, ne m'eût appelé sitôt à lui, je serais devenu archevêque, puis cardinal, puis pape ; je me sentais beaucoup de disposition pour cette dernière profession. C'est déjà de ta part une grande faute de n'avoir pas entendu parler de moi ; tu ne lis donc pas l'*Echo de la Nièvre*? tu devrais savoir que j'ai converti plus d'ames qu'il ne te reste de cheveux sur la tête.

« J'avais, surtout, un talent tout particulier pour les retraites ; comme je suppose qu'il n'y a point là-haut de prédicateur de ma force, je me propose de prêcher tous les ans aux bienheureux et aux bienheureuses une retraite pendant la semaine Sainte : tu verras comme ils iront sous ma direction ! Allons, prends mes trophées sous ton bras, et conduis-moi auprès de Dieu ; c'est lui qui m'a envoyé dans le diocèse de Nevers, et je suis sûr qu'il est impatient de me voir et de me serrer la main. Comme il m'invitera sans doute à dîner, tu lui diras que j'aime beaucoup le saumon.

« Je lui apporte divers cadeaux, qui, j'en suis sûr, lui feront beaucoup de plaisir. D'abord dix mille médailles à mon effigie, qui me restent de mes petites distributions aux enfants bien sages ; plus une lithographie qui lui donnera une idée de mon entrée triomphale à Nevers ; en troisième lieu, une édition de ma biographie, livre très propre à édifier les saints, et qui pourra leur être distribué le jour de la saint Sylvestre. C'est une œuvre d'autant plus précieuse, que je pourrais bien y avoir moi-même travaillé.

» Tâche de me faire rencontrer Fénélon et saint Vincent de Paule auxquels on m'a comparé ; je suis curieux de savoir si on ne les a point flattés, quand on a dit qu'il y avait en moi quelque chose d'eux.

» Mais, non, je me ravise : dépose seulement mes trophées dans ta loge ; j'aime mieux attendre une heure de plus, et que les choses se fassent convenablement. J'étais, de mon vivant, habitué aux entrées triomphales, et, parce que je suis mort, ce n'est pas une raison pour que je m'en passe. Tu vas faire construire de suite, par saint Joseph et ses charpentiers, un arc de triomphe au dessus de cette porte, et tu iras avertir tous les grands personnages du ciel que je suis ici et qu'ils viennent à ma rencontre. Il y a probablement là-haut une garde nationale : tu lui feras prendre les armes, et tu diras au commandant Michel qu'il veille à ce que ses hommes soient dans la meilleure tenue possible. S'il n'y avait point au ciel d'artillerie, tu prierais Dieu d'en faire fabriquer de suite une cinquantaine de pièces ; car, moi, quand j'entre quelque part, en ma qualité de prêtre, il me faut de la fumée de canon. Surtout tu recommanderas à l'orateur qui doit me haranguer, de m'appeler *Monseigneur*. Depuis que je suis évêque, j'ai pris le mot *Monsieur* dans une sainte aversion. Il doit y avoir dans ton paradis un certain juge de paix qui m'a appelé *Monsieur Dufêtre* tout court ; tu auras soin qu'il ne s'introduise point parmi le cortége.

» Si tu révoquais en doute ce que j'affirme, voici divers numéros de l'*Echo de la Nièvre* que j'ai apportés avec moi, ils t'en fourniront la preuve ; et, au cas où tu pousserais la défiance jusqu'à douter de l'*Echo de la Nièvre* lui-même, appelle sainte Flavie, elle te dira qui je suis. »

Mais, aussi, saint Pierre pourrait bien répondre à M. Dufêtre : « Soldat d'Israël, je n'ai pas peur de tes *armes noires* ; quant à tes trophées, ils ne valent pas la peine que je les serre ; ce sont de méchants morceaux de papier badigeonnés de mauvaises phrases par quelque porteur de soutane. Je ne

connais pas l'*Echo de la Nièvre*, et, quant à ta
sainte Flavie, il n'est pas question d'elle sur le contrôle des bienheureux ; mais, si tu es la parole
abondante et facile du sieur Dufêtre, évêque de
Nevers, prêche pendant trois jours, sans cracher,
sans te moucher, sur les franges d'argent de ma
barbe ou sur ma perruque poudrée de phosphore,
et je te reconnaîtrai à cette marque.

» En tout cas, il ne faut point que tu espères
entrer triomphalement dans le paradis ; tu seras
même bien heureux, si tu entres par la chatière.
Ne songe pas non plus à dîner avec Jésus-Christ.
Jésus-Christ a aujourd'hui à sa table le Lazare et
un grand nombre de pauvres diables qui ont pleuré,
jeûné et grelotté sur la terre : toi et ta croix d'honneur, vous seriez fort déplacés en pareille compagnie. »

Eh ! qu'est-ce qui a donc pu autoriser le ministre à décorer notre évêque ? M. Dufêtre a inventé sainte Flavie ; mais le jésuite qui a inventé
saint Icomède n'est point décoré. Il a une grosse
voix de prédicateur et un geste de plomb qu'il
décoche à ses auditeurs comme un coup de poing ;
mais les cloches ont une plus grosse voix que la
sienne, et le mouton tombe encore plus lourdement

que son geste ; cependant, il n'y a ni cloche, ni mouton qui ait reçu la croix d'honneur. C'est un soldat intrépide d'Israël, et, comme je ne sais quel chevalier de la Table Ronde, il a des *armes noires* ; mais les soldats d'Israël ne sont que des soldats du pape. Et que fait-il de ses *armes noires*, à moins que, depuis quatre mois, il ne passe son temps à les aiguiser ? Il y a ici un impie qui prêche, à plus de trois mille lecteurs, la religion de Jé-sus-Christ, et il ne l'a pas encore pourfendu. Il a prêché beaucoup de retraites ; mais les prêtres, ses auditeurs, sont tous gens solides dans la foi ; avec eux il n'y a rien à faire pour un prédicateur. Quand M. Dufètre prétend les avoir corroborés, il me fait l'effet d'un homme qui, ayant donné deux ou trois petits coups de maillet sur un pieu enfoncé par le mouton, prétendrait l'avoir rendu plus ferme. Il vend et débite de l'*onguent contre la morsure de la vipère noire* ; mais cet onguent est une mauvaise drogue, qui ne devrait guérir ce-lui qui l'a composé que de la croix d'honneur, et son docteur Evariste de Pufendol, l'auteur dudit onguent, est bien le plus plat et le plus sot char-latan que je connaisse !

Aucuns disent que c'est M. Manuel qui a joué

ce mauvais tour à notre évêque ; quelques-uns affirment que c'est M. Dupin. Pour M. Manuel, je le crois incapable d'une telle noirceur ; il est, à Nevers, le candidat de l'opposition ; il n'a pas oublié la couleur de son mandat, et je suis bien sûr qu'il ne voudrait pas demander au ministre seulement son couteau à papier pour couper les feuilles d'une brochure. Quant à M. Dupin, ceux qui lui attribuent la décoration de M. Dufêtre, ne le connaissent point. Bien que M. Dupin soit de Clamecy, — et je ne dis pas cela pour faire une réclame en faveur de mon pays, — il a du sang de paysan morvandeau dans les veines ; de même qu'il sait le compte de son argent, de même il sait le compte des faveurs dont il dispose ; avec lui, une croix d'honneur est une croix d'honneur, comme un liard est un liard : donnant, prenant, voilà sa devise ; et encore, souvent, il prend bien long-temps avant qu'il ne donne ; il n'est pas homme à exporter ses décorations dans un arrondissement étranger ; il serait d'ailleurs au désespoir que sa protection empiétât sur le domaine de ses confrères : ce serait un procédé peu parlementaire. Il sait que chacun est bien aise qu'on lui laisse ses électeurs à obliger ; et d'ailleurs, bien que M. Bercier, l'illustre principal de Varzy, vienne d'être décoré, il y a encore dans l'arrondissement de Clamecy bon nombre de gens qui ont mérité la croix d'honneur moins que M. Dufêtre, et qui ne l'ont pas obtenue. M. Dupin est un homme juste; quand M. Dufêtre serait de Raffigny même, il ne consentirait jamais à le faire passer avant ces honorables nullités. Tout ce que pourrait faire M. Dupin pour notre évêque, ce serait de le citer, dans son premier discours au comice, comme un agriculteur très distingué; et encore il faudrait que M. Dufêtre lui promît de porter un toast en son honneur.

Je dirai, dans mon premier pamphlet, comment d'autres expliquent la décoration de M. Dufêtre.

C. TILLIER.

Mon oncle Benjamin, par C. TILLIER, vient d'être édité par W. Coquebert, Paris, rue Jacob 48 ; se vend à Nevers, chez Guizonni.

Nevers, Imp. de C. SIONEST.

Mme DÉAL.

Dixième Pamphlet.

Il y a quelques jours, un cercueil s'en allait grelottant et presque nu vers la dernière demeure ; les
sombres valets de la mort ne lui avaient point fait
sa toilette ; il ne ruisselait point de ces grosses larmes
blanches qui s'étalent sur tout linceul ; les cloches ,
ces avares pleureuses qui font au riche de si bruyants
adieux , ne lui jetaient point leurs lamentations. Là,
point de croix se balançant aux mains d'un enfant
de chœur , point de cierges clignotant dans la lumière du jour, point de prêtres répandant leur lugubre plain-chant par les rues..... C'est que la
femme qu'emportait ce pauvre cercueil avait avancé

de quelques jours le terme de sa vie , et les prêtres
lui avaient refusé le banal honneur de la sépulture
chrétienne.

Mais que vous importe, ô madame Déal , aux
pieds de ce Dieu où vous êtes maintenant assise ,
l'insulte posthume faite à votre cadavre ! Qu'aviez-
vous besoin de leurs indifférentes prières, vous dont
les longs jours, semblables à ceux d'un fécond été ,
avaient tous porté leurs fruits ? Le Sauveur des
hommes a dit que le royaume des cieux appar-
tiendrait à celui qui aurait donné aux pauvres un
verre d'eau en son nom. Parce qu'ils ne veulent
pas porter leur croix devant notre cercueil, ce n'est
pas une raison pour que Dieu nous manque de
parole. Il aime mieux derrière un cercueil un ami
qui vous pleure et un pauvre qui vous bénit , qu'un
groupe de prêtres hâtant le pas dans leurs soutanes,
et jetant avec distraction quelques versets de leur
bréviaire. Ils proclament qu'il y a du saint Vincent
de Paule chez cet évêque qui leur a ordonné de
vous refuser les honneurs de la sépulture ! mais c'est
chez vous, Madame Déal, qu'il y avait une ame
comme celle de saint Vincent de Paule ; car vous,
vous étiez pauvre , et vous avez exercé la bienfai-
sance comme les plus riches ; car vous, ce n'était pas

les miettes de votre pain que vous laissiez manger aux malheureux : c'était votre pain même que vous leur abandonniez ; car lorsque vous étiez vous même harcelée par des besoins de toute sorte, vous faisiez passer les besoins de vos amis avant les vôtres , et vous alliez tendre votre généreuse main aux usuriers pour avoir de quoi les secourir ; car , si dans cette longue vie que Dieu vous avait faite si pleine de tourments et de misère , vous avez versé bien des larmes, larmes d'autant plus amères, que vous étiez obligée , comme vous le dites vous-même , de les couvrir d'un masque gracieux et souriant , vous en avez essuyé bien davantage encore ; car , lorsque vous aviez été mille et mille fois la dupe de cette société égoïste et voleuse qui enfonce sa griffe dans tout ce qui est tendre , et qui plus tard vous a tuée, vous vous laissiez encore, noble et belle ame, généreusement duper par elle. Allez , si tous ceux que vous avez secourus et obligés étaient autour de votre cercueil, votre convoi mènerait une foule plus nombreuse à sa suite que celui de tous ces prêtres qui vous ont refusé la faveur d'une suprême prière !

Mais quels honneurs ont donc manqué à la dépouille mortelle de Mme Déal? Ses concitoyens l'ont vengée du sauvage arrèt porté par les prètres contre sa mémoire ; ils n'ont pas voulu qu'elle s'en allàt seule, comme une pauvre ame fugitive et déserteuse, vers l'asile qu'elle s'était fait avant le temps. Bien que le ciel fùt tout plein de nuages et qu'une froide averse pleuràt sur les planches de sa bière, un long cortége de peuple, que sa fin déplorable avait profondément ému, se pressait derrière ses restes mortels. Ces gens là, sans doute, ne priaient point pour elle à la façon de l'Église, ils n'entonnaient ni versets ni répons ; mais ils racontaient ses vertus, ils disaient les bienfaits qui, malgré sa détresse, tombaient sans cesse de ses mains, comme tombent sans cesse des fleurs d'un arbre battu par le vent ; et cette oraison, pleine de larmes de regrets et de bénédictions, valait bien, sans doute, ces cinquante à soixante francs de prières que nous vendent les prètres et qu'ils nous font réciter par leurs chantres. Heureux le trépassé pour lequel on prie ainsi ! car celui-là c'était plus qu'un catholique, c'était un honnète homme, et il est déjà assis, à la droite de Jésus-Christ, dans un fauteuil resplendissant de gloire !

Et pourquoi a-t-on refusé la sépulture chrétienne à Mme Déal ? N'avait-elle pas assez souffert

et souffert assez longtemps , pour qu'on eût envers
elle un peu de ces égards qui appartiennent de droit
au malheur ? L'indigence , qui l'avait toujours suivie pas à pas , l'avait enfin atteinte près du terme
de sa carrière ; mais dans cette ame noble et fière,
à côté des faiblesses de la femme, il y avait toute la
force de l'homme, de l'homme toutefois qui est fort.

Elle ne s'était point laissée aller au désespoir ; elle
avait pris son ennemi corps à corps , et longtemps
elle crut pouvoir se débarrasser de sa dure étreinte,
mais sa résistance avait été vaine ; elle était vaincue
et terrassée ; elle voyait ses meubles , les vieux
compagnons de sa longue vie et les témoins de
ses muettes souffrances, sur le point d'être ignominieusement vendus au marché. Son cercueil n'était
qu'à deux pas de là , et les huissiers arrivaient :
pour leur échapper , elle s'est réfugiée dans son
cercueil. En quoi est-elle donc si coupable ? Au
fond de cette vieille coupe où elle buvait depuis
si longtemps , il ne restait plus que quelques
gouttes de fiel , et elle a cru pouvoir les épancher à terre ; elle était à la fin de ce long jour si
matin commencé , dont elle avait sans broncher
supporté tout le poids : au bout, il n'y avait plus
qu'une heure, mais une heure pleine d'averses, de

grêles et de tempêtes : elle n'a pas eu la force d'aller jusqu'au gîte, et elle s'est mise à l'abri sous son linceul. Est-ce donc là un de ces crimes pour lesquels Dieu n'a point de miséricorde et qui imposent silence à la prière ? Le malade qui, après avoir bu l'amère potion que le médecin lui a préparée, en laisse tomber quelques gouttes, mérite-t-il qu'on l'abandonne ? et l'ouvrier qui quitte le travail cinq minutes avant l'heure indiquée, doit-il perdre tout son salaire ? Mme Déal avait plus travaillé et plus vécu que les neuf dixièmes de ceux qui se laissent aller tranquillement jusqu'au terme naturel de leur vie : l'heure de sa faction était achevée depuis long-temps ; n'a-t-elle pu se croire le droit de dire à Dieu : « Mon Dieu, vous avez oublié de me rappeler ; mes genoux fléchissent sous moi, et je viens me reposer auprès de vous ?

Et, je le demande à ces prêtres qui se montrent si rigoureux avec nos ames prolétaires, si leur roi Charles X, le lendemain de sa chute, se fût creusé un cercueil sous les débris de son trône renversé, auraient-ils refusé de conduire au cimetière sa royale dépouille ? Si encore leurs héros de la Vendée, ces héros aux mains desquels ruisselait le sang de la patrie, s'étaient donné la mort une heure ou deux avant qu'on les fusillât, se seraient-ils donc fait prier pour mettre une croix sur leur fosse? Celui qui aime mieux attendre patiemment la mort sur son lit que de se laisser couper une jambe gangrenée, vous lui donnez les honneurs de la sépulture chrétienne; mais, se laisser mourir pour ne pas endurer une douleur quelconque ou se tuer soi-même plutôt que d'endurer cette douleur, n'est-ce donc pas là la même chose? Ces martyrs eux-mêmes auxquels vous avez accordé les honneurs de la béatification, et dont vous promenez triomphalement les ossements apocryphes par les rues, que sont-ils? Etes-vous bien sûrs que ce ne sont pas des suicidés? Peu importe qu'on se jette sous les roues d'une voiture ou qu'on mette sa tête sous le coutelas suspendu du bourreau. Entre se donner la mort et courir au devant d'une mort infaillible, quelle différence y a-t-il donc? N'est-il, du reste, aucun cas où le suicide soit excusable, des cas même où il serait un devoir? Et, dites-moi encore, si un gouffre s'ouvrait sur la place Ducale, et qu'un Curtius nivernais s'y jetât pour sauver la ville, refuseriez-vous de l'enterrer? Vous damnez, sans l'entendre, le suicide; mais, savez-vous si l'infortuné qui s'est donné la mort a eu la force de supporter sa vie, si son organisation défaillante n'a pas été obligée de fléchir sous le poids de ses maux ? Vous dites , *ex cathedrâ*, que le suicide est un crime trop énorme pour que Dieu lui fasse miséricorde. Mais , bonnes gens qui voulez mesurer entre votre pouce et votre index l'immensité de Dieu, savez-vous donc jusqu'où va la miséricorde divine? Pouvez-vous dire : elle s'étend jusqu'ici, et elle ne va pas plus loin, et est-elle obligée de s'arrêter là où vous avez posé votre grain de sable ? Et, d'ailleurs, quand bien-même, en se donnant la mort, Mme Déal aurait commis un grand crime , n'était-ce donc pas une raison de prier pour elle avec plus d'application encore que pour un autre ? Sur qui donc appellerez-vous la miséricorde de Dieu, si ce n'est sur les grands pécheurs ? Si vous gardez vos prières pour ces fautes qui s'effacent d'elles-mêmes, et que Dieu ne se donne pas la peine d'inscrire à notre passif sur son grand livre, à quoi donc vos prières sont-elles bonnes ? Ne ressemblez-vous pas alors à un médecin qui ne voudrait prêter le secours de son art qu'à des malades atteints de légères indispositions ?

Et l'on nous dit que les prêtres se sont montrés très conciliants dans cette affaire !... Savez-vous ce que leur esprit de conciliation, aidé de leur charité chrétienne, leur a inspiré? Si deux des plus proches voisins de la défunte avaient voulu attester qu'à l'heure de sa mort elle était dans la démence, le *respectable* curé de Saint-Pierre se fût hasardé à prier pour elle. Mais le respectable curé de Saint-Pierre, quoiqu'il n'allât pas prendre son café chez Mme Déal, savait très bien qu'elle n'était pas folle ; il eût pu savoir même qu'elle, avait une de ces fortes intelligences qui ne s'affaissent point sous le poids des années, plantes toujours vertes, dont les âpres gelées de décembre ne peuvent tarir la sève.

S'il eût le moins du monde douté de la raison de Mme Déal, la lettre écrite par cette dame entre les deux réchauds empoisonnés qui l'ont asphyxiée et dans laquelle elle expliquait, avec des paroles si touchantes, les motifs qui l'ont déterminée à se donner la mort, eût complétement dissipé tous ses doutes. Cependant, le respectable curé de Saint-Pierre, sur la foi d'un certificat faux, notoirement faux, et aux signataires duquel il eût été obligé, s'ils fussent venus s'en accuser à son tribunal, d'infliger une dure pénitence, se serait décidé à enterrer Mme Déal.

Mais ce tricorne qui s'en va flottant entre deux eaux appartient-il bien à un véritable prêtre? Ce certificat postiche que provoquait M. le curé de Saint-Pierre ne changeait nullement sa position, et laissait à découvert toute sa responsabilité. La proposition qu'il faisait aux amis de Mme Déal revenait à ceci : « Mentez-moi d'abord, et je mentirai ensuite à Dieu. » M. le curé de Saint-Pierre serait bien aise de complaire à Dieu, mais il serait fort contrarié s'il avait le malheur de déplaire à Satan, et c'est à lui qu'il fait des concessions. Ceux qui prétendent que ces concessions sont inspirées par la charité chrétienne se moquent de nous. Je les plaindrais s'ils pensaient ce qu'ils nous disent, et je les plains bien plus encore de ce qu'ils nous disent ce qu'ils ne pensent pas. La charité chrétienne n'inspire pas le mensonge, et d'une vertu il ne peut naître un vice. Cependant, quand on a l'honneur d'être prêtre, il faut avoir, envers tout le monde, le courage de son ministère; il ne faut pas avoir une oreille pour les ordres de Dieu et une autre pour les réclamations du monde. De deux choses l'une : si Dieu — car, selon eux, l'Eglise et le Maître du ciel et de la terre, c'est la même chose — si Dieu, dis-je, ne défend point de prier pour les suicidés,

M. le curé de Saint-Pierre devait, sans parlementer, sans laisser implorer son ministère, passer son surplis et suivre le corps de Mme Déal ; si Dieu, au contraire, interdit à ses prêtres toute prière en faveur des suicidés, il fallait déclarer nettement, résolument, et sans avoir recours à des faux-fuyants de jésuite, que l'Eglise n'avait point de prières pour Mme Déal. La conduite timide et vacillante du curé de Saint-Pierre laisse douter de son bon droit et de la fermeté de ses convictions.

En effet, voici un arrêté de police religieuse qu'on suppose avoir été pris par Dieu. Si M. le curé est bien convaincu qu'il est en effet l'œuvre de Dieu, il doit le mettre à exécution, strictement, rigoureusement, et dans toute sa teneur. Lorsqu'il hésite, lorsqu'il cherche à transiger avec l'obligation que son ministère lui impose, qu'il est là comme Marmont devant les ordonnances de Charles X, j'en dois conclure qu'il tient l'arrêté pour apocryphe ; car, enfin, M. le curé de Saint-Pierre n'est pas homme à se damner pour les vieux os de Mme Déal !

Mais voyez, M. le curé de Saint-Pierre, quelle idée vous nous donnez de Dieu ! Vous dites bien, en chaire, qu'il est grand, qu'il est juste, qu'on ne peut lui rien cacher ; mais, d'après la manière dont vous procédez avec lui, on serait tenté de le prendre pour un Géronte, pour un dieu ganache, pour un souverain imbécille de tous les mondes, auquel il est plus facile d'en imposer qu'à un de nos rois d'or et de velours. Une infortunée s'est donné la mort ; elle a longtemps prémédité et calculé son suicide ; elle a pris des précautions ingénieuses afin que personne ne vînt y mettre obstacle ; cependant vous attesterez à **Dieu**, par un certificat de deux voisins, que cette pauvre vieille était folle. Sur l'autorité de ce certificat, Dieu, qui sait tout, qui voit tout, et qui punit les menteurs, croira à sa folie ; alors, il admettra, comme bonnes et valables, toutes les prières que vous jugerez à propos de lui adresser en sa faveur.

Mais, s'il en est ainsi, nous avons là un juge bien débonnaire et bien facile. Si tant de gens se laissent damner comme des imbéciles, c'est véritablement bien leur faute. Pour moi, quand je verrai ma fin s'approcher, je prierai deux de mes voisins, hommes patentés, et juges du commerce s'il se peut, de me signer un certificat constatant que, durant ma vie, j'étais un des avaleurs de messes les plus gloutons de la paroisse, et même que j'ai fait des neuvaines à sainte Flavie. Je ferai légaliser ledit certificat par M. le Maire, et viser plus bas par M. le Préfet ; puis je recommanderai qu'on le mette dans mon cercueil. Il faudra que saint Claude, mon patron et mon avocat, soit bien mauvais orateur, s'il ne tire un bon parti de cette pièce.

Mais ce n'est pas là tout. Voici un prêtre chargé de prêcher à ses paroissiens l'horreur du mensonge, qui les induit à mentir, qui les provoque à être faussaires ! Dans l'affaire dont il s'agit., le mensonge n'avait pas une grande portée, soit ; mais enfin, s'il est des cas où les laïques peuvent s'affranchir des commandements de l'Église, n'en est-il donc point où les prêtres peuvent, eux, s'affranchir de ses ordonnances ?

Cependant on ne peut lever une paille en France, que le clergé ne se hérisse et crie qu'on attaque la religion ; mais dans mainte et mainte circonstance, c'est lui qui lui porte les coups les plus rudes et les plus sensibles. Ils se proclament les apôtres du christianisme, les propagateurs de la foi ; ils bravent les tempêtes de l'océan pour aller porter des catéchismes et de petites images de saints aux Sauvages. Tel d'entre eux, parce qu'il a une poitrine largement étoffée et qu'il possède une voix qui peut,

comme l'orgue, emplir toute l'étendue d'une cathédrale, s'imagine que sans lui la croix ne pourrait se tenir sur ses vastes racines, et que le Christ
tomberait la face contre terre au pied de son autel.
Mais j'en appelle à tout homme de bonne foi, à tout
chrétien sincère et véritable, le nombre des hommes
religieux ne serait-il pas de moitié plus considérable,
s'il n'y avait pas de prêtres ?

Et voulez-vous savoir encore ce que son esprit de
conciliation avait inspiré à M. le Curé de Saint-
Pierre ? L'église était fermée depuis le matin ; toute
communication entre Dieu et les fidèles était interdite ; les saints, privés des adorations quotidiennes
de leurs habitués, s'agitaient dans leurs niches, et
se demandaient ce que tout cela voulait dire. Cela
voulait dire, tout simplement, que M. le Curé
avait fermé l'église à tout le monde, de peur qu'on
n'y introduisît frauduleusement le corps de Madame Déal. Cependant la foule était épaisse et me-
naçante, elle s'amoncelait sous le portail comme
une nuée d'orage, et déjà elle commençait à gronder, c'est-à-dire, pour ne rien exagérer, qu'elle
demandait avec des cris qu'on lui ouvrît l'église,
l'église qui est la maison de Dieu, et dont le prêtre
n'est que le concierge. Mais, toujours par le même

esprit de conciliation, M. le Curé de Saint-Pierre en avait mis la clé dans la poche de sa soutane. Cependant cette foule de peuple avait arrêté dans sa tête qu'elle prierait pour Mme Déal, et elle s'indignait qu'on voulût l'en empêcher. Elle prit un parti bien sage, sans doute, pour des gens irrités et qui ont en quelque sorte le droit de l'être : elle s'adressa à l'autorité civile, et M. le Maire ordonna qu'on fît ouvrir l'église. M. le Curé de Saint-Pierre n'a pas cru devoir résister à cette injonction : il a eu peur de l'écharpe tricolore, et il n'a point voulu armer ses bedeaux et ses enfants de chœur contre la force publique : il a mieux aimé ouvrir ses portes tout naturellement et avec leur clé accoutumée, que de les exposer à être maltraitées par un dur serrurier et indignement crochetées. Voilà en quoi consistent les concessions faites par M. le Curé de Saint-Pierre. Il fondait son droit de tenir l'église fermée, sur un décret impérial du 23 prairial an XII, ainsi conçu :

« Quand un ministre du culte, sous quelque prétexte que ce
« soit, se permettra de refuser son ministère pour l'inhuma-
« tion d'un corps, l'autorité civile, soit d'office, soit sur la ré-
« quisition de la famille, requerra un autre ministre du même
« culte ; en tous cas, l'autorité civile est chargée de faire porter,
« présenter, déposer et inhumer le corps. »

Le décret impérial , faisait M. le curé de Saint-Pierre , dit bien que le corps sera déposé ; mais *où* ? qu'est-ce qui me prouve que c'est à l'église plutôt qu'ailleurs ? M. le curé de Saint-Pierre est un formaliste avec lequel il faut mettre les points sur les *i*. Si vous aviez l'honneur d'être son voisin de table, et que vous lui dissiez: « M. le curé, versez-moi, s'il vous plaît, un peu de bordeaux, » il vous répondrait : « Je le veux bien ; mais *où* ? car enfin, rien ne me prouve que ce doive être dans votre verre , plutôt que dans la poche de votre habit. » Du reste, M. le curé de Saint-Pierre pourrait bien avoir raison : c'est peut-être sur le fumier de la rue que le décret impérial veut que soit déposé le corps.

Mais parlons sérieusement : Napoléon n'était pas prodigue de son encre ; il n'a pas mis là pour rien : *présenter et déposer* ; ces deux verbes désignent nécessairement deux opérations quelconques devant être faites par l'autorité civile ; or , ces opérations , quelles sont-elles ? Je suis ni bachelier ni docteur en droit, mais, à mon avis, voici en quoi elles consistent : d'abord Napoléon a voulu que le corps fût présenté au prêtre , afin que son refus d'inhumation fût dûment et légalement constaté ; et que c'est par la présentation du corps seule qu'il peut l'être. Si donc, le corps doit être présenté au prêtre, où peut-il lui être présenté ailleurs qu'à l'église ? Et si c'est à l'église que le corps doive être présenté, n'est-ce pas là naturellement qu'il doit rester déposé jusqu'à l'heure de son inhumation ?

Il y a d'ailleurs un excellent motif pour que la chose soit ainsi. Parce que le prêtre, sous un prétexte quelconque, se permet de refuser la sépulture chrétienne à un citoyen, ce n'est pas une raison pour que ses amis et ses proches l'abandonnent. Il y a sans doute parmi eux des gens qui croient que Dieu est bien plus présent à l'église que partout ailleurs, et qui ne prient avec confiance qu'entre des cierges allumés et sous les sombres voûtes d'une nef ; pourquoi donc la loi ôterait-elle à ceux-là la consolation d'apporter à l'église le cercueil de leur père ou de leur époux, et de répandre autour leurs prières ? S'ils croient aux qualités dépuratives de l'eau bénite, pourquoi les priver du triste plaisir d'en mêler quelques gouttes aux larmes qu'ils versent sur les dépouilles qui leur sont si chères ?

Votre ministère, à vous, prêtres, c'est de prier ; vous êtes payés par l'état pour prier, comme le cantonnier est payé pour entretenir les routes ; quand vous ne priez point, vous ne gagnez point l'argent qu'on vous donne. Si, dans certaines circonstances, la loi tolère que vous ne priiez pas, elle ne peut vous autoriser à empêcher ceux qui prient de prier pour qui bon leur semble. Ils viennent, dites-vous, avec le cadavre d'un impie. Mais, soyez donc un peu raisonnables ! L'ame de cet impie n'est plus dans ce cadavre ; ce qu'on vous apporte-là, ce n'est que sa défroque, que des chairs mortes, des fibres détendues, du sang figé, qui lui ont appartenu. Si vous ne voulez rien recevoir de ce qui a appartenu à votre impie, quand son paletot ou sa redingotte se présentera à la porte de l'Église, sur les épaules d'un de ses héritiers, le ferez-vous donc chasser par votre suisse ? Et, je suppose que, demain, Mme Déal ressuscite, et se présente à la messe, vous qui ne vouliez pas admettre son cadavre dans votre église, vous seriez bien forcés cependant d'y admettre sa personne.

Le décret impérial dont notre curé s'autorise pour exclure de l'Église les corps qu'il ne veut point enterrer, n'est rien moins que tendre pour les prêtres. Napoléon, par les termes mêmes du décret, semble reconnaître qu'il a eu tort de le porter. « *Lorsque,* dit-il, *le ministre d'un culte, sous quelque prétexte que ce soit, se permettra de refuser son ministère pour l'inhumation d'un corps, etc.* » SE PERMETTRA !... donc le prêtre, dans cette circonstance, s'arroge un droit qu'il n'a pas, ou qu'il ne devrait pas avoir ; SOUS QUELQUE PRÉTEXTE QUE CE SOIT !.. donc il ne peut avoir de raisons légitimes pour refuser la sépulture chrétienne. Et, en effet, il ne s'agit pas ici de sacrements : un enterrement religieux n'est autre chose que des prières récitées autour d'un cercueil. Or, comment un prêtre peut-il dire que sa conscience lui défend de prier ? N'est-ce pas comme si un médecin disait que sa conscience lui défend de guérir ?.. Telle était, sans doute, la pensée de Napoléon lorsqu'il écrivait son décret. Mais, enfin, on ne peut attacher un prêtre derrière un cercueil, et le faire marcher à coups de plat de sabre. Il est vrai qu'on pourrait lui dire : « Du moment que tu acceptes de l'état des appointements, tu es fonctionnaire ; or, si tu ne remplis pas tes fonctions, tes appointements te seront retranchés. » Et, certes, quand il se trouvera un gouvernement assez hardi pour parler aux prêtres sur ce ton, toute la nation applaudira.

Toutefois, cette concession que Napoléon leur a faite avec tant de répugnance, les prêtres veulent

l'étendre encore : vous leur devez un mouton, et
ils vous réclament dix bœufs. On tolère qu'en certaines circonstances ils nous refusent leur ministère,
donc ils ont le droit de nous refuser aussi leur église.
A cet argument on a répondu d'une manière péremptoire , en les forçant à ouvrir les portes de
l'église ; mais de tout temps les prêtres ont procédé
ainsi. Ce sont les empiéteurs les plus intrépides qu'il
y ait au monde. Laissez-leur cueillir une rose sauvage à la haie de votre domaine , et dans dix ans
votre domaine sera leur propriété.

Admettons cependant que M. le Curé fût dans
son droit quand il refusait quelques dalles de son
église au cadavre de Mme Déal ; il use d'un étrange
moyen pour le faire valoir : de peur que le cercueil
de Mme Déal n'entre dans le saint lieu, il en ferme les
portes. Un peu d'esprit de conciliation de plus , et
il les eût barricadées. Mais permettez, respectable
curé de Saint-Pierre , si Mme Déal s'est suicidée ,
nous, ses amis, nous ne nous sommes pas suicidés,
comme vous voyez. L'église nous appartient aussi
bien qu'à vous ; nous y avons besoin, et nous voulons y entrer. Sur quel décret impérial, prêtre avo-
cassier, vous appuyez-vous pour interdire à vos
paroissiens le droit de *répandre leur ame devant*

Dieu ? comme dit M. Gaume. Je vous en aver-
tis, il y a des béates qui ont mal déjeûné, parce
qu'elles n'avaient pas, le matin, fait leur prière à
leur saint d'habitude. Est-ce que, selon vous, la
paroisse, en masse, doit souffrir du suicide de Mme
Déal ? Quoi ! si l'enterrement de cette pauvre dame
eût eu lieu le dimanche, vous eussiez donc privé tout
le quartier des délices de la grand'messe ? et si son
cercueil fût resté huit jours sous le portail de votre
église, huit jours entiers l'église eût été fermée ?
Mais cela revient à une véritable excommunication ;
pendant tout un matin la paroisse de Saint-Pierre
a été excommuniée !

Du reste, il faut que je vous raconte, à ce propos,
ce qui s'est passé dernièrement dans une de nos
communes rurales. Le maire d'un village dont je ne
vous dirai pas le nom, parce que je ne suis pas ici
à confesse, avait pris un arrêté pour éliminer les
chiens de la salle du conseil municipal, attendu que
ces animaux donnaient souvent leur avis dans les dé-
libérations d'une manière fort indécente. Il avait
été instruit, par son garde champêtre, qu'un membre du conseil auquel l'arrêté déplaisait, devait le
soir venir à la séance avec son chien. Or, savez-
vous ce qu'il fit ? il fit comme vous : il ordonna.

qu'on fermât les portes de la maison commune. Je vous prie, Monsieur le Curé , et même, au besoin, je vous requiers de nous dire ce que vous pensez de cet honnête officier municipal.

Les citoyens qui ont exigé que le corps de Mme Déal fût déposé à l'église ont bien fait ; ils ont pris possession d'un droit contesté ; et maintenant que le précédent est établi , nous ne verrons plus, sous un prétexte quelconque, des dépouilles chrétiennes ignominieusement laissées à la porte d'une église. Mais , selon moi ; ils eussent mieux fait encore de porter tout simplement et sans aucune halte le cercueil de Mme Déal au cimetière. Il ne faut pas avoir l'air d'être trop privé de ce que vous refusent les prêtres : cela leur donne de l'importance , et voilà tout ce qu'ils recherchent. Soyez-en bien persuadés, toutes vos colères leur conviennent , les triomphes même que vous remportez sur eux leur sont agréables ; mais votre indifférence les tue, et c'est surtout là ce qu'ils craignent. Vous ne voulez pas enterrer mon oncle , mon parrain , mon neveu ? tant pis pour vous ! vous n'aurez pas mes cinquante à soixante francs. Voilà , quand ils refusent d'inhumer un citoyen , ce qu'il y a de mieux à leur répondre. Si deux ou trois d'entre nous défendaient par leur testament que le clergé les enterrât, les prêtres voudraient les enterrer de force.

En lisant le décret impérial, je vois bien qu'à la rigueur les prêtres peuvent refuser leur ministère pour l'inhumation d'un corps. Selon moi, le décret impérial a tort, et j'ai déjà dit pourquoi. Mais, enfin, le décret est le maître; il ne m'appartient pas, à moi chétif, de discuter avec un adversaire qui a de si longues moustaches.

Est-il bien vrai, cependant, que l'Eglise, dans certaines circonstances, ordonne au prêtre de refuser la sépulture chrétienne? Je ne le sais, et ne me soucie pas de chercher, pendant deux ou trois jours, le texte canonique au milieu de la poussière des bouquins ; mais j'argumente de ce que je vois, de ce que, du reste, vous voyez tous. A Nevers, il paraît qu'on n'enterre plus les suicidés ; mais il y a des paroisses où on les enterre encore ; et je puis dire qu'à Clamecy, jamais curé n'a eu la cruauté de disputer, à un pauvre malheureux que la misère a fait sortir un jour trop tôt de la vie, quelques bouts de cierges et un peu d'étoffe mortuaire. Pourquoi cela, cependant? Cela viendrait-il par hasard de ce que la tour de Clamecy a deux girouettes et que la tour de

Saint-Cyr n'en a point? Toujours est-il qu'un très grand nombre de prêtres ne se conforment pas aux ordonnances de l'Eglise. N'aurions-nous donc pas le droit de conclure de là que les prêtres ne se damnent point en passant outre à ces ordonnances; qu'elles ne sont pas très obligatoires, ou bien qu'elles sont tombées en désuétude, et que ceux qui refusent maintenant la sépulture chrétienne ne sont pas de vrais ministres de l'Evangile, mais des prêtres ambitieux et turbulents qui provoquent le scandale, parce que scandale leur donne de l'importance; qui aiment mieux irriter l'attention publique que de la laisser se détourner paisiblement de leur personne?

Maintenant, si un ministre du culte refusait d'enterrer un de mes proches, je lui adresserais cette petite question : « Croyez-vous à l'efficacité des prières que vous répandez autour des cercueils? Ces prières peuvent-elles garantir les trépassés de l'enfer, ou bien, n'est-ce qu'un vain solfège dont les lourdes notes ne peuvent arriver au trône éternel, ou trop tard y arrivent? Si vos prières sont inutiles, quand vous nous les vendez, vous nous escroquez notre argent : nous vous payons de la farine, et vous nous livrez du plâtre; ou bien, si vous nous vendez votre plain-chant comme musique, vous nous le vendez beaucoup trop cher. Si, au contraire, vos chants ont le pouvoir de tirer une ame coupable d'entre les pincettes ardentes de Satan, quand on vous les réclame pour un chrétien et que vous les refusez, vous êtes des barbares; plus barbares cent fois que ces peuplades d'ogres qui font rôtir de la chair humaine et la mangent; que ce magot atroce qui faisait rogner tous les étrangers à la mesure de sa taille; que ce tyran stupide qui allumait des chrétiens, en guise de torches, pour éclairer ses orgies! Tous ces supplices étaient horribles sans doute; cependant, un homme est bientôt brûlé, bientôt éteint, et bientôt coupé en deux parts par les dents d'une scie; mais ceux dans lesquels vous laissez tomber nos ames sont bien plus horribles encore, et ils ne finissent point. Si l'un de nous voyait un homme suspendu aux arbustes qui croissent aux parois d'un abîme, il volerait à son secours; vous, vous voyez une ame qui va tomber dans les flammes éternelles, vous n'avez que la main à lui tendre pour la sauver, et vous ne la lui tendez pas; cependant, vous êtes des ministres de l'Evangile, et vous devez nous donner l'exemple de la charité chrétienne.... Mais, votre cruauté est d'autant plus abominable que c'est votre piété elle-même!.. Ainsi donc, monsieur, choisissez entre les deux parties de mon dilemme : ou vous êtes un escroc, ou vous êtes un monstre. Vous aimez mieux être un monstre, je le sais bien ; mais tant pis pour vous.

A quoi servent, d'ailleurs, ces manifestations de sévérité que font les prêtres ? Il fut une époque, sans doute, où un refus de sépulture eût jeté toute une ville dans la stupeur ; mais, cette époque est de trois cents ans derrière nous. Les prêtres n'ont plus affaire à ces stupides générations du moyen âge qui croyaient que l'Eglise portait véritablement la clef du paradis sous sa soutane ; ils ne peuvent plus dominer par la crainte de l'enfer. Ceux qui croient à la puissance de Dieu, croient très peu à la toute-puissance spirituelle que le clergé s'attribue. Si vous analysez les éléments dont se compose la société actuelle, vous y trouverez quelques impies obstinés, d'une incrédulité inguérissable et à laquelle on ne peut rien faire comprendre ; quelques chrétiens tièdes, qui vont à la messe par manière d'acquit, et remettraient volontiers leur carte au suisse, à la porte de l'église ; puis une multitude indifférente qui ne veut se donner la peine ni de croire, ni de ne pas croire, et qui se dit : Que la religion soit vraie, qu'elle soit fausse, peu nous importe ! nous trouverons toujours là haut un Dieu qui nous fera miséricorde... Le clergé n'a plus le bras assez fort pour remuer cette masse inerte. Il ressemble à un homme qui rencontre son ancien domestique et veut lui parler du même ton que s'il était toujours à son service. Toute velléité de domination que manifestera le clergé ne servira qu'à susciter contre lui des haines ou du ridicule. S'il veut conserver ce reste d'influence qu'il a encore sur de faibles et vieilles personnes, il faut qu'il se garde bien de chercher à reconquérir l'influence qu'il a perdue.

Les prêtres me croient leur ennemi ; mais c'est un conseil d'ami que je leur donne.

C. TILLIER.

Nevers, imprimerie de C. Sjonest.

DOTATION

DU DUC DE NEMOURS.

―――――

11ᵉ, 12ᵉ et 13ᵉ Pamphlets.

Un mot, Messieurs du ministère, un mot d'une cinquantaine de pages, s'il vous plaît. Voici encore des propos de dotation qui tintent et sonnent de par le monde comme des sacs d'écus qu'on effondre. Est-ce une fausse peur qu'on veut nous faire ? seraient-ce des clameurs sinistres, mises en circulation par les compères du gouvernement, pour distraire notre attention de ces forts détachés qui poussent de terre comme l'herbe d'avril, et couchent déjà Paris en joue ? Paris, ce jacobin mal

embouché qui a toujours aux lèvres des cris sédi-
tieux et une pipe culottée; Paris, ce turbulent géant
qui, pareil à l'Encelade de la fable, soulève, quand
sa fièvre de liberté l'agite, l'Europe et tous les
grands trônes dont elle est couverte! ou, dites-moi,
ne serait-ce pas plutôt un gros moulin à vent qu'on
donne à combattre aux chevaliers de la presse pour
détourner leurs clameurs de ce gros nuage noir tout
plein de jésuites que poussent vers nous les vents
de l'Italie, et qui, par une belle nuit, alors que
tout le monde, et MM. Quinet et Michelet eux-mêmes, sera plongé dans un profond sommeil, fondra
sur nos têtes en une averse de tricornes? ou votre
dotation est-elle chose délibérée en conseil, et faut-il
dès ce moment nous imposer des économies pour
ʃui faire un bon accueil quand elle nous sera pré-
sentée par le percepteur. . . . . . . Quoi! il est bien
vrai que vous voulez une dotation pour le duc de
Nemours! Il vous faut votre dotation, n'y eût-il
pas un écu en France; il vous la faut, sinon vous
ne répondez plus du salut du pays, et désormais la
royauté se retranchant dans un économique célibat,
ne procréera plus d'héritiers. Puis, comme il n'est
pas juste que vous perdiez quelque chose, vous
augmenterez votre dotation de l'apanage dont on

a fait tort au jeune prince et des intérêts capitalisés dudit apanage. Et moi qui croyais que la rebuffade que vous avait fait essuyer la chambre de 1840 à l'occasion de ce malencontreux apanage avait découragé votre zèle à nous prendre notre argent ! Mais une vertu qui vous est spéciale à vous, c'est la tenacité. Quand il s'agit d'écus, vous êtes tenaces comme le ramoneur, qui ne lâche pas son *bon monsieur* qu'il ne lui ait arraché un petit sou.

Toutefois, s'il est temps encore de vous implorer, mes bons ministres, ayez donc un peu pitié de nous. Notre jeune dynastie, à tant bon marché soit-elle, nous a coûté déjà bien des millions ; elle nous a coûté plus de millions qu'il ne nous en faudrait pour mettre à la ceinture de la France cent places fortes et des milliers de pièces d'artillerie, plus d'argent qu'il ne nous en faudrait pour attacher à cent canaux leurs lourdes nageoires, et à cent chemins de fer leurs ailes de flammes ; plus d'argent qu'il ne nous en faudrait pour courber sous nos vaisseaux de ligne les flots tributaires de cette Méditerranée que Napoléon appelait un *lac français*, et qui maintenant ose à peine baigner nos côtes et jeter ses vagues dans nos ports ; plus d'argent qu'il ne nous en faudrait pour déployer sur ces mers lointaines , où l'on insulte, où l'on arrête comme des malfaiteurs nos navires de commerce, un pavillon plus haut et plus large que le pavillon oppresseur des Anglais. Cependant jamais nous n'en avons fini avec la liste civile ; de temps en temps M. de Montalivet nous amène par la main un petit prince bien gentil qui saute au cou de la nation en l'appelant sa maman, et dont il faut que nous bourrions les poches de friandises.

J'ai longtemps cru que la liste civile était un être riche entre les plus riches , heureux entre les plus heureux ; que la garde nationale qui veille en bonnet d'oursin aux barrières du Louvre empêchait le moindre désir d'argent d'y pénétrer et la dette la plus légère d'en sortir. Je me trompais, je reconnais volontiers mon erreur. Parce que la liste civile reluit, j'avais cru qu'elle était d'or : elle n'est que de cuivre. Il ne faut point juger de son opulence par les millions qu'elle absorbe ; il paraît que ses louis n'ont cours dans les boutiques que pour des liards. Elle est plus pauvre que le plus pauvre paysan, que le plus piètre manœuvre du royaume. Tous ces gens là trouvent dans leur travail de quoi nourrir leurs fils, de quoi doter leurs filles , et la liste civile, elle, ne le peut pas. Ce qu'il y a de plus déplorable, et **M.** de Montalivet en maigrit de chagrin, c'est qu'elle fait des dettes. Hélas, oui ! elle fait des dettes ; elle ressemble à ces corps chétifs et malingreux qui dévorent quotidiennement des tombereaux de nourriture et vont tous les jours se desséchant à la mer Caspienne qui avale deux grands fleuves et je ne sais combien de rivières, et se rétrécit d'année en année ; encore un demi-siècle de cette détresse, et nous serons obligés de mettre les petits princes en nourrice , puis de leur donner des bourses et des demi-bourses dans nos colléges.

O républicains farouches ! ayez donc encore le courage de reprocher à vos rois leur grandeur nécessiteuse et endettée! Pour moi, que les Chambres viennent, quand elles voudront, m'offrir le diadème constitutionnel , je leur ferai dire par ma femme de ménage que je n'y suis pas. M. Dupin aîné aura beau m'insinuer par le trou de la serrure que je suis une clé de voûte , quelqu'autre harangueur miope aura beau affirmer que je suis la meilleure des républiques , il n'y aura ni clé de voûte ni république qui fasse. Foin de cette indigence millionnaire ! je veux un métier qui me fournisse de quoi nourrir mes enfants de mon pain et les doter de mes propres deniers. Et toi mon bon Georges, mon cher

et gros philosophe, toi qui te trouves si bien dans
ton large paletot de velours, qui cours si bien dans
tes brodequins déchirés, qui te passes si bien de ce
que nous n'avons pas ; toi déjà mon camarade et
mon ami bien plus que mon fils , n'est-ce pas que
tu ne m'aimerais plus si je te mettais au cou une
lourde besace de prince ? n'est-ce pas que tu trouverais meilleur un morceau de gros pain gagné par
mes pamphlets et mangé avec moi . qu'un gâteau
plein de sucre et de confitures tendu par une main
étrangère?

Mais si la liste civile est dans la détresse, quelle
doit donc être notre position, à nous autres contribuables ? Vous, messieurs les ministres, qui n'a-
vez qu'à vous pencher sur le budget et y prendre ,
vous vous imaginez que le sol de la France est un
gravier plein d'or, que les millions s'y trouvent en
tas au pied des arbres , que ces bons prolétaires qui
se laissent tondre de leurs gros sous aussi docile-
ment que le mouton se laisse tondre de sa laine ,
ont chacun , comme le prince Lutin de je ne sais
quel conte, une rose magique qui leur secoue des
écus à volonté ; que leur bourse est pareille à un
puits où toute la journée l'on puise à pleins seaux,
et qui , le lendemain , est aussi plein que la veille.

Mais il n'en est pas ainsi, mes bons ministres : la plupart de vos pauvres administrés ont bien de la peine à mettre les deux bouts de l'année l'un vers l'autre. Sur cent d'entre eux, il y en a quatre-vingt-dix - neuf qui sont incessamment vos débiteurs. L'impôt de 1843 ne nous a pas encore délivré sa quittance, qne déjà l'impôt de 1844, plus béant et plus affamé que son prédécesseur, vient nous présenter son bordereau.

Liste civile et domaine privé viennent ensemble, clopin-clopant, sur des béquilles, nous déclarer qu'ils ne veulent point payer parce qu'ils sont trop pauvres ; alors, qui donc est riche, et qui paiera ? la nation, n'est-ce pas ? Mais la majorité de la na-tion, savez-vous de quels hommes elle se compose? Vous, gens du domaine privé et de la liste civile, qui vous faites si pauvres, êtes-vous, comme le bûcheron, du matin au soir, dans l'herbe gelée de la forêt, à abattre des ormes et des chênes secouant leur neige et leur grésil sur votre tête ?

Allez-vous, comme le vigneron, fouiller avec une lourde pioche le gravier ingrat de nos coteaux, et recevez-vous pour le salaire de toute votre jour-née 1 fr. 25 c. et un litre de piquette ?

Vous plongez-vous, comme le flotteur, jusqu'à

là ceinture, dans l'eau glacée, pour amener sur le rivage ces longues traînées de bûches qui nagent au courant du fleuve ?

Comme le batteur en grange, battez-vous jusqu'au soir la terre avec un lourd fléau dont le bruit matinal a éveillé les coqs du voisinage ?

Piétinez-vous dans la boue comme le porte-faix, sous une charge qui suffirait à écraser une bête de somme ?

Restez-vous courbés sur le sillon, comme le moissonneur, pendant seize heures de soleil ?

Vos femmes ont-elles durci la semelle de leurs pieds sur la grève des fleuves, et vont-elles laver les lessives ?

Se tiennent-elles, comme la fruitière, grelottantes, et souvent, hélas ! les entrailles vides, devant une pauvre boutique, qu'avec une pièce de 5 fr. on achèterait tout entière ?

Quand vous reveniez de votre travail, accablés de fatigue et vos outils sur l'épaule, avez-vous quelquefois été jetés dans la boue par un carrosse de prince ? ou bien, un orchestre de fête, pétillant et ricanant à travers le sfenêtres illuminées d'un palais, vous a t-il poursuivis de son ironique harmonie ?

N'avez-vous, quand vous êtes rentrés sous vos

noires solives, que quelques broutilles ramassées le
long des haies pour sécher vos pieds et réchauffer
vos mains, et ne trouvez-vous dans votre écuelle,
pour vous refaire le sang nécessaire aux travaux du
lendemain, qu'une maigre soupe de pain noir ou
des herbes à peine salées?

Avez-vous vu quelquefois votre famille à jeun et
n'osant vous interroger de sa parole malade et al-
térée, chercher dans vos yeux si vous lui apportiez
quelque nourriture, et vous êtes-vous enfuis, pour
pleurer à votre aise, dans la campagne, de rage
et de désespoir, et jeter à Dieu, sous son ciel, des
blasphèmes qu'il pût entendre?

Vous êtes-vous trouvé quelquefois obligé d'envoyer votre fils tendre ses petites mains, violettes
de froid, aux messieurs qui passent en manteau dans
la rue, et vous est-il revenu les yeux en pleurs et
les mains vides?

Votre femme, cette douce créature qui vous sou-
riait, quand du noir abîme de votre âme le chagrin
montait à votre front, qui pleurait sur vos mains
quand vous vous emportiez contre votre mauvaise
fortune, qui se levait doucement d'entre vos bras
pour coudre et repasser aussitôt que le sommeil
avait raidi votre paupière, votre femme que Dieu

avait unie à vous comme il unit les lianes en fleurs aux vieux arbres morts et desséchés, l'avez-vous vue s'éteindre lentement de faim, de froid et de misère, et n'avez-vous pas eu quelques gouttes de bouillon à verser sur ses lèvres ?

Avez-vous imploré du curé de la paroisse un pan d'étoffe noire pour habiller son cercueil, et vous l'a-t-il refusé, parce que vous n'aviez pas dix francs à lui compter ?

Voilà la vie de ces hommes de sueur et de larmes dont la majorité de la nation se compose ! et c'est en présence de cette misère que vous osez vous faire pauvres, c'est à ces gens que vous voulez faire demander l'aumône par vos gendarmes ! Mais faites donc comparaison de leur situation avec la vôtre ! eux, ils n'ont point de souliers, et vous, vous avez vingt carrosses et cent chevaux pour vous emporter par les rues ; eux, ils ont à peine le morceau de pain qui empêche de mourir, vous, vous donnez à dîner tous les jours ; eux, ils logent dans des caves pourries et enfumées, dans des galetas délabrés, vous, vous avez entre dix châteaux un château à choisir pour vous loger. Vous, pour abriter les rats de vos greniers, vous avez plus de meubles qu'il n'en faudrait pour meubler cent familles ; mais demain, si vous passez sur la place publique, vous pourrez voir les meubles d'une dizaine d'entre eux criés et vendus par les huissiers.

Et, depuis le temps qu'on prend dans leurs chaumières, qu'y a-t-il donc encore à y prendre? Est-ce le berceau de leur enfant, le grabat de leur vieux père, la bague de noces de leur femme, ou l'escabeau sur lequel ils se reposent quand ils sont revenus du travail. Mais à quoi tout cela est-il bon pour rehausser un prince? Est-ce que l'aigle, pour monter plus haut vers le soleil, arrache les plumes des petits oiseaux et les attache à ses ailes. Toutefois, si vous trouvez appendue à quelque vieille muraille une croix d'honneur noircie de poudre, au milieu de laquelle rayonne la glorieuse effigie de l'empereur, je vous conseille de la prendre.

Mais pourquoi emplir mon âme de ces tristes pensées? j'aime mieux, ministres, vous faire une petite parabole :

Deux hommes vont ensemble dans un chemin creux et encombré de neige. Le premier a deux jambes d'élite, merveilleusement aptes à formuler le pas accéléré, et fonctionnant comme celles d'un soldat qui voyage à trois sous par lieue. Il dit à son compagnon : Sous cette botte vernie et ce fin pantalon que tu vois, il y a une jambe de bois que tu ne vois pas et qui n'est connue que de mon valet de chambre ; tu peux l'aller trouver quand nous serons de retour à la ville, et il te montrera le plan de cette jambe. Aie donc pitié de moi, je te l'ordonne, prends-moi sur tes épaules et porte-moi jusqu'au gîte. Hélas ! Monsieur, lui répond son compagnon, je le ferais volontiers, car à votre manière de raisonner, je comprends très bien que vous êtes un grand personnage ; mais si vous avez une jambe de bois que je ne vois pas, moi, j'en ai deux que vous voyez très bien et même que vous pouvez toucher pour vous assurer qu'elles ne sont pas postiches. Si l'un de nous devait porter l'autre, assurément ce serait à vous à me prendre sur vos épaules. Cependant je ne réclame point votre aide ; tout écloppé que je suis, je tâcherai d'arriver à la ville voisine avec les jambes qui m'appartiennent ; et je vous conseille d'en faire autant. Ne feriez-vous pas bien, ministres, de prendre le conseil de cet homme pour vous-mêmes ?

Quand bien même la royauté n'aurait pour vivre que sa liste civile, serait-elle donc au dépourvu ? Ne peut-elle, comme tous les autres agens de l'administration, élever sa famille avec ses appointe-

ments? — Pourquoi le peuple viendrait-il à son secours, plutôt qu'au secours d'un cantonnier, par
exemple, qui ne reçoit pour son pénible labeur que
trois cents francs par an et un chapeau ciré? Serait-
ce donc, par hasard, parce que la royauté gagne
soixante mille fois autant que cette pioche fonctionnaire? Mille bœufs attelés à la suite l'un de
l'autre suffiraient à peine pour traîner dans son palais les sommes qu'elle prend au budget; avec cette
montagne d'or, ne peut-elle rassasier les appétits,
très-modérés du reste, de trois ou quatre princes?
La reine des airs va-t-elle donc déposer ses œufs
dans l'humble nid de l'alouette? la lionne, cette
majesté rugissante du désert, envoie-t-elle ses
lionceaux téter la gazelle? et le chêne altier, qui
flotte comme un panache au-dessus de la forêt,
va-t-il attacher ses glands aux branches des noi-
setiers?

Et voyez comme, dans toutes ces questions d'a-
panage et de dotation, les règles les plus simples
du bon sens sont interverties; comme on y met
indécemment la logique la tête en bas et les pieds
en l'air! Si le maire d'une commune quelconque
faisait à son conseil la proposition suivante :

« Attendu que je suis monsieur le Maire ;

« Attendu que mon fils devient grand , et qu'il doit tenir un rang distingué dans la commune ;

« Attendu que je ne suis pas assez riche pour l'entretenir de belles femmes , de paletots neufs , de cigares de la Havane et de bouteilles de bière ;

« Je propose au conseil de lui allouer , sur les fonds de la commune , une pension de cinq à six mille francs, en attendant qu'il soit juge de paix ou percepteur,..... »

Si , dis-je , un maire faisait une telle proposition à son conseil , vous le destitueriez de suite , comme un fou par avarice , et même vous auriez recours au télégraphe pour que justice fût plus tôt faite. Que dire donc de vous, ministres, qui, au nom de votre roi riche à des centaines de millions , faites à la France une semblable proposition ?

Serviteurs imprudents de la royauté constitutionnelle, avez-vous pris à tâche d'en dégoûter les peuples ? Ne voyez-vous pas qu'à chaque demande d'argent que vous leur faites au nom d'un prince , vous les induisez à comparer le prix de revient d'une royauté entourée d'enfants à celui d'une présidence solitaire ? Ne craignez-vous donc point qu'épuisés enfin par tant de libéralités , ils ne se trouvent trop pauvres pour entretenir une royauté

qui mange par tant de bouches, et que, ne pouvant se donner un lustre, ils se contentent de la
modeste clarté d'une lampe?

Cependant vous allez partout criant contre les
partis et vous emportant contre les révolutions ;
mais les partis, c'est vous, avec vos violences,
qui les avez faits, et les révolutions, c'est votre
insatiable avidité qui les prépare. Que d'autres
vous combattent parce que vous corrompez la France, parce que vous l'humiliez, parce que vous la
dégradez, parce que vous l'arrêtez par sa robe lorsqu'elle veut s'avancer vers un soleil plus chaud, et
une terre meilleure ! Moi, si je vous combats, c'est
que j'aime la paix et le silence, que je veux écrire
et rêver tranquillement au coin de mon feu, sans
craindre qu'une balle rouge ou tricolore me jette
en éclats mon encrier à la face, et que je suis convaincu que c'est tout droit à une révolution que
vous nous menez.

Professeurs émérites d'histoire, ne vous rappelez-vous déjà plus que c'est un déficit creusé dans
nos finances par les prodigalités de Louis **XIV** et
de Louis **XV** qui a amené la Révolution de 93, et
un peuple écrasé d'impôts qui a renversé le trône
de Louis **XVI** ? Mettez-vous donc bien dans la

tête que, quand un peuple fait une révolution, ce sont toujours les fautes de ceux qui étaient au pouvoir qui l'ont suscitée ; que c'est toujours une masse d'hommes opprimés et las de leur oppression, qui se débarrassent d'une poignée d'oppresseurs. Si vous pouviez voir se former la vapeur révolutionnaire, vous la verriez toujours monter de quelque grand cloaque qui est au milieu d'un palais, et s'amasser dans les cieux en orage. Les peuples ne sont point d'imbéciles grenouilles qui chassent un brochet de leur étang pour prendre une grue. Ils veulent bien d'un roi qui les gouverne, mais ils ne veulent point d'un roi qui les pressure. Ils ont l'*habeas corpus* pour leur personne, ils seraient bien aises de l'avoir aussi pour leur bourse. Si le titre de citoyen correspond à celui de niais qu'on affine, de dupe qu'on dépouille, ce n'était ma foi pas la peine que le peuple de Paris se dérangeât pour le conquérir !

A quoi nous sert-il d'être débarrassés des pilleries et du maraudage de l'ancien régime, si, par l'avidité des courtisans et des ministres, l'exaction prend une forme légale et que nous n'ayons pas même, une fois qu'elle est sanctionnée, la consolation de nous en plaindre ?

Dernièrement, j'entendais un pré qui raisonnait avec un propriétaire : « Faiseur d'herbes, disait le propriétaire, tu es bien heureux de m'appartenir ! je t'ai enclos d'une haie qui te protège contre les insultes des bestiaux vagabonds et celles des enfants qui venaient danser sur ton gazon et te voler tes paquerettes. » — « Oui, répondait le pré ; mais les enfants et les bestiaux ne me faisaient que quelques plaies bientôt guéries, tandis que vous, vous me faites faucher deux fois par an jusqu'à la racine, et je ressemble, entre les prairies incultes et sauvages qui m'entourent, à la tonsure d'un abbé. » Il ne faut pas, ministres, qu'il en soit ainsi des nations constitutionnelles ! le peuple est patient et résigné ; mais croyez-vous qu'il ne se lassera pas de payer et payer toujours, et qu'il consentira à mettre ses enfants à l'hôpital, pour que ceux du souverain aillent sur un large pied de par le monde ?

Nous avons sans doute de grandes et magnifiques obligations à notre jeune dynastie. Si Louis-Philippe n'eût accepté la royauté, sur ce grand trône qui rayonne, entre les trônes de l'Europe, comme un phare entre les basses lumières du rivage, nous aurions été obligés de mettre un simple bourgeois que les souverains absolus n'eussent pas voulu appeler leur cousin , et certes c'eût été un grand malheur ! Mais , enfin ; quand serons-nous donc quittes envers notre jeune dynastie ? Quand M. de Montalivet nous aura-t-il donné une quittance absolue et définitive de tout prince ?

Avez-vous donc , ministres , une taie d'or sur les yeux ? Quoi ! vous ne voyez pas que toutes ces demandes d'argent que vous nous adressez en son nom , et à son insu sans doute , compromettent la royauté ; que vous la ravalez dans l'esprit des populations qui s'imaginent que vous ne faites que réciter une leçon qu'on vous a dictée , et que si vous la récitez , c'est parce que vous avez peur de perdre vos porte-feuilles ! Dans l'intérêt bien entendu du trône et dans celui de la France , ne faites donc pas descendre si souvent le roi, des cimes de la Nation , dans ces régions inférieures où trafique le marchand et où le banquier agiote ! Ce soupçon d'avarice que vous faites monter jusqu'à lui , c'est la plus cruelle injure que vous puissiez lui faire, et, à sa place, rien que pour cela , je vous chasserais.

La royauté a sans doute ses vices comme nous autres simples mortels , mais, ces vices, il faut qu'ils soient à la hauteur de sa taille. Si sa pourpre est tachée, elle ne doit point avoir de ces taches ignobles qui offensent les regards et ont été faites par de sales choses. Si j'étais roi, j'aimerais mieux qu'on me fît des reproches de violence que d'avarice. Dans un moment de colère, le lion peut déchirer, mais il n'appartient qu'aux insectes d'amasser des fétus et d'emplir des magasins.

Du reste, graces et mille graces en soient rendues à **M.** de Cormenin! la question est débarrassée maintenant des chiffres dans lesquels elle était enchevêtrée. Ce n'est pas par des additions amaigries et des soustractions frelatées qu'il faut argumenter avec nous. La chambre de 1840, en rejetant la loi d'apanage, a hautement reconnu que le domaine privé était très compétent pour fournir au duc de Nemours une maison de prince. Or, depuis ce temps, les châteaux du domaine privé sont-ils tombés en décombres, ses forêts sont-elles réduites en cendres, les canaux sur lesquels elle avait des actions se sont-ils taris? Les lapins de ses garennes, comme les abeilles d'Aristée, sont-ils morts de faim et de maladie? ou bien, serait-ce par hasard l'auguste et sérénissime estomac du prince qui aurait augmenté de dimension? La

Chambre ne peut revenir sur la décision qu'elle a prise ; elle ne peut, capricieuse Pénélope, défaire follement le lendemain, ce qu'elle avait sagement fait la veille ; et s'il en était ainsi, le duc de Nemours, comme Proserpine , qui passait tour à tour six mois aux cieux et six mois dans les enfers, courrait risque d'être, d'une session l'une, alternativement riche et pauvre. Ce ne peut donc être que comme régent désigné que vous demandez une dotation pour le duc de Nemours? eh bien ! alors , raisonnons.

Ce titre de régent désigné est sans doute un beau titre , bien que ce soit un titre de précaution. Mais en définitive, quelles fonctions impose-t-il à l'heureux personnage qui en est décoré ? Savez-vous autre chose à faire à votre régent désigné, que d'attendre nonchalamment sur les ottomanes de son palais que Louis-Philippe ait pris possession, sous les sombres voûtes de Saint-Denis, de son trône mortuaire ? et pour cette rude besogne vous demandez qu'il lui soit alloué un million ; mais faites donc attention, ministres, à ce que vous nous proposez !

Un garde champêtre, pour ses circumvagations de nuit et de jour, ne reçoit de l'Etat que 300 fr.

par an et une banderolle. Selon vous, la France doit-elle payer ce qu'on ne lui fait pas, trois mille trois cent trente-trois fois plus que ce qu'on lui fait ? Alors je ne suis pas étonné que ces gras fonctionnaires d'état — major qui n'ont autre chose à faire qu'à dessiner l'hiéroglyphe biscornu de leur paraphe, gagnent dix fois autant que ces pauvres employés, infatigables piocheurs de dossiers, qui vivent courbés sur une table noire et ne se redressent que pour entrer dans leur cercueil.

Il est vrai que les princes ne sont pas à prix fixe à la Chambre; on peut marchander avec vous. «C'est tout au juste un million, direz-vous ; nous ne pouvons représenter à moins, et même nous y mettrons du nôtre. Nos grands seigneurs du haut commerce ont un appétit d'auvergnat ; ils fument comme un tison de bois vert, quand on leur fournit des cigares, et leurs femmes ont une tendre faiblesse pour le punch ; puis, vous ne savez pas quelle consommation d'escarpins est obligé de faire un prince qui veut réussir ! Croyez-le bien, messieurs les députés, ce n'est pas avec vous que nous voudrions surfaire. — Allons donc ! répondra la Chambre, vous nous surfaites de moitié. En Angleterre, on entretient un roi pour 800 mille francs, et, en Allemagne, les princes ne coûtent à rehausser que 125 mille francs. Nous prenez-vous pour des novices ?.. Nous vous voterons 500 mille francs , et ce sera une affaire terminée. — Ce n'est pas votre dernier mot, feront les ministres ; vous mettrez bien quelque chose de plus. — Pas un centime, répondra la Chambre ; 500 mille francs, c'est à prendre ou à laisser.—C'est à prendre , dira le ministère ; alors , ce sera 500 mille francs d'économies que nous ferons de moins ; mais, si les partis déchirent la France, que la responsabilité en retombe sur votre tête !.. » Puis , ministres et députés de s'embrasser : les ministres très contents d'avoir empoché leur aubaine, et les députés tout fiers d'avoir si bien défendu l'argent de la France !

Mais, enfin, 500 mille francs , pour n'être que la moitié d'un million, sont bien aussi quelque chose ; cela ne se jette pas à la tête du premier venu. Vous savez aussi bien que moi, aussi bien que nous tous, messieurs les ministres, qu'une nation doit dépenser son argent avec sagesse et intelligence , que son budget ne peut ressembler à ces nuages absurdes qui inondent la mer de leurs eaux et laissent l'épi poudreux mourir de soif dans le sillon, à ces stupides rayons de soleil qui réchauffent et font suer de grands rocs arides, tandis qu'avril, de son haleine glacée, gèle les ceps bourgeonnants de nos coteaux ; vous savez qu'elle ne doit point débourser une pièce de cinq francs qui ne soit un salaire et la récompense d'un service. Or, puisque, sachant tout cela, vous prétendez tirer de nous 500 mille francs pour le régent désigné, il doit être à votre connaissance qu'il nous a rendu et qu'il nous rend pour 500 mille francs de services ; alors, ces services, faites-nous-les connaître, que nous appréciions ce qu'ils valent ; car, enfin, vous ne pouvez nous donner une note ainsi conçue : « 500 mille francs au duc de Nemours pour se distraire dans son royal loisir. » Je sais bien qu'il y a dans vos rangs des avocats qui sont de force à nous démontrer que c'est le duc de Nemours qui a gagné la bataille d'Austerlitz et élevé la colonne Vendôme ; malheureusement notre histoire est faite, et nous la trouvons très bien comme elle est.

Le duc de Nemours sera un régent très distingué, je n'en doute pas ; j'admets qu'il fasse voler notre coq gaulois aussi haut que l'aigle a volé, et qu'il lui mette entre les ergots la foudre que l'oiseau de Napoléon a portée ; mais, enfin, quand il sera en possession de sa régence, nous le doterons, et vous pouvez vous reposer sur la Chambre pour qu'il soit doté magnifiquement. Que peut-on nous demander davantage? veut-on que nous lui es- comptions la mort de son père. Quand on nous pro- pose de le doter dès aujourd'hui, n'est-ce pas comme si on nous proposait de payer les mois de nourrice d'un enfant qui n'est pas encore né ou le loyer d'une maison qui est encore à bâtir? Veut-on nous faire ressembler à ce fou qui achetait une marmite pour faire cuire un chou dont il avait encore la graine dans sa poche?

Et qui vous dit que le régent désigné sera régent de fait? sa régence n'est-elle pas encore dans le brouillard des contingents possibles? A la vérité, la chambre lui a pris mesure d'une espèce de petit manteau royal; mais ce manteau, la seule étoffe dont il puisse être fait, c'est le linceul de Louis- Philippe. Dieu vous a-t-il laissé feuilleter le livre de ses impénétrables décrets? Qui vous dit que Louis-Philippe ne traînera pas jusqu'à la majorité de son petit-fils le fardeau de ses ans et de ses in- firmités? Puis, le crêpe, cette inexorable cocarde de la mort, se pose aussi bien sur les diadèmes que sur le simple gibus du bourgeois. Qui vous dit en- core que votre roi a versé toutes les larmes qui sont dans ses yeux, qu'il ne pleurera point, pauvre vieillard et pauvre père, sur le cercueil du duc de Nemours, comme il a déjà pleuré sur le cercueil de son premier fils ? Faut-il donc que nous payions au régent désigné, non seulement ce qu'il n'est pas, mais encore ce qu'il ne sera jamais peut-être ?

Et si le comte de Paris se faisait homme avant que la mort nous ait enlevé Louis-Philippe, qu'arriverait-il ? C'est que nous aurions payé cinq à six millions au duc de Nemours sans qu'il eût rempli une heure les fonctions qui lui avaient été désignées, sans qu'il nous eût rendu pour un franc de services ; bien heureux encore si on ne nous obligeait à lui payer une retraite ! Or, y a-t-il de la prudence de la part d'une nation de s'exposer à une pareille chance, et trouveriez-vous beaucoup de particuliers qui voudraient la courir ? Pour moi, si j'avais l'honneur de siéger à la Chambre, je proposerais d'ajouter à votre projet de loi un amendement ainsi conçu :

« Au cas où le régent désigné par une cause quelconque n'entrerait pas en possession de la régence, il serait forcé de restituer au trésor les sommes qu'il aurait touchées à titre de régent ;

« Attendu que son altesse le duc de Nemours est si pauvre qu'il faut que la nation vienne à son secours ;

« Attendu, encore, que la liste civile et le domaine privé font des dettes, qu'ils s'obèrent visiblement, et que d'un jour à l'autre ils peuvent devenir insolvables, ladite altesse sera tenue de fournir, pour caution, à la Chambre, le Cobourg qui est son beau-père. »

Toujours est-il que quand une nation sème ainsi son argent autour d'elle, il n'est pas étonnant qu'il y ait un large trou au milieu de ses finances, et que ce trou s'agrandisse tous les jours. Vous faites face à tout en empruntant ; mais, faites-y attention, quand on descend les pentes de l'emprunt, c'est le printemps : le ciel et la terre ont un air de fête, les oiseaux gazouillent, les gazons sont pleins de muguets et de fraises, et les arbres laissent pendre leurs rameaux chargés de fruits sur vos lèvres ; mais, quand il faut les remonter, l'hiver est venu, la terre est couverte de verglas et de neige, le soleil est mort dans les cieux, le brouillard est si épais qu'on ne sait de quel côté tourner ses pas, et le fleuve débordé bat, au dessous de vous, de ses vagues mugissantes, le pied de la montagne ; après bien des efforts inutiles, les forces vous manquent, vous roulez, et l'eau furieuse vous emporte... Ces rêves ne troublent pas votre sommeil, n'est-ce pas ?

vous allez tous les jours au tonneau, et parce que le vin coule toujours dans vos flacons avec le même gracieux glouglou, vous croyez que le tonneau est inépuisable ; mais une nation qui ne paie pas ses dettes et qui augmente chaque jour ses charges ne saurait toujours aller de ce train : c'est là le chemin le plus sûr et le plus court pour arriver à la banqueroute ; cette catastrophe n'est pas plus difficile à prévoir que le naufrage d'un vaisseau qui fait eau de tous les côtés et dont l'équipage, ivre de punch et de rhum, ne veut pas faire jouer les pompes.

DOTATION DU DUC DE NEMOURS.

Suite.

Nous présentez-vous votre dotation comme une indemnité de représentation revenant de droit au duc de Nemours ? Mais, je vous prie, qu'a donc le duc de Nemours à représenter ? La loi a-t-elle déterminé le nombre de ses voitures, de ses officiers de bouche, d'écurie, d'habillement, des fêtes qu'il doit donner tous les ans, et lui a-t-il assigné

un costume ? Nous avons déjà un roi pour représenter la France ; est-ce que Louis-Philippe n'est
pas assez riche pour s'acquitter convenablement de
cette besogne ? Met-on jamais au commencement
d'un mot deux majuscules ? La France a-t-elle besoin d'être représentée par tant de personnages ?
Faut-il que sa grandeur se reflète sur tous les fils
du roi, en eût-il autant que Priam ? et notre
honneur est-il intéressé à ce que le duc de Nemours
aille dans dix carrosses, et salisse dans les boues de
Paris une longue queue de laquais ! Si le prince,
quand il va par les rues, n'avait d'autre équipage
que le glorieux parapluie de son père, oublierait-on
qu'il est le fils du roi, et que nous, nous sommes
les vainqueurs de Marengo et d'Austerlitz ?

Pour moi, qui suis un homme de courte vue,
je ne verrais, je l'avoue, aucun inconvénient à ce
que le duc de Nemours, quand Louis-Philippe
reçoit les députations des Chambres et les ambassadeurs des puissances étrangères, se tînt à côté
de son père, en simples épaulettes de général, et
même s'il vivait dans son palais, ignoré et solitaire,
étudiant la politique d'Aristote, et n'ayant pour
toute enseigne sur la porte de ses appartements,
qu'une plaque d'or où serait écrit : MONSEIGNEUR

DE NEMOURS, RÉGENT DÉSIGNÉ, cela ne m'inquié-
terait nullement pour le salut de la France. Faites
donc un peu attention à votre budget, messieurs
les Ministres ! vous nous faites payer des frais de
représentation pour un vieux roi qui règne ; vous
nous en faites payer pour un enfant dont le bour-
relet ne s'est pas encore fait diadême , et vous voulez nous en faire payer encore pour un régent de
précaution ! Vous voyez bien qu'il y a confusion
dans votre compte ! Vous voulez que nous vous
payions trois fois l'avantage d'être représentés , et
nous , nous trouvons que vous le payer deux, c'est
déjà plus qu'assez.

Du reste, pourquoi tenez-vous donc tant à ce
que le régent désigné représente ? Vous ne connaissez donc pas le public devant lequel vous voulez faire jouer un rôle à votre prince? En Allemagne, en Autriche, en Russie, un prince qui caracole
et parade peut être d'un fort bon effet ; mais en
France ce n'est plus la même chose. Autour de
nos frontières dorment un million d'hommes qui
sont morts pour faire disparaître ces grandeurs factices que vous voulez nous faire adorer , et dont
les cendres ne sont pas encore refroidies. Nous qui
avons encore le fier *tu* des républicains dans les

oreilles, vos dénominations de *duc*, d'*altesse*, de *monseigneur*, nous agacent le tympan comme une scie qui déchire un morceau de tôle. Pourtant, s'il vous convient de vous donner entre vous des titres qui vous rehaussent aux yeux de votre femme, de vos enfants, de vos valets, nous ne pouvons vous en empêcher; mais, au moins, représentez avec ces titres, et n'y attachez point le privilége de nous dépouiller. Si vous élevez un piédestal à votre prince, ne venez pas me prendre une pierre de ma pauvre maison pour le construire. Quand je suis éclaboussé, il n'est pas juste qu'on me fasse payer la boue avec laquelle on m'éclabousse.

Ainsi, de deux choses l'une : si le duc de Nemours veut un luxe royal, qu'il le paie ; s'il n'est pas assez riche pour le payer, qu'il s'en passe ! Mais le duc ne se passera de rien, vous pouvez être bien tranquilles à ce sujet. Vos journaux ont trop souvent vanté les vertus privées du roi, pour que nous en ignorions une seule. Nous savons par cœur qu'il est un excellent père. Pourquoi donc alors se défier de sa générosité envers ses enfants ? Moi, dont les journaux n'ont jamais vanté les vertus privées, si mon fils avait besoin, soit pour son instruction, soit pour se faire des amis, soit pour s'acquérir la considération publique, d'un pantin de six francs, n'eussé-je que ces six francs dans ma poche, je lui dirais : « Tiens, mon fils, va acheter ton pantin, et sois heureux ! » Or, pour moi, chétif, qui vis d'encre, un pantin de six francs, c'est bien plus que ne l'est pour Louis-Philippe l'assortiment complet d'une Cour avec ses meutes aboyantes, ses laquais galonnés et ses courtisans. Si donc le duc de Nemours avait besoin d'une Cour, je suis bien sûr que son père n'hésiterait pas un moment à la lui acheter. Par respect pour votre roi, messieurs les ministres, vous ne pouvez admettre que je sois un meilleur père que Louis-Philippe.

Si donc la Chambre votait, dans un moment d'ivresse produit par les poignées de main du premier jour de l'an, la dotation que vous demandez pour le duc de Nemours, en fait, ce serait à Louis-Philippe qu'elle la voterait. La pension alimentaire qu'il fait et qu'il fera toujours à son fils s'en trouverait déchargée d'autant. Le jeune prince n'en serait ni plus riche, ni plus grand, ni plus magnifique, et notre argent serait détourné de sa destination. C'est ainsi que bien souvent, dans les hôtels, quand on croit donner pour la bonne, on donne pour la maîtresse.

Mais si vous admettez , comme je le suppose , que la Chambre ait quelque bonne foi , vous abusez étrangement de sa bonne foi. Lorsque la mort, passant comme un boulet à travers les Tuileries , eut emporté l'héritier présomptif de la couronne , la France fut triste , sans doute , de la douleur de cette pauvre veuve qui avait encore aux lèvres le dernier baiser de son mari et qui le retrouvait sur un lit de mort ; de ce petit enfant , tout vêtu de noir et ne sachant pourquoi , cherchant encore son père pour lui sourire ; de ce royal vieillard qui croyait avoir affermi un trône pour son fils , et qui ne pouvait plus lui donner qu'un cercueil ! Mais elle ne s'effraya pas de sa destinée , parce qu'elle sait que sa destinée n'est pas aux mains d'un seul homme. Mais vous qui exagérez tout , vous vous mîtes sur les joues de ces grosses larmes qu'on peint sur les linceuls ; vous vous fîtes pâles de douleur et tremblottants d'effroi ; les partis contenus jusqu'alors par la santé florissante de l'auguste défunt , allaient se jeter comme des bêtes féroces sur la France et la mettre en pièces ; vous dîtes à la Chambre : « Faisons vite un régent ! » et la Chambre , qui est du bois dont sont les flûtes , répondit : « Faisons un régent ! » Vous ajoutâtes :

« Déférons la régence au duc de Nemours ! » et la Chambre ajouta : « Déférons la régence au duc de Nemours ! »

Mais alors il ne fut pas question de dotation. Pas un mot sur votre banc à ce sujet ! M. Liadières lui-même n'en ouvrit point la bouche. Il allait sans dire, pour tout le monde, que la régence qu'on conférait n'était qu'un titre sans appointements comme il était sans fonctions, que le régent ne serait doté qu'alors qu'il aurait la main sur le sceptre. C'était dans ce moment qu'il fallait déclarer que le duc de Nemours n'était pas assez riche pour faire face aux dépenses de cette régence qu'il sollicitait ; que les florins qu'il avait apportés du pays des Cobourg s'étaient changés dans ses coffres en tessons d'ardoise, et que le roi son père ne voulait pas lui ouvrir ceux du domaine privé. La Chambre, alors, eût avisé à ce qu'il y avait à faire. Elle n'était pas si effrayée qu'elle en avait l'air, de cet immense danger dans lequel deux chevaux, prenant le mors aux dents, avaient précipité la France ; et elle savait très bien, du reste, que vous, qui étiez si consternés sur votre banc, vous mangiez de bon appétit à votre table et dormiez dans votre lit d'un bon sommeil ! La mort n'abat pas toujours son homme d'un seul coup ; elle a pour habitude de nous laisser le temps d'envoyer quérir le notaire. Ou la Chambre eût ajourné la nomination du régent à l'époque où le trône eût été vide, ou elle eût respectueusement prié M. de Montalivet d'écorner un peu ses forêts, et de rappeler quelques-uns de ses millions voyageurs pour faire une dotation au duc de Nemours ; ou bien encore, puisque ce titre de régent est si lourd, elle l'eût mis sur les épaules de quelque gros Alcide de la finance, ayant les reins assez forts pour le porter ; ou, enfin, elle eût donné ses suffrages à un personnage susceptible de se faire des partisans par les qualités de son cœur et le charme de son esprit, et s'en faisant assez pour n'avoir pas besoin qu'on lui en achetât. Mais aujourd'hui que le régent est fait, qu'il est enfoncé comme un clou dans le gouvernement, et qu'on ne peut plus l'en arracher, vous découvrez qu'il est à pain cherché, et vous voulez que nous lui fassions une dotation ! Ainsi ce prince que, il y a deux ans, vous nous aviez donné, bien contents que vous étiez que nous acceptassions votre cadeau et cabalant pour nous le faire accepter, il se trouve aujourd'hui que vous nous le vendez !

Votre procédé est peu délicat, messieurs les ministres ; il me rappelle celui d'un gargotier de ma dynastie qui m'ayant invité à dîner pour rien, lorsque le dîner fut bu et mangé, me présenta la carte. Soyez donc un peu généreux envers la chambre ; ne faites pas, pour une misérable somme de cinq cent mille francs, jouer à nos honorables le rôle très peu brillant de dupes. C'est, du reste, votre intérêt et celui de la dynastie. Si vous faisiez passer la chambre dans l'opinion publique pour un Géronte auquel de rusés Scapins et d'effrontés Mascarilles font croire et faire tout ce qu'ils veulent, cet article de foi de notre religion politique, que la richesse ajoute de la sagacité à la raison et de la fermeté au caractère, s'en trouverait considérablement ébranlé ; et moi-même, qui ne suis qu'un imbécile de 30 fr., il pourrait me venir à l'idée que je suis tout aussi savant, en fait d'élection, que mon voisin l'épicier qui est un homme d'esprit de 200 fr. et au-delà.

Toutefois, je serais curieux de savoir, quand votre dotation sera à la tribune, ce qu'elle allèguera, je ne dis pas pour justifier, mais pour excuser ses prétentions. Un principe dont une chambre ne peut s'écarter, c'est-à-dire s'écarter sans forfaire à son mandat ; c'est que l'impôt prélevé sur tous doit rapporter à tous quelque chose. Le budget, comme vous le dépensez, c'est la plupart du temps la nuée qui rend en grêle à la terre l'eau qu'elle lui a prise ; mais le budget, comme je voudrais qu'il fût dépensé, ce doit être la nuée qui lui rend cette eau en gouttes de pluie. Le budget bien dépensé fait aujourd'hui, pour ce département, courir une grande route ; demain, entre ces deux arrondissements, il met un pont qui les porte l'un à l'autre sur son dos ; ici, il fait jaillir du sol, comme un jet de pierre, la flèche ciselée d'un clocher; là, il creuse un port où viennent dormir les vagues de la mer, et où les navires reployant leurs ailes, accourent se reposer des vents et des flots et se guérir des blessures que les écueils leur ont faites. Mais si nous donnons notre argent à votre dotation, sous qu'elle forme nous le rendra-t-elle ?

Supposons que le prince n'ait point la passion des économies, qu'il dise à **M.** de Montalivet : Grand merci, monsieur, de vos conseils ! Comment dépensera-t-il ses cinq cent mille francs ? il fera des parties de chasse qui chevaucheront tout le jour, des bals qui sautilleront toute la nuit ; mais d'un argent ainsi dépensé, que restera-t-il ? de la fumée,

de la poussière, et, peut-être, deux ou trois grosses
femmes du haut commerce, trouvant le prince un
fort grand homme, parce qu'il aura dépensé avec
elles quelques gracieuses syllabes.

Donnez à mille individus une pièce de cinq francs,
et il n'y en aura pas deux, à moins que ce ne soit
deux soldats, qui la dépenseront de la même manière. Mais n'y a-t-il point une manière de dépenser son argent qui vaille mieux qu'une autre ?
si, par exemple, vous employiez nos cinq cent mille
francs à reboiser les vieux crânes chauves de nos
montagnes, à forer des puits artésiens , à défricher
des landes , à jeter le long du Rhône une forte digue
qui préserve les campagnes riveraines de la fureur
de ses eaux vagabondes , à éveiller ces eaux stériles
qui dorment à la surface de la France , et à les
faire courir, guéries de leur insalubrité, à travers
les plaines ; si , dis-je , vous employiez ainsi nos
cinq cent mille francs, cela ne vaudrait-il pas mieux
que d'en faire cadeau au prince ? Cet argent, au
lieu d'aller , après avoir amusé de fastueuses oisivetés, se perdre dans les tiroirs de cinq à six comptoirs d'acajou, viendrait à la poche de toile des travailleurs ; il entretiendrait toute l'année trois mille
familles qui manquent du pain quotidien , et qui

n'ont souvent, à cinq ou six personnes, qu'une pioche pour les faire vivre ; ensuite, il augmenterait
les richesses du sol , il créerait des champs , des
prés, des forêts, il ferait des épis pour les hommes ,
des herbes pour les animaux ; et comme le bien
qu'on rend n'est jamais sans récompense , le gouvernement lui—même profiterait, par les contributions indirectes, de ce bien—être qu'il aurait fait aux
autres.

Mais, je sais bien ce que vous allez dire ; je reconnais votre voix avant de vous avoir entendus
parler : vous allez dire qu'il importe à la Nation
que le prince qui doit la gouverner ait des partisans;
que pour cela il faut qu'il s'entoure d'un luxe royal,
qu'il se donne le prestige de la générosité , qu'il
sème l'argent sur son passage comme un parrain
magnifique sème les dragées. Et, d'abord, permettez que je m'empare de ce dernier argument. La
générosité est sans doute une belle et noble vertu ;
mais, la première condition pour cela, c'est qu'on
l'exerce à ses dépens. Si vous me dérobez ma bourse,
— hypothèse assez hasardée, j'en conviens,— et que
vous alliez l'offrir à un pauvre , ce n'est pas vous
qui êtes généreux , c'est moi qui le suis ; vous,
vous n'êtes qu'un spoliateur. Et , encore, si le fait

arrivait aux oreilles du commissaire de police le plus voisin, je suis bien sûr qu'il ne se servirait pas, envers vous, d'une expression si polie.

Il y a, à Nevers, un certain monsieur Avril que vous connaissez peut-être ; en tout cas, si vous ne le connaissez point, ce n'est pas sa faute : ce monsieur, a fait, avec l'argent de l'*Association* , pour trois mille francs de bonnes œuvres !.. Voulez-vous donc assimiler votre prince à M. Avril ?..

Si le peuple a de l'argent de trop pour faire des libéralités, laissez-les lui faire lui-même, et ne lui en volez ni le plaisir, ni le mérite ; s'il n'a tout juste que ce qu'il lui faut pour vivre, n'allez pas émietter son pain devant les courtisans. Quel gré voudriez-vous qu'on sût au duc de cette libéralité par procuration qui lui serait imposée par la loi ? Et, en supposant qu'il en revînt au peuple quelque chose, si vous me donnez un pour-boire de quinze sous avec une pièce de vingt sous que vous m'avez prise, faut-il que je baise, avec des transports de reconnaissance, votre main généreuse ? Dans tout ceci, le prince n'aurait que le rôle de l'arrosoir qui épanche, par ses mille petits trous, l'eau dont le jardinier l'a empli, et, encore, ce rôle, il s'en acquitterait mal : il arroserait surabondamment les mauvaises herbes empanachées qui croissent dans la cour des palais, et il laisserait mourir de soif les plantes utiles. Puis, votre luxe royal, de quoi sera-t-il fait? de notre misère. Ce sera une gueuse énorme d'argent, fondue avec les rognures de nos écus limés par le fisc. Et quand, encore, votre prince ne ferait pas un hectomètre sans laisser une trace d'écus sur son passage; quand l'eau elle-même dans laquelle il se lave les mains contiendrait des parcelles d'or, et que tout ce luxe fût à lui, bien à lui, qu'est-ce que cela prouverait? Depuis quand donc le luxe rehausse-t-il un prince? quel rapport y a-t-il entre une belle action et un sac d'argent qu'on épanche? combien d'aunes de galon, selon vous, faut-il pour faire un grand homme? Croyez-vous que le peuple, quand il passera sous les fenêtres de votre duc, prendra le tintement de ses écus pour une de ces fanfares que la gloire jette au monde, et qu'après sa mort il ira religieusement porter sa cassette au Panthéon?

Mais, Dieu me pardonne, vous ne connaissez point ce peuple pour lequel vous faites des lois!... Ce peuple, il est né d'un grenadier et d'une cantinière; il a tété à la gourde de l'Empire; ces vastes fêtes que lui donnait Napoléon, et dans lesquelles toute l'ame de la Nation respirait, l'ont dégoûté de vos pompes sans éclat, de vos fêtes mortes, où il n'y a que du drap bleu et de la passementerie, et dont le tailleur et le brodeur ont fourni toutes les magnificences. Ce qu'il voudrait voir, lui, c'est du bronze conquis, s'élevant glorieusement vers le ciel ; ce sont des arcs de triomphe tout chargés de batailles, servant de portes à la grande cité et forçant les étrangers à passer entre leurs jambes ; ce qu'il voudrait entendre, c'est le canon des Invalides, glorieux écho des canons triomphants de l'armée, lui jeter la nouvelle d'une victoire. Mais, vous qui n'avez jamais assiégé que Paris, et pour lesquels notre dernière défaite a été un triomphe, qu'avez-vous donc à nous faire voir et à nous faire entendre ?

Oh non ! votre fausse monnaie de héros ne peut avoir cours parmi nous ! nous avons vu trop et de trop glorieuses choses pour ne point nous connaître en gloire ; nous ne sommes pas gens à juger, par le nombre des laquais qui sont derrière un carrosse, de la valeur de ceux qui sont dedans ; nous ne prenons pas un tambour-major qu'on galonne des pieds jusqu'à la tête, ou un suisse de cathédrale qu'on habille de brocard, pour un grand homme. La France ne ressemble point au dandy, qui prise ses chevaux de race en proportion de ce qu'ils lui coûtent : elle n'estime point ses princes en proportion de ce qu'elle les achète.

Laissez ce charlatanisme du luxe à un notaire qui veut allécher une riche clientelle, ou à un guérisseur nomade qui vend, avec la permission des autorités constituées, du suif pour de la graisse d'ours ; c'est par de glorieuses actions qu'un prince se rehausse, et, en France, c'est surtout par des victoires. Au lieu de faire promener votre duc par les départements comme un commis voyageur de la dynastie, laissez-le partir pour l'Afrique. Pourquoi n'est-il pas, lui général, là-bas où nos soldats combattent, et est-il ici où ils passent des revues? Si vous vouliez le garder frais et bien portant à l'ombre de votre palais, il fallait en faire un évêque.

Croyez-vous qu'une apparition, pour la forme, sous le drapeau, suffise pour consacrer un général à l'admiration d'un grand peuple? Qu'il aille faire goûter de son sang à ces plages lointaines qui ont tant bu de sang français ; qu'il soumette ces tribus vagabondes que le maréchal Bugeaud n'a pu encore que vaincre, et qu'il les attache à la France par les liens de la civilisation ; qu'il apprenne aux vents de l'Atlas à jouer avec notre drapeau comme avec un objet ami ; qu'il nous fasse enfin, de cette tente à peine plantée dans le sable que nous avons là-bas, une forte et solide maison , et qu'il rentre ensuite dans Paris , à pied , à la tête de ses soldats victorieux ; il verra quelle différence il y a entre ces triomphes que donne le peuple et ces mascarades de triomphes qu'on organise pour lui à la porte de nos chefs-lieux de département : il saura ce qui rehausse un prince.

Le duc de Nemours affecte d'imiter Napoléon !.. Mais, Napoléon fardait-il sa gloire par une vaine magnificence? avait-il fait dorer la lame de son épée? Quand, à Erfurth, il recevait à son bivouac les rois et les empereurs de l'Europe vaincue qui venaient lui demander grâce, non pour leurs peuples, mais pour leur trône, avait-il autour de lui d'autre luxe que ses canons et ses grenadiers d'Austerlitz ? Pourtant , aucun diadème n'osait rayonner devant sa cocarde, et sa majestueuse simplicité effaçait toutes ces grandeurs de pourpre et d'or , comme la lumière du soleil efface la lumière d'un feu d'artifice.

Et Hoche, Hoche, le grand homme et l'honnête homme de la révolution ; Hoche , plus admirable par son dévouement désintéressé à la patrie que Napoléon par toutes ses victoires ; Hoche, dont l'ame noble et pure semblait une émanation rayonnante de l'ame des Scipion et des Paul-Emile, et que la République semblait avoir trouvé enfant dans un sépulcre de l'ancienne Rome, habillait-il d'oripeaux sa magnifique renommée ? Assis fraternellement entre les officiers de son état major, il mangeait avec eux, dans des couverts d'étain, la ration de pain et de viande que leur faisait la République ; et, pourtant, ne donneriez-vous pas bien le plus beau diamant de votre prince pour le moindre de ses faits d'armes ? Il y a un demi-siècle que le nom de Hoche marche vers la postérité, et celui de votre prince ne fait que de se mettre en route ; cependant, ne seriez-vous pas bien glorieux si le nom de votre prince s'avançait aussi loin et aussi resplendissant que le nom de Hoche dans la mémoire des hommes ? Et ces fiers soldats de la République, est-ce qu'ils n'étaient pas bien grands aussi sous ces glorieux haillons qui couvraient à peine leurs blessures, et dont un lambeau suffirait à faire dix de vos croix d'honneur ? Quand, allant d'un champ de bataille à un autre, ils passaient par quelque capitale dont les portes s'étaient ouvertes au bruit lointain de leur canon , remarquait-on , derrière eux , ces officiers autrichiens et ces généraux empanachés, seul butin , du reste , qu'ils voulaient faire sur les rois, qu'ils traînaient en prisonniers à leur suite ? Les populations transalpines, muettes d'admiration devant ces hommes chétifs et basanés , mais dont l'a ne était pleine de poudre , ne les regardaient-elles pas marcher sur le vieux sol de l'Italie comme s'il eussent été les revenants d'une armée romaine ? Voilà les hommes que la foule trouve beaux et qu'elle admire ! mais, vous , ministres , si vous avez le malheur dé croire que le luxe rehausse et grandisse une personne royale , cachez, oh ! cachez cette pensée dans le coin le plus noir de votre ame ; et ne venez pas la proclamer du haut de la tribune !

Vous qui prétendez qu'à vous seul appartient la tâche de civiliser ce peuple , est-ce donc là les leçons de moralité que vous lui donnez ? ne comprenez-vous point que la meilleure manière , la pire manière, voulais-je dire, de corrompre une nation, c'est de lui inculquer la passion de l'or, parce que la passion de l'or est toujours suivie de l'improbité et de l'égoïsme. Êtes vous législateurs pour achever la ruine de nos mœurs publiques ou pour les relever de leur décadence ?

La France est corrompue, je le sais, et ce n'est pas vous qui l'avez débauchée. Quand vous l'avez prise, elle puait déjà la vénalité et la concussion; mais on fait bien monter l'eau sur la cime des montagnes, pourquoi ne feriez-vous pas rebrousser vers le bien nos mauvais penchants? et quand vous l'essaieriez inutilement, cela ne vaudrait-il pas mieux que de rendre sous nos pas la pente du mal plus rapide? Quel culte voulez-vous que nous rendions à la vertu, quand vous couronnez la vertu et la richesse de la même auréole; quand vous montrez du même doigt le grand homme qui passe dans sa gloire et le millionnaire qui passe dans sa calèche; quand vous faites de la nation un vaste tiroir où les hommes n'ont plus, comme les pièces de monnaie, qu'une valeur numéraire? Pourquoi ces professeurs, non seulement de belles-lettres mais de morale, que vous donnez à nos enfants? Pourquoi ces prêtres que vous payez pour nous enseigner l'évangile? ce sont des banqueroutiers frauduleux, des escrocs, des faussaires impunis qu'il faut mettre dans nos chaires. Comment voulez-vous que le peuple ne se rie de tous ces préceptes de charité et de désintéressement, quand il vous voit prendre de l'argent dans les poches des contribuables, et en faire de l'estime, du respect, de la sympathie et de la grandeur royale. Si l'or peut tenir lieu de gloire à un prince, comment ne tiendrait-il pas lieu à un simple particulier de ces subalternes vertus qui font l'honnète homme, et de ces vertus plus hautes et plus fières qui font le citoyen. Comment tout moyen de s'enrichir ne serait-il pas bon, quand de toute richesse acquise on peut se faire un piédestal. Le génie ne se paie point avec de l'argent ; il reste trente ans enfermé dans un grenier à polir une œuvre immortelle, et il la livre au monde pour des applaudissements ; peu lui importe de vivre dans la misère et de mourir ensuite à l'hôpital, pourvu qu'à son aspect il y ait des mains qui battent ? Comment voulez-vous qu'il travaille pour vous, si vous le privez de son glorieux salaire ? Croyez-vous que Galilée eût médité vingt ans sur le système du monde, si en sortant de son cachot il eût dû être effacé par les cardinaux de Rome ?

Quand vous aurez ouvert à notre Panthéon une porte charretière pour faire passer les carrosses, il faudra faire murer toutes les autres, car on ne voudra plus entrer que par cette porte. Et qui voulez-vous qui consume les florissantes années de sa vie dans de longs et pénibles travaux, quand il poussera des moissons de lauriers autour de nos coffre-forts ? Qui voulez-vous qui aille poursuivre la gloire sur le sol ensanglanté des champs de bataille, quand il la trouvera couchée comme un chien fainéant sous un comptoir, ou accroupie au fond d'une besace ?

Voici le tocsin qui sonne éperdu du haut des clochers, la générale qui bat à coups précipités dans les rues ; vous venez m'éveiller, et vous me dites : Lève-toi et prends ton fusil, l'ennemi est à la frontière ! A d'autres ! vous répondrai je ; j'aime bien mieux rester ici à exhausser d'un louis tous les jours ma pile d'or ; quand je reviendrais de l'armée nu et estropié, mon voisin l'épicier serait du conseil municipal, mon voisin le mercier aurait un siége au tribunal de commerce, mon autre voisin le banquier aurait pris place parmi les notabilités délibérantes du conseil général, et moi, mes glorieuses cicatrices seraient honnies et vilipendées, parce que je n'aurais, pour les couvrir, que des guenilles ; on se raillerait de ma jambe de bois, parce qu'elle ne serait que d'un simple bois de chêne.

Ministres de la paix toujours et partout, ce pays était une caserne, pourquoi en avez-vous fait une

boutique ? nous sommes des soldats, pourquoi voulez-vous nous transformer en marchands ?.. Avec
votre système des intérêts matériels, vous donnerez
peut-être à la France de la chair et du sang ; mais,
l'embonpoint de la richesse, ce n'est pas la santé.
Pour qu'une nation soit forte , il faut qu'elle soit
maigre, et que dans ses doigts noueux, elle ne tienne
qu'une épée ; il ne faut pas qu'elle rêve, au bivouac,
d'un comptoir laissé derrière elle. Et que ferait la
France de ce ventre plein d'entrailles qu'elle porterait devant elle , quand il lui faudrait marcher au
combat ? il faudrait , valétudinaire impuissante,
qu'elle se fît rouler dans son fauteuil contre l'ennemi.

Quand vous nous inoculez le virus de l'or, vous
nous faites plus de mal que si vous enclouiez nos
canons, que si vous brûliez nos vaisseaux , que si
vous démolissiez nos places fortes. Vous assassinez
la France, comme les Mexicains assassinaient les
Espagnols , en lui versant de l'argent fondu dans
les veines. Si ses habitants n'étaient pas des citoyens, que serait la France, avec ses 32 millions
d'habitants, à côté de l'incommensurable Russie, et
que serait-elle à côté de l'Angleterre, tronc frêle,
à la vérité , mais qui couvre tout l'univers de ses

branches ? La France, c'est le lion qui, dans une peau étroite et sous des dimensions resserrées , fait mouvoir une masse énorme de muscles et de nerfs ; ce qui lui donne , à la France , cette force prodigieuse qui la jette d'un bond sur une capitale, et lui fait, en quelques heures, déchirer une armée, c'est le patriotisme de ses enfants , c'est leur passion désordonnée pour la gloire. Si vous éteignez ce feu sacré qui vit encore dans leur ame , sous les cendres de la République et de l'Empire, comment voulez-vous qu'elle se défende contre cet orage de Barbares que les vents du nord poussent contre elle ? Que fera-t-elle, lorsqu'elle ne sera plus qu'une faible femme, et qu'elle aura dix hommes à combattre , quand, au lieu de l'épée des Hoche, des Marceau, des Bonaparte, elle n'aura plus dans sa main qu'une demi-aune ? Ne voyez-vous pas que vous coupez au moderne Samson sa terrible chevelure, et que vous le livrez, impuissant et chauve, aux chaînes des Philistins.

Parce que vous avez dit : « La paix toujours et partout » , croyez-vous que la paix sera d'éternelle durée ? La France est une île isolée au milieu de l'Europe absolue. Ces flots ennemis qui l'environnent, cherchent , dans leur calme autant que dans leurs tempêtes, à diminuer son rivage. Tôt ou tard, le jour de la vengeance ou celui de l'asservissement arrivera pour elle ! Mais, alors, ce volcan dont vous avez muré le cratère pour semer de l'avoine et des seigles sur sa cîme, quand vous aurez besoin qu'il déploie son panache de fumée et qu'il épande autour de lui ses laves, croyez-vous que vous le rallumerez avec une allumette ? Vous trouvez-vous assez forts pour refaire en quelques jours ce que vous aurez mis un demi-siècle à détruire ? Ferez-vous renaître à volonté cette fièvre de patriotisme qui en 93 produisit tant de miracles ? Vous aurez beau faire gronder la voix terrible de votre *Marseillaise* : rien ne se lèvera sur ce champ de la mort ! aucune étincelle ne jaillira de ce monceau de cendres éteintes ! Vous vous imaginez n'avoir qu'à pousser un homme endormi pour le faire sortir de son sommeil, et vous ne trouverez sous votre main que des lambeaux de cercueil et un amas de pourriture !...

Vous qui nous enseigniez l'histoire, vous n'avez donc lu que les feuilles volantes de notre histoire moderne ! Carthage était aussi riche que tout le reste du monde ; elle avait pour elle le génie des Hamilcar et cette longue épée d'Annibal qui avait égorgé

Sagonte et percé les Alpes. Rome, au contraire, était pauvre ; elle n'avait pour enseigne, à la tête de ses légions, qu'un faisceau d'herbes ; ses soldats ns savaient que frapper de l'épée et se couvrir du bouclier ; et ses généraux, bien qu'ils eussent l'expérience de la guerre, en ignoraient encore les ruses et les finesses ; ils ne savaient point, comme Annibal, escroquer au plus fort une victoire. Cependant Carthage, l'opulente Carthage fut vaincue et asservie. Et cette Rome ne resta-t-elle point la maîtresse du monde, tant qu'elle n'eut, pour tout manteau royal, qu'une robe de serge, et pour toute couronne, que deux branches de chêne? Mais quand elle eut mis à son bras, comme une reine d'Orient, un bracelet d'or et de pierreries, ses muscles se détendirent, ses forces se liquéfièrent ; elle fut obligée d'acheter des soldats au loin pour la défendre, et d'affranchir des esclaves pour les commander. Mais c'était un moribond auquel une main mercenaire soulevait la tête ! Les Barbares du nord, à travers leurs brumes profondes, aperçurent cet éclat d'or qu'elle jetait, et d'ailleurs, ce doux soleil du midi, auquel se dégèlerait leur barbarie, appelait leurs chefs autant que l'espoir du butin. Ils sortirent par essaims de leurs steppes glacées ; mais au lieu d'un soldat à combattre, ils ne trouvèrent qu'un cadavre à dépouiller de son riche linceul. Voilà le destin que vous nous réservez ! En tout cas, si vous ne nous livrez pas à un maître étranger, tôt ou tard vous nous ferez tomber entre les mains d'un tyran indigène. Comment pourrons-nous garder notre liberté, quand vous nous aurez ôté nos vertus ? Combien de temps peut durer un gouvernement constitutionnel dans une nation chez laquelle il n'y a plus que des acheteurs et des vendeurs ? Et dans un demi-siècle, dans un siècle d'ici peut-être, ne perdrons-nous pas par un marché ces institutions que nous avions gagnées par une révolution ? La chose mérite que vous y réfléchissiez. Quand les membres du corps législatif seront descendus à un vil prix, il viendra un Crésus de la finance qui les achètera à la douzaine, comme on achète les petits oiseaux du ciel ; ou bien quelque capitaine ambitieux portant un diadème par dessus un casque, ennuyé du continuel tic-tac de votre gouvernement constitutionnel, prendra votre charte et en allumera sa glorieuse pipe.

Et d'ailleurs, quand tout cela n'arriverait point, vous croyez-vous donc quittes envers la morale publique, parce que vous avez des gendarmes pour

arrêter les voleurs et des tribunaux pour les condamner ? Mais la morale publique, elle est sous la
sauve-garde de l'opinion bien plus encore que sous
celle de la loi ! Quand une nation est assez descendue pour faire de l'or la plus respectée de ses idoles,
la loi, avec ses balances et son vieux trousseau de
clés, est impuissante à réprimer les infamies d'argent; on les fait s i petites qu'elle ne peut les saisir,
et si légères qu'elle ne peut les peser. Alors le vol
se dégrade comme tout le reste : il se fait vil et
lâche ; il coupe ses larges moustaches , et se débar-
bouille de son masque de suie ; au lieu d'une paire
de pistolets à sa ceinture, il a du papier timbré
dans sa poche. Il n'attaque plus sa proie de vive
force comme le chasseur, il la prend au lacet comme
le braconnier ; au lieu de l'attendre à la corne d'un
bois, aux lueurs sinistres des étoiles , il l'attend au
coin de son feu, étendu mollement dans un grand
fauteuil : il prend le ton patelin et les manières ob-
séquieuses de l'escroquerie ; sa carabine, à lui ,
c'est sa plume, et sa cartouchière c'est son encrier :
car l'encre est, comme la langue d'Esope , la pire
comme la meilleure de toutes les choses; il s'arrange de façon , non seulement que le code pénal
ne le voie pas , mais encore que ce soit vous-même

qui vous voliez. Il a une manière de larronner,
qui ne lui fait pas perdre un seul coup de chapeau,
une seule invitation à dîner ; qui laisse intacte
non seulement sa réputation d'honnête homme,
mais encore sa réputation d'homme comme il faut.

Si, mal conseillé par l'indignation, qui, du reste,
ne conseille bien que les pamphlétaires, vous lui
appliquez en pleine rue... rien seulement que le nom
qu'il mérite, c'est vous qui vous rendez coupable
d'un tort grave envers la société. Il vous prouve,
par tel, tel, tel, tel et tel article du code, que le
jour n'est pas plus pur que le fond de son cœur,
et que c'est contre vous, mauvais citoyen, que la
loi doit sévir. Au sortir de l'audience, votre homme
est pressé entre les bras de ses amis, qui le félicitent
de son triomphe. Il s'en va, tout radieux, annoncer
à sa femme qu'il est vengé des indignes soupçons
qu'on avait jetés sur sa probité ; il reçoit sur son
front vénérable les baisers mouillés de larmes de
ses enfants, et il dîne. Quant à vous, pour vous
être plaint indiscrètement qu'on vous a ruiné, vous
serez privé pendant trois mois, six mois, un an,
cela dépend de l'importance du personnage qui
vous a ruiné, du libre usage de votre personne.

Dans une société ainsi faite, les petits voleurs,

les voleurs de poules , de fruits ; de gerbes de blé,
voleurs par escalade, voleurs de nuit, voleurs dans
une maison habitée sont en prison , et les gros voleurs, les voleurs de millions sont dans des hôtels.
Le dieu de ces masses dégradées, ce sera le bourreau , il ne restera parmi elles d'autre principe
de morale que celui-ci : « Heureux qui échappe,
malheureux qui est pendu ! » Et, en effet , quiconque sera riche et n'aura pas été flétri par la main
du bourreau, sera honnête homme.

DOTATION DU DUC DE NEMOURS.

Suite et fin.

Est-ce donc à ce prix que vous voulez faire des
partisans au duc de Nemours ? Mais , qu'est-ce
que ces partisans que vous demandez ?.. Sommes-
nous donc obligés d'avancer des partisans au prince
qui doit nous gouverner, et l'affection et la sympathie sont-ils, comme le trône et la couronne, partie
des objets de premier équipement que toute nation
doit fournir à la royauté ? Pourquoi nous mettriez-

vous en frais pour que le duc de Nemours eût des partisans ? Ce qui nous importe, et ce qui seul nous importe à nous, c'est que le régent soit obéi : qu'il le soit comme un bon père, qu'il le soit comme un maître rigoureux, cela n'est point notre affaire. Or, pour qu'il soit obéi, nous payons des sergents de ville, des commissaires de police et une armée... N'est-ce pas assez comme cela ?

Le régent prétend-il être aimé ?.. Alors, c'est autre chose; cela ne regarde que lui. S'il veut des cœurs qui battent à son nom, des poitrines dévouées qui entourent la sienne, des corps sur lesquels il faudrait passer pour arriver jusqu'à sa personne, eh bien ! qu'il en achète : avec de l'argent, on a de tout, en France.

Et, d'ailleurs, puisqu'il s'agit ici de payer des sujets fidèles pour aimer le prince, pourquoi n'en serait-il pas comme sur les chemins vicinaux ? pourquoi ceux qui n'ont point d'argent dans leur poche ne feraient-ils pas eux-mêmes leur corvée ?

Du reste, est-il donc si difficile à un prince qui gouverne de se faire aimer gratis ? Que le duc de Nemours, quand il sera régent, allège l'impôt qu'on veut alourdir pour lui; qu'il parle haut et ferme aux Russes, aux Anglais, aux Autrichiens, aux

Espagnols ; et il verra qu'il n'est pas besoin, à un roi, d'acheter de l'amour en France, quand il gouverne dans l'intérêt de la Nation.

Mais je m'arrête ; il me vient un scrupule : j'aime assez le petit comte de Paris, et je serais fâché qu'on lui fît quelque tort. Est-il bien dans son intérêt que ce groupe de fidèles qui adorent le soleil du duc de Nemours avant même qu'il soit levé, s'épaississe encore ? J'ignore ce que coûtent les partisans ; je n'en ai jamais acheté, et je ne saurais me faire une idée de ce qu'on pourrait s'en procurer avec un million. Mais, enfin, supposons que le duc de Nemours, en employant bien son argent, s'acquière beaucoup de partisans dans les administrations, beaucoup de partisans dans les chambres, beaucoup de partisans dans l'armée ; et supposons encore que le sceptre du pauvre orphelin lui fasse envie, quelle autre chose aura-t-il à faire, pour s'emparer du trône, que de prendre son neveu par la main, et de le conduire, tout en lui donnant des dragées, dans un palais dont les fenêtres seront grillées, et aux portes duquel se promèneront des soldats armés ?

La Nation, dites-vous, s'y opposerait. Mais, la masse de la Nation se met peu en souci de ces droits

de succession en vertu desquels elle avient à tel individu, comme nous avient à nous une paire de
bœufs ou un domaine. Dans ce chapelet de rois que
vous appelez une dynastie, peu lui importe que tel
grain vienne à la suite de tel autre? que ce soit
l'oncle qui soit enfilé à la place du neveu, ou le
neveu à la place de l'oncle? Elle crierait aussi volontiers : vive le duc de Nemours! que vive le comte
de Paris! et d'autant plus volontiers que c'est à peu
près le même nombre de syllabes. Qu'une guerre de
courtisans éclate entre ces deux augustes personnages, elle ne s'intéressera pas plus au résultat que
ne s'intéresse un mouton au résultat d'un procès
élevé entre deux héritiers qui se disputent le troupeau dont il fait partie.

Ainsi, vous le voyez, de ce côté-là encore, votre
dotation est révolutionnaire.

Il me semble, du reste, que voilà plusieurs
bonnes raisons que je signale pour qu'elle soit re-
poussée avec dédain! Nonobstant cela, je ne voudrais pas parier que la Chambre ne l'accueillît pas
avec une considération très distinguée. Il y a des
misères qui n'ont pas assez de pain pour se nourrir,
assez de bois pour se chauffer, des lambeaux de couverture assez épais pour se garantir durant les

froides nuits d'hiver, des morsures de la bise ; mais
ce sont des misères de bas étage, et ces misères-là,
la chambre n'y fait pas attention ; elle les méprise.
Mais, en revanche, elle est pleine de respect et de
compassion pour ces opulentes misères qui n'ont
pas assez de chevaux pour se faire emporter de leur
palais de ville à leur château de campagne, pas assez de statues dans leurs jardins, pas assez de tableaux dans leurs galeries, pas assez de revenus pour
mettre cinq à six millions de côté tous les ans.
Toutefois, si la Chambre se montrait disposée à accorder la dotation que vous lui demandez, je suis
convaincu, moi, que le duc de Nemours ne voudrait
pas l'accepter.

Les dotations étaient une nécessité de notre ancien régime : quand le roi était obligé, à son avènement au trône, de se dépouiller de tout ce qu'il
possédait en propre, au profit du domaine de la
couronne, il fallait bien que la Nation servît de
mère à leurs enfants. C'était, il est vrai, de mauvais
et sauvages nourrissons qui la mordaient souvent
aux mamelles ; mais, enfin, elle ne faisait que leur
rendre d'une main ce que de l'autre elle leur avait
pris ; mais, avec un roi qui a un domaine privé, et
un domaine privé assez vaste pour faire des Etats à

un bon petit souverain d'Allemagne ; avec des princes qui auront, ce domaine privé leur revenant, d'un million à quinze cent mille francs de revenu, sans compter la dot de leurs femmes, qu'est-ce qu'une dotation signifie ? est-ce autre chose qu'une charretée d'argent accordée à un prince parce qu'il est prince ? qu'un indécent cadeau d'écus que la reconnaissance n'autorise point le donateur à offrir et que la conscience du donataire lui fait une loi de refuser : de refuser, parce qu'il n'a point gagné cet argent, et de refuser encore parce qu'il n'en a pas besoin ? Les rhéteurs et les professeurs de belles-lettres du château, les hommes d'atours des actes et paroles de la dynastie auront beau attiffer ce mot de dotation de leur mieux ; ils auront beau le mettre en grande toilette, le parer d'un manteau de cour, et coudre à ce manteau, comme une queue, l'éloge brodé du prince, le bon sens et la conscience de la Nation ne s'y méprendront point ; il sera toujours, pour tout le monde, synonyme d'étrennes, de gratification, de pour-boire, mots infimes qui ne sont jamais adressés que par un supérieur ouvrant sa main à un subalterne tendant la sienne ; et ce mot, vous voudriez que le duc de Nemours se le laissât adresser par la Chambre !.. comment donc avez-vous pu penser qu'il descendrait des marches du trône pour venir prendre, à vos côtés, l'attitude d'un solliciteur d'écus? Mais, vous-mêmes, s'il consentait à jouer ce rôle, vous vous repentiriez plus tard de lui avoir déféré la régence.

Peu importe qu'on tende la main à une assemblée législative ou qu'on la tende à une servante; qu'on dise fièrement, et le poing sur la hanche : En ma qualité d'altesse, je vous adjure de me donner un million; ou qu'on dise, d'une voix suppliante : Pour l'amour de Dieu, un morceau de pain, s'il vous plaît ! c'est toujours un acte de mendicité qu'on commet, toujours une aumône qu'on sollicite : entre le mendiant qu'on dote et le mendiant auquel on donne un morceau de pain, il n'y a que la différence des besaces. Si j'allais, lorsque le prince est arrêté dans son carrosse, lui mettre une pièce de cinq francs dans la main, il me ferait bien certainement mal mener par ses laquais; pourquoi donc voulez-vous qu'il mendie un million ? Or, mendier un million ou mendier un liard, c'est toujours être un mendiant : la grosseur de la somme mendiée n'efface point sa tache originelle, et le boa, quoiqu'il soit dix mille fois plus gros que le lézard, n'en est pas moins comme lui un reptile.

La logique est la reine absolue du monde, et tous les hommes sont égaux devant elle comme devant la mort. Si je posais, en lui taisant les noms propres, toutefois, ce problème à M. Charles Dupin, l'homme de France qui sait le mieux sa table de Pythagore : « Combien de fois l'homme qui mendie un million est-il plus mendiant que celui qui mendie un liard ? » je suis bien sûr qu'après trois secondes de multiplication, il répondrait : « Quatre-vingts millions de fois. »

Et, s'il faut vous dire ici toute ma pensée, je trouve, moi, que le porte-besace de grande maison est, dans cette affaire, infiniment au-dessous du porte-besace de carrefour. Le porte-besace de carrefour, lui, ne dissimule point sa richesse ; quand vous lui donnez un sou, il tire franchement et ostensiblement trois liards rouillés de son sac de toile pour vous rendre ; il n'a pas recours aux ruses de la rhétorique pour exagérer sa misère ; sa misère, elle est évidente : elle vous crève les yeux ; mais, lui, le prince qu'on dote, il faut qu'il mente à ceux qu'il implore : il atténue ses revenus et il exagère ses charges.

Le mendiant n'a point de toît, et tant que les jours sont beaux et les nuits chaudes et parfumées, il ne s'en inquiète guère : il dort sur le gazon des promenades ; dans le temps de la fauchaison, la faneuse lui fait tous les jours son lit dans la prairie ; les foins verts lui fournissent des draps parfumés et une couche tendre et douillette. Il est vrai qu'il court risque que quelque propriétaire brutal et de mauvaise humeur l'accuse de manger son herbe. Mais, quand il gèle, quand la terre est couverte de neige, il faut bien qu'il vous demande un abri : quelque coin de votre grange, une petite place dans votre écurie, sous la crèche de votre âne qui le connaît et qui l'aime, — car toutes les misères se rapprochent — et qui le réchauffe, en bon camarade, de sa chaude haleine. Mais, lui, le prince qu'on dote, s'il n'était point doté courrait-il risque de coucher à la belle étoile ?

Les besoins du mendiant sont limités ; tous ceux qu'il peut satisfaire sans votre aide, il les satisfait : quand il a froid, il se réchauffe au soleil ; quand la pluie tombe, il se réfugie sous le porche des églises ; quand il a soif, il s'agenouille sur la grève, et boit où boit l'oiseau du ciel ; mais, quand il a faim, il ne peut, comme la bête fauve, brouter l'herbe qui pousse le long des chemins : il faut bien qu'il demande à manger à ceux dont la marmite déborde,

et qui ont, lorsqu'ils sont repus, eux, leurs valets
et leurs chiens, encore du pain de reste. Est-il donc
si coupable parce qu'il implore de vous quelque
dure croûte que vos dents, amollies par une nourriture délicate, ne sauraient broyer ? Voulez-vous
qu'il se couche le long de votre muraille, et qu'il s'y
laisse tranquillement mourir de faim ? Les insectes
de la terre veillent bien à leur conservation ; pourquoi donc lui, pauvre insecte de la société, ne veil-
lerait-il pas à la sienne ? S il était blessé, lui défen-
driez-vous d'étancher le sang qui sortirait à bouil-
lons de sa blessure ? Y a-t-il plus de mal, quand
la faim vous tord les entrailles, d'aller, à la porte
d'une maison, demander un morceau de pain, que
d'entrer dans cette maison et d'y demander du feu
pour allumer un cigarre ? Mais, lui, le prince qui
veut être doté, est-ce l'impérieux besoin de manger qui le force à mendier un million ?

Que vous réclame, d'ailleurs, le mendiant ? la
faculté de vivre ; et n'est-ce pas un droit qu'il tient,
tout aussi bien que vous, tout aussi bien que les
rois et les empereurs, de ce Dieu qui fait tomber la
pluie et luire le soleil autant pour les mousses
que pour les chênes ? Qui êtes-vous pour dire à
un homme : Tu n'as que le droit de marcher sur la

terre ; dans ce resplendissant été, il n'y a pas un rayon qui mûrira pour toi un épi ? Si Dieu a fait pousser des dents aux gencives du mendiant, c'est apparemment pour qu'il broyât des aliments ; s'il lui a donné un estomac, c'est sans doute pour qu'il les digérât. Croyez-vous que Dieu s'amuse à créer pour que l'homme annihile son œuvre ? Si vous aviez fait construire un moulin, qu'il eût tous ses rouages, toutes ses courroies, toutes ses meules, qu'il n'y eût plus que les pelles à lever pour qu'il tournât, que diriez-vous si quelque chenapan avalait le ruisseau qui devait le faire fonctionner ? Est-ce sa faute, au mendiant, si cette société inique et avare lui a pris son sillon ; si l'homme fort, qui mange avec un glaive, l'a chassé du banquet commun et lui a cassé son écuelle ? est-ce sa faute encore, s'il est estropié, si ses jambes sont tortillées ? si ses mains difformes ne peuvent manier que les cordons d'une besace ? s'il n'a qu'une voix suppliante pour gagner sa vie ? Mais, lui, le prince qu'on dote, est-ce la faculté de vivre qu'il réclame ? Quand il tient déjà, au soleil de la France, avec ses larges coudées, la place de mille, a-t-il le droit de rétrécir encore la place des autres ? Ce n'est pas le nécessaire, lui, qu'il demande ; ce n'est pas même le superflu : c'est un fleuve débordé qui demande encore de l'eau pour déborder davantage.

Cette mendicité honnête qui consiste à ne demander que le strict nécessaire, Homère, ce vieux soleil de poésie qui rayonne depuis tant de siècles, et dont les étoiles filantes de notre littérature n'ont pas effacé un rayon, Homère, dis-je, l'a pratiquée, et Jésus-Christ, durant son court passage sur la terre, a mieux aimé vivre de la vie du mendiant que de la vie du fort, du puissant et du riche ; car, à tout prendre, mieux vaut encore être brebis que loup. Mais, quel grand homme, alors qu'il avait assez de patrimoine pour vivre honorablement, a mendié une dotation auprès de ses concitoyens ?

Le mendiant, lui, ne s'humilie pas devant vous quand il implore votre pitié ; il n'oublie pas, devant votre seuil, qu'il est homme : si votre chien le mord à ses haillons, il lui donne un coup de bâton ; si votre servante l'appelle *pouilleux*, il l'appelle *gaupe* ; lorsque votre porte se ferme devant lui, il se retire irrité peut-être, mais il n'est pas humilié. Vous êtes redevable envers le pauvre de tout votre superflu ; il est pauvre et vous êtes riche : donc, il est votre créancier. C'est à vous à rougir, débiteur avare et impitoyable qui ne voulez point payer votre dette , et non à lui !.. Mais , lui , le prince qu'on dote, que de manœuvres, qui doivent répugner à la fierté d'un fils de roi et à la conscience d'un honnête homme, il faut qu'il emploie pour obtenir son million !.. Ces députés serviles qui ont vendu d'avance toutes leurs boules au ministère, il laisse courber son nom royal sous leurs lambris déprimés !.. On leur dit de sa part : « Donnez un million au prince , et il vous le rendra en fêtes ! » mais le prince qu'on dote sait bien que les députés ont reçu pour mandat de défendre l'argent des contribuables contre les appétits aurivores de la cour. Quand il les capte pour avoir sa dotation, c'est comme s'il engageait un valet à voler son maître ; il joue le rôle de ces amants de bas étage qui se font apporter dans leur bouge , par une servante prostituée, le vin de la cave de son maître et lui en donnent un verre pour ses peines. Or, si de l'argent ainsi ramassé peut donner de l'éclat, cet éclat ne peut ressembler qu'à ces lueurs bleuâtres qu'allume un jour d'été sur la boue des marécages. Puis , vient le jour des supplications officielles. Pauvre prince et pauvre roi ! quelles heures de dure question il leur faut traverser !.. Les beaux parleurs de la cour édulcoreront autant que possible l'amer

•alice avec leurs phrases sucrées ; mais, après eux,
viendront les tortionnaires de l'opposition ; ils em-
poigneront, sans aucun respect humain, le prince à
doter, et le mettront sur leur sellette ; ils interroge-
ront, du ton le plus leste, sa fortune et celle de son
père ; ils compteront ses châteaux, ses arpents de
bois, les carosses de ses remises, les grands laquais
qui bâillent dans ses antichambres, et jusqu'aux
marmitons qui épluchent ses légumes. De leurs
calculs il résultera, clair comme le jour, que le
prince à doter est un homme riche et richissime
qui veut dépouiller de leurs gros sous de pauvres
contribuables. Puis, le lendemain, cette discussion
s'envolera sur les mille ailes de la presse ; elle arrivera, sans qu'il en soit tombé un atôme, jusque
dans les estaminets les plus reculés du royaume, et
les jacobins du lieu, s'il ont de l'esprit, diront mille
choses plaisantes sur la rapacité du prince. Si le
prince à doter obtient son million, ce sera de l'argent bien gagné ; et, moi qui ne suis qu'un pauvre
diable, je n'en voudrais point à pareil prix. Si sa
dotation lui est refusée, il se trouve dans la position
équivoque d'un homme qui, ayant réclamé, devant
les tribunaux, une créance illégitime, est débouté
de sa demande.

Pour en revenir à mon parallèle, le mendiant de la rue vous donne quelque chose en échange de ce qu'il a reçu de vous. Si vous le laissez réchauffer ses vieilles mains ridées à votre feu ; si vous lui faites apporter, par quelque petit enfant bien aimé, une écuelle fumante pleine de soupe et un verre de vin, il bénit l'enfant, et prie, sur son chapelet, pour la maison où l'on ne se dégoûte point des haillons du pauvre, et où il y a pour lui, au coin du foyer, une escabelle. Or, la bénédiction d'un vieillard et la prière d'un malheureux valent bien un chétif morceau de pain. Si même vous cotez cette prière au même prix que celles que vous vendent les prêtres, vous trouverez que vous avez reçu dix fois plus que vous n'avez donné. Puis , vous qui avez tant de mauvais actes à vous reprocher , qui avez tant de fois trébuché contre un sac d'or qui se rencontrait sous vos pieds, voici enfin une misère que vous avez soulagée, un espace aride sur lequel vous avez fait tomber quelques gouttes d'eau et fait pousser quelques fleurs, une vie de dénuement et de privations dans laquelle vous avez mis un quart d'heure de bien-être. Vous avez rempli le rôle de Dieu ; car les fonctions de Dieu sont bien moins de maintenir invariables, sur leurs rails, ces masses énormes qui se croisent dans l'espace, que de donner du bonheur aux créatures qu'il a faites. Quelqu'infiltré que vous soyez par l'égoïsme, le souvenir de votre bonne action fera passer comme une chaude brise entre les dures stalactites de votre âme et en illuminera le sombre brouillard d'un rayon de joie. Si vous voulez revenir sur vos pas dans l'aride désert de votre vie, vous trouverez que de toutes les pièces d'or que vous avez dépensées pour assouvir les appétits de votre corps, aucune ne vous a procuré une aussi douce satisfaction que ce liard que vous avez donné à un pauvre homme !

Mais lui, le prince qu'on dote, que nous rendra-t-il pour l'argent que nous lui avons donné ? Nous bénira-t-il nous et notre maison ? nous ôtera-t-il son chapeau quand nous passerons à côté de lui dans la rue ? nous offrira-t-il de l'eau bénite quand nous le rencontrerons à la porte d'une église ? éprouverons-nous, quand nous aurons vidé notre bourse dans ses coffres, la douce satisfaction d'avoir accompli ce précepte de l'Évangile : « Donnez à boire à « ceux qui ont soif, et à manger à ceux qui ont « faim » ? Dieu nous tiendra-t-il compte de notre aumône ? et si nous repoussions la supplique de son altesse, aurions-nous à nous reprocher notre dureté de cœur ?

Ce parallèle est déjà un peu long ; mais il est bon de le continuer, parce qu'il est moral. Dans toutes les professions ; même dans celles qui sont patentées, se rencontrent des gens qui déshonorent leurs confrères ; pourquoi celle de cherche-pain serait-elle exempte de cette tache ? Il y a des mendiants peu délicats, qui, pour escroquer la charité publique, s'appliquent de faux ulcères ; il y en a qui tombent d'inanition au coin des rues, lorsqu'ils sont pleins de vin et de gigot de mouton ; il y en a qui se font conduire à travers la foule par un caniche bien appris qui tient une sébile dans sa gueule, et feignent d'être aveugles, lorsqu'ils jouissent dans toute sa plénitude de la clarté des cieux. Ces mendiants-là, la loi ne se contente pas de leur répondre : « *Dieu vous bénisse !* » elle les traite comme des escrocs. Un dépôt de mendicité est trop bon pour eux, et on les envoie en prison se guérir de leurs infirmités. Or, le prince qu'on dote n'est-il pas toujours et ne sera-t-il pas toujours dans cette catégorie ? Quelle différence y a-t-il entre mentir à la charité des particuliers, ou mentir à la charité d'une nation ? entre s'appliquer sur un œil valide un vaste emplâtre de taffetas noir, et se créer des dettes, fournir de faux inventaires, ou donner de fausses situations de revenus, toutes manœuvres que les princes à doter se permettent assez volontiers. N'est-ce pas toujours à peu près le même mensonge ? Alors, pourquoi le juge envoie-t-il le mendiant en prison, et va-t-il souhaiter la bonne année au prince qu'on dote ?

Il y a encore des mendiants qui exercent la mendicité à main armée, qui prennent d'assaut les fermes dont on a la malhonnêteté de ne pas leur ouvrir la porte, et, de par l'autorité de leur gros bâton, se font tremper la soupe. Ces industriels-là, je ne sais ce que la justice en fait, mais, bien certainement, elle ne les engage pas à poursuivre le cours de leurs exploits. Or, si vous examinez bien l'affaire, ne voyez-vous pas, dans la mendicité du prince qu'on dote, quelque chose de cette mendicité oppressive et armée dont je viens de parler ?

Dans tous les pays qui jouissent d'un gouvernement constitutionnel, en Angleterre, en Espagne, en Belgique, on sait comment les Chambres législatives sont composées. Si le ministère n'y avait la majorité, il faudrait absolument qu'il n'en voulût point. Il a à sa dévotion une grosse de fonctionnaires salariés, et un pareil nombre de fonctionnaires prétendants encore plus aveuglément dociles que les premiers ; car ne pas donner aux uns serait

plus tôt fait que d'ôter aux autres, et il est plus facile
de revenir sur sa promesse que sur un fait accompli.
Ces assemblées sont censées délibérer, et elles ne
font qu'obéir. Les boules sont pipées. Au lieu d'exprimer la volonté nationale, c'est toujours la volonté du ministère et de la Cour qu'elles expriment.
En apparence, le trésor public est défendu d'une
manière formidable : malheur à toute sacoche qui
en approcherait d'une lieue ! Mais, en définitive,
ces terribles dragons, qui ont des griffes comme des
crocs de fer et des dents comme des lames de baïonnettes, sont empaillés. Votre coffre-fort a une forte
serrure et vous en avez la clé ; mais le ministère a
un trousseau de rossignols avec lesquels il crochète
à volonté votre serrure. Avec des Chambres ainsi
faites, demander une dotation pour un prince, c'est
l'obtenir, et l'obtenir ainsi, c'est absolument la
même chose que de la prendre soi-même. Or,
entre le mendiant qui force le fermier à lui donner
un morceau de lard et du pain, et le prince doté,
qu'il soit Espagnol, Belge ou Anglais, qui le force
à lui donner un écu, quelle différence y a-t-il ?

Direz-vous que ma comparaison ne s'applique
point au duc de Nemours. Sans aucun doute, je
respecte trop le duc de Nemours, pour l'impliquer

dans aucune comparaison qui lui soit désobligeante ; mais alors, au lieu de le faire doter par la Chambre, pourquoi donc ne vous adressez-vous pas à la libre munificence de la Nation ? Il ne doit point manquer, dans votre parti de conservateurs, d'aimables et charmantes épicières ; car c'est toujours sur le terrain le plus pourri que naissent les plus belles roses. Priez ces dames de mettre à votre service tout ce qu'il y a de séduction dans leur regard, dans leur parole et dans leur robe d'organdi , et qu'elles fassent , au profit de votre dotation , une quête à domicile ; ou bien encore . ouvrez , dans toutes les communes de France, une souscription en faveur de ce pauvre duc de Nemours. Votre collecte ne s'élèvera peut-être pas à un million , ni même à cinq cent mille francs ; mais alors vous ne serez que des mendiants ordinaires , et personne n'aura le droit de se plaindre que vous l'avez extorqué.

La Restauration a eu, elle aussi, la fantaisie de faire contribuer la Nation à la fortune de son prince ; elle voulait que son auguste poupon , *l'enfant du miracle* , comme on disait alors , fût magnifiquement logé, et il fallut lui faire cadeau d'une maison royale ; mais , cette maison , elle ne se la fit pas

adjuger par ses Chambres ; elle laissa à la générosité nationale son libre arbitre ; et si les souscriptions n'étaient pas libres pour tout le monde ,
au moins l'étaient-elles pour le plus grand nombre.
Avec un peu de bonne volonté, on pouvait prendre
ce cadeau pour un hommage. Mais le duc de Nemours est altesse par son cœur aussi bien que par
son titre. Vous jugez trop des sentiments de son
ame royale par ceux de vos ames subalternes. Vous
êtes des corbeaux qui venez offrir à l'aigle un morceau de cadavre ; mais le duc de Nemours ne peut
être riche d'une richesse mendiée.

« Quoi ! vous dira-t-il quand vous viendrez lui
soumettre votre projet de loi, la France ne me connaît encore que par un nom de prince, par un titre
vide de fonctions, et vous voulez que le premier acte
qui révèle mon existence soit un acte de cupidité et
d'avarice ; que , pour faire connaissance avec elle,
au lieu de lui tendre une main ruisselante du sang
de ses ennemis, je lui fasse tendre, par deux laquais,
un grand coffre qui bâille !.. Eh ! qu'ai-je donc fait
encore pour mériter de sa part cette dispendieuse
reconnaissance ? J'ai des décorations et je suis général , général dans un âge où les plus illustres lieutenants de Napoléon n'étaient encore que de simples

officiers ; mais je n'ai point ces cicatrices qui servent de rides aux jeunes capitaines ; une légère fumée de poudre a à peine terni l'éclat natif de mes décorations ; la graine précoce de mes grosses épaulettes n'a point mûri dans l'atmosphère ardente des batailles ; mes victoires, à moi, ce ne sont que des escarmouches heureuses enflées par vos gazettes et élevées par elles à la proportion de combats, mais dont un chien suffirait à lécher le sang ; les carrés que j'ai enfoncés, ce sont des groupes flottants de Barbares, aussi faciles à traverser que les tourbillons de poussière que le vent soulève sur les chemins. Je n'ai encore, pour élever ma colonne, que des cornes de bétail et quelques canons de fusils enlevés à ces tribus vagabondes. Le plus étroit de ces pavillons audacieux qui se pavanent insolemment sur l'Océan, et voudraient accaparer, à eux seuls, tous les vents de la mer, châtié par un de nos capitaines, et appendu aux murs des Invalides, à côté des drapeaux de l'Empire, vaudrait mieux que tous mes trophées. Si, dans ces régiments dont je passe la revue, je me trouvais face à face avec un vieux grenadier de l'Empire, j'inclinerais mon chapeau à plumes devant lui.

« Ma vie politique est sans éclat comme ma vie

militaire : c'est un matin où n'a pas encore res-
plendi de soleil ; si mon épée a à peine réfléchi l'é-
clair du canon, comme pair, je n'ai jamais éveillé,
par de viriles paroles de jeune homme, les échos
somnolents de la vieille Chambre ; je n'ai encore
apporté au gouvernement de mon père que l'appui
stérile de boules muettes, que la main d'un enfant,
aussi bien que la mienne, eût jetées dans leur urne ;
mon front n'est encore couronné que de cheveux
blonds et luisants, et vous voulez que la Nation me
comble d'argent !.. Mais, alors, que devrait-elle
donc à ces vieux braves de l'Empire qui ont appendu leurs gibernes aux lambris de ces palais où
vos ambassadeurs sont regardés de si haut, et où
vos notes ne sont plus écoutées ? Vous voulez, dites-
vous, m'entourer d'un luxe royal ; mais, ce luxe
dont vous voulez m'entourer, je le connais : c'est
le luxe qui prend et non celui qui donne ; le luxe
d'une fraîche couturière qui met, le dimanche, à
son chapeau, un ruban neuf, est plus profitable que
celui que vous voulez me faire.

Et, d'ailleurs, croyez-vous donc que je n'ai pas
lu l'histoire ? Qui demande maintenant combien
Condé et Turenne avaient de laquais ? Ce n'est point
par une longue suite de carrosses que se rehausse

un prince qui doit gouverner : c'est par des cœurs
de citoyens — non de courtisans — qui battent d'espérance à son nom, et par des mains libres qui
applaudissent sur son passage. Si mon frère fût allé
à pied au milieu de ce peuple, il n'eût pas été emporté par une mort si tragique. Est-ce en augmen-
tant, à mon bénéfice, les charges de la France, que
vous prétendez m'attirer ses sympathies ? Voulez-
vous donc qu'ils attendent de moi une régence d'argent et non une régence de gloire, et qu'ils me soient
hostiles avant de me connaître ?

« Croyez-vous que je ne sache pas toute la misère
qu'il y a parmi le peuple, et que mon cœur n'en soit
pas touché ? Parmi ces trente et quelques millions
d'hommes dont il se compose, il y en a trente millions au moins qui ne gagnent leur vie qu'à la sueur
de leur front, et cinq à six millions qui ne la gagnent
qu'à moitié en travaillant plus que les autres ! et
vous voulez que j'aille me courber sur cette mare
de sueur pour pêcher, au fond, des sacs d'argent !..
Mais, à qui parlez-vous donc ici, effrontés courtisans qui voulez arracher au peuple son pain afin
d'en ramasser les miettes sous la table des rois ?
Est-ce au fils de votre roi, ou à un marchand
d'hommes ? est-ce à un général, ou à un tambour-

maître ? Si la Nation est assez riche pour faire des
aumônes, allez donc les porter dans ces galetas où
il y a des entrailles qui se tordent de faim et des
membres qui se raidissent de froid ; mais ne venez
pas les épancher sur le seuil de marbre des palais !
Si vous imposez aux contribuables une taxe des
pauvres, que ce soit au profit des pauvres, et que
ce ne soit pas au profit des dynasties !..

« Et qu'ai-je donc besoin, moi, d'une aumône ?
Votre père, tout petit bourgeois qu'il était, ne vous
a-t-il point nourris et entretenus jusqu'à ce qu'il
fût poussé un bec à votre plume ? est-ce que je ne
suis pas le fils de mon père comme vous êtes le fils
du vôtre ? et mon père n'est-il pas un autre homme
que l'obscur particulier dont vous portez le nom ?
Lui qui pourrait faire de sa richesse une pile d'écus
aussi haute que la colonne Vendôme, croyez-vous
qu'il ne soit pas assez riche pour lui et pour ses
enfants ? qu'il n'ait pas de quoi nous fournir des violons quand il nous plaît de danser, et des postillons
quand il nous convient d'aller en voyage ? ou bien,
est-ce de son amour paternel que vous doutez ?..
La bête féroce nourrit ses petits jusqu'à ce que la
griffe et la dent leur soient venues, et vous voulez
qu'un roi de France abandonne, avant le temps,

ses fils à la providence de la Nation !.. Et ces mil—
lions qui lui arrivent de tous les côtés, que toutes les
routes charrient dans ses coffres , qu'en ferait-il
donc, s'il ne les partageait entre ses enfans? Croyez-
vous donc qu'il garde ses billets de banque pour s'en
faire un chevet dans son cercueil? Cette joie si douce
de donner à ceux qu'on aime, voulez-vous la lui
enlever? Votre intention est-elle de nous déclarer
orphelins malgré nous , et de nous adopter malgré
notre père ?

« Gorgez-vous d'or, vous dont le nom est né d'hier
et sera moisi demain ; vous qui n'avez à laisser à
votre dynastie que des domaines ! mais , moi, j'ai
un vieux nom à faire retentir de par le monde ; j'ai
un grand sceptre à porter ; j'ai à me concilier, par
une réputation exempte de tout reproche, la bien—
veillance de trente-deux millions d'hommes avant
de me conquérir leur affection par de hautes et
nobles vertus. Il ne me convient pas d'arriver au
pouvoir les poches gonflées d'écus , comme arrive
un maquignon sur un champ de foire. Je ne veux
pas passer dans ce palais sans écrire mon nom sur
la muraille, et il ne faut pas qu'on mette au dessous
une bourse au lieu d'une épée.

« Puisque les Chambres ont si bonne volonté de

me voter quelque chose, dites-leur donc qu'elles me votent de la gloire , si elles le peuvent. Pour les écus de cette dotation, laissez-les dans la bourse des contribuables : il y fructifieront mieux que dans mes coffres. Peut-être un jour en aurons-nous besoin pour relever la France de son abaissement, pour venger le désastre de Waterloo , et rallumer cette foudre que l'aigle de Napoléon a laissé tomber de sa serre blessée, et qui s'est éteinte là, dans le sang de nos braves. »

Que le duc de Nemours vous réponde cela, offreurs de dotation, et il aura mon estime !

C. TILLIER.

Nevers, imprimerie de C. Sionest.

COMME QUOI

J'AURAIS VOULU ME VENDRE

A M. DUPIN. (¹)

14ᵉ, 15ᵉ et 16ᵉ Pamphlets.

Ai-je voulu me vendre à **M.** Dupin aîné, et **M.** Dupin aîné n'a-t-il point voulu traiter avec moi?... telle est la question qui s'agitait dernière-ment aux tables bien garnies d'un certain petit endroit célèbre par deux décorations et par autre

(¹) Ce pamphlet devait paraître avant celui sur la *Dotation du duc de Nemours*. La mort de **M.** Dupin père en a fait sus-pendre la publication.

1844

15

chose encore que je ne veux pas dire. Comme cette question s'est reproduite à peu près sous la même forme dans un autre petit pays dont je tairai le nom — ce qui prouve, du reste, qu'il n'y a pas que les beaux esprits qui se rencontrent, — j'ai longtemps délibéré, avec mon conseil privé, si je devais m'en indigner ou en rire. Mes amis, gens de sagesse et d'expérience, ont tous été d'avis que je devais en rire. Toute chose, me disaient-ils, a son bon côté par lequel il faut la prendre ; or, le bon côté de celle-ci, c'est que tu commences à devenir important, puisque certains mangeurs laissent leur fourchette inoccupée et leur verre plein pour te calomnier.

Quoi qu'il en soit, ces mauvais propos n'eussent-ils trouvé, crédules et toutes grandes ouvertes, que deux ou trois de ces bonnes paires d'oreilles telles que le pays seul a le privilége d'en produire, ce serait mon devoir de les confondre : il faut que mes abonnés aient confiance en ma bonne foi. Je ne voudrais pas qu'ils me prissent pour quelque renard estropié prêchant la sobriété et l'usage innocent des légumes parce qu'il ne peut se procurer de poulets. mais me justifier n'est pas chose aisée. Voici d'abord un petit magistrat qui pousse, et dont le bonnet carré est déjà grand comme a baie rouge des usins, qui tient d'un de mes amis intimes que, si j'écris contre M. Dupin, c'est que le grand homme m'a refusé une place. A la vérité, j'ai beau chercher et fureter dans tous les coins de ma mémoire, je n'ai aucune dée d'avoir demandé quoi que ce soit à M. Dupin; par conséquent, il me paraît un peu extraordinaire qu'il m'ait refusé quelque chose. A la vérité, encore, je suis bien sûr de ne jamais avoir écrit une syllabe à M. Dupin, de n'avoir jamais échangé une parole avec lui ; jamais je ne lui ai ôté mon chapeau, et jamais il ne m'a ôté le sien. Mais, à quoi me servira-t-il de dire tout cela ? Le petit magistrat est sûr du fait qu'il avance : il le tient d'un de mes amis intimes... il n'y a pas à regimber contre de telles autorités !.. Bon gré mal gré, il faut que je me résigne à n'être qu'une marchandise de rebut, un ballot laissé pour compte. Tout ce qui me reste à faire, c'est de prier notre petit magistrat de me faire savoir quel emploi j'ai demandé à M. Dupin ; je lui promets d'insérer, tout de son long, dans mon premier pamphlet, la lettre qu'il voudra bien m'écrire à ce sujet, et même d'en corriger la rédaction, si elle se trouvait par trop indigène. Il est bien juste que je connaisse, au cas où la République viendrait à surgir au pouvoir, à quel emploi je me crois apte. Du reste, s'il ne veut me rendre ce service, à moi, qu'il se le rende au moins à lui-même; cela vaudra mieux pour son avènement que le plus beau réquisitoire : M. Dupin sera enchanté d'apprendre qu'il m'a refusé un emploi. « Le misérable coureur de places !.. » s'écriera-t-il « voilà donc le secret de cet acharnement avec lequel il me poursuit !.. Et ce M. Paillet, qui fait tant l'entendu, qui s'est laissé souffler, lui qui est du pays, cette découverte par un étranger imberbe !.. Que n'ai-je su cela avant le prononcé de mon discours au Comice agricole !.. L'infâme pamphlétaire n'en aurait pas été quitte, cette fois, pour l'épithète d'*esprit jaloux et étroit* que je lui applique tous les ans à la sourdine. »

Du reste, je n'en veux pas au petit magistrat, d'avoir dévoilé ma turpitude : il l'a fait sans malice. S'il eût attaché la moindre importance à sa dénonciation, il l'eût signée et l'eût envoyée à l'*Echo de la Nièvre*. Il sait bien que le pamphlétaire de salon est le pire de tous les pamphlétaires. Celui-là, il est insaisissable; vous ne pouvez ni le réfuter, ni le faire punir : c'est une voix qui n'a pas de corps. Il vous jette sa calomnie et il s'esquive. Il ressemble à ces sorciers de l'ancien temps qui vous faisaient périr, de leur salon, en enfonçant des épingles dans votre image.

Mais, dans ces hautes et nobles familles électorales, les mœurs politiques ne sont pas comme dans les nôtres : ces grands seigneurs du bordereau trouvent fort naturel qu'un homme qui a quelque lueur de talent se mette à l'encan et se livre au plus haut enchérisseur. S'il ne faisait de belles et bonnes affaires avec sa plume, ils l'en blâmeraient du même ton qu'ils blâment un propriétaire qui a laissé ses foins sécher sur pied ou ses vendanges se pourrir à la perche. Il plairait à M. Dupin d'établir, à Clamecy, une foire aux électeurs, qu'ils ne s'en étonneraient nullement ; ils féliciteraient même le grand homme de cette ingénieuse idée, et, quand tiendrait ladite foire, ils y viendraient, dans leur carriole lézardée, s'informer du cours des consciences. Donner sa voix à qui peut les servir, et l'ôter à qui peut servir la Nation, c'est, pour eux, le plus légitime de tous les bénéfices. Quelle chose leur appartient plus légitimement que leurs convictions, et pourquoi ne les vendraient-ils pas aussi bien que tel morceau de terre qui souvent ne leur appartient qu'à moitié ? Si ce droit n'est pas écrit dans la charte, c'est que cela allait sans dire. Leur conscience est si tranquille à l'égard de ce petit négoce, qu'ils se font eux-mêmes les corrupteurs de leurs enfants : ils les élèvent pour le gouvernement, quel qu'il devienne, comme les femmes de Géorgie élèvent leurs filles pour le sérail. Ils appellent cela de l'amour paternel bien entendu, et ils se félicitent publiquement d'avoir mis leurs fils à même de faire leur chemin dans le monde.

Pourquoi, du reste, nous plaindrions-nous de tout cela? C'est une conséquence des gouvernements représentatifs. Si vous avez un chien pour garder votre boutique, il faut bien que vous tolériez ses ordures. Quand mon nom vient aux oreilles de ces personnages si entendus, voici le raisonnement que, dans la boue de leur ame, ils agitent : « Cet homme sait écrire. Puisque ce n'est pas un imbécille, il a dû calculer qu'en écrivant pour M. Dupin il se procurerait un bon emploi. Donc, il s'est offert à lui ; donc, s'il écrit maintenant contre le grand homme, c'est que celui-ci a rejeté sa marchandise. » Ce raisonnement, pour eux, est, en effet, très logique ; mais, pourquoi ne vont-ils pas jusqu'au bout? Je suis bien plus vénal qu'ils ne le disent. Savez-vous pourquoi j'écris contre

M. Dufètre? C'est que ce vertueux prélat n'a pas voulu m'accorder l'emploi de sacristain de la cathédrale, que j'ambitionnais. Savez-vous pourquoi je plaisante quelquefois l'encyclopédique M. Avril? C'est que cet agriculteur distingué m'a refusé un prix de charrue au dernier comice. Savez-vous encore pourquoi je souris quelquefois des tailleurs qui versifient? C'est qu'un de ces coupeurs d'hémistiches n'a point cru devoir me faire crédit d'un manteau. Maintenant que vous connaissez toute ma propension à la vénalité, faites-moi donc avoir la croix d'honneur.

Mais c'est assez plaisanter sur ce déplorable sujet. Je n'ai point, moi, cette légèreté élégante d'appréciation que possèdent ces messieurs ; je donne aux mots la signification qu'ils ont dans le dictionnaire de la morale : celui qui se vend au parti opposé, je dis que c'est un infâme. Si j'étais législateur, je voudrais qu'il fût attaché au même poteau que le voleur et le faussaire ; car il a commis les mêmes crimes. Que ceux qui font cet odieux trafic ne disent point, pour se justifier, que la vénalité est passée dans nos mœurs publiques. Quoi donc ! si le parricide devenait commun en France, il cesserait donc pour cela d'être le plus horrible de tous les forfaits ? on décorerait donc celui qui a tué son père, comme on décore celui qui vend sa conscience aux ministres ?...

Vous dites qu'il vous faut un majorité !.. Mais, ne faut-il pas aussi que la France existe ? Si vous êtes obligés d'acheter une majorité, c'est que vous gouvernez au rebours de la volonté nationale ; alors, fantômes sinistres qui achetez la nuit parce que vous ne pouvez vivre qu'au milieu des ténèbres, fuyez ! rentrez dans vos noires retraites, et laissez le soleil luire sur la France !.. Quand vous pourrissez de votre contact impur tout ce que vous touchez ; que vous pétrifiez, sous votre haleine glacée, tout ce qui est chaleur et vie parmi les masses ; que vous dessèchez le patriotisme jusqu'au fond de ses sources, vous êtes plus traîtres envers votre pays que si vous portiez contre lui les armes. Est-ce avec ces hommes aurifiés que vous nous faites, que la France a, sous la République, brisé un faisceau de sept rois, et conquis, sous l'empire, la moitié du monde ? Comment résistera-t-elle à ces souverains absolus, géants qui la tiennent sous leur massue, quand, au lieu de citoyens, elle n'aura plus que des habitants épandus à sa surface, troupeau immonde s'inquiétant peu à qui appartienne le pâturage où il broute, pourvu que l'herbe y pousse haute et drue? Si, dans vingt ans d'ici, sur le gazon qui couvrira votre tombe, un Cosaque déshonorait votre fille ou égorgeait votre fils, ce serait un supplice trop doux encore pour votre ombre. Et dire que nous n'avons point de lois contre la corruption !.. qu'il faut la voir secouer de ses vastes ailes ses miasmes désorganisateurs sur nos cités, et la laisser faire !... Si un militaire livrait, aux Prussiens ou aux Allemands, la plus mauvaise bicoque de votre frontière, vous le feriez périr dans un ignominieux supplice; et quand des misérables, pour avoir quelques arpents de terre de plus, vendent vos libertés; quand ils aident à mettre en lambeaux votre pacte social; quand ils tiennent la Nation à bras-le-corps tandis qu'on lui rive aux jambes des entraves, on les récompense par d'honorables emplois et par des sacs pleins d'argent. Mais, quelle règle avez-vous donc pour apprécier les actions humaines? Lorsque la trahison, au lieu d'un hausse-col, a un jabot; qu'elle porte, au lieu d'épée au côté, une plume derrière l'oreille, elle cesse donc d'être trahison? elle n'est donc plus un crime? en changeant d'habit, elle est donc devenue vertu? Quelques pierres moisies retranchées de vos frontières vous sont donc plus précieuses que vos institutions?

Et, pourtant, quelque infâme que soit, pour tout le monde, la vénalité, pour un écrivain elle l'est encore davantage. Ceux qui ont une voix assez forte pour se faire entendre de la foule sont les avocats naturels des saintes causes. Dieu leur a mis un peu de sa salive à la langue, et leur a commandé d'aller prêcher aux hommes le culte de la liberté. Quand il trahissent leur mission sacrée, quand, exécrables pasteurs, il vendent au boucher leur troupeau, ils sont dignes de tout le mépris qu'une âme humaine puisse produire : c'est comme si le phare quittait la plage qu'il doit indiquer aux navires battus par la tempête, pour aller s'établir sur un écueil. Je suis le plus chétif et le plus inconnu de ceux qui écrivent pour le peuple ; je n'ai dans ma main qu'une pauvre plume de roitelet ; mais, à Dieu ne plaise que je la vende jamais à nos oppresseurs ! Oh non ! quand la faim, entre ses doigts de fer, me presserait les entrailles, je ne voudrais pas descendre à une telle infamie ! Si je dois mendier mon pain, ce ne sera pas dans les antichambres du ministère. J'aimerais mieux aller réciter mes pamphlets de porte en porte, et tendre la main à ceux qui ont encore l'amour de la liberté et de la patrie, et j'aurais, sur ma paille, des rêves plus

tranquilles que bien d'autres sous leur alcove de
soie.

Et, pourtant, voilà un monsieur qui tient d'un
de mes amis intimes que j'ai voulu me vendre à
M. Dupin!… Mais, c'est d'un de mes ennemis intimes qu'il voulait dire. Singulier ami intime, en
effet, que celui qui dénonce, au premier voisin de
table que lui donne le hasard, les turpitudes de son
ami!… Il est possible que chez les gens comme il
faut il y ait des amis intimes de cet acabit, des amis
qui disent en eux-mêmes, tandis qu'ils vous serrent
la main : « Mon cher ami, quand te verrai-je dés-
honoré ou ruiné ? » mais, chez nous autres, gens
de rien, la langue est plus près du cœur : nous
avons des amis qui nous aiment, qui viennent à
notre aide quand nous avons besoin d'eux, qui nous
justifient quand on nous accuse ; mais nous n'avons
point d'amis qui nous calomnient. Du reste, la fable
de mon ami intime est assez mal imaginée, et je
lui conseille, en bon ami, de ne point consacrer son
talent, s'il en a, au genre de l'apologue.

Si j'avais eu jamais l'intention de me vendre à
M. Dupin, j'aurais fait tout le contraire de ce qu'il
suppose : au lieu de me laisser aller à une folle rancune contre l'autocrate, parce qu'il aurait déporté

ma pétition dans ses papiers à vendre, je l'aurais cajolé, je l'aurais encensé, je l'aurais adoré; j'aurais écrit des rames de papier sur ses vertus politiques, sur sa fermeté de caractère, sur son invincible adhérence à ses convictions, sur son désintéressement, sur son abnégation de lui-même et de sa famille, sur son antipathie pour l'argent du budget, sur l'impartialité avec laquelle il use de son crédit, sur l'équité qu'il met dans ses distributions de croix d'honneur, et même sur ses vastes connaissances en agriculture. Il aurait fallu que j'eusse une bien mauvaise chance contre moi, si je n'étais parvenu, en procédant ainsi, à désarmer ses rigueurs, et à ramener, sur sa figure d'ouragan, comme dit le feuilletonniste de l'*Echo*, un placide rayon de bienveillance. En tous cas, si je n'avais pu me concilier ses bonnes graces, je n'aurais pas voulu, de gaité de cœur, encourir son ressentiment. Quand j'ai levé, contre le roi de Clamecy, l'étendard de la révolte, j'étais déjà un maître d'école bien établi. En déclarant la guerre à M. Dupin, je prévoyais quel en serait le résultat ; je comprenais très bien que j'arrachais de mes propres mains mes épis prêts à entrer en fleurs ; que cette longue queue de serviteurs qui s'agitait derrière l'autocrate prendrait fait et cause pour la tête outragée, et que je ne tarderais pas à avoir sur les bras le ban et l'arrière-ban de la bourgeoisie. Ces gens-là étaient cinquante, quatre-vingts, cent ; que sais-je, moi ? Ils avaient, pour arme, un gros cachet de comité local qu'ils se mettaient dix à soulever, et qu'ils laissaient toujours retomber maladroitement sur leurs pieds. Moi, j'étais seul, je n'avais pas un allié ; mais je ne m'effrayai point pour cela : je me préparai à les bien recevoir, et ils ne tardèrent point à se présenter. Pour l'instruction des maîtres d'école, mes confrères, qui auraient quelque tendance à résister aux grands personnages locaux et cantonnaux, il faut que je vous donne cette page de mes mémoires.

Du temps que j'étais bien sage, le conseil municipal m'avait nommé directeur de l'école mutuelle, avec douze cents francs d'appointements. Mais il avait fallu restaurer la salle d'école qui était au grenier à foin, lui faire sa toilette, la pourvoir de mobilier, et tout cela avait demandé du temps. A peine fus-je en fonctions, que le comité local et cantonnal lâcha un arrêté par lequel il m'adjoignait un collègue qui devait faire, le soir, la classe aux flambeaux, et auquel il allouait la moitié de mes appointements. C'était vouloir partager une noisette entre deux. Douze cents francs pour faire vivre deux écoles et deux instituteurs dans un chef-lieu d'arrondissement !.. la somme était notoirement insuffisante. Mais moi je déjeûnerais, et mon collègue souperait ; ainsi l'avait décidé la sagesse locale et cantonnale... Cet arrêté avait d'abord le tort très grave de me détrousser ; ensuite, cette école divisée en deux hémisphères, ces deux instituteurs se succédant alternativement dans leurs fonctions, comme l'astre du jour et celui de la nuit, — mon collègue faisant la lune, et moi faisant le soleil — tout cela était si drôle, si burlesque, que je ne pus résister à la tentation de donner à mes réclamations les formes aiguës du pamphlet.

J'adressai donc mon pamphlet-pétition au conseil municipal qui ne put s'empêcher de me donner raison, tant j'avais raison. Je n'en eus que plus tort aux yeux du comité. Défunt M. Paillet, qui était alors de toutes les assemblées possibles, rappelant son ancienne vigueur de clerc, grossoya une copie de mon pamphlet, et le dénonça à ses collègues. Le comité, présidé par le sous-préfet, décida, à l'unanimité, qu'il y avait lieu de se fâcher. Il me traduisit à sa barre ; mais, au lieu de m'y rendre, j'allai faire une partie de billard. Je fus destitué par contumace ; car , alors, la liberté de l'instruction primaire n'existait pas encore. Mais je n'étais pas homme à me laisser assommer par un cachet cantonal : j'interjetai appel pardevant le recteur qui n'était pas M. Carême d'à-présent. Voici donc le comité sur le pied de guerre ; tous les soirs, après dîné, ces honnêtes personnages se rassemblaient et produisaient contre moi un gros procès-verbal. M. Paillet était l'élucubrateur ordinaire de ces *factum*, et c'est, je crois, dans cette besogne qu'il a puisé ces hautes connaissances artistiques qui l'ont fait nommer président du cercle littéraire de Clamecy. Or , ce littérateur était tellement habitué à rédiger ma destitution , qu'un jour , écrivant à sa femme, il termina sa lettre par ces mots : « A ces causes, les soussignés demandent la destitution immédiate du sieur Tillier Claude, instituteur primaire, etc., etc.

Cette guerre, à force de se prolonger, était devenue une calamité publique : le beau sexe de la bourgeoisie, privé de l'amabilité locale et cantonnale de ces messieurs, jetait les hauts cris ; toutes les parties de boston étaient dérangées, et, dans les salons les mieux achalandés du lieu, on voyait toujours cinq à six grands niais de fauteuils tendant, d'un air ennuyé, les bras à un occupant. Moi-même, je commençais à me déplaire dans la place assiégée, et le comité ne finissait point de s'en emparer. J'eus pitié de moi d'abord, ensuite du labeur de ces messieurs et des ennuis de ces dames : je résolus de rendre à mon pays la paix et le boston, son compagnon heureux. Je quittai donc, un beau matin, l'école mutuelle, sans tambour ni trompette, et je repris ma férule d'instituteur privé. Mais cela ne faisait pas le compte de mes adversaires ; c'était le feu et l'eau qu'ils voulaient m'ôter. Ils continuèrent donc de me poursuivre de leurs rancunes ; mais ils changèrent de système : au lieu d'une guerre de batailles, qui leur avait peu réussi, ils me firent une guerre d'embûches et de surprises ; ils plantèrent, sans que je m'en aperçusse, un drapeau noir sur mon école privée; ils en bloquèrent toutes les issues, et s'y mirent en sentinelle ; ils arrêtaient au passage les mères de famille qui venaient m'amener leurs fils : ils leur disaient que je n'avais pas de religion, pas de tenue, pas d'ordre ; que je n'apprendrais pas à leurs enfants à baisser le menton au nom de Jésus, à se laver convenablement les mains, à dire : « Bonjour monsieur, bonjour madame, » en entrant dans une maison : toutes choses, d'ailleurs, indispensables à un citoyen français ; et les bonnes femmes se retiraient épouvantées, leur marmot à la main. Je ne pouvais résister à ces tirailleurs invisibles qui me sarbacanaient de tous les côtés ; au bout de deux ou trois ans, mon école se trouva réduite à rien, tarie comme un tonneau qui s'en va on ne sait par où. Voilà ce qui m'advint pour avoir attaqué M. Dupin.

C'est, du reste, ce qui est arrivé à une institutrice de ce pays, que je regrette beaucoup pour moi et bien plus encore pour ma petite fille. Elle, la pauvre femme, elle n'a pas la consolation de savoir pourquoi elle a des ennemis, et comment elle a mérité d'être persécutée ; mais, je le sais, moi, et je m'en vais le lui dire. C'est que, dans les petites villes, il y a un tas de supériorités factices qui sont jalouses des supériorités naturelles ; c'est que le strass briserait volontiers le diamant, s'il était le plus dur ; c'est que la mousse informe cherche à comprimer, sous ses fils épais, la petite fleur qui pousse d'entre ses racines. Elle, Mlle Porchérat, elle avait un cœur haut et fier, et elle n'a pas voulu, sous prétexte qu'elle était pauvre, en réprimer les instincts ; elle a voulu vivre avec son ame telle que

Dieu la lui avait donnée, se contentant trop de sa propre approbation, et ne se souciant pas assez de celle des autres ; elle était volcan , et , parce que d'épaisses et vastes neiges l'environnaient , elle n'a point voulu éteindre son cratère et laisser l'hiver éternel monter jusqu'à ses bords. Et que pouvait-elle faire en ces lieux, pauvre intelligence déportée ? Toute petite ville est une foire de village où il ne faut pas apporter d'objets trop précieux si on veut s'en défaire. Mais , qu'elle aille porter à Paris sa corbeille vide , là elle trouvera des gerbes de fleurs nouvelles pour la remplir ; c'est, du reste, ce que , dans toute la sincérité de mon ame, je lui souhaite.

Et quand je vous dis, mes abonnés, que je ne me suis jamais offert à M. Dupin, je ne prétends tirer de cela aucun mérite. Je n'ai eu, pour conserver mon indépendance, aucune mauvaise passion à vaincre, aucun germe d'ambition à étouffer. A la vérité, je n'ai aucune antipathie contre l'argent ; je regarde même quelques écus, tintant ensemble, comme le plus bel ornement d'une poche ; mais j'ai toujours préféré une pièce de vingt sous honorablement ga-gnée, à une pièce d'or ramassée dans la boue. Et pourquoi me vendrais-je donc à M. Dupin? pourquoi me vendrais-je à qui que ce soit ? J'ai de quoi

satisfaire à tous mes besoins ; quel roi, quel empereur pourrait me donner davantage ? Allez demander à l'oiseau qui trouve abondamment et surabondamment sa nourriture dans la campagne , qu'il
vous livre ses ailes à couper pour un sac de graines,
et vous verrez ce qu'il vous répondra.

Entre les steppes glacées de la pauvreté et ce
fastidieux Éden de la richesse, où le ciel est toujours du même bleu, où la terre est toujours peinte
du même vert, il est une zone tempérée d'où la
disette et la profusion sont également absentes. Là,
le sol ne donne rien à qui ne veut point le cultiver ;
mais, quand on y ouvre un sillon, il y vient aussitôt
de grands et beaux épis. Il y a bien , dans ce ciel
inégal, des jours sombres et pluvieux ; mais, par-
fois, le soleil vous y sourit, entre deux nuées, d'un
sourire si doux et si splendide, qu'il ferait volontiers
éclore des couronnes de roses sur la tête des jeunes
filles. C'est là qu'entre deux arbustes en fleurs j'ai
planté mon humble tente. Je me trouve très bien
dans ces lieux , et jamais l'envie ne me prendra de
les quitter.

Mes appétits sont modérés, et mon estomac est
tout petit. Quand il ne me faut qu'une côtelette
pour le remplir, pourquoi donc irais-je, pour avoir

un aloyau, me faire le garçon d'un boucher? Ma table est étroite, mal servie, et même très peu servie. Je croirais insulter un estomac tant soit peu comme il faut que de l'y inviter. Je mange ma maigre soupe dans des cuillères d'étain. Je fais ma boisson quotidienne de la piquette du pays ; aussi, quand Dieu m'envoie du bourgogne, je le trouve délicieux ! c'est un avantage que n'ont pas les amis de M. Dupin. Comme je ne hante pas les grandes dames, ma toilette me coûte fort peu, et la leur ne me coûte rien. J'ai pour principe qu'on n'est point vêtu d'un habit qu'on garde au porte-manteau ; aussi n'ai-je pour toute garde-robe qu'un paletot d'agréable épaisseur pour l'hiver, et qu'une chétive redingote pour les jours légers de la belle saison ; et même les puristes en fait de toilette trouvent qu'il manque à mon pantalon des sous-pieds. Je recule autant que possible l'existence de ces vêtements ; et si je pouvais leur conférer la longévité des habits de noces de nos grands-pères, sans scrupule je la leur conférerais. Quand ils sont éraillés au coude ou ailleurs, je n'en ai nul souci. Je m'inquiète fort peu que la mode, quand je passe devant elle, me regarde de travers. Cela ne nuit point à ma considération auprès de ceux qui me connaissent , et je ne tiens guère à la considération éphémère des passants. J'ai d'ailleurs, quand on me salue, la satisfaction de me dire que ce n'est pas à mon habit qu'on s'adresse. Je n'ai point de domestiques pour me mal servir : j'ai mes deux enfants qui suffisent très bien à cette besogne. Comme ils n'obéissent jamais à ma première injonction, cela me procure l'avantage de m'indigner contre eux ; ainsi mon humeur conserve toujours une salutaire âpreté , et mon style de pamphlétaire se maintient toujours à la trempe qui lui convient. Quelque bornées que soient mes ressources, elles me permettent encore d'être la dupe de certaines gens. Je connais bien des riches qui n'ont pas le même avantage. C'est un luxe dont je suis fier, et qui, Dieu merci, ne m'a jamais manqué. J'aime mieux cela, du reste, que d'acheter des cachemires à ma femme. Or , à qui vit ainsi et ne veut pas vivre mieux, à quoi servirait-il d'être un nabab ? Quand j'aurais dix fois plus d'argent, quand chaque ligne mercenaire tracée par ma plume se couvrirait d'une poussière d'or, que ferais-je de cette richesse ?

Ce que vous en feriez ? dit mon petit magistrat ; vous feriez comme M. Dupin : quand l'occasion s'en présenterait , vous achèteriez à bas prix de belles et bonnes propriétés qui vous produiraient de belles et bonnes rentes. Celui qui possède un arpent de terrain est plus roi dans ses domaines que Louis-Philippe ne l'est en France.

— Des propriétés, malheureux petit magistrat ! Mais vous ne savez donc pas ce que c'est que des propriétés ? Si j'avais des propriétés, je serais l'homme le plus embarrassé du globe, et mes métayers me feraient mourir de chagrin. Jamais je ne pourrais porter cette longue queue d'affaires que tout propriétaire traîne après lui. J'ai à Flez, commune de Saint-Pierre-du-Mont, un méchant pré que je n'ai point acheté, je vous prie de le croire, mais qui me vient de ma femme. Il me rapporte, à moi, tous les ans, dix écus et une paire de poulets ou de canards, *ad libitum*, et il rapporte au fisc six francs et des centimes de contributions, sans compter les avertissements avec frais et les commandements. Si notre petit magistrat voulait m'en débarrasser, en me l'achetant, bien entendu, je le tiendrais pour le plus galant homme du monde. Il pourrait s'adresser, pour les conditions, à maître Bouquerot, notaire à Clamecy, ou bien à l'huissier Gervais. Au cas où il n'aurait encore ni chevaux, ni voiture, la récolte dudit pré pourrait lui servir à assaisonner ces jambons que nous appelons *jambons au foin*, et qui fournissent à nos déjeuners un excellent mets.

Si vous faisiez appel à mes sentiments paternels, je vous répondrais que j'aime bien mes enfants, mais que je ne veux pas vendre ma conscience pour les enrichir. Je ne les ai point, d'ailleurs, faits pour être riches : je serais même mortifié qu'ils le devinssent. Ils sont nés dans un berceau de saule : il serait mal séant qu'ils mourussent sur une couchette d'acajou. Nous autres, les Tillier, nous sommes de ce bois dur et noueux dont sont faits les pauvres. Mes deux grands-pères étaient pauvres, mon père était pauvre, moi je suis pauvre: il ne faut pas que mes enfants dérogent. Avec trois mille francs on peut vivre. Mon fils gagnera probablement moins ; mais s'il se permettait de gagner davantage, je reviendrais, ombre irritée, épancher ses sacs d'écus par les fenêtres.

Ne me dites point que je fais ici du paradoxe ! je vous répondrais que cet homme empoissé qui raccommode des vieux souliers au coin d'une borne, et que vous regardez comme un être immonde, gagne sa vie plus honorablement et plus innocemment que le plus haut empanaché de nos grands seigneurs et le plus riche de nos financiers.

Et d'ailleurs, pourquoi m'inquiéterais-je donc tant de mes enfants ? Quand mon dernier accès de toux sera venu et que j'aurai rendu à Dieu ma plume avec mon ame, est-ce que le soleil s'éteindra ? est-ce que la terre cessera de se couvrir de verdure ? Le père de tous, qui donne leur pâture aux petits des oiseaux, la refusera-t-il aux petits du pamphlétaire ? Le papillon ne trouve-t-il point au calice des fleurs de la poussière à sucer, comme l'oiseau vorace des hautes cimes trouve des chairs palpitantes à dépecer et du sang chaud à boire ?

Mes parents ne m'ont rien donné, à moi, et je leur en suis reconnaissant ; s'ils m'avaient donné beaucoup, je n'oserais peut-être pas mettre leur nom au bas de mes pamphlets. En sortant du toit paternel, je n'avais pas même de profession. Je suis tombé dans ce monde comme une feuille secouée d'un arbre et que les vents orageux roulent le long des chemins. Cependant, je n'ai point perdu courage ; j'ai toujours espéré que de l'aile de quelque oiseau traversant les airs il tomberait une plume que je ramasserais et qui pourrait aller à mes doigts, et mon espérance n'a pas été trompée. Le riche est une plante qui sort de terre toute vêtue de feuilles et toute parée de fleurs. Moi, j'étais un pauvre

grain jeté au milieu des épines ; j'ai soulevé de
ma tête déchirée les fétus acérés qui pesaient
sur moi, et je suis arrivé au soleil. Pourquoi
donc ces humbles tiges que je laisse sur mes racines ne pousseraient-elles point ainsi que j'ai
poussé ? Au lieu de me vendre aux puissants, j'ai
fait la guerre à ceux qui se vendaient à eux ; je ne
m'en repens point. C'est encore, je crois, le meilleur chemin pour arriver à une tombe honorée.
J'en suis tellement convaincu, que si cette plume
de pamphlétaire, que tant bien que mal j'ai portée,
repoussait sur ma fosse, et que mon fils eût les doigts
assez forts pour la conduire, je l'engagerais à s'en
emparer, dût-il trouver une prison au milieu de sa
route ! Pouvoir se dire : « L'oppresseur me craint
et l'opprimé espère en moi, » voilà la plus belle des
richesses, la richesse pour laquelle je donnerais
toutes les autres !

Et que me servirait-il, à moi, d'être, comme ces
messieurs, un des gros bourgeois de ma petite ville ?
Le bel honneur d'être la plus grosse allumette de
sa botte, le plus gros grain d'une poignée de graines
de moutarde ! Je ne suis pas de ceux qui, n'é-
tant que de petits morceaux de verre, veulent bril-
ler comme des diamants. Je ne sais point marcher

sur des échasses, et, pour être plus haut que les autres, je ne veux point monter sur un tas d'im— mondices. Si j'étais fier, il faudrait que je susse pourquoi; je serais désolé qu'on me prît pour un homme gras, alors que je ne serais qu'hydropique. Mais, eux, ces bourgeois de M. Dupin, qui font tant les importants dans leur gros ventre, de quoi sont-ils fiers? Ils n'en savent rien, et ceux qui descendent bien bas leur chapeau devant eux n'en savent pas davantage. Ces messieurs méprisent le peuple, et, à cause de cela, ils se croient nobles; mais ce sont des papillons qui méprisent les chenilles. Prenez le plus rengorgé d'entre eux, et ôtez-lui son habit noir, vous le trouverez doublé d'un vieux frac de gendarme. N'allez pas conclure de là que je méprise le gendarme : c'est tout le contraire; ici, je trouve que la doublure est de beaucoup supérieure à l'étoffe.

Et, d'ailleurs, l'homme n'est point fait que pour vivre; il est fait aussi pour mourir. Qui de nous ne jette un regard inquiet à travers les épaisses ténèbres qui bornent l'existence, et ne cherche à deviner ce qu'il trouvera sur l'autre rivage? Tout ce qui meurt laisse, où il a existé, quelque chose : quand la brise haletante a expiré au milieu des

cieux, les feuilles qu'elle caressait frissonnent encore ; la touffe de serpolet que le bœuf a broyée sous
sa large dent, laisse quelque temps son parfum à la
prairie ; quand, sous un archet brutal, la corde du
violon s'est rompue, ses deux tronçons frémissants
rendent encore comme un harmonieux murmure.
Mais, tous ces hommes qui ont fait trafic de leur
conscience, quand la dernière vibration de leur glas
se sera perdue dans les airs ; quand les larmes blanches
avec lesquelles on les aura pleurés seront renfermées
dans leur coffre ; quand les armes à feu qui auront fait le dernier salut à leur dépouille mortelle
auront jeté leur fumée, que restera-t-il d'eux ?
d'ignobles souvenirs, un nom dégradé, je ne sais
quoi de semblable à cette puanteur qui survit à une
chandelle éteinte ! le peuple qu'ils ont trahi viendra, après leurs flatteurs, cracher sur leur épitaphe.
Moi, du moins, si je n'ai ni marbre, ni lettres d'or
sur mon cercueil, je veux que l'humble gazon dont
il sera couvert jette une bonne odeur ; et peut-être
quelque ami de la liberté, amené par un pieux devoir dans le sombre jardin des morts, se détournera
de quelques tombes pour dire un petit bonjour à
mon ombre !

Et moi qui m'amuse, comme un sot, à faire du sentiment avec ces messieurs ! Choisissons un argument qui soit mieux à leur portée. **M. Dupin**, je crois, se connaît en marchandises ; c'est un maquignon d'hommes aussi expérimenté que le plus expérimenté maquignon de chevaux. Or, si je m'étais offert à lui, est-il bien vraisemblable qu'il m'eût rejeté ? Je m'en rapporte aux connaisseurs : ne suis-je pas aussi loyal et marchand que tous ceux qu'il a attachés à sa fortune ? et, même, vanité à part, il me semble que je vaux bien une croix d'honneur de plus que le meilleur d'entre eux. Une fois l'élection terminée, tous ces gens-là ne sont bons qu'à ennuyer leur patron, qu'à alourdir sa couronne : quand ils lui ont décerné un grand coup de chapeau, qu'ils lui ont porté un toast tout plein, ils sont au bout de leur science. Moi, j'avais autre chose que des salutations empressées à mettre à son service : je l'aurais défendu de ma plume contre ses détracteurs, et il me semble que le grand homme commence à en avoir un assez bon nombre. Le temps n'est plus où on ne l'appelait, dans son petit royaume, que *le grand orateur* ; où il était de règle , quand il nous avait gratifiés de quelque discours, que jamais il n'eût si bien parlé. J'ai entendu, à Clamecy, des gens d'esprit et de bon sens traiter, en plein café, sa fameuse harangue au comice agricole, de rapsodie , et voici comment ces infâmes motivaient leur insolence :

« L'illustre président » disaient-ils « commence sa divagation politique par un attentat inoui contre le bon sens. Selon lui, les habitants d'un sol fertile sont bien plus que ceux d'un sol granitique prédisposés à l'orgueil. Si ces habitants étaient de simples tubercules ou des cucurbitacées, et qu'il les mît en scène dans un apologue , cette idée pourrait être ingénieuse ; mais , quand cette proposition s'applique à des chrétiens, il faudrait être au moins juge de paix dans l'arrondissement de Clamecy pour l'admettre. Puis , à quoi bon cette observation ? qu'est-ce que M. Dupin en conclut ? Rien. Or, que l'illustre président nous permette de lui rendre, par une petite leçon de littérature, les excellentes leçons d'agronomie qu'il nous donne. Dans un discours bien organisé, toutes les idées naissent les unes des autres ; la première proposition amène la seconde , et si vous n'aviez que la seconde , vous devineriez facilement la première. Là , toutes les phrases se

pressent l'une l'autre et se poussent vers la conclusion , comme les flots d'une rivière sont poussés
l'un par l'autre vers l'Océan. Si vous posez des pré-
misses, et que vous n'en tiriez point de conséquence,
vous ressemblez à un cicerone de lanterne magique,
qui me crie, à tue tête : « vous allez voir ! vous allez voir ! » et qui ne me fait rien voir du tout. A
quoi bon faire un corridor qui ne conduit à aucune
chambre, et pourquoi me donnerais-je la peine de
grimper votre escalier si vous n'avez rien mis au
bout !

« Du reste, nous ne sommes pas des puristes, en
fait de logique, et si nous adressons cette critique
à M. Dupin, c'est que tout son discours est passible
des mêmes observations. Ainsi , son exorde traîne
après lui l'interminable nomenclature de tous les
propriétaires châtelains du Morvand perfidement
allongée de leurs titres : le défilé ne dure pas moins
de trente minutes. Nous ne savons comment la
majorité des écoutants a trouvé ce petit morceau ;
pour nous , nous eussions aimé autant assister à
l'appel que fait un sergent-major de sa compagnie.
Ce quart-d'heure nous à paru d'autant plus mauvais
à passer qu'il était partie intégrante des heures en-
dimanchées d'une fête. Si pour être orateur, il suffit

de savoir rédiger une liste de noms, dans l'occasion,
nous serions aussi orateurs que **M. Dupin**, et le
secrétaire de la mairie, qui dresse la liste des électeurs municipaux, est dix fois plus orateur que
le grand homme.

« Mais, voici **M. Dupin** qui va se féliciter! De
quoi se félicitera-t-il? Vous croyez qu'en sa qualité
de président agricole, il va se féliciter de voir autour de lui de longs et beaux épis, de grands bestiaux, luisant dans leur poil, des paysans dont les
joues, quoique basanées, sont bien pleines, et dont
l'extérieur annonce l'aisance et le contentement?
Point! cela est trop logique pour **M. Dupin**. Il se félicite de ce que les nobles et grands personnages dont
il a ci-dessus décrit les noms ont daigné venir à son
comice. Or, qu'est-ce que tout cela signifie? N'est-
ce pas dire aux laboureurs qui sont là : « C'est pour
vous que cette fête est censée avoir été instituée ;
mais vous n'en êtes que le prétexte ; vous ne comptez pour rien ici. Si ces beaux messieurs et ces
belles dames que voilà n'avaient point honoré notre
réunion de leur personne, il n'y aurait point de
fête. » Cette phraséologie mielleuse qui se débite
dans les salons, jure avec l'habit de paysan qu'a
pris **M. Dupin** : puisqu'il s'est fourré dans la peau

d'un bœuf, qu'il ne module point comme le serin. En tout cas , si M. Dupin ne veut pas être couvenable, qu'il soit vrai. De ce que son ami le sous-préfet de Château-Chinon , *ancienne capitale du Morvand*, soit venu à son comice, et que M. Elie de Beaumont se soit excusé de n'y être pas venu en des termes qui expriment toute sa sympathie , s'en suit-il de là que ces messieurs et les autres portent un tendre intérêt au sol granitique du Morvand ? Le fait est qu'ils se sont rendus à l'invitation de M. Dupin pour secouer un peu, dans une fête, la torpeur de leur vie de château ; pour dérouiller, par deux ou trois contredanses, leurs articulations engourdies ; pour boire du champagne en compagnie ; mais ils n'ont pas jeté un regard sur les bestiaux et les charrues de M. Dupin. Si mondit sieur Dupin les eût invités à assister, à Raffigny, à la lecture d'une satire de sa façon contre les comices agricoles, lecture suivie d'un dîner et d'un bal , ils auraient répondu à sa courtoisie avec le même empressement et la même gracieuseté.

« Tout cela n'est autre chose que de la flatterie électorale à propos d'agriculture , sous prétexte de faire les affaires du comice , M. Dupin fait les siennes. Il fut un temps où ce généreux nivernais regardait la profession de foi comme une lâcheté : la réclame est sans doute plus honnête , puisqu'il ne se fait point scrupule de s'en servir ; mais , au moins, il devrait bien avoir la délicatesse de ne point faire imprimer tous ces noms propres qu'il cajole, aux frais du comice. Nous ne voyons pas trop comment cela peut faire progresser l'agriculture de l'arrondissement. Mais le député a dit *bon jour* à sa clientelle, le président va sans doute entrer en matière. Tous ses présidés sont là, les mains croisées sur leur bâton et les oreilles béantes , attendant qu'on leur donne les moyens de faire des *ouches* de leurs arênes. Pour féconder nos terres, se disent-ils, il nous faut des engrais ; pour avoir des engrais, il faut acheter des bestiaux , et pour acheter des bestiaux, il faut de l'argent ; or, puisque le comice nous est utile, cet homme si laid qui nous préside et nous encourage va sans doute nous ouvrir un crédit sur les fonds dudit comice , car nous ne voyons pas trop de quelle autre façon il pourrait nous rendre service. C'est probablement aussi ce que va faire M. Dupin ; mais il a aperçu , par le bout de leurs girouettes, les tourelles du château de Vauban , et il n'est plus maître de lui-même. Le voici qui enfile la biographie de l'illustre maréchal, qui raconte comment il fut un peu abandonné à lui-même dans sa jeunesse ; comment Napoléon fit graver, dans une salle du manoir de Saint-Léger, où il étudiait, une inscription *qui fait honneur à tous deux* ; comment Louis XIV lui fit cadeau de deux pièces de huit pour décorer son habitation ; comment il donna une bonne gratification à une vieille femme qui partageait avec lui son époigne ; comment il reprochait, aux habitants de la campagne, leur inclination à boire et à plaider ; comment, enfin, il trouvait l'eau du Morvand meilleure que celle du bon pays. M. le président du comice agricole va-t-il, enfin, nous parler d'agriculture ? Les paysans qui l'écoutent sont là dans la position d'un pauvre diable qui attend quelqu'un , assis sur le bord du chemin, et voit la foule défiler devant lui, et défiler toujours sans jamais lui amener son homme ; mais l'homme attendu ne viendra pas de sitôt.

M. le président du comice agricole a bien autre chose à faire que de vous parler d'agriculture. Peut-être en parlera-t-il dans le premier rapport qu'il fera à la cour de Cassation ; mais, pour le moment, il faut qu'il félicite le Morvand en général d'avoir produit la nourrice du roi de Rome — fils de l'empereur Napoléon, ajoute-t-il savamment, — et la ville de Lormes en particulier , de posséder un champ de foire ceint d'une muraille de granit, et une compagnie de pompiers *qui fait l'ornement de ses fêtes.* Parce que M. Dupin a fait mettre , au bas de son œuvre, une charrue , une fourche et une corne d'abondance, il prétend que c'est une dissertation agricole ; mais , quoi que ce soit, si ce n'est point là du bavardage, nous vous défions de trouver, dans les 86 départements dont la France est composée , une seule vieille femme qui bavarde. M. Dupin n'a rien à craindre du jugement de la postérité, et voilà pourquoi il prend ses aises ; mais, que penserions-nous , nous autres , du maréchal Vauban, si , au moment d'indiquer à ses soldats ce qu'ils avaient à faire pour établir une batterie, il s'était mis, à la vue des flèches lointaines d'une cathédrale , à leur raconter l'histoire d'un évêque ? Du reste , Vauban est , pour M. Dupin , un bien utile compère : Vauban déplore, dans ses oisivetés, le mauvais état des routes dans le Morvand, et M. Dupin de lui répondre : « Les choses ont bien changé de face, maréchal, depuis que vous avez quitté votre manoir de Saint-Léger ; l'arrondissement de Clamecy est, maintenant, le mieux percé de toute la France , — c'est-à-dire celui qui a coûté le plus d'argent à la France. — Mais, jusqu'à quand, M. Dupin, nous parlerez-vous des routes qui traversent nôtre arrondissement ? Nous savons, du reste, que c'est par votre influence que ces routes ont été exécutées. Prenez donc tout de suite le surnom de *faiseur de routes*, et qu'il ne soit plus question de cela. Mais, voyez comme M. Dupin s'entend à manipuler la pâte electorale : il sait que la reconnaissance est un lien fragile pour s'attacher les hommes ; aussi, après avoir rappelé à ses auditeurs les services qu'il leur a rendus, leur insinue-t-il adroitement que l'intérêt local n'est pas encore assouvi; que la ville de Lormes, malgré son champ de foire enceint de granit, et sa compagnie de pompiers qui fait l'ornement de ses fêtes, a cependant à désirer encore quelque chose; qu'il manque à son bonheur une dernière route qui la mène à Autun en diligence.

Or, signaler l'utilité de cette route, c'est s'engager hautement à la demander au ministère. Les habitants de la ville de Lormes peuvent compter sur l'appui de M. Dupin, relativement à leur route. O bon docteur ortolan, faites-vous mettre à la broche ! dans le panégyrique que vous nous avez fait de M. Dupin, vous avez oublié la moins con-

testable de ses qualités : son amour pour les routes.
Si, à côté d'une de ses routes, se trouvait quelque
grand monument public, un arc de triomphe, par
exemple, M. Dupin serait homme à en voter la
démolition pour empierrer sa route. Tâchez de
suivre jusqu'au bout le bavardage informe de
M. Dupin, et de le suivre avec réflexion, vous verrez que c'est à lui que le comice agricole profite le
plus. Voyez que d'avantages il en retire : d'abord,
ledit comice lui fournit l'occasion de complimenter
les grands propriétaires du Morvand, ce qui lui
économise une visite; de rappeler à l'arrondissement les services qu'il lui a rendus, et de lui indiquer ceux qu'il peut lui rendre encore; de donner
son coup de boutoir annuel à ces *esprits étroits et
jaloux* qui ont le tort grave de ne pas l'admirer assez, ce qui implique, du reste, que lui, M. Dupin,
est un vaste esprit. Ensuite, à l'occasion du même
comice, il se fait appeler, par M. Sauzet, le *bienfaiteur de son pays*; il donne, avec lui, « l'exemple,
bien rare en France, de deux hommes publics qui se
sont succédé, dans un des premiers postes de l'Etat,
sans jalousie, et sans qu'il en coutât rien à leur
amitié. » Il a la satisfaction, bien douce pour son
cœur, d'être pressé entre les bras de cet excellent

ami que, probablement, à cet époque, il songeait déjà à évincer de son fauteuil. Enfin, il place une notice de Vauban qu'il avait sans doute en porte-feuille, et que, sans cette heureuse circonstance, il eût été obligé d'enterrer, comme il a fait de sa lettre sur la communauté des Jaulx, dans les colonnes de l'*Echo de la Nièvre*. Étonnez-vous donc maintenant que M. Dupin, qui n'a jamais été qu'avocat, se soit fait nommer président du comice agricole ! Que M. Dupin divague, nous ne pouvons pas l'en empêcher ; qu'il gratte son amour-propre contre les charrues du comice, nous le voulons bien en-core ; mais qu'il n'abuse pas dudit comice pour mettre en circulation des théories contre-révolu-tionnaires. Quand, du haut de sa présidence, il nous débite des phrases comme celles-ci : « C'est la pre-mière fois que le peuple voit ses chefs naturels, ses véritables amis réunis en assemblée pour l'encou-rager, » ce n'est plus un ridicule parleur dont on s'est vengé assez quand on le raille, c'est un mauvais citoyen qu'il faut signaler à l'indignation publique, et le sous-préfet de Clamecy, là présent, eût dû lui imposer silence.

Non, M. Dupin, nous ne reconnaissons point la légitimité de votre nouvelle dynastie. Vos amis, nous en convenons, sont bien nippés ; ils ont du linge très blanc et très fin ; ils font sonner de l'argent dans leur poche ; mais, quelle supériorité naturelle résulte donc pour eux de tout cela ? Nous ne voulons point, pour nos chefs naturels, des bourgeois parvenus on ne sait pourquoi, et qui ont changé, on ne sait comment, en un château l'humble maison de leur père. Parmi tous ces petits rois qui scintillent autour de vous, il n'est que votre *excellent ami* le sous-préfet de Château-Chinon auquel nous fussions disposés à obéir.... si nous étions dans son arrondissement. Dites-moi, si l'un de ces messieurs était, avec un de ces paysans dont vous faites si bénévolement vos sujets, dans une savane de l'Amérique, lequel serait le chef naturel de l'autre ; et, quand vos enfants sont, avec les nôtres sous le drapeau, lesquels servent le mieux la patrie ? Le riche règne sur ses débiteurs, nous en convenons, et même il règne sur eux en tyran ; mais, nous qui ne lui devons rien, pourquoi donc subirions-nous son empire ? Sur les pièces de monnaie frappées à l'effigie de Louis-Philippe, est-il écrit : *Cui hoc, huic imperium ?* Vous n'êtes pas pauvre, vous, M. Dupin ; cependant, l'Israélite Rotschild est beaucoup plus riche que vous. Si le plus riche est le chef naturel du plus pauvre, allez donc baiser, en signe de vassalité, l'orteil de **M.** Rotschild. Tout cela, ce sont des théories que vous imaginez à votre profit ; mais, est-ce bien vous, vieux grognard de l'ancien libéralisme, vous qui avez fait votre part de la charte, et qui lui avez juré fidélité, qui devriez préconiser de pareilles doctrines ? On dirait, notre parole d'honneur, que vous fomentez, dans le Morvand, un complot légitimiste. Si ces paysans auxquels vous voulez persuader que les grands propriétaires du pays sont leurs chefs naturels vous croyaient sur parole, ce ne serait plus à la loi qu'ils obéiraient, c'est au seigneur châtelain du voisinage ; et s'il convenait à celui-ci, après un grand dîner donné à ses sujets, de prendre la nappe du festin et d'en faire un drapeau blanc, ils iraient où il voudrait les conduire. Vous riez, **M.** Dupin ; mais, rappelez-vous que c'est parce que les paysans de la Vendée regardaient les grands seigneurs de leur pays comme leurs chefs naturels qu'ils les ont suivis dans leur révolte, et qu'ils ont fait à leur patrie, de toutes parts attaquée, une guerre impie qui a failli entraîner sa perte.

Il n'est pas vrai non plus que les riches soient les vrais amis du pauvre. S'ils sont ses amis, c'est comme le laboureur est l'ami des bœufs qu'il attèle à sa charrue, comme le voiturier est l'ami du cheval qu'il fait trotter toute la journée. Les riches laissent le pauvre manger les miettes qui tombent de leurs tables ; mais c'est par eux que le pauvre est réduit à vivre de miettes. Ils l'exploitent quand ils lui vendent leurs produits ; ils l'exploitent bien plus encore quand ils lui achètent son travail , et c'est par eux que son salaire est réduit au volume d'un morceau de pain. Voulez-vous un exemple de cette amitié vraie que le riche porte au pauvre? M. Dupin, qui gagne cent francs par jour, et au-delà, à faire peu de chose, ne paie que vingt sous la journée du manœuvre qui travaille pour lui depuis le lever jusqu'au coucher du soleil ; et, cependant, M. Dupin est *le bienfaiteur de son pays !..* Que doit donc gagner le manœuvre dans les pays où il n'y a pas de bienfaiteur? M. Dupin est, maintenant, un grand propriétaire , à cela nous ne trouvons rien à redire ; mais, si les vastes domaines qu'il possède autour de Gacogne étaient divisés entre une centaine de petits propriétaires vivant, comme lui, moitié de leur revenu, moitié de leur profession, la commune ne serait-elle pas beaucoup plus heureuse et plus aisée. Qu'arriverait-il, en effet? Ces cent individus qui vivaient, auparavant, misérablement de leur journée, quand ils auront un millier de francs de rentes, commenceront à se donner leurs aises : ils voudront avoir un habit de drap pour aller à la messe ; ils achèteront des robes de soie à leurs femmes ; ils mettront le pot au feu tous les jours ; ils ne seront pas fâchés de prendre leur café le dimanche. De là l'établissement, dans la commune, d'un tailleur, d'une couturière, d'un marchand d'étoffes, d'un boucher, d'un cafetier qui sera peut-être abonné à un journal, et de là aussi une plus grande effusion de numéraire. Ensuite, ils ne tarderont point à s'apercevoir que leur chaumine ne convient pas à leur nouvelle fortune, et ils feront bâtir ; au lieu d'un grand imbécille de château dont la moitié des persiennes sont toujours fermées, et qui a l'air d'être borgne, il y aura, dans le village, une centaine de maisons neuves luisant au soleil, et le fisc y trouvera son compte. Ensuite, comme ces gens-là seront moitié propriétaires et moitié travailleurs, dans leur propre intérêt, ils n'écorneront point le salaire des travailleurs. Si, du reste, le tisserand ne voulait donner au manœuvre que vingt sous au lieu de trente pour sa journée, celui-ci ne lui paierait sa toile que quarante sous au lieu de trois francs, et cela reviendrait à peu près au même. Mais, avec le riche, il n'en est pas de même : à la rigueur, le riche peut se passer du pauvre ; il a le temps d'attendre qu'il plaise à celui-ci de travailler ; mais le pauvre, lui, ne peut se passer du riche, et voilà où est le mal ; il aura beau lutter contre les rudes conditions qu'un dur maître impose à son travail , la faim , l'implacable faim qui n'admet point de délais, le ramène toujours aux pieds de son tyran. Il faut , nous dit-on souvent, qu'il y ait des riches et des pauvres ; nous croyons que s'il n'y avait que des gens aisés, les choses iraient beaucoup mieux.

Pour en revenir aux comices, nous avons entendu bon nombre de cultivateurs expérimentés discourir à ce sujet , et tous convenaient que ces assemblées étaient une grande inutilité. Cela , du reste, ne nous a nullement surpris ; qu'attendre, en effet, de ceux qui les composent ? De notre temps, une foule de gens de toutes les professions, des avocats, des employés, et jusqu'à des imprimeurs , se font encourageurs d'agriculture, et ils ne sauraient pas seulement distinguer la graine de la luzerne de celle du sainfoin. La plupart d'entre eux n'ont pas seulement un pouce de terre au soleil ; s'ils étaient obligés de faire des expériences agricoles, il faudrait qu'ils les fissent dans des pots à fleurs. Quand ils prétendent enseigner à cultiver la terre à de vieux laboureurs qui ont blanchi sur le sillon, ne sont-ils pas la plus ridicule espèce de tous les *gros Jean?* Nous n'en disons pas autant de M. Dupin; il a trop longtemps étudié le droit pour ne pas savoir l'agriculture, et même, ce qui nous étonne, c'est qu'il n'ait pas encore inventé quelque instrument aratoire. Mais, enfin, quels moyens a-t-il à sa disposition pour faire prospérer l'agriculture? Il montre, aux paysans, de grands bestiaux; mais à quoi cela sert-il, si ce n'est à exciter leur convoitise? S'ils avaient de l'argent, ils n'auraient pas besoin de M. Dupin pour acheter de meilleurs bœufs : l'amour propre de l'homme des champs est d'avoir de beaux animaux, comme celui du soldat est d'avoir de belles armes. Tout ce que M. Dupin peut faire pour l'agriculture, c'est de danser une contre-danse ou deux en son honneur, et de boire quelques verres de champagne à sa santé. C'est, du reste, une étrange prétention d'encourager un homme à tirer tout le profit possible de son travail, et nous voudrions bien savoir ce que répondrait M. Dupin à celui qui l'encouragerait à se faire payer jusqu'au dernier centime ses appointements de procureur

général. Aussi les laboureurs sentent-ils très bien
le vide de ces parades empoulées : ils s'en moquent
en eux-mêmes , et ils ne daignent plus y amener
leurs bêtes ; s'ils y viennent encore, c'est seulement
comme à une fête , pour manger du veau rôti et
pour boire du vin rouge. Cela est si vrai qu'au
dernier comice de Nevers il y avait cinq prix de
charrue à donner , et que quatre charrues seulement sont entrées en lice. Le résultat le plus in-
contestable des comices, c'est de prendre leur temps
aux gens de la campagne, et de leur faire dépenser
en un seul jour tout l'argent qu'il ont gagné dans
leur semaine. Nous ne sommes pas revenus d'une
de ces fêtes , sans rencontrer , à chaque pas , des
paysans décrivant, sur la route, les bandes de feston
les mieux conditionnées, et embrassant de grosses
filles à leur donner le torticoli. Voilà comme on
encourage et comme on moralise les classes laborieuses ! Nous sommes bien sûrs que les femmes
du village , celles surtout qui ne dansent plus ou
qui n'ont point de belles cottes à étaler, donnent au
diable M. Dupin et son comice. »

Voilà ce que ces forcenés disaient de la harangue
du grand laboureur , et je conviens qu'ils eussent
pu en dire davantage ; mais si M. Dupin eût eu

le bon esprit de m'acheter, je leur aurais répondu en ces termes :

« Vous êtes des esprits infiniment étroits et infiniment jaloux qui, ne sachant point vous-mêmes l'agriculture, ne voulez pas que les avocats la sachent. Pourquoi riez-vous de M. Dupin, parce que cet habile observateur de la nature a découvert que les habitants d'un sol fécond étaient plus portés à l'orgueil que ceux d'un sol stérile ? Mais, voyez donc l'hidalgo de l'ardente Espagne dont le sol, cuit au soleil, ressemble à une brique : il plante son poignard au ventre de celui qui le regarde de travers ; mais cela n'empêche pas qu'il ne soit le plus modeste de tous les hommes. Considérez, au contraire, l'enfant épais et carré de la plantureuse Auvergne : quelle majesté dans sa pose, quand, accroupi le long d'une muraille, il met une pièce à un vieux soulier ! et quelle mâle fierté dans son accent, quand il ébranle vos vîtres de cette phrase sacramentelle : *Raccommoda les casseroles !* Vous vous moquez de M. Dupin de ce qu'il appelle par leur nom les grands personnages qui sont venus illustrer son comice !.. et par quoi voulez-vous donc qu'il les appelle ? Vous dites : Si, pour être orateur, il suffit de dresser une liste de noms, nous en ferions bien autant. Esprits présomptueux ! vous ne vous doutez point de la difficulté qu'il y a de composer une liste de notabilités : un nom oublié ne vous fait qu'un ennemi ; mais un nom de trop vous en fait dix. Je maintiens, moi, que, dans ce petit catalogue de châtelains rédigé par M. Dupin, il y a plus d'esprit que dans tout le reste de son discours. Vous me répondrez à cela qu'il y a fort peu d'esprit dans le reste de son discours ; mais cela confirme mon observation. Ce petit morceau que vous traitez de platitude et de trivialité est, au contraire, éminemment poétique ; cela est renouvelé de la belle antiquité. Jamais les poètes classiques, quand ils parlent d'une armée, ne manquent d'en dénombrer les principaux chefs ; pourquoi n'en serait-il pas de même d'un comice ? Vous prétendez que c'est là de la réclame électorale : l'expression peut être juste ; mais on ne parle pas ainsi à un grand homme. Vous auriez dû vous contenter de dire que c'était une de ces politesses méditées qu'on adresse aux gens dont on peut avoir besoin. Et pourquoi M. Dupin ne ferait-il pas de réclame à ses électeurs ? Il s'aperçoit qu'ils deviennent lourds, apathiques ; beaucoup d'entre eux ne se donnent plus la peine de venir à Clamecy lui apporter leur bulletin, et quelques-uns même, pour s'épargner de fastidieux déplacements, ont proposé de l'élire pour cent un ans. M. Dupin est toujours nommé à la même una-nimité ; mais cette unanimité devient si petite qu'il y a des minorités plus volumineuses. Cela fâche et mortifie M. Dupin ; si, en stimulant le zèle de ses partisans, il peut éloigner de lui ce petit calice ai-grelet, n'est-il pas en droit de le faire ? Parce que M. Dupin, à propos de l'agriculture de l'arrondis-sement, vous a raconté l'histoire de Vauban, vous vous écriez qu'il divague ; et quel est donc, je vous prie, l'orateur de la Chambre qui ne divague point, à moins qu'il borne son éloquence à crier *aux voix* ou *la clôture* ? Mais ici M. Dupin ne divague point ; il sait très bien, au contraire, où il va : il veut vous amener à le comparer à Vauban ; si vous disiez, et qu'il vous entendît : « M. Dupin a de commun avec Vauban que, comme lui, il s'occupe, à temps perdu, d'agriculture, » il ne trouverait pas, dans ses tiroirs, de ruban assez rouge pour vous récompenser. Du reste, les divagations de M. Du-pin ont cela de bon, c'est qu'elles ne sont point de ces divagations éloquentes ou spirituelles qui vous prennent, pour ainsi dire, par l'oreille, et vous forcent de les écouter : pendant que parle M. Dupin, vous pouvez aller fumer votre cigarre ou manger un morceau en attendant le potage officiel pour lequel vous avez souscrit, et vous êtes aussi avancé que ceux qui ont écouté son discours d'un bout à l'autre. Vous dites que M. Dupin rappelle sans cesse à son arrondissement les services qu'il lui a rendus: l'arrondissement ne lui devrait de la reconnaissance qu'autant que ces services seraient des faveurs ; or, si M. Dupin avait eu le malheur de faire obtenir quelques faveurs à ses concitoyens, loin de les leur rappeler, il voudrait qu'ils les oubliassent. La France a 420 enfants, qui sont ses arrondissements, et, parmi eux, il n'y a point de Benjamin : quand l'un va pieds nus, elle ne peut donner des bottes à l'autre. M. Dupin sait cela ; il sait aussi que les députés qui sollicitent, pour une fraction de la grande patrie, des avantages qui ne lui sont pas dus ou qui lui sont moins dus qu'à d'autres, commettent une espèce de larcin envers la Nation ; que ce sont des gens qui volent leurs cousins pour enrichir leurs frères. Or, comment pouvez-vous soupçonner M. Dupin d'une telle énormité ?

Vous demandez presque la tête de M. Dupin, parce qu'il s'est avisé de dire que les riches étaient les chefs naturels du peuple ; mais, cette phrase contre laquelle vous criez si fort, elle est tombée, par inadvertance, des lèvres du grand homme : il était sans doute, en ce moment, distrait par le gracieux sourire des belles châtelaines, ou bien il préparait en lui-même la scène d'attendrissement qu'il devait jouer, avec M. Sauzet, à la fin du banquet officiel, et qu'ils ont si bien jouée tous les deux. Du reste, M. Dupin n'attache plus un sens bien précis à ses expressions ; sa langue maigrit et devient flasque ; c'est un orateur qui évacue ses dernières phrases. Qu'entend-il, par exemple, par *la tenue d'un comice* ? et que veut-il dire, quand il loue M. Sauzet, qui lui a pris son hôtel et ses cent dix mille francs de frais de représentation, de n'avoir point de jalousie contre lui ? En vérité, ce monsieur Sauzet est un brave et digne homme ! il n'est point jaloux du confrère qu'il a dépouillé de son emploi. Convenez que la magnanimité lyonnaise vaut bien la magnanimité romaine. Du reste, M. Dupin ne le cède point, en fait de grandeur d'ame, à M. Sauzet : il a cabalé, comme un forcené, pour se faire nommer président de la Chambre ; cependant, la peine inutile qu'il s'est donnée pour se mettre à la place de cet excellent ami, il la lui pardonne ; il l'aime comme par le passé, et l'an prochain, au comice, si **M**. Sauzet s'y trouve encore , il l'embrassera avec la même effusion , et toujours avec la même absence de jalousie.

Voulez-vous une nouvelle preuve de cette incohérence 'idées qui distingue l'orateur clamecicois ; lisez, jusqu'au bout, la phrase où il est question des chefs naturels du peuple : « C'est la première fois » dit **M**. Dupin « que le peuple voit ses chefs naturels , ses véritables amis , réunis en assemblée pour l'encourager ; donc il faut faire tous nos efforts pour que cette fête ne lui soit pas inutile. » Ainsi, si c'était la seconde fois que les chefs naturels du peuple fussent réunis , ils ne devraient rien faire pour que la fête fût utile au peuple. Ce *donc*, que place là **M**. Dupin, ne vous fait-il pas l'effet d'une personne de bonne volonté qui tire par la main pour les réunir, deux hommes qui s'en vont chacun de leur côté? Or , comment voulez-vous garder rancune , à un homme de cette logique, d'une proposition mal sonnante ?

C'est ainsi que j'aurais répondu aux détracteurs de **M**. Dupin, s'il m'eût acheté. En tous cas, si je voulais me vendre, je voudrais un patron plus brillant que **M**. Dupin ; et même, à franchement parler, j'aime mieux être à ma place qu'à la sienne.

Le rôle politique de **M. Dupin** est fini ; en vain, pour se donner un air d'importance, il se tient boudeur et refrogné sur sa banquette. Le gouvernement ne le craint plus, et l'opposition ne veut point de son équivoque appui. **M. Dupin** n'est plus à la Chambre que pour faire nombre ; c'est une boule capricieuse qui roule de côté et d'autre et ne peut se fixer nulle part. **M. Dupin** est de ces natures amphibies qui sont faites pour convenir un peu à tout le monde , et ne conviennent complètement à personne ; tant qu'il y aura quelque chose à ramasser autour de lui, il aura des partisans ; mais, son crédit une fois épuisé, il ne lui restera pas un ami. Cet homme est moitié peuple et moitié aristocrate, moitié libéral et moitié conservateur ; il est toujours sous l'action de deux forces opposées qui se détruisent : quand la tête de **M. Dupin** veut avancer, la queue veut rester stationnaire. **M. Dupin** était hostile à la Restauration, parce que ses grands seigneurs l'éclipsaient ; cependant, papillon empesé, il décrivait, autour du flambeau, un cercle qui allait toujours se rétrécissant, et il eût fini probablement par s'y brûler ; mais, aujourd'hui que les bourgeois sont au pouvoir, **M. Dupin** est à son aise : un monde où tous les ans on peut acheter une terre lui paraît le meilleur des mondes possibles ; tout juste assez de liberté pour qu'il soit lui-même prépondérant, pas assez pour que des hommes nouveaux surgissent d'une condition infime aux affaires, et deviennent ses rivaux , voilà *sa liberté sous la loi.*

M. Dupin est-il orateur? Ceux qui l'ont entendu le disent ; moi qui n'ai fait que le lire , je ne le crois point. Un orateur met de la vie dans sa parole, et dans celle de **M.** Dupin , il n'y en a pas. C'est un avocat assez adroit, mais assez mal disant, qui fait sa besogne. Toute question qui se présente, il l'envisage sous le rapport de la légalité , et il plaide. Donnez-lui à haranguer une armée qui va attaquer l'ennemi , il cherchera à démontrer aux soldats qu'en vertu de tel article du code ils doivent marcher au signal de leur chef. Sur toute question d'affaires et d'intérêt , **M.** Dupin dit de bonnes choses, et il se fait écouter ; mais c'est à cela, seulement à cela, qu'il peut prétendre. Il n'est point de ces forts orateurs qui ont des éclairs sur les lèvres et un tonnerre dans la poitrine ; point de ceux dont la parole puissante soulève la lourde masse d'une assemblée , et l'amène à leur opinion. **M.** Dupin vise au trait, à l'esprit, et la Chambre s'épanouit quelquefois à ses facéties. Je ne sais si c'est l'habit qui fait la plaisanterie, ou si les bons mots de **M**. Dupin sont de ces choses qui perdent, en voyageant, de leur valeur ; mais tous les jours nous entendons, sur nos places publiques, dans nos marchés, partout où le peuple se réunit, des choses plus spirituelles auxquelles nous ne faisons pas attention. Faites de **M**. Dupin un pauvre diable, faites-en même un maire rural, et Dieu me damne si quelqu'un s'avise de dire qu'il a de l'esprit ! Dans ses coups de boutoir, comme on disait autrefois, il y a plus de violence et de colère que de sel et de finesse : c'est un clou qui n'a pas de pointe, mais qui s'enfonce, toutefois, parce qu'on frappe bien fort dessus. **M**. Dupin, réchauffé par son geste, et paré de ses agréments de tribune, je ne le connais point ; je ne connais que **M**. Dupin imprimé. Or, le style de **M**. Dupin est sec, lourd, diffus, empoissé ; il est, du reste, entièrement dépourvu de couleur et d'images. **M**. Dupin met tout en petit-gris, comme un volet ; pourvu qu'il se fasse comprendre, il se soucie peu du reste. C'est l'exactitude et la clarté d'un notaire ; mais c'en est aussi la sécheresse : vous diriez qu'il a pris le Code civil pour modèle. Ses défauts sont surtout sensibles dans ses opuscules. Dans ces bluettes où l'importance de la matière ne fait pas oublier la forme , **M. Dupin** est vraiment détestable, et sa lettre sur la communauté des Jaulx a fait tache même dans l'*Echo de la Nièvre*.

Je vous disais que **M. Dupin** n'avait point de véritables amis : la preuve qu'il n'en a point, c'est qu'il ne s'est trouvé personne pour lui conseiller de laisser reposer en paix , dans son porte-feuille , ses œuvres fugitives. Quand il traite un sujet léger — et il a souvent cette fantaisie — il ressemble à un bœuf qui veut ramasser une feuille de rose, ou à un maréchal ferrant qui veut faire une petite montre.

M. Dupin se sent descendre ; il s'aperçoit de la tiédeur de ses électeurs ; il comprend qu'ils se dégoûtent de toujours envoyer le même sac de mouture à la Chambre. Lui-même s'ennuie du rôle tout passif qu'il y joue. Encore quelques années , et il faudra le déposer au Luxembourg, à côté de la vénérable momie de son frère le baron Charles. **M. Dupin** pair de France , sera certes encore quelque chose ; mais, quand on a été admiré et qu'on cesse de l'être, quand il faut s'ensevelir tout vivant dans le froid et sombre caveau de l'oubli, c'est la pire de toutes les morts. J'aimerais cent fois mieux tomber du faîte d'une grande fortune que du haut d'une réputation

éclatante. L'homme qu'a frappé ce malheur ressemble à l'oiseau estropié qui, après avoir long-
temps volé dans les cieux, est obligé de marcher dans
la poussière de la terre. Quand M. Dupin est à Raffigny, se reposant sous ses charmilles, et qu'il a déposé au pied d'un arbre son habit de courtisan, je
suis bien sûr qu'il regrette ce temps où il n'avait
qu'un nom tout nu d'avocat, mais que le peuple
prononçait avec les noms qui lui étaient les plus
chers. Lorsqu'il regarde au bas de cette longue
montée qu'il a parcourue, et qu'il y voit la terre
verdoyante et pleine de fleurs, combien il doit trouver tristes et sombres les cimes arides sur lesquelles
il est perché ! En échange de sa popularité, qu'a-t-
on donné à M. Dupin ? Des richesses, encore des
richesses, toujours des richesses. Eh ! mon Dieu,
qu'a-t-il donc besoin d'être si riche ? qu'est-ce
que toutes ces terres qu'il achète peuvent ajouter à
sa satisfaction personnelle ? S'il était généreux, je
concevrais sa persistance à accumuler ; mais, sans
la générosité, qu'est-ce qu'une grande fortune, sinon
une grande superfluité ?

Du reste, quand je dis : « je ne voudrais pas être
à la place de M. Dupin, » j'en parle bien à mon
aise ; il n'y a pas de risque que le grand homme
vienne m'offrir sa place en échange de la mienne.

DEUX ÉPISODES

D'UNE

TOURNÉE ÉPISCOPALE.

Aucuns me disaient, il y a quelque temps : Eh !
M. Claude, vous ne nous parlez que de M. Dufêtre ;
on dirait que vous ne savez écrire que ce nom. Si
M. Dufêtre n'était évêque , comment feriez-vous
donc pour être pamphlétaire ? A cela je répondais :
« Mon Dieu ! messieurs, vous reprocherez bientôt
aux journaux de l'opposition de ne parler que de
M. Guizot, et à M. Dufêtre lui-même de ne pré —
cher que sur la religion chrétienne. Mais, que voulez-
vous ! comme le journaliste, comme le prédicateur,

comme tous ceux qui parlent ou qui écrivent, il faut bien que le pamphlétaire prenne ses sujets là où ils sont. Croyez-vous donc qu'il y ait ici un boutiquier qui tienne, à prix raisonnable, des sujets de pamphlet à choisir ? Quand j'ai à ma porte une source abondante, voulez-vous que j'aille chercher de l'eau à un puits profond qui est à demi-quart de lieue ? Tout est pour le mieux dans votre ville : le gaz y est blanc et limpide, les huîtres y arrivent fraîches, la police y porte l'épée au côté et le petit chapeau sur le chef, le barreau y donne des bals comme il faut, de toute beauté, les employés d'usine et les imprimeurs y sont maîtres passés en fait d'a-gronomie, et les épiciers y font des discours ma-gnifiques ; le pamphlet mourrait d'inanition sur cette heureuse terre, s'il n'avait l'évêché et les églises. Or, permettez donc qu'il vous parle de l'évêché et des églises. Parce que tous les jours vous mangez du pain blanc, le pain blanc vous paraît-il donc une nourriture fastidieuse ? »

Maintenant que M. Dufêtre se fait modeste, je le laisse jouir du bénéfice de sa modestie. Or, ces mêmes personnes me disent : « Mais, M. Claude, vous ne nous parlez plus de M. Dufêtre ; l'auriez-vous amnistié, comme vous avez fait autrefois de

M. Paillet, ou bien êtes-vous entré dans la con-grégation des jésuites ? » Je leur répondrai ce que précédemment je leur répondais : « Le pamphlé-taire ne peut prendre de sujets là où il n'y en a point. Je suis comme le lièvre qui reste à la même place tant qu'il y a du serpolet à brouter, et qui émigre aussitôt qu'il n'y en a plus. **M.** Dufêtre ne fait plus de saints, il ne fabrique plus de miracles, il ne triomphe plus, que voulez-vous que j'en dise ? L'illustre prélat est-il un sujet de pamphlet même dans son sommeil ? Croyez-vous que j'aie pris à tâche d'être son persécuteur ? Pourquoi trouble-rais-je le silence de sa vie obscure et retirée, et irais-je, du bruit de mes critiques, interrompre ses prières ? Me prenez-vous pour une hyène qui va déterrant les cadavres ?

Mais, insistent ces messieurs, qui sont de forcenés provocateurs de pamphlet, vous auriez bien pu, si cela vous eût convenu, donner encore à **M.** Dufêtre quelques coups de votre houssine. Vous n'ignorez pas qu'après avoir trouvé très convenable que de belles dames du lieu chantassent une messe à toute voix en l'honneur de sainte Cécile, quand ladite messe fut étudiée et pour la dixième fois répétée, il trouva très inconvenant qu'on la chantât. Dans ce prélat, chez lequel *l'Écho de la Nièvre* trouve tant de choses, y a-t-il encore de la girouette ? Lorsqu'il a dit, étant de sereine humeur, « telle chose est bien », peut-il dire le lendemain, si son humeur a tourné à l'orage, qu'elle est mauvaise ? Doit-il faire soupçonner son infaillibilité épiscopale, et s'exposer à passer auprès de ses ouailles pour un guide indécis ?

Assurément non, Messieurs ; mais, pour faire un pamphlet, il faut non seulement un fait, mais un fait qui prête à des développements utiles. Or, qu'aurais-je pu dire sur le sujet que vous me proposez ? Je n'aime pas, moi, à épancher mon encre sur des espaces arides et où rien ne saurait pousser. M. Dufêtre a eu certes un très grand tort d'ôter à de belles dames la satisfaction de donner une aubade à sainte Cécile, et de priver sainte Cécile du plaisir d'entendre ces dames. Je conviens même que si j'étais à la place de la sainte, je tirerais de ce procédé une vengeance exemplaire. Ainsi, attendu que les chœurs d'église rentreraient dans mes attributions, j'aurais enroué le serpent de la cathédrale, j'aurais enrhumé l'orgue, j'aurais donné une extinction de voix aux chantres : aucun d'eux n'eût pu dire un *Gloria Patri* ou un *Dominus vo-*

biscum, sans commettre une demi-douzaine de canards. Mais tout le pamphlet qu'il y avait à faire sur votre messe d'abord adoptée et plus tard rejetée, vous venez de le faire. Pour moi, j'ai la voix trop fausse pour raisonner pertinemment sur la musique. Et, d'ailleurs, pourquoi donc épouserais-je vos rancunes contre M. Dufêtre ? Je commence à comprendre les choses de la vie, et je ne veux plus me faire d'ennemis. Quand je serai trépassé, ce n'est pas vous qui viendrez chanter des *deprofundis* autour de mon cercueil, et sainte Cécile ne m'accompagnera pas en pinçant de la harpe jusqu'au cimetière.

Il y a plus : un remords m'a touché, et je veux vous faire l'éloge de M. Dufêtre. Je ne vous dirai point, par exemple, que ce grand prélat est l'envoyé de Dieu ; je n'irai point, comme un certain abbé qui parfume sa tonsure, — ce que je ne trouve pas mauvais, à Dieu ne plaise ! car il n'est pas défendu à un abbé de rivaliser de bonne odeur avec un pied de basilic — mais qui ferait bien aussi, je crois, de parfumer son langage, vous dire que ceux qui critiquent M. Dufêtre sont de la *canaille*. Il me semble que l'admiration pour M. Dufêtre n'est pas un article de foi, et qu'on peut être tout aussi chrétien que l'abbé en question, bien qu'on ne partage point son culte pour le prélat. Je ne vous dirai point, non plus, comme un monsieur de robe différente, mais de même acabit, que ceux qui font des pamphlets contre l'illustre évêque sont des infâmes dont il faudrait purger la ville. Les infâmes dont toute ville devrait être purgée, ce sont ces hypocrites qui, sous un masque séculier, cachent une face de congréganiste. Etre l'ami de **M. Dufêtre**, c'est très bien, et je voudrais, moi, avoir cet honneur ; mais on n'est pas pour cela l'ennemi nécessaire de toute raison et de toute justice. Que ce monsieur dise tout le mal possible de mes pamphlets, c'est son droit, c'est peut-être aussi sa consigne ; mais, sous prétexte de former le cœur et l'esprit de ses écoutants, qu'il n'aille point, par cela seul que je fais des pamphlets, diffamer ma personne qu'il ne connaît point Un homme d'esprit réfute un écrivain quand il ne lui convient pas ; mais il n'y a qu'un sot qui, en désespoir de cause, le calomnie. Ce monsieur a un lourd aiguillon qu'il enfonce dans l'épiderme des gens pendant qu'ils dorment. Que ferait-il donc, mon Dieu ! si, comme le moucheron, il avait un aiguillon et des ailes ? Mais, me direz-vous, de quoi louerez-vous donc **M. Dufêtre** ? Oh !

messieurs, je louerai M. Dufêtre, d'abord d'une qualité que ses biographes ne nous ont point encore révélée, — de son amour pour le saumon ! — amour qui fait, comme dirait M. Dupin dans sa sollicitude à ménager tout le monde, le plus grand honneur au poisson et à l'évêque ; ensuite, je le louerai de la libéralité avec laquelle il distribue sur sa route les indulgences qu'il tient du pape, et de son zèle adroit à propager les images saintes dans le département. Vous direz que je suis vendu à M. Dufêtre, ou vous ne le direz pas : tels seront les deux points de mon pamphlet.

M. Dufêtre était en tournée. Il était attendu pour bénir et pour déjeûner, — deux choses qu'il fait volontiers, — dans une paroisse dont je ne me rappelle plus le nom. Comme on sait qu'il aime à triompher, on lui avait préparé un petit triomphe proportionné aux faibles ressources du pays ; l'on m'a dit même qu'à cette occasion le maire s'était fait faire une redingotte neuve. Mais, soit que le diable eût fait galoper l'aiguille de sa montre, soit que ses chevaux, saturés d'avoine au dernier presbytère, eussent couru avec une vitesse inaccoutumée, il arriva une heure plus tôt qu'il n'était attendu. Personne, donc, n'était à son poste. Les

sonneurs, seuls orateurs qu'on ait au village , bu-
vaient au cabaret pour se mettre en verve ; les
femmes étaient devant leur miroir , ajustant leur
cornette ; M. l'adjoint passait sa chemise blanche,
et le curé lui-même , dans sa vieille soutane , était
au pied de ses fourneaux qui stimulait le zèle de
sa cuisinière , lui rappelant les éloges que lui avait
décernés M. Naudot. M. Dufêtre fut obligé de
triompher tout seul. La principale et unique rue
du village n'était pas même balayée , et il ne ren-
contra pour tous diocésains que des molosses insolents qui aboyèrent comme des forcenés autour de
sa calèche, ce qui le mit d'une humeur extrême-
ment acide, bien que M. Delacroix lui représentât
que ces animaux , pleins d'enthousiasme , criaient
dans leur idiome : « Vive Sa Grandeur Monseigneur Dufêtre , l'envoyé de Dieu ! etc. , etc. »
Pareil affront n'était pas encore arrivé à ce grand
prélat , et un moment il crut que le curé du lieu
était abonné à mes pamphlets. Au bruit de la calèche sur le pavé de sa cour, le curé arrive tout confus , et ne pouvant d'émotion desserrer les dents.
«Eh ! monsieur, lui dit le prélat, est-ce donc ainsi que
vous glorifiez la religion ? voilà donc comment vous
recevez votre évêque ? Est-il étonnant que les gens

du monde ne nous honorent pas quand nous ne nous honorons pas nous-mêmes? — Mais, monseigneur, balbutia le pauvre curé qui ne savait plus à quel saint se vouer, le déjeûner sera bientôt prêt, et si Votre Grandeur... — Il s'agit bien ici de votre déjeûner! croyez-vous que ce soit pour déjeûner que je vienne dans votre paroisse? Où est votre garde nationale, monsieur? — Hélas! monseigneur, je tiens de M. le maire que nous n'en avons plus qu'un vieux contrôle. — Où est votre procession, monsieur? — Monseigneur, elle est commandée. — Où est le maire, où est le conseil municipal, monsieur? — Mais, monseigneur, le conseil municipal n'est pas encore prêt, vous m'avez écrit que vous arriveriez à dix heures et vous arrivez à neuf. — Et vous-même, monsieur, dans quelle tenue vous présentez-vous devant votre évêque? — Mais, monseigneur, Votre Grandeur veut-elle que je mette une chasuble pour surveiller son déjeûner? »

Ces raisons ne satisfirent pas l'évêque, qui avait décidé d'avance qu'il se fâcherait; il déclara au curé qu'il ne déjeûnerait pas au presbytère. Le bon homme feignit de se désoler, mais dans son for intérieur, il n'était pas trop effrayé de cet accident; il avait pour principe, principe auquel, du reste, j'adhère complètement , qu'un subalterne ne déjeûne jamais bien avec son supérieur , et il ne se croyait pas obligé de jeter ses ragoûts aux chiens du village, parce que M. Dufètre avait passé outre sans les goûter.

Mais tandis que l'évêque gourmandait ainsi le pauvre curé, un prêtre de son état-major alla faire, comme nous disons vulgairement, un tour de cuisine ; il remarqua un saumon magnifique, qui nageait encore dans son court-bouillon, mais tout prêt à passer dans un élément plus confortable, et il ne le prit pas pour un brochet, je vous prie de le croire. Il crut que ce serait être mal avisé de bouder contre une si belle pièce, et il jugea convenable d'en référer à M. Dufètre. Celui-ci, à bout de son improvisation, avait donné l'ordre du départ, et il avait déjà une sandale sur le marche-pied de sa calèche. L'officier d'état-major qui était allé en éclaireur, se pencha vers son oreille et prononça des mots mystérieux que personne n'entendit , mais on vit M. Dufètre tressaillir dans sa soutane violette ; le nuage qui couvrait son front auguste s'éclaircit tout-à-coup ; il revint au curé, et lui frappant d'une façon toute paterne sur l'épaule : Ce pauvre curé ! dit-il , combien je suis fâché de lui avoir fait de la peine !

pardonnez , mon bon curé, l'accès de mauvaise humeur auquel je me suis laissé emporter contre vous,
aux tracasseries qu'un écrivain infernal me fait éprouver dans la capitale même de mon diocèse. Dans
tout cela, il y a , je le reconnais, bien plus de ma
faute que de la vôtre , ou plutôt c'est la faute de
mon cocher qui mène mon char de triomphe comme
une voiture de poste ; avec cet homme on ne sait
jamais quand on arrive ; mais , que voulez-vous ,
pour être évêque on n'en est pas moins homme.
Eh bien , oui , mon bon curé , je déjeûnerai au
presbytère, mais il ne faut pas que la religion souffre
de nos erreurs, ses droits sacrés ne se périment pas.
Faites avertir vos gens qu'au lieu de triompher à
mon entrée , je triompherai à ma sortie du village ; Dieu, qui fait tout pour le mieux, a peut-
être permis que les choses se passassent ainsi ,
afin que vous eussiez mieux le temps de préparer la cérémonie , et que son nom en fût plus so-
lennellement glorifié. Le bon curé, qui croyait
son saumon hors de tout danger , fut obligé de
se confondre en remerciments sur l'extrème bonté de monseigneur, et de lui servir de sa main le
meilleur morceau de son poisson.

Vous me direz sans doute, mes chers abonnés, que

l'amour du saumon n'est pas une vertu, mais permettez, s'il vous plaît : d'abord l'amour du saumon est la marque d'un appétit éclairé ; or, Cyrano
de Bergerac a bien loué Louis XIV d'être bon
nageur, pourquoi donc ne louerais-je pas M. Dufêtre d'avoir un appétit éclairé ? Ensuite l'amour du
saumon est une vertu, dans ce sens qu'il peut vous
empêcher de tomber dans nombre de péchés mortels. Ainsi, si M. Dufêtre eût détesté le saumon,
que serait-il arrivé ? il aurait persisté dans une colère blamâble, il se serait rendu coupable d'ingratitude envers un bon curé qui avait sacrifié un tri-
mestre de ses appointements à le régaler; peut-être
à la moindre erreur qu'eût commise ce digne ecclésiastique, M. Dufêtre, se ressouvenant avec amertume de son triomphe manqué, l'eût déporté dans
une paroisse lointaine, où le saumon eût été inconnu. Or, qui sait comment le maître de là-haut eût
pris tout cela ? Peut-être monsieur Dufêtre, tout
envoyé de Dieu qu'il est, n'en eût-il pas été quitte
pour une huitaine de purgatoire. Vous voyez donc
bien que l'amour du saumon est bon à quelque chose;
et si Jésus-Christ ne nous l'a pas recommandé dans
son Evangile, je suis bien sûr que c'est parce qu'il
l'a oublié.

Voici maintenant le second point de mon pamphlet ; du reste , je ne comprends point comment l'*Écho de la Nièvre*, qui s'est fait l'historiographe de tous les gestes et de toutes les paroles de M. Dufêtre, ne m'a point soufflé l'historiette que je vais vous raconter. M. Dufêtre entrait à Saint-Benin-des-Bois. C'était la première fois qu'il apparaissait dans le pays, et Dieu descendu des cieux n'y eût pas causé plus d'émoi. Les cloches sonnèrent tant et si longtemps son arrivée, qu'elles en furent rauques pendant un mois. Il n'y avait, il est vrai, ni garde nationale ni artillerie ; mais M. Dufêtre sut s'en passer pour l'heure. Le curé de Saint-Benin-des-Bois a un presbytère monté sur un bon pied. Le digne homme possède un vieux cuisinier dont la face s'est basanée aux rayons ardents de ses fourneaux, et dont les dures mains portent la trace de maintes glorieuses brûlures. Cet artiste, qui n'ignore aucune des sauces possibles , avait été chargé, par le curé, de préparer, à M. Dufêtre , un excellent dîner, un vrai dîner de cardinal, et , cette fois , il s'était surpassé ; la bénédiction du ciel était descendue sur toutes ses casseroles : aucune de ses sauces n'avait tourné ; tous ses rôts étaient cuits à point, et vous eussiez écouté ,

d'un bout à l'autre, une homélie de **M. Dufêtre**
pour avoir une assiettée de son potage. L'illustre
prélat s'était imaginé que, dans ces contrées per-
dues, la cuisine gauloise était encore en honneur;
que le tourne-broche y était inconnu; que les habitants tiraient, comme au temps de l'âge d'or, leur
boisson quotidienne du puits communal, et, même,
on raconte qu'il demanda à **M. Delacroix** si le miracle de Cana pouvait se renouveler dans ce village.
Il fut donc très agréablement surpris de l'excellent
dîner dont la table était parée, et, après l'avoir di-
gnement apprécié, il demanda qu'on lui présentât
l'homme de mérite qui avait produit ce chef-
d'œuvre. A cette nouvelle, le vieux cuisinier ne se
sentit pas d'aise; il bâtit, dans son esprit, mille
châteaux en Espagne : peut-être le prélat allait-il
l'attacher à son service; ses talents, enfouis dans
l'humble cuisine d'un presbytère, allaient se
produire sur un plus grand théâtre? il aurait, pour
apprécier ses œuvres, le palais fin et artistique du
Chapitre, et il en résulterait pour lui autant de
profit que de gloire; qui sait même s'il ne vivrait
pas assez pour voir **M. Dufêtre** cardinal, et si, plus
heureux que Carème, il ne ferait pas le dîner de
quelque pape? En tout cas, le prélat ne pouvait lui

refuser, comme pour-boire, une portion notable de
son indemnité de route, puisque c'était pour la dis-
tribuer en pour-boires sur son passage que le conseil général la lui avait allouée. Aussitôt que le vieil
artiste fut à la portée de **M**. Dufêtre, celui-ci lui
déposa, sur le chef, sa bénédiction épiscopale, puis
il entra en compliments sur le merveilleux dîner
dont son palais fumait encore. «Votre salmis de bé-
casses, luidit-il avec cette abondance et cette facilité
de parole qui l'ont placé au rang de nos prédicateurs les plus distingués, était excellent, et votre
vol-au-vent était irréprochable. — Et mes truites
au gratin donc, monseigneur !.. tout ce qui me fait
de la peine, c'est qu'on ne m'ait pas laissé de quoi
en regouter. Je suis bien sûr que vous n'en mangez
pas de pareilles dans votre hôtel épiscopal. Et si
j'étais à votre service. . . . . . — Votre zèle a bien
traiter ma grandeur, interrrompit le prélat , mérite
une récompense signalée , et je vous la donnerai
telle que ni les rois , ni les empereurs de la terre
ne pourraient vous en accorder une d'un si haut
prix. » Le bonhomme croyait déjà sa fortune faite,
et , ne pouvant trouver de paroles assez belles ,
selon lui, pour remercier **M**. Dufêtre des bienfaits
dont il allait le combler , il se mit à réciter ses

prières. Mais, il ne vaut pas mieux compter sans son évêque que sans son hôte : au lieu d'une bourse bien garnie, la poche de la soutane violette accoucha d'un petit crucifix. Tenez mon ami, dit M. Dufêtre mettant son crucifix dans la main du cuisinier, cette image est indulgenciée par notre Saint-Père le pape ; c'est mille ans au moins de purgatoire que je vous retranche. — Je ferai observer à Votre Grandeur, dit l'artiste désappointé, mais ne perdant point sa présence d'esprit, que mes efforts à la régaler ne méritent point une récompense si haute. Si j'ai réussi au gré de vos désirs, j'attribue mon succès bien moins à mes faibles talents qu'à la protection de Dieu qui s'attache à votre personne, et si vous me donniez une pièce de cinq francs, comme m'en donnait une M. Naudot toutes les fois qu'il dînait ici, je me croirais assez... — Fi donc ! une pièce de cinq francs, interrompit M. Dufêtre. M. Naudot ne savait pas apprécier le mérite. Non, mon ami, le prix que je mets à vos talents n'est pas trop élevé, et vous méritez tout le bonheur que vous portera cette image !

Le vieux cuisinier empocha donc son crucifix, ne pouvant empocher autre chose ; mais il remarqua avec douleur qu'il était de cuivre. Toutefois, il

ne perdit pas l'espérance d'être gratifié. « Je l'at-
tends au départ, se dit-il ; il sait vivre, et il n'ignore
pas qu'on doit laisser un pour-boire proportionné à
son rang aux gens de la maison où on a été hébergé.
Il le doit d'autant plus que M. le curé s'est mis à
blanc pour le recevoir. » M. Dufètre déclara, en effet, qu'il voulait partir le lendemain après la messe.
Les artistes sont sans rancune : dès quatre heures
du matin, le vieux cuisinier était au pied de ses
fourneaux ; il se mit à composer, pour le prélat, un
déjeûner tout neuf, et cette fois encore il réussit
complètement. M. Dufètre témoigna beaucoup de
considération pour les mets délicats qui lui furent
servis, mais il ne sonna mot du vieux cuisinier.
Celui-ci suivait avec anxiété les préparatifs du départ. Déjà M. Dufètre était dans sa voiture, et il ne
fallait plus qu'un coup de fouet appliqué aux chevaux pour partir. « Ah ça ! dit le cuisinier, est-ce
que Sa Grandeur va s'en aller sans payer ? » Mais
M. Dufètre rappelé, par la vue de l'artiste qui
se tenait sur la porte du presbytère, au sentiment
de la reconnaissance, lui fit signe d'approcher.
Cette fois le bon homme crut qu'il tenait son pour-
boire, et il le crut d'autant plus fermement qu'il
voyait le prélat chercher sous sa soutane. Hé-

las! son espérance fut encore trompée ; monsieur Dufêtre lui tendit une médaille de la Sainte-Vierge, en cuivre comme le crucifix, et comme lui indulgenciée; puis il ordonna à son cocher de partir et il court toujours. Le cuisinier resta étourdi sur le coup; mais quand la calèche fut hors de vue, il examina les images, et il reconnut que, sauf les indulgences qui y étaient attachées, le sauveur du monde et son auguste mère valaient ensemble la somme d'un décime.

Je ne suis pas de ceux qui font fi de ce qu'ils ne peuvent avoir ; j'apprécie autant qu'elles méritent de l'être les indulgences que délivre monsieur Dufêtre. Qu'est-ce, en comparaison de ces saintes images qui gardent une ame du purgatoire, qu'une chétive pièce de cinq francs que certains ne peuvent dépenser sans commettre cinq gros péchés mortels ; je le dis sincèrement, si monsieur Dufêtre était abonné à mes pamphlets, je le tiendrais de grand cœur quitte pour un de ces crucifix indulgenciés qu'il distribue avec tant de grâce et d'amabilité , et même je lui ferais remise de sa bénédiction.

Mais enfin, à quoi emploie-t-il son indemnité? Puisque c'est nous , pauvres contribuables qui la payons, nous avons bien le droit de nous inquiéter

de ce que devient notre argent. Je ne vois pas pour—
quoi nous ferions une bourse de voyage à **M.** Dufêtre,
puisqu'il voyage sans bourse délier ; et lui-même
il est trop raisonnable et trop juste pour exiger de
nous ce sacrifice. L'an passé je m'étais permis de
lui dire : Monsieur Dufêtre ne vous laissez pas allouer d'indemnité deroute;il n'a tenu aucun compte
de ma recommandation, et, du reste, je m'y attendais, mais à cette époque il n'avait pas encore l'expérience de son diocèse : il ignorait comment
voyage un évêque sur cette terre bénite du Nivernais; il pouvait s'imaginer que le clergé de ce pays
était au dépourvu, que nos pauvres desservants pouvaient à peine ajouter , le dimanche, une volaille
de fête au pot-au-feu accoutumé ; voici peut-être
ce qu'il se disait :

Le milan ne se pose pas sur la tige d'un frêle ar-
buste ; or, moi qui ai dix fois autant de traitement
que ces misérables prêtres de village , je ne puis
m'abattre avec toute ma suite autour de leur
humble table, et leur imposer l'obligation de nous
héberger tous, ou bien il pouvait penser que l'église
nivernaise était inhospitalière, peu donneuse, mangeant son pain sous le couvercle de la huche, et aimant mieux acheter quelque morceau de bonne

terre que de donner un grand dîner. Dans l'un ou l'autre de ces deux cas, il a calculé qu'il serait obligé d'aller prendre domicile dans une hôtellerie, comme nous autres simples voyageurs qui ne tenons pas notre passeport de Dieu, et c'est sans doute sur une ancienne note d'auberge qu'il a basé le chiffre de l'indemnité par lui acceptée, ou peut-être a-t-il évalué approximativement à deux mille francs les gratifications qu'il serait obligé de semer sur son passage. Mais, aujourd'hui, il sait comment se font les choses dans ce pays ; de quelque côté qu'il porte ses bénédictions, il voit de loin joyeusement fumer la cheminée du presbytère ; tout prêtre nivernais enverrait plutôt au mont-de-piété sa soutane neuve, la montre d'or de sa gouvernante, que de laisser le digne prélat aller prendre sa réfection dans une auberge. Les jeunes desservants qui n'ont pas encore eu le temps de faire des économies, ou les vieux qui ont eu le temps d'absorber celles qu'ils avaient faites, aiment mieux faire appel à la cave et à la basse-cour des habitants notables de la paroisse, que de laisser ce grand évêque sortir à jeun de leur pauvre demeure. Trois lieues faites par M. Dufêtre dans son diocèse coûtent plus à son clergé que ne coûtaient aux chré-

tiens de la Galilée trente lieues faites par Jésus-
Christ accompagné de ses douze apôtres. Le prélat
a donc son pain quotidien assuré pendant ses tournées; et quant aux gratifications à répandre là où
il passe, maintenant qu'il a trouvé un moyen aussi
édifiant qu'économique de s'acquitter envers les
domestiques qui lui ont prêté leur aide dans les
maisons où il s'arrête , il doit être parfaitement
tranquille à ce sujet; il y a plus, monsieur Dufêtre
doit reconnaître que ses tournées sont non seulement pour lui un temps de franche lipée, mais encore qu'elles lui fournissent l'occasion de faire des
économies; car enfin, tandis qu'il accomplit ses péré-
grinations , le foyer épiscopal est éteint, l'écurie est
fermée, l'araignée file en paix sa toile à la porte des
celliers , et à Nevers un beau saumon ne coûte
guère moins d'une vingtaine de francs. M. Dufêtre
n'a plus aucun prétexte pour emboúrser son indemnité; mais s'il s'obstinait à l'embourser, le conseiller
dont la voix a fait l'an passé prévaloir ses frais de
route, pourrait bien être revenu cette année à une
opinion moins apostolique. A la vérité parmi les
membres du conseil général il y a nombre de gens
têtus, routiniers , n'admettant pas volontiers les
raisons nouvelles , se croyant obligés, parce qu'ils

vont à la messe, d'être de l'avis de leur évêque. Ils diront:nous avons donné l'an passé deux mille francs à monsieur Dufêtre, c'est un précédent; pourquoi ne les lui donnerions-nous pas encore cette année? vous ne sauriez les faire déguerpir de cet argument, ils appellent cela faire dela conservation. Mais si son cocher disait à un de ces honnêtes conservateurs : « L'an passé,en vous conduisant au conseil général, je vous ai versé à cette place, c'est un précédent, voulez-vous que je vous y verse cette année? » je serais curieux de savoir ce que répondrait le conservateur. En tout cas, si le conseil général persiste à allouer une indemnité de route à monsieur Dufêtre, qu'il mette à sa disposition un assortiment d'images, à la charge par lui de les faire indulgencier par notre Saint-Père le Pape. Cette monnaie conviendrait beaucoup mieux au prélat que des pièces de cent sous, et ce serait plus économique pour le département. C'est une idée que je livre aux méditations de messieurs les conseillers généraux.

C. Tillier.

Nevers, imprimerie de C. Sionest.

A mes Abonnés.

— • —

Mes Abonnés ,

Je vous ai avancé les deux tiers de mes *Pamphlets* ; je pense que vous ne trouverez pas que ce soit abuser de votre bienveillance , si je vous prie de me faire crédit du dernier tiers. Je vous préviens donc que je tirerai sur vous pour le montant de votre souscription.

C. TILLIER.

Cher Citoyen,

Mrs. Ardisson,

Je vous ai avancé les deux tiers, ça très bien-
phies ; je pense que vous ne trouverez pas que
ce soit abuser de votre bienveillance, si je vous
prie de me faire crédit du dernier tiers, je vous
préviens donc que je tirerai sur vous pour le
montant de votre souscription.

C. FILLIOUX

QUELQUES MOTS

SUR

UN MANDEMENT.

17e et 18e Pamphlets

J'étais allé à la messe de la paroisse, tout exprès pour entendre le Mandement de M. Dufêtre. Le prédicateur ne m'avait pas affriandé de l'écrivain; mais d'un homme aussi apostolique que ce grand évêque, j'attendais une instruction solide et de sages conseils pour me diriger dans la voie du salut. Malheureusement, dès le « Nous, Augustin-Do-» minique Dufêtre, par la grâce, etc. », je tombai dans un profond assoupissement, pendant lequel je rêvai qu'on me flagellait avec des verges trempées dans l'eau bénite, et je ne m'éveillai qu'à dix pages de là, lorsque le prêtre disait ces mots : « A ces « causes, après en avoir délibéré, nous avons or- « donné et ordonnons ce qui suit. » Ce protocole gascon me piqua à l'oreille. Voilà, dis-je à mon voisin, un tonsuré bien péremptoire ! Il serait empereur de la Chine ou czar de toutes les Russies, qu'il ne parlerait pas sur un autre ton. Jésus-Christ ne disait point à ses disciples : « Je vous ai ordonné « et je vous ordonne.... » Il est vrai que Jésus n'est que le fils de Dieu, et que M. Dufêtre est le fils d'un chaudronnier; chose, du reste, dont je le féliciterais bien davantage encore, si ce *monseigneur* qu'il a ajouté à son nom et ces honneurs de cardinal qu'il se fait rendre, ne juraient un peu avec son origine plébéculienne. Mais voyons ce qu'il a ordonné et ce qu'il ordonne.... — Pourvu, me répondit mon voisin, que ce ne soit pas de lire tous les jours son Mandement !

Mais M. Dufêtre n'est point cruel. Malgré ses *Nous avons ordonné et ordonnons,* c'est le meilleur homme du monde. Ce n'est point, lui, un jeûneur, un xérophage; il ne veut point que son diocèse dépérisse entre ses mains; il lui faut, à ses processions, des vierges joufflues et des fabriciens le moins jaunes possibles. M. Dufêtre, donc, nous permet l'usage des œufs et du lait durant tout le carême, et des jours gras de la semaine il ne retranche que le jeudi, ce pauvre jeudi qui m'apportait, quand j'étais maître d'école, de si douces heures, et avec lequel j'ai foulé dans les bois tant d'herbe qui ne repoussera plus, hélas! sous mes pieds. C'est avec une vive douleur que je vois ce vieux et infortuné camarade tombé dans la disgrace de son évêque et obligé de manger des légumes secs jusqu'au Vendredi-Saint. Si encore je pouvais adoucir la rigueur de son jeûne! Mais, hélas! condamné moi-même à un régime barbare par mon médecin, je ne saurais lui faire manger qu'un fade bouilli, et de temps en temps quelque maigre blanc de volaille. Par la grace de M. Dufêtre, le carnaval se prolongera dans ce département jusqu'à Pâques. Ce n'est que pour la forme, pour faire acte de présence seulement, que le carême se présentera parmi nous; et s'il raisonne, l'illustre prélat lui *ordonnera* de tourner sa broche. Je ne doute point que désormais les fidèles de l'Yonne, du Cher et de l'Allier ne viennent en foule sur notre heureuse terre passer la rigoureuse quarantaine; et le jour de Pâques, quand saint Cyr paraîtra à la grand' messe au milieu de ses confrères vides et décharnés, ayant, lui, les joues pleines et rebondies et son rabat tout maculé de taches de graisse, je suis bien sûr que les bienheureux le jalouseront, et que plus d'un de ceux qui l'ont raillé voudraient bien être sur son cochon.

Et voyez comme M. Dufêtre est bon évêque ! pour tant de concessions, il ne vous ordonne, en faveur de ses établissements diocésains, qu'une aumône proportionnée à votre fortune. Mais, faites-y bien attention, cette aumône est obligatoire. Eussiez-vous nourri pendant le carême tous les pauvres de la localité, votre dette envers les établissements diocésains n'aura pas diminué d'un centime.

M. Dufêtre dira peut-être que je canonise le vice et que je flétris la vertu ; mais j'ai un petit éclaircissement à lui demander relativement à l'article 5 de son Mandement. Une aumône proportionnée à la fortune du mangeur de viande, cela est très moral ; malheureusement ce n'est pas très clair. Dans quelle proportion doit donc être cette aumône avec notre fortune ? Est-ce dans la proportion de dix, de vingt pour cent ? Les émoluments de l'employé, le revenu du rentier, la pension de la belle dame entretenue, le salaire de l'artisan sont-ils passibles de cette aumône ? Combien de temps aura-t-on pour s'en acquitter ? Les bedeaux porteront-ils à domicile des petits avertissements sans frais ? Reçoit-on le papier sur Paris, et les crucifix indulgenciés passent-ils au comptoir ? Voilà, pour ôter tout prétexte de discussion entre nous et les curés chargés de percevoir l'aumône obligatoire, ce qu'il aurait fallu nous expliquer. Pour moi, si j'avais été à la place de M. Dufêtre, j'aurais ainsi rédigé mes ordonnons :

AVIS AU PUBLIC.

« Art. 1er. Tous ceux qui voudront s'affranchir « des diverses abstinences du Carême pour l'an- « née 1844, paieront à nos établissements diocé- « sains le dixième des notes réunies de leur bou- « cher, de leur rôtisseur et de leur laitière.

« Art. 2. Ils seront tenus de présenter ces notes « à leur curé le jour du Vendredi-Saint, et de ju- « rer, sur l'Évangile, ou sur mon Mandement, ce « qui est la même chose, qu'elles sont pures de « toute fraude.

« Art. 3. M. le curé leur délivrera quittance « des sommes versées par eux, ainsi que des pé- « chés dont ils auront acquis la rémission, et ils « ne seront plus obligés d'en faire mention dans « leur confession générale. »

« Art. 4. S'ils font leurs pâques dans une pa-
« roisse qui ne soit pas la leur, ils seront tenus de
« présenter à l'officiant, avant de s'approcher de
« la sainte table, la quittance de leur curé dû-
« ment légalisée.

« Art. 5. Nous prévenons des mangeurs de
« viande et de laitage qui ne se conformeraient
« point aux conditions prescrites par les articles
« précédents, qu'ils encourront des maladies
« d'estomac dont aucun docteur de la Faculté ne
« pourra les guérir. »

De cette façon, la créance des établissements diocésains eût été bien mieux assurée. Mais, là n'est
pas la question. Quand j'aurai payé mon pot-au-feu
à mon boucher, et que je l'aurai repayé à mon
évêque, je serai bien quitte de mon dîner envers les
hommes; mais, en serai-je pareillement quitte envers Dieu ?... voilà ce qui me tient en cervelle;
car, pour tout le gibier de la Nièvre, aromatisé de
toutes les truffes du Périgord, je ne voudrais pas
contrevenir à la moindre de ses volontés. J'ouvre les
Commandements de l'Eglise, et je lis : « *Quatre-
temps vigile jeûneras, et le Carême entièrement.* »
Je présume que ce n'est pas pour la rime que le
poète secrétaire de l'Eglise a écrit : *le Carême entièrement.* Donc, l'Eglise veut formellement que
nous jeûnions tout le Carême. Or, il me semble que

jeûner et donner de l'argent aux établissements diocésains, ce n'est pas la même chose ; qu'on ne peut, par le moyen d'écus qu'on fait tomber dans un tronc, changer en orgies un temps d'abstinence. S'il en était ainsi, l'Eglise s'en fût nettement expliquée avec nous. Et qui l'empêchait d'ajouter, après *le Carême entièrement*

> Ou de ce jeûne tu pourras
> Te dispenser en finançant.

Mais l'Eglise n'a pu vouloir nous affranchir, pour de l'argent, des obligations qu'elle nous avait imposées : cela eût fait causer les impies. Ils n'eussent pas manqué de dire que l'épouse de Jésus-Christ trafiquait de ses propres commandements ; qu'elle n'avait fait le Carême si rigoureux que pour vendre, à un plus grand nombre, l'autorisation de s'en affranchir. Du reste, en agissant ainsi, l'Église eût mis la religion à la merci des évêques, et livré ses commandements au pillage. Voici, par exemple, M. Dufêtre qui nous vend aujourd'hui, au profit de ses établissements diocésains dans le besoin, la permission de faire gras ce Carême... Mais, demain, s'il vient, pour ces établissements, une recrudescence de besoins ; si un grand mur s'écroule au séminaire ; si les ouragans de l'équinoxe emportent la toiture d'une de ses écoles, qui empêchera que notre vertueux évêque , inspiré par ce qu'il y a en lui de saint Vincent de Paule, ne s'arrange avec nous des Quatre-Temps, et ne finisse par nous vendre le vendredi lui-même , quand il n'aura plus d'autre ressource.

Je ne conteste pas à l'Eglise le droit de permettre, à certains de ses enfants, de déjeûner, pendant le Carême, avec du lait, et de dîner avec de la viande ; mais, cette permission, elle ne saurait en faire un objet de commerce ; elle ne l'accorde qu'à des chrétiens auxquels leur âge, leurs infirmités ou les exigences de leur position rendraient l'observation du Carême impossible. Cependant, comme toute pénitence est un châtiment, et qu'en définitive, il faut que justice se fasse , ce qu'ils ne peuvent payer à Dieu de leur corps, elle les astreint à le payer aux pauvres de leur bourse. C'est ainsi qu'un juge éclairé et indulgent convertit , pour certains , la peine de la prison en celle de l'amende. Voilà en quoi consiste ce droit d'affranchissement que l'Eglise a conféré aux évêques , et qu'ils s'adjugent eux, sans réserve aucune. Quand M. Dufètre relève tout le diocèse en masse du cinquième commandement de l'Eglise, il ressemble à un conseil de révision qui s'aviserait, parce qu'il a le droit d'exempter du service militaire les bossus , les aveugles et les boiteux , d'en exempter tout le contingent. Pour moi qui ne suis ni docteur, ni théologien, je n'ergote pas avec les saintes Ecritures. Ce que Dieu a dit est dit, et ce qu'il a inspiré est inspiré ; il n'y a plus à y revenir. Nul n'a le droit de corriger sa parole. C'est lui qui a établi le Carême, et s'il l'a établi, c'est probablement pour que nous l'observions. Si M. Dufêtre pouvait , par un article de Mandement, annuler le Carême, il serait plus puissant que Dieu ; or, je crois qu'on peut , sans impiété, admettre le contraire.

Pour moi, voici comme je comprends le Carême : Si j'avais une paroisse à gouverner, je ne dirais pas, le mercredi des Cendres, à mes chrétiens, *que l'Église ouvrira bientôt la carrière de la pénitence ;* je leur dirais : « Mes très chers frères, Dieu ordonne « que vous jeûniez durant le Carême, et ni moi, ni « d'autres n'avons le droit de vous en dispenser ; « mais voici comment il veut que vous jeûniez : « Les privations que vous devez vous imposer vont « être pour vous un sujet d'économie ; car, enfin , « si, au lieu d'un poulet, vous ne mangez qu'une

« poignée de légumes secs à votre dîner, c'est l'ar-
« gent d'un poulet qui restera entre vos mains. Or,
« n'allez pas serrer précieusement cet argent dans
« votre secrétaire, et dire : « de cette pièce de mon-
« naie et des autres que je mettrai à côté, je m'a-
« chèterai un habit neuf à Pâques, ou je rembour-
« serai les cent francs que je redois sur mon
« champ ; ou bien encore, je donnerai à mes amis
« et à mes parents, un grand dîner dans lequel on
« boira beaucoup de bordeaux et de champagne... »
« votre jeûne serait comme non avenu aux yeux du
« maître. Peu lui importe, à lui, que vous vous tor-
« turiez les entrailles pendant quarante jours, si les
« privations que vous vous imposez vous reviennent
« plus tard en jouissances. Ce que vous ôtez de
« votre table, vous le retrouvez dans votre poche.
« Vous n'avez pas plus de mérite à ses yeux que
« le paysan qui, au lieu de manger ses poulets,
« va les porter au marché. Votre histoire est celle
« d'un enfant gâté qui exige un décime de sa mère
« si elle veut qu'il jeûne le vendredi saint. Mais,
« l'argent que vous auront épargné vos jeûnes, met-
« tez-le soigneusement de côté, et quand vous aurez
« réuni deux pièces de cinq francs, allez acheter
« deux mesures de blé à cette pauvre veuve qui a

« cinq enfants et n'a pas de pain à leur donner, ou
« une couverture de laine à votre vieux voisin qui
« grelotte, malade et sans feu, sur son grabat. Ainsi,
« la charité aura fécondé votre jeûne, et Dieu agréé-
« ra votre pénitence parce qu'elle aura été profitable
« aux hommes. »

Toutefois, j'accorderai, s'il le veut, à **M. Dufêtre**,
qu'on peut, par l'aumône, se racheter du Carême,
et même se donner, pendant ces saints jours, toutes
les liesses du Carnaval ; mais, l'argent que nous
mettrions au tronc de ses établissements diocésains,
serait-ce bien une aumône ? fait-on l'aumône à des
gens qui ne manquent que du superflu ? Dieu n'a
envoyé l'aumône sur la terre que pour les malheureux, et elle ne s'arrête que devant leur humble
seuil. Vous la voyez parcourant les rues avec un
paquet de hardes dans une main, et une corbeille de
pain dans l'autre ; or, si elle rencontrait un prêtre
le nez dans son manteau, ou un ignorantin enterré
sous son capuce, qu'aurait-elle à leur offrir ? Ne
savez-vous point, à la fin de cette rigoureuse saison,
tout ce qu'il y a de misère dans la ville ? Il y a des
ouvriers qui ont vendu, pour avoir le pain quotidien, tout ce qui n'était pas haillon parmi leurs
hardes ; il y a des familles qu'on jette à la rue,

parce qu'elles n'ont pas de quoi payer le loyer de leur galetas; il y a des pauvres mères qui n'ont, pour envelopper leur nourrisson, que de hideuses guenilles, et n'ont pas assez de lait dans leurs mamelles pour lui mettre aux joues un peu de rose, et vous voulez, qu'en présence de ces misères vives et criantes qui sont sous nos yeux, qui supplient à nos portes, qui troublent notre repos de leurs gémissements, nous fassions attention à vos misères postichées, délibérées et arrêtées dans votre chapitre!.. Oh! non. Si nous agissions ainsi, nous serions de mauvais chrétiens, et Dieu ne nous bénirait pas. Que vos béates prennent pour elles, si elles le veulent, cette charité d'église qui fait retentir son décime dans la sébile du fabricien, et lui fait la révérence; nous, nous aimons mieux cette douce charité qui glisse une pièce d'argent dans la main du pauvre, et s'éloigne les larmes aux yeux. Je sais qu'il fut un temps où bâtir des monastères et engraisser des moines était une bonne œuvre, et il ne tient pas à vous que ce temps ne revienne; mais Jésus-Christ ne nous recommande point de faire l'aumône aux prêtres, et, dans son Evangile, il nous recommande, avec une sollicitude toute paternelle, de la faire aux pauvres; il va même jusqu'à dire que les pauvres sont ses membres. Je sais bien que l'Eglise s'attribue le titre d'épouse de Jésus-Christ ; mais, enfin, l'époux tient plus à ses membres qu'à son épouse, et je sais bien, moi, que si j'avais un membre souffrant et mordu sans cesse par un implacable rhumatisme, je saurais bien plus de gré à celui qui mettrait dessus un salutaire emplâtre, qu'à l'homme qui ferait cadeau d'une belle robe à mon épouse.

Mais, vos établissements diocésains, quels sont-ils ? Vous auriez dû nous décliner leurs noms dans votre Mandement ; car, pour savoir s'ils méritent notre intérêt, il faudrait que nous eussions l'honneur de les connaître. Mais ne voilà-t-il pas ce grand serin de grand séminaire qui vient, tenant son petit frère de Corbigny par la main, nous tendre son tricorne. Je veux dire un mot à ces deux personnages. Or çà, mes frères, que nous demandez-vous ? Il me semble que sous le règne de M. Naudot ce n'était pas à vous qu'on était obligé de payer le droit de ne pas maigrir en carême. Quel accident vous est-il donc survenu qui vous oblige à agrandir votre besace ? Avez-vous été brûlés ? avez-vous été inondés ? êtes-vous les victimes d'un tremblement de terre ? Enfin, racontez-nous vos misères. Pour moi, j'ai beau vous examiner de votre rabat à la semelle de vos souliers, je ne vois rien chez vous qui annonce la détresse. Votre habit n'est pas élégant, mais il est du drap dont s'habillent les gens comme il faut. Votre table n'est pas délicatement servie, mais vous avez cette nourriture saine et abondante que promettent les prospectus de collége. Jamais la disette n'a montré ses longs crocs à la porte de votre réfectoire. A la vérité, vous n'êtes pas frais ; je trouve même que vous tirez un peu sur le jaune ; mais vous vous portez bien, et voilà l'essentiel. Moi, à la condition de bien me porter, je me ferais séminariste. Je ne vois pas que votre titre d'établissement diocésain nous oblige envers vous à quelque chose. Pourquoi vous donnerions-nous notre argent plutôt qu'à l'école des arts et métiers de Chalons, qu'à l'école de cavalerie de Saumur, qu'à l'école forestière de Nancy, qu'à l'école des mines de Saint-Étienne, qu'à l'école des chartes de Paris, qu'à cent autres écoles enfin qui ont aussi leurs besoins ? Je sais que vous êtes fort utiles à la société, qui, sans vous, se passerait d'eau bénite ; mais les hommes que produisent ces écoles n'ont-ils pas aussi leur utilité ? Et si un bon chanoine vaut un bon déchiffreur de chartes, un bon déchiffreur de chartes ne vaut-il pas un bon chanoine ? Du reste, mes révérends, je ne vois pas que vous soyez si mal dans vos affaires : il faudrait que vous eussiez des vices que nous ne connaissons pas ; que vous fussiez des bombanciers, des coureurs de nuit ; que vous missiez de trop bon vin dans vos burettes. Vous d'abord, petit séminaire de Corbigny, vous êtes en position de gagner de l'argent ; vous êtes un maître de pension bien achalandé : de tous les points du département les curés vous envoient une sainte marmaille. Si vous ne placez votre argent à intérêt, vous devez être à même de venir en aide à votre grand frère ; et vous, grand séminaire, vous devez n'avoir besoin des secours de personne : vous êtes, comme les colléges royaux, entretenu par le gouvernement, et même il vous fait des bourses. Que vous ne trouviez pas le gouvernement assez généreux envers vous, cela se conçoit ; mais le gouvernement a sans doute de bonnes raisons pour ne pas l'être davantage. A quoi bon, en effet, faire tant de prêtres ? Quel autel n'a maintenant son ministre, et quelle paroisse se passe le dimanche de la grand'messe ? Voulez-vous donc vous former un corps de réserve ?

Je conçois qu'il est fort désagréable, quand on a de la vocation pour une bonne cure, de ne pouvoir, faute de quelque argent, arriver à son but ; mais que voulez-vous ? c'est un malheur auquel seuls les Saint-Simoniens avaient seuls trouvé un remède. Vous avez soif ; à quelques mètres de vous est une magnifique treille de muscat ; mais un fossé profond vous arrête. Vous priez les passants d'avoir pitié de vous, et de vous aider à combler le fossé, afin que vous puissiez atteindre ces délicieuses grappes pour lesquelles vous avez de la vocation. Ils se rient de vous, et ils font bien. Allez boire, comme les autres, à la rivière.

Rien n'est plus commun que ces désappointements. S'il fallait en pleurer, la rue serait un torrent de larmes. Sur trois hommes qui passent, il y en a deux qui n'ont pu choisir leur profession, et pour choisir sa profession, il faut avoir vingt mille francs de rente. La société se fait un malin plaisir de contrarier nos penchants : si nous lui demandons blanc, elle nous donne noir ; vous avez faim, elle vous offre un verre d'eau à la glace ; au fantassin elle fait présent d'une paire d'éperons et au cavalier d'un sous-pied de guêtre ; vous auriez voulu être couvreur, elle vous fait garçon de cave ; vous aviez des jarrets articulés pour la danse, et vous êtes obligé de vous croiser les jambes sur l'établi d'un tailleur.

Tout ce qui existe est soumis à cette loi : la rose aime les papillons, et une couturière la met dans un pot sur la fenêtre de sa mansarde, où les mouches la tachètent de leurs ordures ; telle plante aime l'humidité des gras terrains et l'ombre épaisse des grands arbres, et le vent qui passe la sème sur le faîte d'un vieux mur. Ce ruisseau qui serait content de serpenter paresseusement dans la campagne, la pente tyrannique du sol l'entraîne au milieu des rochers et déchire ses eaux sur leurs pointes. Vous vous plaignez de ne pouvoir dire la messe, vous qui la diriez si bien ; mais est-ce donc à vous seuls qu'un pareil malheur est arrivé ? Que de poètes qui n'ont point trouvé de lyre ! que de musiciens auxquels un archet n'est point venu ! que de peintres qui ne sont point allés à Rome ! que de journalistes qui n'ont pu arriver au ministère ! et que de Napoléons, peut-être, qui n'ont pu tirer leur épée du fourreau ! S'il fallait que nous aidassions de notre bourse chacun à se placer sur l'échelon social où il voudrait bien être, il faudrait que notre bourse fût une mine d'or. Et, d'ailleurs, pourquoi aiderais-je plutôt à suivre sa vocation un rhétoricien qui a des dispositions pour la prêtrise, qu'un marmiton qui a des dispositions pour la cuisine. Si plusieurs préfèrent une grand'-

messe à un bon déjeûner, beaucoup aussi préfèrent un bon déjeûner à une grand'-messe.

Mais je souris en moi-même, quand vous me parlez de la vocation de ces apôtres qui courent après une bourse de séminaire. J'en connais plus d'un qui s'est courbé avec désespoir sous votre lourde tonsure. Ce monde dont vous l'avez violemment arraché, il n'en avait foulé que les bords ; mais il avait entendu de loin le son des violons, et vu flotter de loin les rubans des jeunes filles. En vain vous lui dites que sous les gazons de ce trompeur Eden il y a d'horribles serpents : il n'y a vu que des fleurs ; que la belle dame qui une fois lui a souri avait un cancer sous son schall : sur son front, sur ses joues, sur ses lèvres en fleur il n'a vu que des roses. Il s'est enfermé dans votre étroite soutane, qui presse et gêne l'homme de tous les côtés, comme dans un cercueil ; il gèle entre les froides murailles de votre séminaire ; des dalles jaunes de l'église il s'élève pour lui comme une poussière de la tombe ! A cette oisiveté pleine de liesses que vous lui promettez, il préférerait une pioche de cantonnier avec une maison blanche sur le bord du chemin ; entre deux grands noyers, et une jeune femme. Mais la vocation de tous ces pauvres diables, savez-vous ce que c'est ?

c'est l'égoïsme abominable de leurs père et mère, de leur mère surtout, qui rêvent d'une heureuse vieillesse sous le toit paisible d'un presbytère ; misérables qui tuent leur enfant pour en manger le cœur !

Ils étaient vignerons , tisserands , cardeurs de laine ; ils n'avaient pas seulement de quoi acheter un rabat à leur abbé. Aussi , ont-ils mendié son éducation à toutes les portes, et, dans le trousseau qu'il emporte au séminaire, il n'y a souvent pas un fil qui n'ait été le produit d'une aumône. Que résulte-t-il de là ? c'est que le pauvre jeune homme est à peine en possession d'une cure , que son père, sa mère , sa grande sœur lui tombent sur les bras, et souvent il y a un petit frère pour appoint. Lui, prêtre de fortune, qui ne possède que le breviaire et la soutane, qui n'a que tout juste de quoi vivre dans un économique célibat , il se trouve tout d'un coup chargé d'une nombreuse famille à laquelle une longue diette a aiguisé les dents, et qu'il faut habiller de neuf. Pour rassasier tous ces appétits, pour fournir à tous ces besoins, il est obligé de tirer de son petit autel tout ce qu'il peut produire ; il est âpre envers le riche, impitoyable envers le malheureux : de celui qui ne peut donner d'argent, il prend de la toile ou de la filasse. Il est bien entendu que la porte du presbytère est close aux pauvres : si quelque pauvre s'avisait d'y sonner, la vieille mère du curé le dévorerait. Cette misère, si héroïquement supportée, et qui devrait le rehausser, ne fait que le ravaler dans l'esprit de ses paroissiens. M. le maire se croit infiniment au-dessus de lui ; le paysan qui a un journal ou deux de terre se trouve son égal ; tous ne voient en lui qu'un pauvre diable parvenu ; et, quand ils n'ont pas autre chose à lui reprocher, ils lui reprochent la profession de son père. De là vient qu'il est sans autorité dans la commune, qu'on n'y écoute point sa parole, qu'on n'y suit point son exemple, et que son ministère est à peu près stérile.

Puis, chez la plupart de ces prêtres, ni l'éducation, ni le bien-être d'une condition meilleure n'effacent la rouille de leur naissance. Ces âmes, trop longtemps et trop violemment courbées sous la pression de la misère, ne se relèvent plus ; ils ont gardé cette sordide parcimonie dont ils avaient pris l'habitude dans leur pauvre famille, et à quelque aisance qu'ils parviennent, chez eux, la main qui reçoit est toujours plus grande que celle qui donne. Leur imagination s'est étiolée sous les froides et humides solives du toit paternel : quand le soleil luit sur eux, elle ne repousse plus. Une fois prêtres, ils ne lisent plus que leur bréviaire (ceux qui le lisent); ils restent étrangers à nos arts, à notre littérature, à nos sciences, et même à notre histoire; ils ne savent parler que de leur jardin, de leur cave, de leur basse-cour : vous aimeriez mieux causer une heure avec le rustre le plus fieffé du village — pourvu qu'il ne sentît pas l'oignon — qu'un quart d'heure avec certains d'entre eux. La trivialité de leur esprit se révèle, du reste, par celle de leur personne : leurs formes sont lourdes, épaisses, carrées comme celles d'un vieux bœuf; dans cette chair, il n'y a rien qui soit sentiment et pensée. Quand vous rencontrez un curé de campagne sur votre chemin, vous diriez un vigneron qui, en revenant de son coteau, a trouvé la défroque d'un ecclésiastique, et l'a endossée. Comment de tels prêtres peuvent-ils en imposer au peuple? Ils produisent, lorsqu'ils sont à l'autel, la même dissonnance qu'une sainte vierge à laquelle on aurait donné la tournure d'une nourrice, ou qu'un christ qui aurait l'air d'un professeur de bâton. Les railleries qu'on leur jette de tous côtés sont mauvaises, j'en conviens, et elles tombent à terre; mais, toujours est-il qu'elles rejaillissent sur leur ministère. Loin donc de contribuer de mon argent à faire arriver le fils d'un pauvre ouvrier à la prêtrise, si j'étais concile, je voudrais qu'on ne pût conférer les ordres qu'à des individus jouissant d'au moins mille francs de rente.

Les Ignorantins ont aussi, sans doute, l'honneur d'être un établissement diocésain... Quant à ceux-ci, je les tiens assez riches des éloges et des bénédictions de leur évêque. Ce sont des gens qu'on ne voudrait pas tuer, mais auxquels on serait bien fâché d'aider à vivre. S'il fallait absolument les aumôner pour me racheter de mes péchés, j'aimerais mieux n'en jamais commettre. Le clergé sait très bien que des instituteurs laïques valent mieux pour nos enfants que ses Ignorantins, et que les prêtres ne sont bons qu'à élever des prêtres ; mais voici pourquoi il établit ses boutiques de saints en face de nos écoles. Il n'a pas renoncé à ses vieilles idées de domination. C'est un propriétaire évincé qui n'a pas un écu vaillant, mais qui espère toujours rentrer dans ses domaines. L'autorité qu'il a perdue, il voudrait la rattraper par l'instruction publique ; il demande les enfants pour avoir les hommes : donnez-lui le champ à ensemencer, et il saura bien y faire croître une moisson qui lui revienne. Ses écoles chrétiennes, c'est un pied qu'il met chez nous, une prise de possession qu'il fait de la génération actuelle ; ce sont des baraques par lesquelles il prélude à ces grandes maisons religieuses dont il espère couvrir la France. Mais, quand bien même il parviendrait à s'emparer de l'instruction publique, où cela le conduirait-il ? La société n'est pas religieuse : lui-même s'en plaint tous les jours ; or, comme les masses réagissent sur les individus ; que c'est une loi du monde moral, aussi bien qu'une loi du monde physique, ces jeunes gens qui viennent incessamment, et de toutes parts, se mêler avec les hommes, au lieu de nous donner leurs idées, se laissent, malgré eux, et à leur insu, infiltrer par les nôtres ; ils ne nous donnent rien de leur dévotion , et nous leur donnons toute notre indifférence religieuse : c'est ainsi que la pluie qui est douce s'imprègne de sel en se confondant avec l'Océan.

Voici donc le dilemme que je pose à mes lecteurs : Ou vous êtes hostiles aux prêtres , ou vous leur êtes favorables. Si vous leur êtes hostiles , il ne faut point les aider ; car le but qu'ils se proposent est détestable. Si vous leur êtes favorables , il est fort inutile que vous les aidiez , puisque le résultat qu'ils veulent obtenir est impossible : on n'équipe pas un vaisseau quand on est sûr qu'il fera naufrage pendant la traversée.

L'œuvre de la propagation de la foi est-elle aussi un établissement diocésain? Je ne le sais; mais, comme M. Dufêtre nous recommande cette œuvre avec une sollicitude toute spéciale, je suis bien aise d'en raisonner avec lui. L'émule de saint Vincent de Paule ne prend pas sans doute à la lettre ce principe: *Hors l'Eglise, point de salut.* S'il n'y avait point de salut hors l'Eglise, Jésus-Christ, au lieu d'être mort pour tous, serait mort tout au plus pour un cent millionième du genre humain, résultat mesquin et petit pour lequel, bien certainement, Dieu n'eût pas laissé mettre son fils en croix. Ensuite, admettre que Dieu peut condamner à d'horribles supplices des hommes auxquels il a été impossible non seulement de le connaître, mais même de soupçonner son existence, ce serait admettre qu'il est le plus injuste et le plus cruel de tous les êtres. Si de longs ouragans empêchaient qu'une loi publiée en France arrivât en Corse, le gouvernement mettrait-il la Corse à feu et à sang parce que sa loi n'y aurait pas été exécutée? Comment donc Dieu, qui est bien autrement bon, bien autrement juste que notre gouvernement, pourrait-il faire un crime de ne point pratiquer sa loi à de pauvres sauvages que trois à quatre mille lieues de vagues et de tempêtes séparent des contrées où il est adoré? ou bien il faudrait dire qu'un fils de Dieu a été crucifié dans chacune des îles de l'Océanie.

Vous répondez à cela que les décrets de Dieu sont impénétrables... Impénétrables tant que vous voudrez, mais Dieu a fait notre raison d'un rayon de la sienne. C'est là, sans doute, ce qu'entend l'Ecriture sainte, quand elle dit qu'il a fait l'homme à son image. Cette raison, c'est, à la vérité, une bougie allumée à un soleil et autour de laquelle s'étend une zone d'épaisses ténèbres que ses lueurs ne peuvent percer; mais toujours est-il qu'elle doit nous montrer tels qu'ils sont les objets qu'elle éclaire. Du moment que nous n'avons, pour juger Dieu, que notre intelligence, il est impossible que notre intelligence nous trompe sur les qualités qui constituent son essence. Si Dieu pouvait commettre un acte absurde et cruel aux yeux de notre raison, nous serions obligés de ne voir en lui qu'une divinité absurde et cruelle. Alors, au lieu de le révérer, nous le mépriserions; au lieu de l'aimer, nous le détesterions, et il ne recevrait, pour tout encens, que des malédictions et des blasphèmes. Il y a plus, cette impiété de notre part serait obligée; il ne pourrait pas plus nous en vouloir à cause de cela, qu'il ne pourrait en vouloir à un cuisinier d'avoir mis un enfant à la broche, s'il avait fait les yeux de cet artiste de telle façon qu'il prît un enfant pour un poulet. Ainsi donc, puisque ces Sauvages heureux sont sauvés par leur ignorance, pourquoi voulez-vous la leur ôter? qu'ont-ils besoin, puisqu'ils dorment, du flambeau que vous allumez pour eux? Dieu lui-même l'a dit dans son Évangile : Il y a beaucoup d'appelés et peu d'élus. Si donc les choses se passent comme Dieu l'a prévu, pour un que vous sauverez en le catéchisant, vous en damnerez cinquante. Vous appelez ces hommes d'horribles cannibales, parce qu'ils mangent vos missionnaires après que ceux-ci les ont affriandés cinq à six mois de leur chair blanche; mais, quand vos missionnaires veulent les initier aux mystères de notre religion, ils sont mille fois plus cruels envers eux que s'ils les mettaient à la broche. Et vous voudriez que nous contribuassions de notre argent à une telle œuvre!

Mais j'ai une autre objection à faire à M. Dufêtre. Dans son *Onguent contre la morsure de la vipère noire*, il nous fait dire très sérieusement par le docteur Gypendole, charlatan qui sent son emplâtre d'une lieue, que la propagation de la foi par le monde est l'effet d'un miracle continuel.

J'admets cela très volontiers, moi ; mais alors, de quoi vous mêlez-vous ? laissez donc agir le miracle. Croyez-vous que Dieu, si vous ne lui donniez un coup de main, ne pourrait achever sa besogne , et que vous soyiez obligés d'ouvrir pour lui des souscriptions ? Puisque le coche va tout seul, pourquoi donc allez-vous, mouche insolente, vous asseoir sur le nez du cocher ? Ne pouvez-vous attendre l'heure du maître ? Quand le miracle qui chemine toujours sera arrivé, à force de cheminer, sur ces plages lointaines, les croix y pousseront d'elles-mêmes ; les feuilles des arbres se changeront en petites images de saints, et les serpents à sonnettes deviendront des missionnaires.

Tout en convertissant les Sauvages, vous les civiliserez. — C'est bien ! j'aime assez qu'on fasse d'une pierre deux coups. — Et dans quel but voulez-vous les civiliser, s'il vous plaît ? — Dans le but de les rendre heureux, dites-vous ? — Mais est-ce qu'Adam et Ève étaient civilisés, lorsqu'ils habitaient le Paradis-Terrestre ? Or , cette existence que ne leur mesurait point le soleil, et qui s'écoulait intarissable et pure comme le flot de leurs ruisseaux, n'est-ce pas , à la durée près, celle que menaient ces heureuses peuplades de l'Océanie avant

que vous eussiez corrompu leur innocence en éclai-
rant leur simplicité ?

N'était-ce pas encore cette vie paisible, sans
douleur et sans ivresse, semblable à un sommeil
plein de doux rêves, que Dieu nous destinait, et
notre civilisation n'est-elle pas une suite de la dés-
obéissance de nos premiers parents ? Oh ! si parmi
ces petits Éden que Dieu avait cachés entre les plis
de l'Océan pour des hommes d'une autre race, il en
est encore où le pied de l'Europe, ardent comme
celui de Satan, n'ait point enfoncé sa trace, ne
vous en faites point le serpent tentateur, ne leur
montrez point quel est entre leurs arbres l'arbre de la
science du bien et du mal ! sous votre haleine, ces
bois en fleurs se flétriraient jusque dans leurs racines.

Cette civilisation que vous leur apportez, ne
savez-vous pas encore quelle elle est ? N'avez-vous
donc jamais vu cette vapeur de larmes qui fume autour de nos maisons, et ce cri de blasphème et de
désespoir qui s'élève de tout groupe d'hommes
vers les cieux avec l'hosanna perpétuel de vos cloches, n'a-t-il jamais frappé votre oreille ? Sans
doute, pour le riche, votre société est pleine de
liesses ; mais, pour faire le bien-être d'un riche, il

faut le travail de cent pauvres. Un gros homme épanoui dans sa serviette, qui dîne, et vingt autres hommes chétifs et affamés, dont les uns chargent de mets son assiette, dont les autres emplissent son verre, voilà l'image de votre société. N'est-ce pas là un beau cadeau à faire à vos amis les Sauvages?

Vous parlez de vos arts et métiers; mais quels arts et quels métiers leur enseignerez-vous? Savez-vous couper le bois, tailler la pierre, forger le fer? Si, en passant dans la forêt, une ronce faisait un accroc à votre soutane, seriez-vous assez tailleurs pour réparer cet accident? Vous êtes des docteurs en théologie fort habiles, je l'admets; mais je doute fort que vous soyez compagnons du devoir. Quand vous aurez fait une croix avec deux perches, vous serez au bout de votre science, et il faudra que ceux auxquels vous êtes venus enseigner les secrets de vos fabriques et de vos ateliers, vous bâtissent une hutte et vous apprennent à faire cuire vos racines.

Eh! qu'ont donc besoin de vos arts ces riches enfants de la nature? Leur tiède atmosphère n'est-elle pas un meilleur vêtement que les plus beaux draps de M. Gridaine? Ces fruits que leurs arbres produisent d'eux-mêmes et que la brise secoue complaisamment à leurs pieds, ne valent-ils pas bien ce

ble qu'il faut extraire du sol comme un métal, et
qui ne peut se pétrir qu'avec la sueur et les larmes
des hommes ? Je m'en rapporte à vous, durs travailleurs dont la peau est presque une écorce, à vous
qui passez votre vie dans la fumée des ateliers et
sous les dents des machines ; à vous qui vous ense-
velissez dans les entrailles de la terre, et pour lesquels il n'y a plus de firmament ; à vous qui êtes
attachés au sillon comme la plante, et comme elle
ne perdez ni une goutte de pluie, ni un rayon de
soleil ; à vous tous, forçats de la société, dont la
journée est si lourde, que dix prêtres ensemble ne
pourraient la porter ! ne donneriez-vous pas bien
votre part de civilisation et de liberté sous la loi,
pour la liberté sans limites de la savane, votre noir
taudis pour une hutte en feuillage, et tous vos outils
pour un canot sur les flots non amodiés du lac,
dans lequel vous raccommoderiez vos filets, tandis
que le vent balancerait aux rameaux d'un arbre le
berceau en écorce de votre enfant ?

Et pourquoi s'expatrient donc ces prêtres vagabonds ? Manquent-ils chez nous d'infidèles à convertir, pour qu'ils aillent en chercher si loin ? Qu'ils
récitent leur bréviaire à l'ombre de leur charmille ;
qu'ils mangent les asperges de leurs jardins ; qu'ils

vivent, qu'ils engraissent, qu'ils vieillissent où ils sont nés ! S'ils pouvaient faire tout le bien qu'il y a à accomplir autour d'eux, ils seraient bien sûrs que Dieu trouverait leur existence assez bien occupée, et qu'il leur donnerait une bonne place en son paradis.

C'était là, d'abord, tout ce que je voulais dire à l'occasion du mandement de M. Dufêtre. J'avais une bonne raison pour être tant circonspect : c'est que, par suite de l'accident dont j'ai parlé au commencement de ce pamphlet, la première partie de l'œuvre épiscopale m'était tout-à-fait inconnue ; mais des personnes charitables auxquelles ma réputation est chère, et qui ont peu de tendresse pour celle de leur évêque, sont venues me trouver chacune avec un Mandement. Lisez ! m'ont-elles dit. Je m'ébrouai d'abord comme un cheval auquel on présente un seau d'eau bourbeuse ; mais, bon gré mal gré, il fallut lire et me laisser démontrer que j'étais très mal traité dans l'écrit de M. Dufêtre ; que les allusions dont j'étais l'objet équivalaient à mes noms et prénoms écrits en toutes lettres ; qu'il m'avait caché sous un globe de verre, et que j'avais dix fois le droit d'user de représailles. — Mais, leur ai-je dit, l'Evangile nous ordonne de pardonner à ceux qui nous offensent ; si M. Dufêtre ne le fait pas envers moi, ce n'est pas une raison… — Point ! m'ont-elles répondu, il y a exception pour les pamphlétaires, quand ils sont attaqués par des évêques. Un mandement, ce n'est pas chose légère comme vos feuilles, ou comme celles de l'*Echo de la Nièvre* qu'on trouve sans cesse au coin des bornes en état de vagabondage ; un mandement se prêche et se reprêche ; un mandement s'affiche à la porte des églises, et cela est scellé, au commencement, de deux vertus théologales, et à la fin, d'une croix. Quand un mandement se fait agresseur, il faut le traiter comme il le mérite, afin que cela n'arrive point au mandement de l'année suivante. Cette sévérité est agréable à Jésus-Christ, qui n'a point donné leur crosse aux évêques pous en battre tous ceux qui leur déplaisent. Et, d'ailleurs, en prenant le titre de pamphlétaire, vous vous êtes chargé tacitement de la police littéraire de la ville. Vous n'avez pas plus le droit de dire à un mauvais écrit : Va te faire siffler par d'autres, qu'un procureur du roi n'a le droit de dire à un larron : Va te faire pendre ailleurs. Quand un chétif enfleur de phrases veut monter à notre petit Parnasse nivernais, et marche sur le brodequin de nos poètes, vous devez lui barrer le passage. Il est bon de remettre chacun à sa place ; et si le sacristain de la cathédrale trouvait, un beau matin, un dieu de l'ancien Olympe sur le cochon de saint Cyr, il l'en ferait descendre plus vite qu'il n'y serait monté.

Que faire, donc, et comment résister à tant de raisons, moi qui me rends ordinairement à une seule, quand elle est bonne ? Que M. **Dufètre**, donc, me pardonne le mal que je vais dire de son écrit ; il voit que c'est une nécessité de ma profession.

Du reste, toutes les fois que mon devoir me le permettra, je serai bienveillant envers lui. Ainsi, je ne nie pas qu'il n'y ait en lui beaucoup de saint Vincent de Paule ; mais je ne crois pas qu'il s'y trouve autant de Fénélon que le prétend l'*Echo de la Nièvre*. Toujours est-il qu'il y a fort peu de Télémaque dans son Mandement. Il est possible que ce Mandement le mène au ciel, ainsi qu'il l'espère ; mais il en faudrait beaucoup de pareils pour le mener à l'académie. Le style de l'Evangile, si simple et en même temps si pittoresque, n'est pas assez bon pour

M. Dufètre. Est-ce parce que l'*Echo de la Nièvre* lui a affirmé qu'il était l'envoyé de Dieu, qu'il se croit obligé d'écrire en prophète ? Je ne le sais ; mais il lui faut du Psalmiste, de l'Isaïe, du Jérémie ; il hérisse ses phrases d'Ecriture-Sainte, et il ne soupçonne pas que ce qui était beau pour les Galates et les Ephésiens d'il y a dix-huit cents ans, pourrait bien être ridicule pour des Nivernais de 1844 ; il ne voit point — et il a, du reste, cela de commun avec tous les prêtres qui griffonnent — que ces morceaux de prophète qu'il fait entrer dans ses maigres écrits y font l'effet de pierres sculptées, tombées du portail d'une cathédrale, et enfoncées à grands coups de marteau dans le pignon d'une grange. Les pensées qui lui viennent sont, pour la plupart, très communes, et il a la manie de les habiller magnifiquement. Vous diriez, de ces idées triviales parées avec tant de recherche, une réunion de paysannes habillées en duchesses. Il cherche trop à produire de l'effet ; cela est cause qu'il fait toujours plus d'effort qu'il ne lui en faut : il n'a qu'un pois rond à manger, et il ouvre la bouche comme s'il voulait avaler une citrouille. Son style est trop fleuri, trop parfumé. On devine que c'est un homme qui prend des odeurs parce qu'il a une infirmité secrète.

Vous diriez, de ce style qui sent si bon, les mains d'un coiffeur qui vous passent sur le visage, M. Dufètre a peu d'idées, mais il a la bouche enflée de mots comme une musette; pour que sa phrase soit sonore, il la fait creuse et il l'écoute résonner. Buffon a dit : « Le style est tout l'homme. » Cela est surtout vrai de M. Dufètre. A sa manière d'écrire, vous reconnaissez tout de suite l'homme qui veut occuper plus de place que son volume ne le comporte; un petit homme assez bien pris dans sa taille, mais qui affecte les allures d'un tambour-major. Il a les doigts grêles comme vous et moi, et il veut écrire avec une plume grosse comme un peuplier. En un mot, M. Dufètre écrivain, c'est toujours ce M. Dufètre ampoulé, enluminé, redondant que vous avez entendu prêcher, moins sa voix de quarante-huit et son geste long d'une lieue.

J'aime peu à éplucher les fautes de style d'un auteur; cela sent trop un régent de rhétorique corrigeant les copies de ses élèves. Cependant, cela peut être utile. Prenons, pour exemple de ce que je viens d'avancer, les deux ou trois premières phrases du Mandement — vous ne m'accuserez point de choisir. — « Bientôt » dit M. Dufètre « l'E-

« glise ouvrira la carrière de la pénitence ; bientôt
« elle appellera tous ses enfants aux pieds de la
« croix de son divin époux , pour les purifier par
« la prière et les larmes. » *La carrière de la pénitence !...* Quel rapport y a-t-il entre la pénitence
et une carrière ? qui s'est jamais avisé de dire : la
carrière de la pénitence ?... Ensuite, pourquoi *ouvrira ?...* Est-ce que la carrière de la pénitence,
puisque carrière il y a , est jamais fermée ? est-ce
que tout chrétien n'est pas libre de se repentir de
ses péchés quand bon lui semble , et est-il besoin
qu'il en demande la permission à son évêque ? **M.
Dufêtre** ne fait-il pas ici de l'Eglise une ouvreuse
de portes ouvertes ? Du reste, si je fais cette critique,
c'est pour que quelque bon curé de campagne ,
croyant ne pouvoir mieux faire que de copier son
évêque, ne vienne, quelque jour, dire à ses ouailles :
« Mes très chers frères, dimanche prochain, j'ou-
« vrirai la carrière du catéchisme. » *L'épouse de
Jésus-Christ*, en parlant de l'Eglise !.. qu'est-ce
que cela signifie ? sous quel rapport l'Eglise est-
elle l'épouse de Jésus-Christ ? et pourquoi ne pas
dire d'elle *madame Jésus-Christ ?*

« Il me tarde , nos très chers frères, continue
M. Dufêtre, de répandre notre ame dans la vôtre,

et de vous dire que notre cœur s'étend de plus en plus par l'affection que nous vous portons ; que nos entrailles se dilatent, parce que vous serez un jour, s'il plaît à la divine miséricorde, notre couronne de gloire. » — D'abord, qu'a-t-il donc de si pressant à répandre de son ame dans la nôtre , qu'il nous permet, ce carème, l'usage du lait et de la viande moyennant une aumône obligatoire pour ses établissements diocésains ; — et voilà ce qu'il appelle un épanchement de l'ame ! — « Son *cœur s'étend de plus en plus !* » — Ne diriez-vous pas la déclaration d'amour d'un poète ridicule à sa maitresse ? Pour peu que l'affection qu'il nous porte augmente, son cœur deviendra gros comme un cantaloup. — *Ses entrailles se dilatent...* En verité, bientôt M. Dufètre ne pourra plus entrer dans un confessionnal. Mais est-il bien sûr que tous ses diocésains aient compris comme lui la dilatation de ses augustes entrailles ? et plus d'une vieille femme, en entendant parler de la dilatation des entrailles épiscopales, ne s'est-elle pas imaginé que M. le Curé leur demandait des prières pour leur évèque devenu hydropique ? — *Parce que vous serez ma couronne de gloire !* Vous représentez-vous M. Dufètre couronné dans le ciel de ses deux ou trois cent mille diocésains ? Saint homme, va ! je ne m'étonne plus que vos entrailles se dilatent à l'espérance d'être si bien coiffé ! De bonne foi, est-ce avec cette parole baroque et tourmentée qu'il faut parler au peuple, quand on a sérieusement l'intention de l'instruire, et n'aimeriez-vous pas mieux le langage simple et tout nu d'un bon curé de village, quand bien même encore il se trouverait allié d'un peu de patois.

Les phrases que j'ai rapportées peuvent vous donner une idée du style de M. Dufètre. Suivons maintenant la contexture de son Mandement. Le digne prélat commence par se féliciter du progrès de la religion dans son diocèse : « aussi rendons-nous au Seigneur de vives actions de grâces de ce que votre foi s'accroît. » Mais la joie de M. Dufètre est imprégnée de tristesse, et je la comparerais presque à un bouquet mouillé de larmes. — A quelques lignes de là, notre évêque prend sa voix la plus lamentable pour déplorer les progrès de l'impiété dans ce même département, et il n'est point de crime si noir dont elle ne soit coupable. « C'est surtout par une presse hardie et licencieuse qu'elle étend ses ravages ; elle flétrit la vertu, elle canonise le vice ; elle s'applique à imprimer son sceau flétrissant sur tout ce qu'il y a de plus saint et de

plus respectable, — sur M. Dufêtre, par exemple.
— Ce n'est pas tout : si cette soumission religieuse
qui unissait le citoyen au magistrat, l'ouvrier à son
chef, le serviteur à son maître, n'existe plus, c'est
elle, l'infâme, qui en est la cause. Allez, si comme
me l'ont affirmé les personnes respectables dont je
vous ai déjà parlé, c'est moi que M. Dufêtre a voulu
peindre sous les traits de l'impiété, je vous assure
qu'il ne m'a point flatté. Il n'y a point dans l'Apo-
calypse de bête plus hideuse et plus baroque que
votre pamphlétaire. Je suis tantôt une noire fumée
qui monte de l'abîme, tantôt un vent brûlant qui
passe et dessèche, tantôt un poison plus corrosif que
celui de la vipère noire ; et si, malheureusement, je
mordais quelqu'un, le docteur Gypendole, avec tout
son onguent, ne pourrait le guérir

Dans cette vague et incohérente amplification,
qu'y a-t-il à réfuter ? Fait-on une charge de cavalerie contre un tourbillon de poussière ? Ceux qui
me connaissent et ceux qui ne me connaissent pas
savent bien que je ne suis ni un vent brûlant ni une
fumée. Quand M. Dufêtre m'appelle *noire fumée*,
je pourrais très bien lui répondre : *Noire fumée
vous-même !* Mais à quoi cela aboutirait-il ? Deux
adversaires qui se combattent avec des assertions,

ressemblent, selon moi, à deux hommes qui se battent en duel avec des pistolets chargés de liège. Qu'ils disent tant qu'ils voudront que je suis un impie ! ce mot d'*impie* ils l'ont toujours à la bouche. En dehors d'eux et de leur entourage, ils ne voient qu'ignorance, immoralité et damnation. Leur orgueilleuse pensée se représente Dieu paré d'un rabat et coiffé d'un tricorne ; ils sont convaincus que s'il se recommençait, il se ferait à leur image. Mais cette accusation d'impiété dont ils me poursuivent, que prouve-t-elle, sinon que je pense autrement qu'eux ? Je ne suis pas, moi, obstiné dans mes erreurs. Au lieu de me dire tant de fois que je suis un impie, qu'ils me prouvent une seule fois que j'en suis véritablement un, et le lendemain j'irai faire amende honorable, la corde au cou et en chemise, à la porte de leur cathédrale. Quoi ! je demande à grands cris à me convertir, et dans cette ville où les rues sont tachetées de tant de soutanes, je ne trouve point un convertisseur ! Mais ce qu'il ne veut point faire à cause de moi, M. Dufêtre devrait le faire du moins à cause de ses diocésains. Ils sont mille à quinze cents qui lisent mes pamphlets, et qui se damnent en les lisant. C'est là, certes, un affreux malheur, un malheur plus déplorable que si la cathédrale s'écroulait un dimanche pendant la grand'messe. Eh bien ! M. Dufêtre , cet homme dont le cœur s'étend de plus en plus par l'affection qu'il porte à son diocèse, ne veut point y porter remède. Il dit et souvent répète que mes pamphlets sont une œuvre impie ; mais suppose-t-il donc à ses diocésains la simplicité d'un enfant auquel il suffit de dire, pour l'empêcher de toucher à une chose qui lui plaît, que c'est de l'ordure? Cette vague excommunication qu'il jette sur mes écrits ne fait que les recommander davantage. Mes lecteurs se disent que si les prêtres pouvaient me convaincre d'impiété, ils ne se refuseraient pas cette satisfaction ; que du moment qu'ils n'ajoutent à leur accusation aucune preuve, leur accusation est un mensonge ; et ce raisonnement me semble assez logique. Mais si on leur démontrait que mes petits livres sont l'œuvre du démon, qu'on se damne rien qu'en les dépliant, ils ne seraient pas assez ennemis de leur ame pour les lire , et , dussent-ils allumer du feu tout exprès, ils les brûleraient aussitôt qu'ils seraient entre leurs mains. Cela aurait, du reste, un autre avantage pour les prêtres : celui de me faire beaucoup de tort.

Vous dites que je canonise le vice ! Ce ne serait

pas, en tout cas, la première fois que le vice aurait
été canonisé. Mais gardez cette expression d'église
pour une occasion meilleure. Je ne canonise pas,
moi, ceux que j'admire, ce serait trop peu de
chose : je les glorifie. Or, quel vice ai-je donc
glorifié? Vous ne sauriez le dire. Mais moi je vous
dirais bien, à vous qui m'accusez de flétrir la vertu,
quelles vertus vous avez flétries. Et encore, ce que
vous avez flétri, c'est plus que de la vertu : c'est de
la gloire! Ainsi, à propos de ces deux petits os que
M. Gaulme a apportés de Rome, et que vous avez
appelés *Sainte Flavie*, n'avez-vous pas blâmé
comme une apothéose impie cette tardive sépulture
que la France donnait aux restes amnistiés de Napoléon? N'insultiez-vous pas en vous-même notre
empereur de vos réticences, et n'éleviez-vous pas
au dessus de lui votre sainte nouvelle, cette sainte
à miracles qui prenait tout le diocèse sous sa protection, et qui s'est laissé manger le visage par les
rats? Et ce Panthéon que la République avait ouvert à ses grands hommes, et dont nous avons lâchement laissé chasser leurs cendres, ne l'avez-vous
pas conspué? N'avez-vous pas essayé de faire monter jusqu'aux héros réfugiés sur son fronton les
éclaboussures de votre lourde parole? Cette in-

scription : « Aux grands hommes, la Patrie reconnaissante ! » n'a-t-elle pas fait saigner votre cœur de désespoir ? Dernièrement encore, dans vos *Étrennes religieuses*, ne vouliez-vous pas qu'on mît un bénitier à la porte de notre temple de gloire ; que sur ce dôme si haut monté et que le soleil dore avant vos cathédrales, on plaçât une statue de sainte grosse comme le poing ? S'il m'était échappé de telles paroles à moi, je m'en repentirais toute ma vie ; je me regarderais comme un sacrilége, si j'avais de mon petit souffle voulu éteindre un seul rayon de notre gloire !

Mais vous, prêtres, ces choses vous sont permises ; chez vous, elles n'indignent personne. Vous, vous n'êtes point de la France ; vous êtes de Rome ; vous êtes au milieu de nous comme un vaisseau à l'ancre que rien n'attache aux flots qui le portent ; votre nation, c'est cette congrégation d'hommes tonsurés, disséminés à la surface de l'Europe ; vous n'avez d'autre charte que les canons de l'Église, et le pape seul est votre roi. Si quelque jour ce monarque en surplis envahissait la France, à la tête d'une procession, et nous laissait un de ses sacristains pour vice-roi, vous seriez au comble de vos vœux. Les gloires rayonnantes de notre siècle vous font cligner les yeux ; il vous faut, à vous, les gloires dépolies de l'ancien régime ; pour vous, notre histoire commence à la sainte-ampoule et finit à l'échafaud de Louis XVI ; les victoires de nos pères ne sont que des assassinats, et leurs conquêtes que des brigandages : vous ne pouvez concevoir comment Dieu a pu leur laisser gagner les batailles de Marengo et d'Austerlitz, et dans mille ans, vos jésuites écriront, pour l'instruction de la jeunesse, que, durant la République et l'Empire, il ne s'est levé ni soleil, ni lune pour la France. Vous qui m'accusez de canoniser le vice, vos héros, quels sont-ils ? Vous n'osez nous les dénoncer ; mais nous les connaissons. Vos héros, ce sont les hommes de la Vendée ; ce sont ces curés impies qui menaient leurs paysans insurgés, un crucifix dans une main et un sabre dans l'autre, contre les soldats de la France ; ce sont ces abominables prêtres qui allaient de cour en cour mendier des ennemis à leur pays, et bénissaient les drapeaux étrangers. Croyez-moi, M. Dufêtre, faites votre eau bénite, confessez vos béates, et n'allez pas vous heurter imprudemment contre mes pamphlets qui ne demanderaient pas mieux que de vous oublier ; ne jetez pas de pierres sur un toît d'acier quand vous avez un toît de verre.

Quoiqu'il en soit, puisque la foi progresse d'un côté, comment l'impiété peut-elle progresser de l'autre? Le docteur Barot serait-il assez bon professeur de théologie pour expliquer ce phénomène? Je soupçonne qu'il y a ici une légère contradiction. Heureusement M. Dufêtre a un moyen de justifier sa logique. Au bas de son Mandement, il y a deux noms : qu'il attribue les premières pages dudit Mandement à son co-signataire M. Lacroix, et qu'il garde pour lui les autres pages ; de cette façon, c'est M. Lacroix qui se félicitera des progrès de la foi, et lui, M. Dufêtre qui déplorera ceux de l'impiété. Je ne vois rien qui doive s'opposer à cet arrangement. Pour moi, peu m'importe qui me fasse monter en noire fumée de l'abîme ! et quant au diocèse, je crois bien qu'il aime autant servir de couronne de gloire à M. Lacroix qu'à M. Dufêtre. La question, par exemple, est de savoir si M. Lacroix voudra consentir à passer pour le complice de son évêque.

Toutefois, si ce petit morceau où on accuse la presse d'avoir détruit la soumission qui unissait le citoyen au magistrat, l'ouvrier à son chef, le serviteur à son maître, a peu le mérite du style, il a à un haut degré celui de l'adresse. On prend les premiers de la société par leurs intérêts les plus chers ; on leur prêche que c'est par la grâce de Dieu qu'ils sont maîtres et rentiers ; on veut leur persuader qu'à mesure que la religion descendra, leur suprématie ira en s'abaissant. Après cela, s'ils ne se rallient au clergé, il faudra qu'ils soient bien ennemis d'eux-mêmes. Malheureusement pour M. Dufêtre, rien de ce qu'il avance n'est exact. Ce qu'il a pris pour la fumée de l'abîme, c'est probablement la fumée de quelque cigare, et son vent brûlant qui dessèche les paroisses pourrait à peine boire une goutte de pluie sur la feuille d'un buisson. Pour admettre que l'autorité des maîtres sur leurs domestiques, et celle des chefs sur leurs ouvriers a décru, il faudrait n'être jamais entré dans un atelier, et n'avoir jamais eu à son service la moindre femme de ménage. A la vérité, il y a des magistrats qui sont violemment attaqués aujourd'hui, et qu'autrefois on eût été obligé de respecter ; mais cela ne vient point de ce que la foi se retire des masses : c'est qu'aujourd'hui on n'imprime plus par privilége du roi ; qu'aujourd'hui le peuple n'est plus obligé de ronger son frein en silence ; que tout acte d'iniquité et d'oppression trouve un accusateur ; qu'enfin il y a, dans la Nation, une voix qui n'y était pas autrefois : la grande voix de la presse.

Du reste, voyez comme les prêtres règlent leur conduite sur leurs préceptes. Quel magistrat ont-ils respecté, alors que celui-ci leur nuisait ou même ne les favorisait pas assez? Et ce pauvre M. Villemain qui est si indulgent pour eux, comment le traitent-ils? Pour que leurs feuilles religieuses lui laissent un peu de repos, ne sera-t-il pas obligé de se faire Jésuite? En vain M. Dufètre dirait que ces feuilles n'ont qu'une effigie religieuse, j'ai sous les yeux un dégoûtant pamphlet—l'*Onguent contre la morsure de la vipère noire*, puisqu'il faut le nommer deux fois — où les trois pouvoirs de l'État sont attaqués avec une violence que les feuilles démocrates n'oseraient se permettre, et qu'elles ne se permettraient pas impunément. Un docteur Gypendole, affublé d'une moitié de soutane et d'un haillon de charlatan, y débite, à chaque page, les absurdités les plus injurieuses contre les Chambres, et la royauté elle-même y est violée par des quolibets qu'un charretier ne voudrait pas jeter à son compagnon.

Du reste, vous pouvez vous faire une idée de la modération de ce Gypendole et de la délicatesse de sa plaisanterie par le petit morceau suivant : « Vous « serez aussi en sûreté que si vous aviez sous le

« nez votre flacon de vinaigre des quatre ministres...
« je me trompe, des quatre voleurs. » Cependant,
ce pamphlet, M. Dufêtre le vend, le colporte ; il le
recommande à ses béates, et il l'impose à ses curés,
comme un excellent livre : je le soupçonne même
d'en être le père. Si vous m'en demandez la raison,
c'est que l'auteur semble très content de lui , qu'il
vous lance ses arguments comme des coups de
poing, et que dans tout le livre il n'y a pas un trait
d'esprit. Mais , peut-être M. Dufêtre n'a-t-il fait
son Mandement que pour se faire pardonner le pamphlet : que M. Martin (du Nord) lui fasse miséricorde !...

Et voilà les hommes qui nous font un crime de
cette guerre périlleuse et sans butin possible, que
nous faisons aux traîtres, aux hypocrites, aux vendeurs et aux acheteurs de consciences, aux écornifleurs de sinécures, aux misérables qui courbent leur
pays devant l'étranger ! à cette multitude de pan-
dours , enfin , qui se ruent par toutes les brèches
sur le bndget , et l'emportent à pleines saco-
ches. Mais depuis quand donc la religion défend-
elle de flétrir les actions lâches et honteuses ? Si
M. Dufêtre a reçu d'en-haut de nouvelles instructions , qu'il nous les fasse connaître ! Les prêtres

s'imaginent-ils que nous ne lisions l'Évangile qu'a-
vec leurs yeux, et que, pour le comprendre, nous
attendions qu'ils nous l'aient expliqué? Ces pages
éloquentes où Jésus-Christ éclate en reproches
contre les docteurs de la loi, qui étaient aussi les
chefs politiques du peuple, croient-ils qu'elles ne
sont jamais tombées sous nos yeux? Leur conscience
est-elle donc plus scrupuleuse que celle du Maître,
et craignent-ils de se damner en suivant son exemple? ou bien répondront-ils, comme un des leurs,
qui défendait d'aller aux noces, et auquel on objec-
tait que le fils de Dieu était bien allé à celles de
Cana : « Ce n'est pas ce qu'il a fait de mieux » ?
Ils ne veulent pas voir un réformateur dans Jésus-
Christ : son Évangile n'est pour eux qu'un livre de
prières. Ils ont enchâssé dans des reliquaires le bois
de son gibet, et ils l'adorent ; mais les verges avec
lesquelles il chassait les vendeurs du Temple, que
sont-elles devenues ? Si, au lieu de poursuivre ces
vices mortels qui tuent notre société, ils les pro-
tègent ; si, au lieu d'attaquer les oppresseurs, ils
les flagornent, à quoi nous sont-ils bons ? La haie
qui pique le maraudeur lorsqu'il viole l'héritage
d'autrui, nous est plus utile qu'eux.

Suffit-il donc de se faire couper une poignée de

cheveux sur le sommet de la tête et d'endosser une soutane pour être prêtre? Qu'avons-nous tant besoin de leurs oraisons ? Est-ce parce que tous les ans, aux Rogations, ils arrosent la terre d'eau-bénite, qu'elle est féconde ? S'ils n'envoyaient tous les jours à Dieu son contingent de *Gloria Patri et Filio*, ne ferait-il plus lever sur nous son soleil, et le genre humain tomberait-il dans sa disgrace, s'ils ne lui répétaient sans cesse par mille chantres, qu'il est ce qu'il a toujours été, et qu'il sera toujours ce qu'il est : — *Sicut erat in principio*. — Qu'ils se mettent bien en tête qu'on ne leur bâtit pas des églises seulement pour les emplir de fumée et de plain-chant : au milieu il y a une chaire, et c'est là que doit s'accomplir la partie la plus importante de leur ministère. Ils ne doivent pas en descendre une seule fois sans avoir fait tomber sur la foule quelque parole qui lui soit utile. Je trouve très bon, sans doute, qu'ils nous expliquent combien de sortes d'anges il y a au ciel ; mais pourquoi se ferment-ils la moitié de la bouche ? pourquoi ne rappellent-ils point le citoyen comme le chrétien à ses devoirs? pourquoi, à propos du vol d'argent, ne parlent-ils point du vol de places, et à propos de l'homicide, de l'assassinat juridique ? Lorsqu'ils parlent de l'obéissance qu'on doit à Dieu, pourquoi ne disent-ils et ne prouvent-ils point que le magistrat lui désobéit, quand il courbe servilement sa conviction sous la volonté inique du pouvoir ?

M. Dufêtre n'a-t-il point la langue assez forte pour remuer ces lourds sujets ? C'est de ce côté qu'il devrait diriger les bruyantes décharges de son éloquence. Quand il prêche des retraites, quand il tonne à froid, comme un orage d'hiver, contre des vices de vieilles femmes qui ne font de mal à personne, et dont Dieu ne daigne pas seulement prendre note, il me semble voir un épicier de formes athlétiques pesant une demi-once de poivre. Ses biographes lui disent qu'il est un vaillant soldat d'Israel, couvert d'armes noircies, et entouré de trophées !.. Mais, s'il n'a jamais combattu que sur de tels champs de bataille, quels peuvent donc être ses trophées ? des ailes de moucheron, ou tout au plus des cornes de cerf-volant. Au lieu de tirer son épée noire contre un pauvre ver qui s'ébat dans la poussière du chemin, que n'attaque-t-il ces formidables bêtes qui dévorent les hommes? Des pattes de loup-cervier, des peaux de tigre, des têtes échevelées de lion, voilà le butin qui convient à un brave Israélite. Que lui a donc fait la presse ? Le christianisme avait une mission sainte à remplir ; il avait été envoyé d'en haut pour affranchir le monde, et ressemer une autre civilisation à la surface de la terre ; les prêtres n'ont point voulu se charger de cette tâche, et la presse l'a volontairement prise pour elle ; est-ce une raison pour que M. Dufêtre la poursuive de ses invectives ? A-t-il coutume de se fâcher contre ceux qui font sa besogne ? est-il comme mon vieux père qui nous reprochait, quand il nous arrivait de lui mettre son registre au courant, que nous le lui gâtions ?

En vérité, je suis tenté de lui répéter ce que Jésus-Christ disait à Simon-Pierre : « Au lieu de vous amuser là à pêcher des goujons avec un bout de fil, venez pêcher des hommes ; prouvez à cette société indifférente et corrompue que bien servir son pays c'est servir le ciel, et que le culte de la patrie est aussi le culte de Dieu. » Rappelez-leur cette parole de Jésus-Christ aux docteurs qui lui demandaient quel était le plus grand commandement de la loi : « Le plus grand commandement de la loi, c'est celui-ci : Tu aimeras Dieu de tout ton cœur, de toute ton ame, de tout ton esprit ; et voici le second, qui lui est semblable : Tu aimeras ton prochain comme toi-même. » Or, il n'y a ici qu'une équation à mettre à la place d'une autre. Vous n'aurez pas de peine à nous prouver, éloquent comme vous l'êtes, qu'aimer son prochain, c'est aimer Dieu, et que le prochain d'un Français , ce ne peut être que la France. En prêchant cette doctrine, vous ne deviendrez peut-être pas archevêque ; mais vous vous préparerez une bonne place au paradis, et moi, en mon particulier, je serai enchanté de faire partie de votre couronne de gloire.

C. TILLIER.

NEVERS. IMPRIMERIE DE C. SIONEST.

équation à laquelle la place d'un autre? Vous n'aurez
pas la peine à nous prouver, éloquent, considérant
celle qui résout son problème, c'est un vrai Dieu, et que
le médiateur d'un... Voyage... ce qui peut être que la
France. En produisant cette doctrine, vous ne devan-
cez peut-être pas recherché; mais vous voga pui-
porter une bonne place au paradis; et moi, en mon
particulier, je serai enchanté de faire partie de votre
couronne de gloire.

DES JÉSUITES.

19ᵉ et 20ᵉ Pamphlets.

Décidément le temps est aux Jésuites, et j'aimerais mieux qu'il fût aux lilas et aux roses. Depuis
six mois et au-delà, on ne parle, on ne discute, on
n'écrit que de Jésuites ; les journaux sont tout noirs
de ce sinistre nom ; des hommes très sensés et très
courageux d'ailleurs, rêvent de Jésuites et en ont
le cauchemar. J'en connais qui ont rencontré les
ombres des pères Sanchez et Malagrida rôdant par
la rue. Tout ce qui va sous un tricorne est maintenant Jésuite. Si un grand lévrier noir, taché de blanc
au cou, et marqué, au sommet de la tête, d'un fer
chaud, avait le malheur de passer devant le Collège

de France, à l'heure où finit le cours de MM. Quinet et Michelet, les élèves de ces messieurs ne manqueraient point de l'assommer comme Jésuite. Et
moi-même, pour parler des Jésuites sur ce ton peu
consterné, peut-être serais-je noté, par aucuns, de
jésuitisme ; mais, si je ne partage point, relativement aux Jésuites, la frayeur commune, je vous
assure qu'il n'y a point de ma faute ; j'avais vivement désiré, pour faire comme tout le monde, avoir
peur des Jésuites : n'en eussé-je vu qu'un seul, ne
l'eussé-je vu que par le bout de son triangle, je me
serais fait un devoir d'en avoir peur ; mais la difficulté était de trouver mon Jésuite. J'avais lu, il y
a bien long-temps, dans Béranger, et même j'avais
chanté d'une voix très fausse que les Jésuites étaient
des hommes noirs qui sortaient de dessous terre et
qui étaient moitié renards, moitié loups !

> Hommes noirs, d'où sortez-vous ?
> Nous sortons de dessous terre,
> Moitié renards, moitié loups.

Je résolus de mettre ce renseignement zoologique
à profit. Je ceignis mes reins, et comme Abdallah
partant pour la recherche du bonheur, je partis,
un Béranger dans ma poche, pour la découverte de
mon Jésuite. Le premier sujet que je confrontai

avec ma strophe, ce fut le curé Védrine, qui passe,
au *National*, pour un Jésuite ; mais l'abbé Védrine
ne traînait derrière lui d'autre queue que la queue
de sa soutane. Je m'adressai à l'abbé Comballot,
qu'on m'avait signalé pour un archi-Jésuite ; quelle
fut ma surprise ! je trouvai l'abbé Comballot fait à
peu près comme M. Gélin, qui est, comme on sait,
l'antipode des Jésuites. Je visitai M. de Chalons,
l'apologiste dudit abbé Comballot. A son air narquois et souriant, je reconnus bien un homme qui
venait d'être blâmé par le conseil d'état ; mais je ne
remarquai rien en lui qui se rapportât à ma définition du Jésuite. Fatigué de tant de courses inutiles,
je ramenai mes observations sur des sujets plus in-
digènes. Je m'étais imaginé, je sais bien pourquoi,
que M. Lapaulme était un Jésuite. Je me mis à sa
recherche, décidé à le livrer à la gendarmerie pour
être conduit de brigade en brigade à la frontière ,
pour peu qu'il rentrât dans ma définition. Je
n'aurais pas été fâché d'exercer des représailles
contre ce sévère critique auquel mes pamphlets in-
spirent tant d'horreur qu'il voudrait qu'on purgeât
de moi la ville.

A la vérité, quant à son enveloppe, le révérend
M. Lapaulme est un peu noir ; mais il est trop bien

brossé, trop bien ciré pour sortir de dessous terre ; et, d'ailleurs, on ne l'a jamais vu sortir que de l'é-glise ou du collége. Qu'il soit moitié prêtre et moitié laïque, à la rigueur, cela pourrait se dire ; mais il n'est point moitié renard , moitié loup : j'en donne ma parole d'honneur. D'abord , si le renard a encore autant d'esprit qu'il en avait du temps de Lafontaine, M. Lapaulme n'est point moitié renard : je suis forcé de lui rendre cette justice. Ensuite, je n'ai reconnu en lui rien de commun avec le loup, sauf que, comme ce carnivore, il mange volontiers du gigot de mouton, pourvu, toutefois, que ce ne soit pas un vendredi. J'allais poursuivre le cours de mes explorations , lorsqu'une honnête personne , prenant en pitié mon embarras, me dit : « Allez à l'*Echo de la Nièvre* , et demandez M. Eysenbach ; si ce n'est pas là l'homme qu'il vous faut, ne le cherchez nulle part. » Je jetai un coup-d'œil sévère à cette personne, et lui répondis : *Moitié renards moitié loups* , monsieur ! Or , quelle similitude organique y a-t-il donc entre M. Eysenbach et le renard et le loup, je vous prie ? — Aucune, poursuivit mon interlocuteur ; mais , à l'instar de M. Dufètre qui donne à déjeûner à ses pauvres avec un sermon, M. Eysenbach voudrait qu'on distribuât

aux détenus des rations d'instruction chrétienne.
En vérité, bientôt il demandera qu'on adresse à Dieu
des prières pour qu'il lui plaise d'envoyer en enfer
des prédicateurs. — Je comprends, monsieur, répondis-je, que les détenus aimeraient mieux des
rations de soupe, et, en effet, cela les engraisserait
davantage ; mais, peut-être M. Eysenbach cherche-
t-il à se concilier la bienveillance de M. Dufêtre, et
on peut mal raisonner à ce prix. En tout cas, cela
ne prouve nullement qu'il soit Jésuite. Ne déran-
geons pas inutilement M. Eysenbach de ses char-
mants feuilletons : les graces nous bouderaient toute
l'année. Ainsi donc , que les personnes qui me reprochent de ne pas avoir peur des Jésuites m'en
montrent un, et je leur promets de n'en manger de
tout le jour, et de n'en dormir de la nuit entière ;
qu'elles me disent seulement , puisque la définition
de mon poëte ne s'applique à personne , à quelle
marque les Jésuites se reconnaissent. De même que
la robe de la vipère est plus sombre que celle de la
couleuvre, la soutane du Jésuite est-elle plus noire
que celle des autres prêtres ? leur tricorne est-il un
rectangle ou un triangle isocèle ? ce gracieux petit
morceau de linge que les abbés portent sous le menton comme un enfant au maillot, le Jésuite le porte-

t-il sous la nuque? enfin, quels sont les signes appa-
rents du jésuitisme? qu'on me le dise!

A la vérité, il y a des prêtres qui font opérer des
guérisons miraculeuses par de vieux os qu'on leur
expédie de Rome; mais qu'est-ce que cela prouve
relativement à l'existence des Jésuites? A Nevers
aussi nous aurions eu de ces miracles, si la sainte qui
devait les faire ne se fût laissé manger par les rats;
et, je vous l'avoue, j'ai vivement déploré cet accident; car rien n'est plus utile dans une localité qu'un
saint qui fait des miracles. Cependant, à Nevers,
est-ce qu'il y a des Jésuites? Je vois encore des
prêtres qui se font racoleurs de congrégations; depuis que M. Dufêtre est notre évêque, nous avons
nous-même l'avantage de posséder une demi douzaine de ces pieuses sociétés; mais, encore une fois,
cela ne prouve rien en faveur de la résurrection des
Jésuites. je connais, moi, des gens qui font partie
de ces congrégations, et sont les plus joyeux vivants
du monde, buvant le meilleur vin qu'ils trouvent,
ayant le plus de maîtresses possible, et ne s'occupant pas plus que le grand Turc de propager l'ul-
tramontanisme; des gens enfin qui s'ils étaient obligés de faire le signe de la croix, mettraient peut-être
le fils à la place du père; jamais on ne me fera

croire que ces messieurs soient des Jésuites. Voilà encore des prêtres qui font le commerce de médailles; mais quel rapport ces médailles ont-elles avec le jésuitisme? Ma petite fille a une médaille de la mère de Dieu, qui se prête complaisamment à jouer avec elle ; cependant je vous prie de croire que ma petite fille n'est pas un Jésuite.

Je vois bien des prêtres de tous tricornes et même des porteurs de mîtres qui prêchent ou font des pamphlets contre l'Université, selon qu'ils croient avoir le talent de la plume ou de la parole , mais je ne vois point, quelque bonne volonté que j'y mette, qu'il y ait là un symptôme flagrant de jésuitisme. Si les Jésuites ne s'étaient jamais donné d'autres torts, je crois bien qu'ils ne se fussent point fait chasser de France. L'enseignement universitaire , est-il donc si parfait qu'on ne puisse sans félonie en nier l'excellence? n'y a-t-il qu'un affreux Jésuite qui puisse désirer, pour les générations qui viennent, une éducation moins stérile et moins poreuse ?

Moi qui vous parle, et qui ai goûté de ce lait sans chyle que l'Université fait sucer à ses nourrissons, il m'est arrivé de parler très mal de cette bonne mère, et je ne suis pas disposé à m'en repentir. Suis-je donc pour cela un Jésuite ? me croyez vous plus

Jésuite que notre ami **M. Lapaulme**, à l'habit duquel fleurissent les palmes universitaires, plus Jésuite que **M. Dufêtre**, qui, l'an passé, à la distribution des prix du collège, faisait l'aimable avec l'Université, et bien que la vieille dame lui tournât un peu l'épaule, lui débitait, de sa parole abondante et facile, des choses infiniment gracieuses, qu'il n'avait pas apprises au séminaire.

A la vérité, encore, les pamphlets de ces vénérables personnes sont chose fort misérable ; et, en effet, comment des hommes de douceur et de charité pourraient-ils réussir à égratigner et à mordre ? C'est comme si un mouton se faisait garçon boucher, comme si l'on voulait fabriquer du vinaigre avec de l'huile d'olive. Tout l'esprit de ces messieurs s'exhale en accusations grosses comme des montagnes, en monstrueuses calomnies, de même que toute la sève du chardon pousse en épines; allez, ce n'est point là le pamphlet tel que le conçoit **M.** le maître d'école de Saint-Saulge : « *Le pamphlet, c'est le poignard du sauvage qui brûle tout ce qu'il touche.* » Vous pouvez mettre les pamphlets des révérends dans votre poche, sans craindre qu'ils y brûlent la moindre chose, s'y trouvassent-ils dans la compagnie même d'une boîte d'allumettes chimiques. Concluez de là, si vous le voulez, que ces prêtres ne savent ni parler ni écrire ; mais, de bonne foi, cela prouve-t-il qu'ils sont des Jésuites ? un serment prêté à la congrégation a-t-il pour effet d'éteindre toute lueur d'esprit et de détraquer toute logique ? Les Jésuites, enfin, ont-ils le privilège exclusif des rapsodies ? Selon vous le malencontreux auteur de l'*Onguent contre la morsure de la vipère noire*, serait donc Jésuite, et vous accuseriez donc l'*Écho de la Nièvre* d'être un des premiers sujets de la congrégation.

Ce n'est pas ainsi que raisonne **M.** le maître d'école de Saint-Saulge, il a dit bien du mal des pamphlétaires de Nevers ; il est même allé, l'orgueil du pays natal le poussant, jusqu'à affirmer qu'ils avaient la voix enrouée du moineau, ce qui nous a induit à penser que tous les moineaux étaient enrhumés à Saint-Saulge ; — mais s'est-il permis, au plus fort de ses emportements, de leur reprocher qu'ils étaient des Jésuites ?

Du reste, ce qui me fait douter que ces forgeurs de religieux pamphlets soient des Jésuites, c'est qu'ils ne se sont pas conduits envers l'Université avec l'adresse traditionnelle de la congrégation ; ils ont tant et si bien fait, que leurs attaques ont été à leur ennemi plus profitables que nuisibles, ils ont pris

une si grosse épée qu'ils n'ont pu la manier et qu'ils
se sont estropiés avec. Les vieilles murailles toutes
lézardées de la place se sont raffermies sous les coups
de leurs balistes, et jamais les vivres ne s'y sont
trouvés en plus grande abondance que depuis qu'elle
est bloquée. Encore cinq à six mois de cet état de
choses, et l'Université sera le plus solide de tous
nos établissements, et M. Villemain le mieux portant de tous les ministres. Le fait est qu'avant cette
croisade des évêques l'Université avait une foule
sinon d'ennemis, au moins de contradicteurs qui
lui rendaient la vie très dure; on s'accordait à dire
que son enseignement n'était pas en rapport avec
les besoins et les tendances d'une société que trois
ou quatre révolutions avaient transformée; qu'il
était bon pour amuser de riches et bavardes oisivetés, mais qu'il ne valait plus rien pour un peuple
industriel et travailleur, obligé de vivre à la sueur
de son corps, et qui n'avait pas le loisir de parler
latin; qu'il était temps que la vieille robe noire en
cent endroits rapiécée, fût remplacée par un vêtement plus épais et plus solide. On comparait
l'éducation qu'elle fournit, au style des mauvais
écrivains, qui regorge de mots et est dépourvu d'i-
dées. Les arbres, disait-on, qu'elle plante dans son

verger, fleurissent, mais ils ne rapportent point de fruit ; les épis qui poussent dans ses champs sont beaux à la vue, et vous les croyez pleins d'une pure farine ; mais quand vous en portez le grain au moulin, vous ne trouvez sous cette enveloppe dorée que de la poussière et de la cendre. De ses bancs, vous sortez bachelier ès-lettres ; mais qu'est-ce qu'un bachelier ès-lettres, un grand niais qui rapporte fièrement du marché dans une belle besace neuve, des pois qui ne veulent pas cuire. Après dix ans d'études, votre bachelier ès-lettres n'est pas seulement capable d'être instituteur primaire. S'il n'a de bons parents qui ont l'honneur de posséder quelques mille écus de rente, il faut, pour gagner sa vie du jour, le pain de tout de suite, qu'il se fasse maître d'étude. Or, de tous les valets le plus malheureux, c'est sans contredit le maître d'étude. J'ai marché, moi, quelque temps dans ce rude chemin, et pour beaucoup je ne voudrais y repasser. Je me rappelle encore avec effroi combien je me trouvais à plaindre quand, mon bouquet de rhétorique au côté, comme un domestique à la Saint-Jean, j'allais offrir mes services aux revendeurs de grec et de latin de la capitale ; combien j'en voulais à mon père de ne pas m'avoir fait une place à son établi !

Mais aujourd'hui voyez comme l'opinion publique est devenue bienveillante envers l'Université! ses plus hargneux détracteurs se sont faits ses partisans, et on renoncerait volontiers à cette liberté d'instruction secondaire tant et depuis si long-temps réclamée, de peur que le clergé n'en eût sa part. Cependant, ces prêtres griffonneurs et tapageurs ne se contentent point de décrier l'Université : il leur faut le monopole de l'instruction secondaire ; à les entendre, Jésus–Christ a donné l'enseignement public à ses apôtres, il le leur a donné lorsqu'il leur a dit : *Ite et docete*, allez et enseignez. A la vérité, cette interprétation du texte de l'Evangile sent bien un peu le Jésuite, mais les gens qui affichent ces extravagantes prétentions sont trop absurdes pour être à craindre. A qui persuaderont-ils, qu'*allez et enseignez*, veuille dire *allez, et enseignez tout ce qui peut être enseigné;* enseignez non seulement l'évangile, mais le latin, le grec, les mathématiques, la physique et la chimie. S'il en était ainsi, les prêtres pourraient arguer de ces paroles qu'ils ont le droit exclusif d'enseigner la danse, l'escrime, et même la noble science du bâton. D'ailleurs, les apôtres eussent été fort embarrassés, s'il leur eût fallu enseigner autre chose que l'Evangile, et Simon Pierre,

à moins que le Saint-Esprit ne l'eût considérablement aidé, eût fait ce me semble un fort mauvais
professeur de rhétorique; et quand bien même encore Jésus-Christ eût donné l'enseignement public
à ses disciples, s'en suit-il qu'il ait voulu que le
clergé le conservât après eux. Les disciples avaient
reçu de leur divin maître le don des miracles, or,
ce don l'ont ils transmis aux papes, et les papes
peuvent-ils le transmettre aux évêques?

Pour moi, là ou tant d'autres voient des Jésuites, je ne vois que des prêtres turbulents, trop
faibles pour être ambitieux, et ne cherchant qu'à
faire du bruit et de la poussière; fatigués de dix ans
de repos, ils se donnent du mouvement par la même
raison que vous, quand vous êtes restés long-temps
assis, vous marchez pour vous dégourdir les jambes.
Mais supposons que ces gens là soient des Jésuites,
et que même tout le clergé de France soit Jésuite :
ils sont trente mille environ, qu'avez-vous donc à
craindre d'eux ? En vérité, vous ressemblez à un enfant qui pousse des cris de détresse, parce qu'un ro-
quet gros comme le poing aboie contre lui; vous me
faites l'effet de ces paysans qui criaient que la montagne sur laquelle étaient assises leurs chaumines allait
s'effondrer, parce que deux ou trois lapins creusaient

leur terrier à ses racines. Vous vous imaginez que les prêtres ont beaucoup d'influence, parce que la foule, cette poussière que soulève tout ce qui agite l'atmosphère, tourbillonne volontiers autour d'eux ; parce que vous voyez des bandes de femmes et d'enfants suivre leurs processions ; parce que quelques vieux hommes qui ne savent plus que faire vont passer une heure ou deux à leur église. Mais sur la partie vivante de la Nation, celle qui a une tête d'homme et un cœur de citoyen, ils n'ont point de prise : elle glisse sous leur étreinte comme une outre imbibée d'huile ; ils ont beau dorer leurs hameçons, ils n'y prennent que quelques ablettes étourdies et de vieilles carpes que leur grand âge a rendues aveugles. Ce que vous prenez pour un homme , c'est un cadavre habillé d'une soutane et qu'on a mis debout. Pour qu'ils eussent de l'influence sur les masses, il faudrait qu'au lieu de vouloir absolument nous imposer toutes leurs idées , ils prissent beaucoup des nôtres ; qu'ils marchassent à la tête de leur siècle, croix en l'air et bannière déployée. A la révolution de juillet, ils avaient pour se rendre populaires une occasion magnifique , mais dont ils se sont donné bien de garde de profiter. A leur place, j'aurais pris franchement

la cocarde du peuple ; cette liberté qu'il venait de
baptiser avec son sang, j'aurais voulu, moi, la baptiser avec mon eau bénite; je l'aurais portée sur mon
autel, et je l'aurais mise sous la protection de ce
Christ, mort non seulement pour la rédemption des
pécheurs, mais aussi pour l'affranchissement du
genre humain. Aux jeunes martyrs de cette liberté
j'aurais donné autant d'encens et de prières qu'aux
martyrs de la religion ; sans cesser d'être prêtre,
j'aurais voulu être citoyen, quand il aurait fallu
réclamer pour le peuple des droits violés ou mé-
connus, je ne me serais poit senti gêné par ma
soutane. Ces mots sublimes de liberté, d'égalité,
de fraternité, je les aurais fait gronder comme un
orage sous les voûtes de mes cathédrales, et peu m'eût
importé que le pape les eût entendus de Rome! en
priant pour la grandeur et la gloire de la France,
j'aurais forcé la multitude subjuguée à courber à
côté de moi son raide et fier genou, à incliner son
front avec le mien devant la croix, en lui mon-
trant attaché à ce sacré gibet, celui de tous qui
aima le plus les hommes et travailla avec le plus
d'abnégation à leur affranchissement et à leur bonheur. C'est ainsi que Lamenais a compris le prêtre;
et voyez si sa soutane a éloigné de lui les sympa-

thies populaires ! Mais les prêtres ne veulent rien recevoir de la liberté ; ils sont incrustés dans leurs vieilles idées de domination, par l'obsurantisme, comme si la civilisation était aussi facile à éteindre qu'un cierge sur l'autel ; et rien ne saurait les en arracher. Le temps qui emporte les vieux empires et en remet de neufs à leur place, qui renouvelle les peuples, qui refait les civilisations, n'a pas changé un seul bouton à leur soutane. Ils restent immobiles et noirs au milieu des sociétés qui se transforment, comme leurs vieilles cathédrales au milieu de nos villes rajeunies ; au lieu de suivre les générations qui marchent par enjambées, ils s'épuisent à vouloir les retenir autour d'eux ; mais il ne leur reste que les malades et les estropiés. Sous un gouvernement usé qui, peu sûr du peuple, voudrait s'acquérir de la force par les prêtres, un envahissement de Jésuites en France, pourrait être dangereux, mais il ne faudrait pas que ce fût un gouvernement constitutionnel. Quel gouvernement constitutionnel songerait à doubler d'une immonde calotte de Jésuite le diadème du peuple souverain ? et s'il était assez fou pour y songer, serait-il assez hardi pour l'entreprendre. La chûte des Bourbons a appris aux rois ce que vaut l'appui des prêtres ; la Restauration a voulu faire d'eux son ange gardien, et son ange gardien l'a perdue. Les trônes aujourd'hui sont trop fragiles pour pouvoir porter l'autel, et l'autel trop peu solide lui-même pour pouvoir étayer le trône.

Mais ce qu'on craint de la part des prêtres, c'est un envahissement de l'instruction publique. Nos amis les patriotes parlent sur ce sujet un peu entre leurs dents; ils n'osent exprimer franchement leur pensée, parce qu'elle est contraire à leurs principes; mais on l'aperçoit facilement à travers leurs réticences. Il ne faut point, disent-ils, que l'éducation secondaire soit trop libre; si vous faites à l'édifice une porte cochère, le clergé en masse s'y précipitera; il prendra pour lui toutes les places, et quand il sera maître de l'enseignement, il empoisonnera votre jeunesse de ses doctrines ultramontaines. Mais alors conculez, que faut-il faire? est-ce la liberté de l'instruction secondaire que vous demandez ou la continuation du monopole?

Si vous posez ainsi le problème : « Comment faut-il s'y prendre pour rendre la liberté à l'instruction secondaire et en exclure les prêtres? » vous le trouverez certainement insoluble. Mais posez-le de cette façon : « Que faut-il faire pour rendre l'instruction secondaire à la liberté et empêcher que l'intervention des prêtres y soit dangereuse ? » vous verrez qu'il est très facile à résoudre.

Et d'abord, répondons aux objections qu'on nous fait. Pourquoi les prêtres s'empareraient-ils avec tant de facilité de l'instruction si elle était libre ? Reconnaissez-vous en eux une capacité infuse qui n'existe point chez les laïques. Lorsqu'ils seront dans leur classe, l'inspiration du Saint-Esprit descendra-t-elle sur eux, comme s'ils étaient dans un concile ? auront-ils des saints qui feront des miracles de syntaxe et de méthode, comme ils en ont qui font des guérisons miraculeuses ? ou, s'ils n'en ont point en feront-ils venir de Rome ? Enfin, comme ce mendiant béni de Dieu, leur suffira-t-il de dire : « Que l'instruction publique entre dans mon sac, » pour qu'elle s'empresse d'y entrer.

Allez, le public n'est pas si engoué d'eux qu'ils voudraient bien le faire croire ! On s'imagine que leurs petits séminaires sont en grande odeur de sainteté, parce qu'on y envoie beaucoup de marmaille ; mais cela vient de ce que la soupe de leur marmite est moins chère que celle des colléges. A mesure que leurs classes s'avancent vers la philosophie, elles se tarissent comme une eau qui coule dans le sable, et c'est un phénomène qui ne se produit

que de loin en loin d'en voir sortir un bachelier ès-
lettres. Quel père de famille en effet serait assez ennemi de son fils, pour le laisser, quand il est adulte,
achever par un prêtre. Voici, du reste, un fait qui
prouve que les établissements d'éducation non bap-
tisés ne meurent point à l'ombre des maisons religieuses. Dans l'arrondissement de Clamecy, où le
petit séminaire de Nevers est venu un beau jour s'é-
tablir et se carrer, il y a deux colléges qui font assez
bien leurs affaires ; dans l'arrondissement de Cosne,
où il n'y a point de séminaire, il n'y a qu'un collége maigre et assez mal portant, et dans celui de
Château-Chinon, il n'y a ni séminaire ni collége.

Du reste, voyez si les prêtres se sont rendus
maîtres de l'instruction primaire où cependant ils
peuvent entrer de plain-pied et quand ils veulent ;
demandez à M. Schmidt, si leurs frères ignorantins ont tué une seule de vos écoles communales.

Quand bien bien même, du reste, le clergé devrait s'emparer infailliblement de l'instruction, serait-ce une raison pour lui en escarper les bords ?
Pour que les prêtres s'emparassent de l'instruction
que faudrait-il ? que la majorité des familles eût
placé en eux sa confiance ; or, la majorité des familles, c'est la nation. C'est donc parce que vous

leur supposez la confiance de la nation, que vous voulez les exclure de l'enseignement public ; mais prenez-garde à ce que vous allez faire ! agir ainsi envers eux, c'est leur dire : « Nous ne voulons pas que vous enseigniez, parce que vous enseigneriez trop bien, si nous vous permettions d'avoir des chaires. » Pour moi, je vous avoue que je me trouverais très honoré d'être exclu de cette manière. Si votre intention est de rehausser les prêtres, vous ne sauriez employer un meilleur moyen que celui - ci. Je serais fâché sans doute que vos colléges tombassent devant les maisons religieuses, mais j'aime encore mieux l'égalité devant la loi que vos colléges. Qu'est-ce que cette liberté d'instruction secondaire que la charte nous a promise, et qu'elle nous fait si long-temps attendre, si ce n'est la liberté de concurrence appliquée à l'enseignement public ? Or, qui a le droit d'ouvrir aux uns la porte de la concurrence et de la fermer pour les autres ? Peut-on m'empêcher de tirer profit de la supériorité que j'ai sur mes rivaux ? Est-ce aux faibles et aux maladroits qu'il faut sacrifier les habiles et les forts, et est-il raisonnable d'abattre un chêne parce que son ombre étouffe quelques chétifs arbustes ?

Mais, quand bien même l'éducation publique viendrait d'elle-même s'agenouiller devant les prêtres, vous avez un moyen fort simple d'empêcher qu'ils ne la corrompent : c'est de vous réserver le droit de surveillance la plus étendue sur leurs colléges. Du moment que vos inspecteurs auront la faculté de pénétrer chez eux tous les jours et à toute heure, ils ne pourront leur rien cacher de ce qu'ils font ni de ce qu'ils disent ; leurs élèves seront derrière leurs grilles, comme des oiseaux dans une volière. Au cas où ils auraient cette puissance démoralisatrice que vous leur supposez, il leur serait aussi impossible de dépraver votre jeunesse, qu'à l'épicier de vendre à faux poids. Quelle que soit l'éducation que vous fasse la Chambre, elle sera réglée par un programme qui devra être suivi dans tous les colléges : si les prêtres s'y conforment exactement, qu'aurez-vous à craindre de leurs mauvaises doctrines ? Ils n'enseigneront que ce que vous voudrez qu'on enseigne ; ils ne feront de vos fils que ce que vous voudrez qu'on en fasse. Si, au contraire, ils s'écartent de votre programme, vous leur ferez fermer leurs colléges. Ainsi, soumis ou rébelle, le clergé ne saurait vous nuire, ou bien il faudrait que vos ministres le laissassent faire. Or, vous défieriez-vous, par hasard, de vos ministres ? Mais, d'abord, vous devez être

bien tranquilles maintenant du côté des Jésuites :
grace aux invincibles précautions qu'il a prises
contre eux, M. Villemain leur a rendu l'instruction
inabordable : Rome n'était pas mieux défendue par
le sillon que Romulus traça autour de son enceinte,
que notre éducation publique par le projet de loi de
ce vigilant ministre !... « Tous ceux , dit-il , qui
voudront se livrer à l'instruction publique, seront
obligés de prêter serment qu'ils ne sont pas Jésuites. » N'est-ce pas que c'est là un excellent tour
que M. Villemain joue aux disciples d'Escobar ?
et voyez combien on a d'esprit quand on a été élevé
par l'Université !... C'est dommage que M. Martin
(du Nord), à l'exemple de son collègue, n'astreigne
pas les banqueroutiers, pour épargner aux juges de
longues instructions , à jurer qu'ils sont purs de
toute fraude. Ce qui plaira encore à aucuns dans
le projet de loi de M. Villemain, c'est qu'il a failli
exciter une insurrection parmi les évêques ; mais, à
vrai dire, c'est là le seul mérite (si c'en est un) que
je lui reconnaisse. Je trouve que les conditions
de capacité qu'on impose aux instituteurs secondaires sont trop rigoureuses ; elles sont même peu
raisonnables : on exige, d'un chef d'institution qui
ne professe pas, qui ne fait que diriger sa maison et

la surveiller, le diplôme de docteur ès-sciences !... Mais, alors, bientôt on exigera d'un directeur d'hospice qu'il soit médecin ; le ministre de la justice devra être docteur en toutes sortes de droits, et il faudra, pour être ministre des travaux publics, avoir obtenu un grand prix d'architecture, et être allé à Rome.

Ce diplôme qu'on impose au chef d'institution, à quoi sert - il ; quand les professeurs qui enseignent pour lui doivent avoir le même diplôme ? à quoi sert-il, surtout quand vous soumettez ce même chef d'institution à l'épreuve difficile d'un rigoureux examen ? Si le diplôme prouve quelque chose, à quoi bon l'examen ? et s'il ne prouve rien, pourquoi l'exigez-vous ? Cela est-il moins ridicule que si le maréchal Soult s'avisait de de dire : « Pour être admis dans la gendarmerie, il faut avoir cinq pieds quatre pouces ; tous les postulants , avant de passer sous la pige, seront tenus de fournir un certificat de leur chef de corps, constatant qu'ils ont cette taille » ? Mais, pour vous, le diplôme prouve la science de l'instituteur secondaire ; alors, puisque voilà sa science constatée, sur quoi vos examinateurs l'interrogeront-ils ? sur le meilleur procédé à employer pour empêcher les tiques de dévorer le trousseau des élèves, ou pour se débarrasser des punaises! Mais, ce que j'admire le plus dans le projet de loi de M. le grand maître, c'est la manière dont il compose son jury d'examen : il y invitera un magistrat ou deux, un ecclésiastique et des bourgeois notables du pays, c'est-à-dire notables par leur fortune ; car ce n'est plus, à présent, que de cette façon qu'on est notable; or, M. Villemain est trop poli pour exiger le moindre diplôme de ces messieurs. Il est donc probable que les examinés seront plus savants que les examinateurs, et, du reste, cela a lieu dans un assez grand nombre d'examens.

« Mais, dit M. Villemain, j'ai eu la précaution de mettre, dans mon jury, des hommes d'une capacité reconnue. » Sans doute, M. Villemain ; mais ces hommes capables, quels sont-ils ? des officiers de l'Université. Or, avec les honnêtes personnes que vous leur avez adjointes, croyez-vous qu'il leur sera bien difficile de s'emparer des examens ? Aussi, vous et vos professeurs journalistes, vous avez beau le nier, l'Université sera juge et partie dans sa cause, et même, il pourrait bien se faire que l'examen n'ait été inventé que dans le but de lui procurer cet avantage. Du reste, si c'est pour écarter lès prêtres de l'éducation publique que M. Villemain impose aux instituteurs secondaires des conditions si rigoureuses, il n'a pas perdu son temps : c'était bien là, en effet, qu'il fallait frapper. Pour les prêtres qui perdent leurs meilleures années à ergoter sur la théologie, ce ne sera pas chose aisée que de se faire recevoir docteur ès-sciences : l'enseignement dévot et méticuleux qu'on leur donne dans les séminaires ne les a point préparés aux études fortes et sérieuses ; les sciences qui n'ont point de rapport avec leur autel, loin d'exciter leur curiosité, leur sont importunes ; il y a plus, elles leur font peur. Mais, cette barrière que vous faites si haute pour les prêtres, elle sera de la même hauteur pour les citoyens ; et comme les citoyens sont plus nombreux que les prêtres, pour un de ceux-ci qu'elle écartera, elle en éloignera dix d'entre nous. Nous sommes dix qui habitons la maison : parce qu'il se trouve parmi nous un de vos ennemis, ne nous en murez point la porte. En résumé, le projet de loi de M. Villemain est comme les fortifications de Paris : il est fait un peu contre ceux du dehors, et beaucoup contre ceux du dedans. Votre terre promise n'est pas déjà un si beau pays, pour que vous en rendiez l'accès si difficile. Si vous mettez, à tous les passages, des corps-de-garde d'universitaires qui vexent les passants ; si, pour pénétrer chez vous, il faut des prodiges de patience et de courage, nul ne voudra aller par-là. Vous savez cela aussi bien que moi, dans toute profession il faut qu'on récolte en proportion de ce qu'on a semé ; or, qui voudra dessécher, dans d'arides études, les fraîches années de sa jeunesse, effeuiller les courtes roses de son printemps sur des bouquins, et laisser sa lampe allumée jusqu'à vingt-cinq ans pour acquérir le droit d'ouvrir une maison d'éducation qui lui rapportera moins, peut-être, qu'une boutique de menuiserie, qu'un comptoir d'épicier, ou qu'une fabrique d'allumettes chimiques ? Si vous m'engagez à creuser, dans mon champ, des sillons larges et profonds comme des fossés, il faut que vous me garantissiez qu'il y poussera des épis grands comme des arbres.

Le gouvernement a le droit, sans doute, d'exiger des garanties de ceux qui se livrent à l'instruction publique ; mais il ne faut pas que ces garanties soient exagérées. Vous ne devez pas, comme un vilain usurier, demander, pour un prêt de cinquante francs, un gage de mille écus. Avec un pareil système d'affranchissement, vous n'affranchissez rien du tout : vous avez fait semblant d'ouvrir la main, mais vous n'avez rien donné. Ainsi, je le demande, si le gouvernement était obligé de remettre en liberté le tabac depuis si longtemps son esclave, et disait : « Pourront vendre du tabac tous ceux qui seront pourvus d'un diplôme de docteur ès-sciences, » le gouvernement aurait-il acquitté sa dette, et le commerce du tabac serait-il redevenu libre ? Il appert, pour moi, du projet de loi de M. Villemain, que le gouvernement veut garder, le plus qu'il pourra, du monopole universitaire. Ce qui me confirme dans cette pensée, c'est qu'il impose aux chefs-lieux de département l'obligation de se pourvoir chacun d'un collége royal. Le ministre de l'instruction publique comprend très bien que cette mesure est souverainement injuste ; qu'elle est oppressive pour le peuple ; car, aux dépens de qui que ce soit que vive le collége, c'est toujours le pauvre qui paiera l'éducation du riche. Pourquoi donc, alors, cette recrudescence de colléges ? c'est que le gouvernement veut être partout en force contre la concurrence des établissements particuliers, et pouvoir, aussitôt qu'ils apparaîtront, les écraser sous son pied d'éléphant.

Cela, d'ailleurs, ne lui sera que trop facile. Comment de pauvres savants, avec leurs faibles ressources d'influence et d'argent, et ayant à peine de quoi se procurer quelque docteur ès-sciences à bon marché, pourront-ils lutter contre l'Université, qui est un des grands corps de l'État, aux mains de laquelle sont les clefs du trésor public, qui, pouvant rétribuer ses professeurs en proportion de leur mérite, est à même de les choisir entre nos notabilités scientifiques et littéraires? Peut-être y a-t-il un avantage à ce que l'État ait ses colléges; mais, une chose pour moi bien certaine, c'est qu'il n'y aura point de liberté d'instruction secondaire, tant qu'existera l'Université. Du reste, la question revient à celle-ci : le gouvernement absolu d'un bon despote vaut-il mieux qu'une mauvaise liberté? Et je ne me charge pas de la résoudre.

Du moins, j'aurais voulu que M. Villemain eût abaissé sa haute et puissante attention jusque sur ces localités où il n'y a ni ne peut y avoir de collége. Quel inconvénient eût-il trouvé à ce que, dans ces petits lieux, les instituteurs primaires, en mesure de prouver qu'ils ont fait leurs humanités, pussent enseigner les éléments du latin? Pour faire traduire le *De Viris* à des marmots, est-il besoin d'être au moins bachelier ès-sciences? Je vote pour qu'un amendement, dans le sens que je viens de dire, soit ajouté à la loi. Beaucoup de pères de famille sont obligés de payer, pour leurs enfants, de grosses pensions dans des colléges lointains, depuis le premier feuillet du rudiment de Lhomond jusqu'au dernier chapitre de la philosophie de M. Cousin, et cela ne laisse pas que de renchérir le diplôme de bachelier ès-lettres.

Mais, le vice le plus essentiel du projet de loi de M. Villemain, c'est qu'il laisse flotter l'éducation publique sans direction ; qu'il ne lui imprime point le cachet de la France. M. Villemain, occupé à se mirer dans ses phrases, ne s'est point souvenu un instant qui il était, ni pour qui il travaillait ; il ne lui est pas venu à l'idée que c'était une institution qu'il fondait, que ces lignes qu'il arrangeait avec une élégante symétrie pouvaient avoir une haute influence sur les destinées de son pays, le tirer du fond de son abaissement, ou l'y maintenir. Le digne grand-maître n'a vu, dans la question, que des conditions de capacité à établir pour les instituteurs secondaires, et, au lieu d'une loi, il a fait un projet de police. Priez-le de vous rédiger un système pénitencier, il se contentera de vous dire quelles garanties il faut exiger du directeur de la prison, du geôlier, de ses porte-clefs, et c'est tout au plus s'il oubliera les molosses. Que ses jeunes, administrés arrivent au grade de bachelier ès-lettres, voilà tout ce qu'il veut, et il serait même étonné qu'on lui en demandât davantage. Ils serviront où ils trahiront la France, ils vendront leur foi ou ils la garderont pour eux, cela ne le regarde pas: il n'est pas payé, lui, pour faire des citoyens, et il sait qu'on se passe bien de l'être. S'il est grand-maître, c'est pour faire manœuvrer son escouade des quatre facultés, et non pour autre chose.

Cependant, il faudrait à la France autre chose que des dispositions réglementaires sur l'admission des instituteurs. Dans cette liberté d'instruction secondaire promise par la charte, nous n'avons pas vu seulement une industrie nouvelle à exploiter, un état à créer pour certains ; ce que nous y avons vu, c'est une éducation nationale à substituer à cette éducation insignifiante qui fond depuis si longtemps dans le même moule tous les peuples de l'Europe. Le fils d'un soldat ne doit pas être élevé comme le fils d'un marchand, et l'aigle ne va pas, comme la poule, apprendre à ses aiglons à chercher des vermisseaux dans la poussière. Cette question que le grand-maître de l'Université ne daigne pas honorer d'une considération publique, me paraît, à moi et à plusieurs, de la plus haute importance ; depuis la révolution de juillet, aucune autre plus digne de l'attention des Chambres n'a occupé la tribune. Une éducation nationale, c'est le commencement de toutes les institutions ; c'est elle, en faisant les mœurs, qui fait les lois : elle est le sol où il faut tout semer et où tout pousse. Si vous avez mis du fer dans ces sillons, il en surgira des baïonnettes ; si vous les avez arrosés d'eau bénite, il y poussera des tricornes. A quoi sert-il que vous ayez des institutions, si vous n'avez pas de citoyens pour les mettre en pratique ? Les constitutions ne se bâtissent pas dans la poussière ; il faut bien qu'elles soient appuyées sur quelque chose ; et, je vous le demande, si, malheureusement, vous n'aviez plus de morale publique ; si les électeurs regardaient leurs droits politiques comme un objet de commerce, et les vendaient aux députés ; si les députés trafiquaient, avec les ministres, des intérêts de la Nation, et livraient leur mandat pour une énorme pension viagère, déguisée sous forme de sinécures ; si, au dessus des ministres chargés de faire exécuter la volonté nationale, planait une volonté supérieure et irresponsable, et que ceux-ci, pour conserver leur portefeuille, se résignassent lâchement à la subir, que

signifierait votre gouvernement constitutionnel, et
combien de temps durerait-il? La dernière pierre
de l'édifice, étant trop lourde, ne finirait-elle pas
par faire écrouler la base? Avant tout, ayez donc
une éducation qui vous fasse des citoyens ; ce n'est
qu'à ce prix que vous conserverez votre liberté, et
que vous l'étendrez. Lisez l'histoire : c'est toujours
dans ce temps de corruption où le patriotisme se
perd et les citoyens disparaissent que se montrent
les usurpateurs !

L'éducation publique est une cause de force ou
de faiblesse, selon qu'elle est bonne ou mauvaise ;
quand elle est bonne, elle fait la vie des nations,
lorsqu'elle est mauvaise elle les tue. Des peuples qui
ont empli le monde du bruit de leurs vertus, non
moins que du bruit de leurs armes, semblent n'a-
voir pas eu d'éducation nationale. C'est que chez eux
cette éducation se faisait sur la place publique où
les enfants étaient sans cesse mêlés avec les hommes.
L'éducation de notre jeunesse, en 93, s'est faite
dans la rue aux refrains de la Marseillaise, et vous
savez quels miracles de dévouement et de patriotisme
elle a produits! Napoléon, lui, savait bien quelle
force d'impulsion il y avait dans une éducation qui
pousse tous les hommes vers le même but ; mais il

se garda bien de donner à la France impérialisée
une éducation nationale. Il s'empara avec une merveilleuse adresse, de tout ce qu'il y a de noble,
d'ardent, d'impétueux dans l'esprit de ses enfants,
et il en fit une éducation napoléonienne. Cette éducation fut sa plus puissante et sa plus fidèle alliée.
C'était en ses mains un canon toujours chargé qui
lançait une colonne incessante de boulets ; c'était
elle qui lui faisait ces solides conscrits, qui sur leur
premier champ de bataille égalaient nos vieilles
troupes. Ces jeunes hommes qu'on parait dans leurs
lycées du glorieux uniforme de nos soldats, qui ne
marchaient qu'au son du tambour, auxquels, au lieu
de jouets, on donnait un fusil, ne voulaient plus
d'autre profession que celle des armes ; les cicatrices
leur venaient au visage avant les moustaches, et
dans cet âge où nos enfants sont encore sur les bancs
des écoles, plusieurs d'entre eux étaient déjà morts
de la mort des grenadiers !

Si l'éducation secondaire n'avait pas une direction qui la fît vôtre, il y aurait du danger sans
doute à ce que les prêtres vous la volassent. Ils pourraient, en face de votre programme, éteindre dans
les cœurs de votre jeunesse cette flamme sacrée
qui fait l'âme du citoyen, et sans laquelle il n'y a

plus de grande action possible. D'abord, en expli-
quant les auteurs grecs et latins à leurs élèves, qui
leur empêcherait de dire, sous forme de notes, que
Léonidas et ses trois cents compagnons, mourant aux
Thermopyles pour le salut de la Grèce, que Caton
s'ouvrant les entrailles pour ne point survivre à la
liberté de sa patrie, que ces généreux Numantins,
qui aimèrent mieux se brûler vifs entre les ruines
de leurs maisons que de subir la domination des
Romains, étaient aux yeux de Dieu des fanatiques
et des impies, et que s'il faut servir sa patrie, il ne
faut pas se damner pour elle. Puis quand ils viendraient à notre histoire, pourquoi craindraient-ils
d'établir que le pape est le maître de tous les
royaumes de la terre ; qu'il peut ôter son trône à
un empereur et le donner à un sacristain ; qu'on
n'est pas lié par son serment envers un roi impie,
que la volonté nationale est une chimère ; que Napoléon, était, non l'usurpateur de la liberté, mais
du trône de Louis XVIII, et que le peuple souverain, actuellement régnant, a spolié le duc de Bordeaux de sa couronne? Si encore, comme M. Dufêtre, que je soupçonne avoir à la langue un petit
bouton de jésuitisme qui le démange, le dit dans ses
Etrennes religieuses, ils disaient hypocritement

dans leurs classes : « Kléber se destinait à l'architecture ; si la révolution ne l'eût enlevé, il fût mort tranquillement en faisant des plans , » qui serait là, pour leur répondre que si Kléber fût mort tranquillement en faisant des plans , la Vendée n'eût peut-être pas été soumise et pacifiée ?

Et pourquoi n'iraient-ils pas plus loin ? Aux yeux des prêtres les intérêts de la religion dominent de toute la hauteur du ciel les bas intérêts de nos sociétés, à moins toute fois qu'il ne s'agisse des leurs mêmes. Servir Dieu est un motif qui justifie non-seulement toutes les actions, mais encore qui les sanctifie ; pour celui qui agit avec cette intention, il n'y a plus ni trahison, ni parjure, ni cruauté, et le meurtre lui-même devient une action héroïque. Cette doctrine les Jésuites l'enseignaient hautement dans leurs écoles ; plusieurs fois même, soulevant la lourde couverture de leurs in-folio, elle s'est glissée armée d'un poignard, dans la rue , et elle s'est abreuvée de sang royal. On ne sait que trop que Jacques Clément et Ravaillac avaient trouvé des professeurs de meurtre dans leurs colléges, et qu'un général de Jésuites, le père Guinard, fut condamné à mort pour avoir fait soutenir à ses élèves cette thèse : «qu'il était permis de tuer un prince hérétique. » Si les prêtres s'emparaient de l'éducation, je ne sais ce qu'ils diraient de Louis-Philippe, usurpateur à trente-six carats, attendu qu'il ne va pas à confesse, ni de M. Villemain le grand-maître, qui est si panthéiste ! A la vérité cela ne me tient guère en peine ; mais qu'on me permette de m'inquiéter pour moi-même. L'autre jour c'était minuit, l'heure des pensées sinistres ; voici, dans mon bouge, aux lueurs fumeuses de ma chandelle, le raisonnement que je me faisais, et ma barbe en était toute raide d'horreur. Supposons, me disais-je, que je prenne domicile vers les hauts quartiers de la ville, et me trouve le voisin du bon Saint-Cyr ; supposons encore que j'aie un superbe chien de chasse, et que Médor ait la manie de hurler à la manière de ses confrères pendant les offices ; ne se trouvera-t-il pas parmi les élèves des Jésuites quelque séide qui croie assurer son salut en donnant une boulette d'onze heures à ce bruyant ennemi de la religion, et cela sans songer que les choses eussent pu s'arranger d'une manière infiniment moins tragique en faisant apprendre le plain-chant à mon chien ?

Mais, je veux le croire, le fanatisme des prêtres s'est un peu humanisé ; cet ascendant de fer qu'ils avaient sur leurs élèves n'existe plus ; aujourd'hui leur pieux et solitaire ressentiment ne réussirait qu'à produire quelque émeute de collége qu'on réprimerait en mettant pendant quelques jours les insurgés au pain sec.

Mais quand vous aurez une éducation nationale, ils n'auront pas même ce petit moyen de perturbation ; avec votre programme vous les muselerez si bien qu'ils ne puissent rien dire qui ne vous convienne et que vos élèves ne doivent entendre. Je sais bien que dans un projet de loi sur l'instruction on ne peut faire entrer un article ainsi conçu : « Tous ceux qui ouvriront des maisons d'éducation, seront tenus de faire enseigner que Léonidas et ses compagnons étaient des héros, et que Napoléon n'avait point usurpé le trône de Louis XVIII. » Mais cela, c'est dans les livres imposés à vos instituteurs qu'il faut le mettre. Ces livres, il faut qu'ils soient faits sous vos yeux ; que dans aucun collége et sous aucun prétexte on ne puisse en étudier d'autres. C'est là qu'il faut donner un sens moral à votre enseignement, et écrire à la suite des commandements de Dieu qui sont la morale de tous, les commandements de la Nation française ; mais l'étude des sciences et des langues mortes ne doit être qu'un

accessoire de votre éducation , elle ne doit en former que le bord. Un défaut du vieux enseignement,
selon moi , c'est qu'il bourre trop les élèves de
science. Chez eux la poche de la mémoire est pleine
à s'effondrer, et celle de l'intelligence est preque
vide. Croyez-moi, il importe peu à la patrie d'avoir
des citoyens si lettrés ! Les Romains eux n'étaient pas
lettrés, et cela ne les a point empêchés de conquérir
le monde ; on est toujours assez savant quand on
sait tout ce qu'on doit savoir ; c'est donc ce qu'ils
doivent savoir , qu'il faut entre autres choses enseigner à nos jeunes hommes. Quand bien même
votre enseignement serait un peu faible , les hommes
de génie, semblables à la vapeur qui de quelque bas
lieu qu'elle parte arrive toujours aux couches su-
périeures de l'atmosphère, monteront d'eux-mêmes
jusqu'où leur intelligence spécifique doit les porter.
Quant à ces capacités qui ne sont qu'estimables ,
vous en aurez toujours assez, soyez tranquilles, il
n'y a pas de risque que vous manquiez jamais d'a-
vocats pour plaider la cause de la veuve et de l'orphelin ; de littérateurs pour vous griffonner des
feuilletons et des pièces de théâtre , et de journalistes pour défendre vos droits. Mais ce qu'il vous
faut maintenant, ce sont des citoyens, et beaucoup de

citoyens ; des citoyens avant tout. Il est temps d'opposer une morale publique à ce torrent de corruption qui tombe d'en haut et rejaillit sur tout le pays. Il est temps d'armer la France d'une éducation nationale : cela vaudra mieux, croyez-moi, pour sa défense, que ces masses de pierre que vous élevez autour de Paris, et sera moins dispendieux. Qu'est-ce en effet qu'un peuple qui n'a point d'éducation nationale ? un peuple sans traditions, isolé entre le passé et l'avenir, n'ayant point d'aïeux, et ne devant point avoir de petits-fils. Il change de forme comme une nue, à mesure que de nouvelles générations viennent se poser sur les premières ; c'est un tas de poussière sans consistance et indifférent au vent qui l'emporte.

A quoi sert, disent certains, une éducation nationale ? A quoi cela sert, malheureux ! Mais si la France n'a point une éducation nationale qui resserre entre elles ses diverses parties, êtes-vous sûr qu'elles se tiendront toujours ensemble ? êtes-vous sûr, si elle n'a pas toujours une seule et même face, que ses enfants ne cesseront pas de la reconnaître ? Si de tous ses habitants vous ne faites des Français, pourquoi l'Alsacien, qui parle allemand, se croirait-il le frère du provençal qui réssemble à un espagnol? Pourquoi Toulouse, que rien ne menace, accourrait-il au secours de Lille attaqué? Pourquoi le levant paierait-il les ports qu'on creuse pour les habitants de l'ouest, et les habitants de l'ouest les chemins de fer qui courent dans le levant? Pourquoi, enfin, les départements qui bordent les frontières, semblables à ces pierres qui tombent des planètes, ne se détacheraient-ils pas de la France quand elle serait heurtée par le moindre choc. L'éducation, c'est le lien d'une Nation comme l'uniforme est le lien d'une armée. Malheur au peuple qui croit pouvoir se passer d'une éducation nationale! S'il subsiste parmi ses voisins, c'est que ses voisins ont encore plus que lui d'éléments de faiblesse!

La Chambre reconnaîtra sans doute tout le vide du projet de loi de M. Villemain, et y fera de larges amendements; mais, surtout, qu'elle profite de cette occasion pour réviser l'instruction primaire et pour la coordonner avec l'éducation lettrée : l'une est le commencement de l'autre, et sur un étage de bois on ne bâtit point un étage de pierre. Les deux éducations sont deux sœurs qui, bien que destinées à un état différent, doivent aimer d'un même amour leur mère qui est la France. Que l'éducation primaire ait la même direction, la même discipline que l'éducation des colléges ; que toutes les écoles de France, soit communales, soit particulières, aient les mêmes livres de morale et d'instruction ; que ces fiers Ignorantins, qui ne relèvent que des évêques, soient obligés de subir le joug commun, et qu'ils ne puissent faire faire à leurs élèves un signe de croix qui ne soit pas ordonné par la loi !

Mais, dit-on, vous savez quelles sortes de gens vous avez au ministère ; jamais ils n'auront la main assez forte pour fixer la bride sur le cou des prêtres. Un cerf-volant les emporterait au bout de sa ficelle, et vous voulez leur donner un attelage rétif et toujours ruant à maintenir. Avec eux, les prêtres se dégageront aujourd'hui un peu, et demain davantage, de la discipline imposée, et leurs colléges finiront parse transformer en séminaires. — Ce sont, au contraire, leurs séminaires qui doivent se transformer en colléges ! Mais la Chambre n'est-elle pas plus puissante que les ministres ? ne peut-elle les forcer à faire exécuter la loi ? — Hélas ! ajoutent-ils, si le ministère est lâche, c'est parce que la Chambre est pusillanime. La Chambre désapprouve les actes du ministère, et elle le lui témoigne quelquefois d'une manière assez rude ; mais elle n'a pas le courage de se débarrasser de lui, parce qu'elle sait bien qu'il n'est pas seul l'auteur de ses actes. — Alors, il faut parler de cela aux électeurs. Les électeurs, qui ont en main la puissance souveraine, obligeront la Chambre à imposer la volonté de la Nation au gouvernement quel qu'il soit et dans quelque nuage qu'il se cache ; ou si la Chambre ne sait pas se faire obéir des ministres, ils la renverront dans ses foyers, comme on renvoie un berger qui ne sait pas se faire obéir par ses chiens. — Les choses ne se passent point, me répondent-ils, comme vous vous l'imaginez. Le corps électoral est un mauvais roi qui s'occupe fort peu des intérêts de l'Etat et beaucoup de ceux de sa dynastie. Ces capacités sonnantes dont le percepteur cote le diplôme, trouvent toujours que leur représentant vote bien ; pourvu qu'il leur fasse obtenir quelque chose. Ce sont des chauves-souris, qui, si elles eussent assisté à la création, eussent demandé qu'il n'y eût point de soleil. Il y a profit pour elles à avoir un député ministériel, et jamais vous ne les ferez consentir à en choisir un autre, à moins que ce ne soit un député ministre.

Ainsi, pauvre peuple souverain, te voilà dans la

nécessité ou de ne point faire de loi sur l'instruction
secondaire, ou d'en faire une mauvaise. Mais est-ce
donc une raison, parce que tu as un mauvais ministère, de faire une mauvaise loi? Si tu avais de mauvais chevaux, te ferais-tu donc faire un mauvais
carrosse? Et qui te dit que le ministère existera
encore demain? Les ministères passent, et les lois
restent. Parce que tu bâtis ta maison par un vent
brûlant du midi, est-ce une raison pour que tu en
tournes toutes les ouvertures vers le nord? Ne te
préoccupe, en faisant ta loi, ni de ton ministère, ni
des prêtres. Fais-la comme si tous les ministres
étaient forts et comme s'il n'y avait pas un seul prêtre
en France. La seule chose qui doive arrêter ton attention, c'est ce que la liberté te demande et ce que
le bien de tous exige qu'on lui sacrifie. Les prêtres
sont de mauvais citoyens, je le sais ; mais, enfin,
est-ce leur faute si tu as de mauvais ministres ; et
faut-il, à cause de cela, leur écorner leur part de
droit commun? Les lois ne sont pas faites pour un
jour : ce ne sont pas de ces herbes éphémères qui
sortent de terre au printemps et qu'on récolte en
été. C'est un arbre que tu plantes, et dont tu n'auras
que les premières feuilles, mais qui abritera les générations futures sous son ombre. C'est un bâtiment

duquel, pauvre barbon tout grisonnant, tu jouiras bien moins que tes fils. Et d'ailleurs, quand tu ferais une loi d'exception contre les prêtres, à quoi cela t'avancerait-il? la faiblesse de tes ministres rendrait encore ton œuvre inutile. Si tes ministres sont trop faibles pour maintenir les prêtres sous le joug de la discipline commune, ils seront trop faibles également pour les empêcher de sortir de la loi d'exception dans laquelle tu les auras enfermés. L'instruction, au lieu de devenir la proie des prêtres y entrant de plain-pied et ayant la clef dans leur poche, deviendra la proie de prêtres s'y introduisant furtivement et à l'aide de fausses clefs : or, de deux manières de se laisser voler, je ne vois pas trop quelle est la bonne.

Je n'ai pas, moi, imposé ma volonté à des rois et à des empereurs ; je n'ai point commandé au Caire, ordonné en maître à Rome, régné à Madrid, signé des traités à Vienne, passé des revues à Berlin, je n'ai pas eu un mois sous ma domination les cendres de Moscou; mais si j'avais une maison, fût elle grande comme Paris, il me semble que j'y serais le maître; quand je voudrais mettre un habit, si mon valet de chambre m'apportait une redingotte, le drôle goûterait de ma houssine; et il ne faudrait pas, s'il me plaisait de manger gras le vendredi, que mon cuisinier s'avisât de servir maigre ! Il aurait beau dire qu'il a peur de mon aumônier, je le jetterais à la porte et je mettrais un artiste luthérien à sa place. Or, ignores-tu, toi, peuple souverain, que la France est ta maison, que tu y es le maître, et que tes ministres ne sont que tes premiers domestiques ? Pour qui te prennent donc ces orgueilleux valets, qui foulent aux pieds ta volonté souveraine comme les pailles du chemin, et pour qui te prends tu toi-même ? Est ce bien toi qui, il n'y a pas encore quatorze ans marchais sur les canons chargés, et déchirais entre tes mains comme une vieille étoffe les bataillons de la restauration ? Ta voix qui agitait avec le fracas d'un orage les syllabes de fer de la *Marseillaise*, est-elle devenue si faible que tu ne puisses te faire entendre des Tuileries ? Ton épée est prisonnière au fourreau ; mais ici tu n'as pas besoin d'une épée, tu as le droit de pétition. Cette arme en te suffit-elle pas ? Quand un homme est fort il est encore puissant alorsqu'il n'est armé que d'une simple canne; et d'ailleurs, un soldat met-il le sabre à la main contre un boule-dogue. Tu dis que si tu laisses ces gens-là au pouvoir on pervertira ta jeunesse; mais alors qu'attends-tu pour les détrôner? qu'on l'égorge? Tu pétitionnes pour qu'on chasse de France les Jésuites; mais pour les chasser il faudrait qu'on sût où les prendre. Autant demander qu'on chasse du royaume tous les serpents. Que ne pétitionnes tu plutôt contre tes ministres? Avec eux tu n'oses faire de bonnes lois; mais tiens-tu moins à avoir de bonne lois qu'à conserver de mauvais ministres? Si tu avais une dent qui t'empêchât de manger, hésiterais-tu à la livrer au fer du dentiste? Maintenant tu ne peux plus espérer que ces gens-là se guériront jamais de cette fièvre continue de la peur qui les travaille; il est évident pour toi qu'ils n'ont pas un fil de moëlle dans les os, et tu as pu dernièrement mesurer toute l'étendue de leurs faiblesses. Tu sais qu'une menace partie de dessous un tricorne suffit pour leur faire baisser la tête, qu'ils ont peur même d'être excommuniés. Tu sais que quand des évêques fanfarons les bâtonnent de leur crosse, ils se contentent de leur répondre par un blâme qu'ils mettent, pour qu'il soit plus solennel, dans la bouche du Conseil d'Etat. M. Dupin a beau dire que cette répression est très efficace, il ne te persuadera jamais que ces prêtres orgueilleux, qui regardent le Conseil d'Etat comme un ramas d'impies et de damnés, se trouvent sévèrement châtiés par son blâme. Tu sais bien, toi,

qu'ils ne s'en soucient pas plus, que le malfaiteur, absous par le jury, ne se soucie de l'admonestation que
lui fait le président. Tu n'admettras jamais que ce
soit un bon moyen de se défendre contre une troupe
qui vous crible de balles, que de lui envoyer déclarer
par un parlementaire qu'on blâme ses projec-
tiles.

Tu sais encore que quand il plaît à l'évêque de
Chalons d'exciter par la presse au mépris et à la
violation des lois, M. Martin du (Nord), qui atteint
si vite et si rudement la presse démocrate lorsquelle
commet le même délit, cherche en vain des moyens
pour atteindre Monseigneur ; ainsi, tu n'as plus de
gendarme assez haut pour saisir au collet un
évêque, les portes de ta prison sont trop basses
pour qu'il passe dessous avec sa mitre. La Chambre a
blâmé M. Martin du (Nord), de n'avoir point poursuivi, et tu croyais qu'elle émettrait le vœu qu'il
poursuivît; mais tu sais maintenant que la Chambre
octroie aux ministres comme à la royauté le droit
de grace; que les erreurs ou les faiblesses ministérielles ne sont plus réparables alors qu'elles ont
quelques mois de date. Tu as vu avec plaisir
qu'on a poursuivi pour calomnie et fait condamner à quinze jours de prison l'abbé Combalot,

qui ne veut plus de sa palme de martyr, si légère qu'elle soit, et en rappelle. Tu as pu croire, malgré l'impunité accordée à **M.** de Chalons, que le temps de l'indulgence était enfin passé pour les prêtres ; mais **M.** Dupin t'a détrompé : tu l'as entendu déclarer du haut de la tribune, qu'à l'égard de l'abbé Combalot, c'était la punition qui importait, non la durée de la prison ni la quotité de l'amende, et féliciter les juges de la modération avec laquelle ils avaient appliqué la peine ! Ainsi, tu le sais maintenant, tous les Français ne sont plus égaux devant la loi : une redingotte ou une soutane établissent une différence entre les peines. Toi, tu es de la chair à commissaire de police, à sergent-de-ville ; mais la personne des prêtres est en quelque sorte sacrée : empoisonner avec de l'arsenic mis en dissolution dans de l'eau bénite, c'est n'empoisonner qu'à demi. Toutes les fois que le coupable sera abrité par un tricorne, le jury devra lui allouer le bénéfice des circonstances atténuantes. Quand c'est un homme de prière qui maudit un homme de paix, qui calomnie un pasteur obligé d'édifier ses paroissiens par l'exemple de ses vertus, qui lui donne l'exemple des honteuses et des mauvaises passions, il est bien moins coupable aux yeux de la loi qu'un journaliste calomniateur ! Celui-ci, on peut l'enterrer pour quelques années dans ces sépulcres de vivants que le pouvoir a creusés pour ses adversaires politiques, plus bas que les tombeaux des morts; mais lui, le prêtre, on le prend par la main et on le conduit jusque dans la première cour de la prison; on lui montre les ténèbres rougeâtres des longs corridors, en lui faisant entendre le bruit des verroux et le grincement des serrures. On peut même se permettre de lui faire goûter le bouillon de la geôle, puis on lui dit : « Vous le voyez Monsieur l'abbé, je pourrais vous laisser dans ces lieux de misère et de désolation qui sont l'enfer de la ville; mais il me suffit de vous avoir prouvé que je suis le plus fort : maintenant vous pouvez vous retirer, » et on le salue. Ainsi, il est bien entendu que contre cette presse amie qui défend tes droits, qui expose tes doléances, on doit se servir d'une bride hérissée de pointes de fer ; mais que pour les journalistes il suffit d'une bride de laine! et même on prendra une bride de soie pour les évêques. Et cette jurisprudence nouvelle, cette jurisprudence du moyen âge qu'on glisse tout doucement sous la couverture de nos codes, les tribunaux seront d'autant plus enclins à s'en servir, que c'est un magistrat, un procureur général à la cour de cassation qui lui prête l'autorité de sa parole. Si c'est ainsi que M. Dupin veut que le gouvernement soit *impitoyable* envers le clergé, quand il déborde, le torrent aux sombres vagues n'est pas près de se retirer entre ses rives. Le clergé, tu le connais depuis long-temps, toi; c'est un animal intraitable, qui caresse quand il est repu, qui recommence à grogner quand son écuelle est vide. Une seule proie qu'on lui refuse, lui fait oublier toutes les chairs grasses et tendres qu'on a mises sous sa dent, et tant que son maître ne se sera point laissé dévorer par lui, sa voracité féroce ne sera point satisfaite. Cependant le ministère cherche à l'apprivoiser par de bons traitements, et lui donne du pain imprégné de ta graisse; il fait aux prêtres des concessions, il leur octroie des privilèges, il les paie pour le mal qu'ils lui veulent, et pour celui qu'ils se donnent la peine de lui faire. Quand même tu voudrais en douter tu ne le pourrais plus, maintenant que M. Dupin a déclaré que le gouvernement actuel avait honoré le clergé plus que le gouvernement de Napoléon, et plus que la Restauration elle-même ! Mais pourquoi donc ont-ils tant honoré le clergé? Lui, du moins, Napoléon, avait un nouveau monde à refaire sur le modèle de l'ancien, et la

Restauration avait pour elle l'excuse de la recon—
naissance; mais, eux, quels services leur avaient ren—
dus les prêtres, ou quels services en attendaient-ils?
ils savaient bien qu'ils se refusaient de sacrer la
nouvelle dynastie par leur plain-chant, et qu'il fal—
lait sans cesse parlementer avec eux pour leur faire
entonner le *Domine salvum fac Philippum*. Quoi!
le peuple chasse la Restauration , surtout parce
qu'elle donnait au clergé une part trop grande dans
les affaires publiques , et eux au lieu de le tenir,
comme un ennemi reconnu, haletant et garrotté entre
les durs liens de la loi, de ne lui laisser de libre que
la voix pour dire son bréviaire , ils l'honorent plus
que ne l'avait fait la Restauration elle-même !

Maintenant , étonne - toi donc que ces hommes
aient usé de tant de rigueur envers ceux qui ont fait la
Révolution, qu'ils aient écarté d'eux tous ceux qui
ont fourni une pierre teinte de leur sang pour bâtir le
nouveau trône ! qu'ils aient destitué Lafayette ,
qu'ils aient abandonné Laffitte ! C'est sur tes enne—
mis les plus intraitables qu'ils épuisaient leur bien—
veillance , à eux qu'ils distribuaient le butin fait
par les vainqueurs.

Aujourd'hui, peuple souverain, que tu sais tout
cela, que veux-tu faire? Quoi! tu es convaincu que,

si tes ministres restent au pouvoir, ils livreront, par les mains du clergé, la France au duc de Bordeaux ; car voilà ce que j'entends dire partout autour de moi; et tu gardes tes ministres ! et tu dis encore que tu es le peuple souverain !.. Singulier souverain que celui dont le diadème disparaît entre le chapeau à plumes d'un ministre et le bonnet à deux pointes d'un évêque ! Mais, si tu te laisses traiter en esclave par le premier qui ose te parler en maître, pouquoi donc fais-tu des révolutions ? Es-tu comme ces géants de la fable, qui sécouaient les montagnes qui les écrasaient, et faisaient trembler la terre seulement pour avoir la satisfaction de changer de côté? La France est-elle une mer qui, le lendemain d'une tempête, quand des vagues, hautes comme des montagnes, l'ont bouleversée, présente la même surface que la veille ? Puisque tu es si bien disposé à servir quand tu as un oppresseur, que ne restes-tu tranquille sous sa main ? Le bœuf qui se sent né pour le joug n'a pas la sottise de se révolter contre le laboureur, lorsqu'il l'attèle. Quand on n'est qu'une légère girouette que le moindre souffle manie à son gré, on ne cherche point à lutter, comme un navire, contre le vent qui passe. A la vérité, nos pères ont obéi à un empereur ; mais, quel peuple eût jamais un plus grand et plus glorieux maître? Et eux, encore, ils étaient bien moins les serviteurs de Napoléon que ses compagnons d'armes ; s'ils le suivaient, c'est qu'il les conduisait toujours où ils voulaient aller : ils marchaient tant que l'aigle volait, et l'aigle ne s'arrêtait que sur le clocher d'une capitale. Mais toi, vois quels sont ceux qui te tordent, comme une rouelle, entre leurs mains ; qui mettent leur volonté à la place de ta volonté abolie !.. Va ! quand 32 millions d'hommes ne peuvent se faire obéir par six ministres, ils sont dignes de ramper sous des prêtres ! Et voilà donc à quoi aboutissent les grandeurs humaines !... Il est donc vrai que les nations les plus florissantes, semblables à une maison de banque qui fait faillite, peuvent tomber, tout d'un coup, dans une décadence profonde !... Toi, vieux grenadier d'Austerlitz et de Marengo, te voilà destiné à servir la messe ! Cherche donc au moins, pour ton baptême, quelque vieux temple jadis rayonnant de gloire, et aujourd'hui transformé en église !

Il faut donc que ces nations qui ont tant redouté la France, la voient, dépouillée de sa robe tricolore, et revêtue d'une soutane, courber sa tête découronnée sous les ciseaux avec lesquels les prêtres

tondent les rois !.. Pauvre France ! gigantesque obé-
lisque qui foulas les mondes, tu vas donc, comme
Rome, t'enfoncer en terre, et d'immondes fourmis te
marcheront sur la tête !.. Allons, ne luttons pas
contre nos destinées ; apprenons le plain-chant, et
allons nous courber sous les bénédictions de nos
nouveaux maîtres ; mais, pour leur être plus
agréables, faisons, auparavant, descendre de la nue
le front rayonnant de notre colonne ; démolissons
nos arches de victoire; brûlons nos vieux drapeaux;
jetons au vent les cendres de notre empereur ! et si
quelqu'un de nous a un ruban à sa boutonnière,
qu'il le foule aux pieds dans la boue ! Du moins,
nous ne ressemblerons pas aux Italiens qui rampent
au pied du Capitole ; le souvenir de notre gloire
passée ne jettera point sur notre abaissement un
rayon qui nous en fasse apercevoir la profondeur !

C. TILLIER.

NEVERS. IMPRIMERIE DE C. SIONEST.

UN ÉVÊQUE DE VILLAGE.

Vingt-unième Pamphlet.

Eh ! me dit quelqu'un, pourquoi intitulez-vous ainsi votre pamphlet ? Je croyais que vous dédaigniez le charlatanisme du titre. Vous aviez raison, monsieur ; je n'aime pas, moi, qu'on se morfonde à chercher un titre qui fasse effet : c'est dans les pages de votre livre, et non sur la couverture qu'il faut mettre de l'esprit. Bien souvent ces enfleurs de titres ressemblent à un négociant tari qui étale, à la devanture de son magasin, la meilleure partie de ses marchandises. Ces titres effrontés n'ont souvent aucun rapport avec le livre qu'ils font vendre. Vous entendez, à côté de vous, crier : « César ! » vous retournez la tête, et vous croyez voir ou un boule-dogue, ou un guerrier de fière et haute mine ; mais vous n'apercevez qu'un épicier qui examine au soleil, dans le creux de sa main , de la graine de luzerne. Connaissez-vous ma fille Eudoxie? vous dit la femme de votre cordonnier ou de votre tailleur. Vous vous imaginez que l'Eudoxie de votre cordonnier ou de votre tailleur est une belle personne à la taille élancée, au profil grec ; mais Eudoxie est tout uniment une grosse bouffie qui a des joues de velours cramoisi, et dont le buste épais et rotond fera, un de ces jours, éclater le corset. Tel est, à peu près, l'effet que produisent ces livres décorés de titres pompeux et faux.

Pour moi, si je me suis permis de prendre le titre ci-dessus incriminé , c'est que l'homme de mon pamphlet est un méchant curé de village , qui fait l'évêque dans sa petite soutane. J'espère que, sur le point de nous séparer, nous ne nous fâcherons point pour une antithèse. Comme ses confrères d'autrefois, monseigneur n'aime pas la résidence ; sa cour à lui, c'est la maison de M. le maire. Or, M. le maire est un de ces gros messieurs parvenus comme on en voit tant ; car, maintenant, les lois de la physique sont changées, et pour monter il faut être lourd. Notre homme a quitté sa larve de

paysan, pour un noble habit d'Elbeuf ; il roule dans
une calèche, et marche sur les parquets cirés d'un
château ; aussi son curé le tient-il en grande estime.
M. le maire vit avec la commune, à peu près comme
vivent deux époux séparés de corps ; il demeure à
un assez grand nombre de kilomètres de son hôtel-
de-ville : cela n'empêche point que M. le curé, vu la
grande estime qu'il lui porte, n'aille très souvent
déjeûner à son château ; quelquefois — toujours par
suite de cette même estime — il y reste pour dîner,
et quelquefois même il y couche. Il n'est pas esclave
de sa soutane : il lui est arrivé de laisser, plusieurs
jours de suite, l'église sous la garde de son patron.
Et, au fait, qu'avait-on tant besoin de lui dans sa
paroisse ? N'avait-il pas laissé le bénitier plein, et
le sacristain n'était-il pas là pour sonner l'angelus ?
Il faut que tout plie sous la volonté de monseigneur.
Il remplit ses fonctions quand il veut et comme il
veut. S'il lui déplaît de baptiser pour le quart-
d'heure, il suppose que c'est un enterrement que
vous lui demandez, et il vous envoie quérir un permis à la mairie. Du reste, il faut rendre cette justice
à M. l'adjoint, il n'abuse point de l'autorité religieuse qu'on lui confère, et il permet de baptiser tout
le monde. Pour un rien, M.*** récuse votre parrain

ou votre marraine ; vous enragez, et il n'en est que plus aise. Du reste , il n'est pas plus facile de se faire enterrer chez lui que de s'y faire baptiser. Vous qui craignez qu'on ne vous enterre tout vif, allez passer votre agonie dans sa paroisse : on lui re- proche d'avoir laissé des cadavres exposés plus de trente-six heures dans son église. Il vous est arrivé sans doute, pour peu que vous ayez voyagé, — ne fussiez-vous allé qu'à Prémery ou à Pougues, — de vous morfondre sur la banquette de votre patache, pendant que votre postillon trinquait , au cabaret voisin, avec ses compagnons de fouet et de bouteille. Or, je vous le demande, n'est-ce pas là la position de ces pauvres trépassés , impatients de connaître leur nouveau gîte , et qu'on retient si longtemps entre la tombe et l'autel ? Si M. Dufêtre ne veut point rappeler ce prêtre à l'exercice de ses fonc- tions, au moins qu'il lui envoie donc un vicaire !

Ce monsieur aime les honneurs avec passion , pour un coup de chapeau, il ferait le tour de sa pa- roisse ; il est né d'un cordonnier et d'une cordon- nière, et je ne l'en plains point : ce n'est pas à lui seul que cet accident est arrivé, et il arrivera à bien d'autres jusqu'à la consommation des siècles. Et d'ailleurs , son père , qui sait faire les bottes , a l'avantage sur saint Crépin, qui n'a jamais su faire que des souliers. Cependant il dit en chaire, à toute occasion, qu'il est noble par ses fonctions; de par droit de tonsure, il est le premier de la commune, M. l'adjoint inclusivement. Il est pourtant encore assez modeste pour ne point attacher la particule DE à sa roture empoissée ; il a apporté cette théorie avec lui du séminaire, et il la donne comme il l'a reçue. Mais les prêtres qui débitent de pareilles absurdités se mentent à eux-mêmes ; ignorent-ils donc que la noblesse, qui est maintenant si peu de chose aux yeux des hommes, n'a jamais rien été aux yeux de Dieu. Est-ce qu'il y a des comtes, des marquis et des ducs dans son royaume. Les princes eux-mêmes ne sont inscrits sur le registre matricule du genre humain que par leur nom, et je vous assure qu'à côté il n'y a point comme dans l'Almanach Royal, toutes sortes de croix. A ses yeux on n'est quelque chose que par ses bonnes œuvres. Si M. le curé tient absolument à être le premier de la paroisse, il faut qu'il s'étudie à en être le plus vertueux. Du reste, cela vaudrait mieux que de jouer le rôle de l'âne de la fable, qui voulait qu'on saluât son bât, parce qu'il y avait dessus une pleine besace de reliques. A bien prendre les choses, cette prétention n'est pas trop exorbitante; cependant le curé a dans sa paroisse des contempteurs obstinés qui ne veulent saluer ni le bât ni les réliques. C'est là un des grands crève-cœur du pauvre homme; quand cette mortification lui arrive, il va droit à son paroissien, et lui demande pourquoi il lui refuse les honneurs qui lui sont dus. On peut, par exemple, lui répondre ce qu'on veut. Notre gentilhomme tonsuré a les rancunes très vives et surtout fort tenaces : quand il ne peut les faire éclater de suite, il les enferme, jusqu'à nouvel ordre, sous le pan gauche de sa soutane, comme vous enfermez un papier dans votre secrétaire, pour le retrouver au moment où vous en aurez besoin. Là, elles ne s'éventent point, et il ne s'en échappe pas un atôme : c'est un pistolet chargé depuis dix ans, et qui, lejour que vous voulez vous en servir, part aussi bien que si vous veniez de lui donner sa ration de balles et de poudre. Au lieu de parler à ses paroissiens de l'amour du prochain, du pardon des injures, il prêche contre ceux qui lui font de l'opposition; ils sont là sans défense au pied de sa chaire, et il tire sur eux à bout portant : il les mitraille en plein corps avec toutes sortes d'invectives. Du reste, s'ils n'étaient point à l'office, il les enverrait cher—

cher par son sacristain. Ceux-ci s'en prennent à Dieu de la grossièreté de son ministre, et ils ne remettent plus le pied dans l'église : ainsi il arrive qu'au lieu d'un scandale, la paroisse en a deux. Du reste, quand il trouve occasion d'exercer sa prépondérance sur les affaires civiles et temporelles de la paroisse, il ne s'en fait pas faute: il ne craint point d'aller crotter sa soutane au milieu des élections; il indique à ses paroissiens le candidat de Dieu et le candidat du Diable. Tant que la commune conservera son maire, elle jouira pleinement de la protection du ciel ; elle aura pleine moisson, pleine vinée, et les épizooties n'en approcheront pas ; mais on ne serait pas fâché là-haut que l'adjoint fût toujours illétré : il serait plus facile au curé de conduire les affaires de la mairie.

En somme, voilà l'abbé de mon pamphlet ; vous voudriez bien, méchants que vous êtes, que je vous disse son nom et celui de sa paroisse ; mais à quoi cela vous servirait-il ? Ce sont les faits seuls qui importent ; quand on vous sert un fruit, est-il besoin de vous dire où est et comment s'appelle l'arbre sur lequel il a poussé ; et d'ailleurs il ne faut pas être si rigoureux : il n'y a pas exposition sur la place publique pour tout délit ; la charité évangélique comme vous le savez, a quitté depuis quelque temps l'Eglise : hier, je l'ai rencontrée à ma porte et je lui ai donné asile chez moi ; mais il ne faudrait pas, par exemple, qu'elle y restât long-temps, car ce serait pour un pamphlétaire un hôte un peu incommode ! A présent commençons notre pamphlet.

Dans la paroisse de notre curé, une servante avait eu le malheur de devenir mère avant d'avoir un mari ; sa maîtresse, fermière fort jolie, et aussi bonne que jolie, ne l'avait point abandonnée, et même elle avait bien voulu être la marraine du pauvre orphelin. L'heureux compère choisi par elle, était le meunier du lieu, le parangon des meuniers d'alentour, meunier ayant l'avantage d'avoir de fort belles écrevisses dans son biez , mais se donnant le tort de ne point en envoyer à son pasteur ; s'obstinant à croire qu'il est plus moral de manger lesdites écrevisses avec ses amis, que de les faire manger à des tonsurés , et ne voulant admettre en aucune chose ce précepte de l'évangile du prêtre : » Charité bien ordonnée commence par le curé de sa paroisse. » Le jour du baptême étant arrêté, le parrain alla chez le curé, lui demander son heure ; il s'imaginait, ce bon meunier, que la chose devait aller toute seule ; que quand on apporte un nouveau né à l'Eglise on doit le remporter baptisé, comme quand apporte un sac de blé au moulin, on doit en rapporter un sac de farine. Mais, comme vous savez, les enfants ne se baptisent point ainsi chez notre prêtre : cette fois, c'était la marraine qu'il récusait.

Mais le faiseur de farine n'était pas homme à se dessaisir ainsi de sa belle commère. Or çà, pasteur, dit-il au curé, expliquons nous franchement. Quel vice rédhibitoire trouvez-vous à notre marraine ? et vous est-il souvent arrivé de recevoir d'une plus jolie main votre cornet de dragées ? — Mme ***, répondit le prêtre, a fait baptiser son dernier enfant dans une paroisse étrangère, qu'elle y fasse aussi baptiser son filleul ! — Mais l'enfant était malade, et vous n'étiez pas au presbytère ; vous étiez, je ne sais où, à faire le gentil parleur, le bel esprit. Fallait-il donc, pour vous attendre, qu'elle exposât son enfant à mourir sans être baptisé ? Si elle eût fait ainsi, la trouveriez-vous meilleure chrétienne. — Mme *** est une impie, poursuivit le curé, elle ne fait point ses pâques. — Ah ! c'est donc de cela qu'il retourne, fit l'obstiné mangeur d'écrevisses ! eh bien ! je vais vous dire, moi, pourquoi Mme *** ne fait pas ses pâques : c'est que, pour faire ses pâques, il faut se confesser, et elle ne veut point se confesser, parce qu'elle est persuadée que le confessionnal a toujours quelque part un écho. On lui a parlé d'une servante qui ayant volé quelques bribes de toile à sa maitresse, alla confier cette étourderie au curé ; or, le curé dinait souvent avec la dame, et un jour ou deux après, la dame était instruite de l'affaire. Un pauvre boquillon, lui a-t-on dit encore, prit un morceau d'arbre dans la forêt d'un gros propriétaire de son village ; peut-être ce bois devait-il remplacer un outil qui lui était indispensable pour travailler à sa journée; — car notre société est ainsi faite, faute d'une buche, d'un bout de corde, d'un morceau d'acier, il faut qu'un ouvrier se couche mourant de faim dans la rue, et attende que la police, si elle arrive avant la mort, le relève pour le conduire en prison. Malheureusement, il n'y a pas encore de répression contre les bonnes femmes qui ramassent pour leur chèvre des brassées d'ortie le long des murs ; contre ces pauvres enfants qui vont secouer les fruits sauvages des haies ; contre ces malheureux qui cherchent quelques morceaux de pain dans les tas d'ordures que nous laissons à nos portes. Mais ayons bonne espérance, la civilisation marche, et la société est en progrès : ce perfectionnement nous arrivera sans doute , quand la banqueroute sera autorisée définitivement par la loi, et que le créancier sera obligé de nourrir son débiteur , de le fournir de café, de cigares et de bière.

En vérité si les juges, à force de condamner des malheureux, ne s'étaient fait des entrailles de pierre, s'il n'avaient des calus à leur ame , leurs fonctions seraient les plus terribles de toutes , et j'aimerais mieux être garçon boucher que juge! Mais pour en revenir au bon homme, il alla porter son péché tout chaud au confessionnal ; or, ici encore, le gros propriétaire et le curé sont très bien ensemble. Le lendemain, le propriétaire était instruit du délit dans ses moindres circonstances, le garde-champêtre faisait perquisition chez le paysan , trouvait le morceau de bois et dressait procès-verbal. L'affaire ira se dénouer à la police correctionnelle. Le boquillon se repent d'avoir si bien observé le 4ᵉ commandement de l'église, et il dit à qui veut l'entendre qu'il n'ira plus à confesse que quand il n'aura rien sur la conscience. — Tout cela, s'exclama le curé, ce sont d'infâmes calomnies ! — Permettez, monsieur le curé, fit l'obstiné meunier, voici encore une histoire qu'on a racontée à Mme ***: Un gros seigneur de village chassait le loup : on sait que cette chasse est le plaisir favori des grands ; un pauvre lièvre se mit étourdiment à la portée des tireurs, curieux qu'il était sans doute de voir la chasse ; il croyait que puisqu'il ne s'agissait que du loup, il n'y avait aucun danger pour les lièvres. Toutefois, sans égard pour le droit des gens, et tout loup qu'il n'était point, il fut tué sans miséricorde, et on l'accrocha aux branches d'un arbre pour le reprendre après la chasse ; mais un passant survint, et le jugeant de bonne prise il l'emporta. Or, dans ce glorieux jour, le curé devait dîner chez l'exterminateur de loups ; celui-ci raconta comment il avait été frustré de son civet, et ajouta qu'il serait enchanté de connaître celui qui avait mis la main dessus. Ayez bonne espérance, dit le curé, voici la semaine de confession, je ferai si bien que je découvrirai votre voleur, et nons en rirons. Madame *** a peur qu'on ne fasse un sujet de moqueries de ses fautes, elle estime beaucoup les augustes personnes qui donnent à dîner aux curés, mais elle n'aimerait point les avoir pour confidentes de ses secrets les plus intimes ; elle se contente de se confesser à Jésus-Christ, qui ne dîne point en ville et n'a jamais un verre de champagne de trop dans la tête. C'est peut-être une panique, mais enfin est-ce un si grand tort d'avoir

peur là où le danger n'existe point ? et d'ailleurs,
si c'est parce qu'elle n'a point fait ses pâques que
vous repoussez madame ***, ni moi non plus je
n'ai point fait mes pâques ! pourquoi donc m'ad-
mettez-vous? Le curé, à bout de mauvaises raisons,
déclara pour se résumer, que si Mme *** était
marraine, il ne baptiserait point l'enfant, et le
meunier pour se résumer aussi, déclara à son tour
que Mme *** serait marraine, et que l'enfant serait
baptisé par le curé. On parlementa pendant plusieurs jours, cette affaire occupa toute la commune, et
plus d'une veillée en fut prolongée. Enfin le curé
céda; mais une volonté de prêtre, c'est comme ces
bâtons de bois vert qu'on rompt pour les mettre au
feu, mais dont on ne casse jamais tous les fils.

L'amour propre du curé, bien qu'il ne mourût
pas sur le coup, était profondément blessé, et le
saint homme avait droit à une compensation; le
meunier l'avait battu complètement à la première
partie, il fallait qu'il perdît la seconde manche, et
plus tard ils joueraient la belle. Il imagina de baptiser
l'enfant le moins possible, de lui faire sa part de
chrétiennisation si exiguë, qu'il n'y en eût pas un
atôme de reste; et aucuns pensent que pareil à ces
marchands, qui de peur de vous faire trop bon poids

ne vous donnent pas ce qui vous revient, il l'a faite trop petite. Voici, du reste, comment les choses se passèrent : d'abord lorsque le parrainage se présenta à l'église, ce gros et vieux cierge, témoin décennaire de tous les baptêmes de la commune, n'était point allumé, et on ne l'alluma point. Mais ce n'est point à cela que je trouve à redire; à quoi sert en effet cette petite flamme louche qui se trémousse au bout de sa mèche? ce gros fainéant de cierge, qui semble narguer le soleil, est-il bon à autre chose qu'à pleurer sur les mains et sur les habits du parrain et de la marraine? Si un homme voulait que ses concitoyens le prissent pour un fou, il ne saurait mieux faire que d'allumer une bougie à midi; pourquoi donc tous ces cierges que les prêtres allument en plein jour dans leurs églises? sans cela n'y verraient-ils pas assez clair pour dire leur messe. La lumière du soleil que Dieu a faite pour tous, et qui est probablement la seule dont il s'éclaire, n'est-elle pas assez bonne pour ces brâilleurs de plainchant. Tout office, comme une pièce de théâtre, ne peut il se réciter qu'aux flambeaux? et d'ailleurs, s'ils mettaient au bout de leurs cierges une petite flamme de soie bleuâtre, cela ne reviendrait-il pas au même? Que d'argent ils auraient de reste, s'ils supprimaient toûs ces bâtons de cire qui brûlent sur leurs autels! et Jésus-Christ n'aimerait-il pas mieux un seul pauvre vêtu et rassasié , que cette fumée de bougie qu'ils lui envoient tous les jours au nez ?

Mais revenons à notre baptême. La cloche, cette invisible amie qui nous salue au seuil de l'existence et nous pleure à l'entrée du tombeau, ne jeta point à notre nouveau né ses joyeux tintements, et peut-être n'y avait-il pas de quoi. Le curé avait si peur que quelque main indiscrète n'en agitât la corde, qu'il avait la clef du clocher dans sa poche. Non content de cette insulte, il n'adressa aucune question au parrain ni à la marraine, il ne leur demanda aucune des prières sacramentelles de l'église. Pendant qu'il roulait les versets l'un sur l'autre, la marraine, pour se donner une contenance, regardait son bouquet, et le parrain regardait d'un air narquois la marraine; car le scélérat avait mis dans sa tête que le baptême de son filleul ne serait pas taciturne et sombre comme ces baptêmes dont aux mauvais temps du christianisme on cachait la célébration dans des cryptes; qu'il aurait, comme tous les autres baptêmes, son tumulte d'allégresse et ses sons de fête. Il avait aposté un joueur de vielle à l'entrée de l'église; bientôt le drôle se mit à jouer à tour de bras de son instrument, et le fit gronder comme dix chats en colère; le curé, sous l'influence de la vielle, chantonna plusieurs fois sa prose sur un air de valse, et le sacristain était obligé de s'observer pour ne point se mettre en danse. Ce charivari était hors de propos, j'aime à le reconnaître; le curé l'avait bien mérité, mais Jésus-Christ en avait sa part; or, quel tort Jésus-Christ avait-il dans cette affaire? Quand on est en lutte avec un adversaire déraisonnable, un bon tour à lui jouer, c'est de le laisser avoir tort tout seul; mais le curé n'en était qu'à la moitié de son calice : toute la soirée des décharges forcenées de mousqueterie eurent lieu, dans les rues et sur la place de l'église. Il ne fut si mauvais tireur dans l'endroit, si mauvais fusil qu'il eût, qui ne fît à son meunier l'offrande de sa cartouche concitoyenne. Enfin celui-ci eut l'équivalent, et au-delà, du bruit que pouvaient lui fournir toutes les cloches de la paroisse, même en faisant griser les sonneurs. Un meunier l'emporter sur son pasteur ! c'est un phénomène qui se voit rarement, et j'en suis tellement étonné, que je soupçonne notre vigoureux faiseur de farine d'être quelque évêque devenu meunier, phénomène qui se voit aussi très rarement. A sa place je me serais contenté de ce triomphe; mais il avait sans doute lu dans M. Dupin, que quand le clergé déborde, on doit être envers lui impitoyable; il fallait que l'outrage fait à sa belle commère fût vengé. Vous qui le blâmez, songez que des insultes plus légères ont souvent eu pour représailles le renversement d'un empire. Vous vous rappelez bien que c'est un petit coup d'éventail qui a amené la chute du croissant sur toute la côte de l'Algérie; et à propos de meunier, voyez à quoi tient le sort des états! nous avons des conseils de toutes sortes, qui délibèrent incessamment sur les moyens d'assurer la puissance et la prospérité du pays; nous avons des places fortes autour de nos frontières, nous entretenons une grosse flotte dormant dans nos ports; nous gardons sous les drapeaux une nombreuse armée; toutes les précautions enfin qu'on peut prendre contre la fortune, nous les prenons; et un grain de sable qui se trouve à cette place au lieu d'être à cette autre, déjoue nos projets et change nos destinées. Ce monsieur prend le soin le plus minutieux de sa santé; il est sans cesse à veiller sur sa personne. Quand son médecin lui ordonne de prendre médecine, il prend médecine; quand il lui défend de boire du vin, il s'en abstient. S'il voit poindre à son doigt un petit mal bien innocent, il a peur que la gangrène ne le saisisse à la main, et il s'enveloppe le doigt d'un emplâtre. Il se tient bien chaudement dans la flanelle, et il a une peur effroyable des vents coulis. Et pourtant, une pierre qui se trouvera sous la roue de sa voiture, un fagot d'épines qui se dressera devant son cheval peuvent être pour lui la cause d'une mort soudaine. Pauvres humains! ne nous en remettrons-nous donc jamais à Dieu du soin de notre destinée? Que n'allons-nous au bout de la vie, comme vont les papillons jusqu'au bout du printemps? et puisque nous avons un père qui a soin de nous, pourquoi prendre le souci de notre existence? Est-ce que, d'ailleurs, nous entendons quelque chose à notre bien-être? Quand nous croyons faire du sucre, c'est du fiel que nous faisons, et la plupart du temps, nous semons de la graine de cyprès pour de la graine de rose.

Quoiqu'il en soit, notre meunier n'est point un tigre; il ne demandait pas la disgrace du curé; il voulait seulement que l'évêque désapprouvât, par une manifestation quelconque, la conduite de son prêtre; et cela eût été, de sa part, d'une bonne politique. Quand, au lieu de réprimer les excès de leurs subalternes, les évêques les tolèrent, ils font à la religion un tort irréparable; car le peuple croit que c'est la religion qui donne aux prêtres le droit d'être d'insolents oppresseurs, et il prend d'elle une très mauvaise idée. Cependant, M. Dufêtre n'a pas encore répondu à la pétition, et il est probable qu'il n'y répondra jamais.

Et d'abord, mes abonnés, ne trouvez-vous point qu'en cette circonstance le curé s'écarte un peu des lois de la politesse, qui est bien aussi un code? En France la femme est inviolable par sa faiblesse ; pour tout homme bien né, lors même qu'elle a des torts envers lui, elle reste sacrée. Le robuste bûcheron qui passe, donne-t-il un coup de cognée à une rose qui, par mégarde, l'a piqué de son épine? Jésus-Christ est encore ici notre modèle. Voyez, dans l'Evangile, avec quelle douceur, quelle indulgence de parole il accueille la femme adultère et la Magdelaine !.. Au lieu de lui envoyer tant de *Gloria Patri*, lés prêtres feraient mieux de suivre son exemple. Cette persistance à insulter chez un homme d'église, a quelque chose qui révolte ; si on avait une houssine à la main, on la sentirait tressaillir : on dirait vraiment que c'est à leur profit qu'ils prêchent le pardon des injures. Que feront donc les pécheurs si les saints se conduisent ainsi? Cet homme se dit ministre de Dieu, et même, par son ministère, il prétend qu'il est noble ; mais Dieu a-t-il donc des

ministres pour insulter les femmes ? est-il bien aise
qu'on traite avec indignité ceux qui viennent à son
église; que le prêtre choisisse sa maison pour le
théâtre de ses avanies ? Si ce curé, lorsqu'il était
encore enfant, se fût conduit ainsi envers ceux qui
venaient commander des bottes à son père, n'eût-il
pas souvent fait connaissance avec le tire-pied paternel ? Et dire que nos épouses, nos sœurs, nos mères sont à la merci des insultes de ces gens-là, et que
contre eux il n'y a point de répression possible !...
Mais, parce qu'ils n'ont point d'épouses, est-ce donc
une raison pour qu'ils fassent la guerre aux femmes ?
Qu'ils se rappellent donc que leur gouvernante, qui
leur fait de si bons consommés, est une femme, et
que c'est une femme qui les a portés dans son sein
et les a nourris de son lait !...

Et quand bien même il n'y aurait ici qu'un défaut de convenance, est-ce que les prêtres sont dis-
pensés, par leur soutane, des égards que les fonctionnaires doivent à leurs administrés ? est-ce qu'ils
ne doivent point, à tous ceux qui les entourent,
l'exemple de tout ce qui est bon et convenable ?
est-ce que la politesse, non cette politesse hypocrite
que fait l'étiquette, mais celle qu'inspire le cœur,
n'est pas le commencement de l'amour du prochain ?

Je sais bien que les prêtres ne se croient point fonctionnaires, qu'ils se disent ministres de Dieu ; mais,
si j'étais ministre du roi, et qu'ils me parlassent
ainsi, je sais bien ce que je leur répondrais. Pourquoi, leur dirais-je, si vous n'êtes point fonctionnaires, venez-vous me demander des appointements ? c'est à Dieu, dont vous êtes les ministres,
qu'il faut envoyer vos mandats : priez-le de faire,
tous les matins, tomber la manne dans votre jardin,
et de vous faire apporter, par les descendants du
corbeau d'Elisée, tous les jours à cinq heures, un
chapon rôti, une salade et un flacon de bordeaux.

Et quand bien même le parrain et la marraine
n'auraient pas fait leurs pâques ; quand bien même
le curé, faisant sa conviction des bavardages de sa
gouvernante, supposerait qu'entre eux il existe des
relations trop intimes, serait-ce une raison pour
qu'il les repoussât des fonts baptismaux ? pourquoi,
encore, lorsqu'il est obligé de les maintenir dans la
possession de leurs droits, dépouille-t-il le baptême
de sa robe de fête, et lui ôte-t-il son air d'allégresse ? Est-ce la faute du père et de la mère de
l'enfant, qu'on insulte aussi, si le curé veut du mal
à la marraine ? Quel rôle jouent donc le parrain et la
marraine dans l'acte du baptême ? Ils sont les ré-

pondants du baptisé ; ils viennent attester q ı il demande à être reçu dans la grande famille de l'Eglise.
A la vérité , ils n'en sont pas bien sûrs ; aussi ,
peut-être serait-il à propos de ne conférer le baptême qu'à des néophites ayant atteint leur majorité ;
car enfin, un pauvre petit être de vingt-quatre heures
n'a pas eu le temps de comparer entre elles les cinq à
six cents religions qui se partagent l'encens du genre
humain , et il n'est pas encore assez éclairé pour
choisir la meilleure.

Pour moi, si j'étais curé, j'aimerais autant qu'on
m'apportât à baptiser un paquet de langes , qu'un
vilain poupon tout chaud sorti du sein de sa mère.
Et remarquez-le bien , les prêtres reconnaissent
eux-mêmes tacitement qu'un être baptisé avant
d'avoir atteint l'âge de raison, n'est pas encore complètement chrétien. Ainsi , dans leur catéchisme ils
enseignent qu'un chrétien est celui qui , étant baptisé, croit et professe la doctrine chrétienne; or, un
enfant de huit jours croit-il à la doctrine chrétienne,
et la professe-t-il ? S'il est chrétien par cela seul
qu'il a été baptisé, les cloches aussi ont été baptisées ; donc, les cloches aussi sont chrétiennes.

Toujours est-il que, pour affirmer au prêtre qu'on
lui apporte un enfant à baptiser, il n'est pas besoin

que le parrain ou la marraine aient fait leurs pâques,
et qu'ils aient toujours scrupuleusement respecté
les commandements de Dieu : l'Eglise ne demande
rien de semblable aux parrains et marraines. Font-
ils ou non profession de la religion chrétienne? voilà
tout ce qu'elle veut savoir ; et, pour s'assurer du
fait, elle leur fait réciter le Symbole des apôtres.
Pourquoi donc le prêtre est-il plus indiscret que
l'Eglise? de quel droit regarde-t-il par une fente
dans la conscience de ses paroissiens? Il n'a pas
même autorité pour condamner, et non seulement
il condamne, mais encore il condamne sans preuve.
Ne sait-il pas que c'est aussi désobéir au maître
que de faire plus qu'il n'ordonne? Mais, quand un
prêtre ose dire : « J'interdis à cette femme les fonctions de marraine, parce qu'elle n'est point chaste, »
soyez bien sûr que c'est un hypocrite : il sait bien
qu'au chef-lieu de son diocèse les filles même qui
font argent de leur corps sont admises à être marraines. S'il repousse cette femme, c'est au contraire
parce qu'elle a été trop chaste ; c'est parce qu'elle a
rejeté son hideux hommage ; parce qu'elle a craint
que ses noirs baisers ne déteignissent sur ses lèvres ;
parce que, fleur gracieuse et mignonne, elle n'a pas
voulu qu'un lourd scarabée grimpât à sa tige et se

vautrât dans son calice. Si un gros financier enri-
chi par trois à quatre banqueroutes, si une de ces
grisettes que la prostitution fait quelquefois grande
dame, descendaient dans un rapide équipage devant
l'église de notre prêtre, avec un enfant à baptiser,
croyez-vous qu'il laisserait ces illustres clients compter les clous de la porte ? Vous verriez avec quel empressement il ferait sonner toutes ses cloches, allumer tous ses cierges, et enverrait ses enfants de
chœur se débarbouiller.

Ce serait un intolérable abus que les curés eussent la haute-main sur les baptèmes ; c'est la même
chose que si le maire d'une commune pouvait n'admettre, pour certifier la naissance et le sexe d'un
enfant, que les témoins qui lui conviendraient. Si
le prêtre peut impunément éloigner de l'église celui
qui ne fait pas ses pâques, demain il en éliminera
celui qui met le pot-au-feu le vendredi ; après demain, cet autre qui va au café et y lit des journaux
qui ne sont pas religieux ; et vous-même, si entre
vous il survient quelque procès, vous vous trouverez dépouillé de votre droit d'être parrain : il n'y
aura plus à en revenir. Enfin, il n'y aura de chrétiens dans la paroisse que ceux auxquels il voudra
bien le permettre. Et si, pour remplir les fonctions

de parrain et de marraine, il fallait être sans reproches, qui donc pourrait prétendre à cet honneur,
quand le juste pèche sept fois par minute? Il faudrait donc que Dieu, toutes les fois qu'un nouveau-
né nous arrive, envoyât tout exprès du ciel, pour
le baptiser, deux anges de différent sexe?

Mais, dans la paroisse de notre curé, s'agite une
question plus importante. Le filleul du meûnier est-
il suffisamment baptisé, ou lui faut-il un supplément de baptême? voilà ce que tout le monde se
demande. Je ne suis pas assez casuiste pour tran-
cher péremptoirement cette difficulté; mais, pour
tout au monde, je ne voudrais pas avoir été baptisé
ainsi : j'aurais peur d'avoir au moins un bras ou
une jambe en enfer.

Voici d'abord l'objection que je m'adresse : Je
n'ai pas toujours été une noire fumée qui monte de
l'abîme, un vent brûlant qui dessèche; moi aussi
j'ai eu des commères, et je sais un peu ce que c'est
que d'être parrain. Or, la première question que le
prêtre m'a adressée a toujours été celle-ci : « Que
demande cet enfant? » À quoi j'ai toujours répondu,
comme si j'avais été parfaitement sûr des intentions
de mon filleul : « Le baptême. » Ici le curé bapti-

sant n'a adressé aucune question semblable ni au parrain, ni à la marraine, et ni le parrain, ni la marraine ne lui ont rien dit de ce que le nouveau né demandait ; comment donc le curé sait-il que c'est le baptême ? Ce petit être, il l'a pris criant des bras de la sage-femme, et quand il lui a versé son eau salée sur la tête, le petit malheureux criait plus fort. Ces vagissements acérés que jette tout enfant qu'on baptise, veulent-ils dire : « Donnez-moi, je vous prie, le baptême, ou : Reportez-moi bien vite à ma nourrice ? » A la vérité, un monsieur et une dame bien attifés, la dame ayant un bouquet au sein, se sont présentés, avec un enfant, à l'église ; mais, qu'y venaient-ils faire ? Qu'est-ce qui prouve au curé qu'ils n'y avaient point apporté cet enfant pour le mettre préalablement, et en attendant mieux, sous la protection de quelque saint en renommée dans le pays, ou qu'ils ne le promenaient point sous ces voûtes pour lui en faire admirer les beautés architectoniques ? Cette dernière supposition est peu vraisemblable, j'en conviens ; mais enfin, quand les gens ne parlent point, de quel droit traduit-on leur silence ? Il est aussi très probable que deux jeunes gens qui viennent à la mairie en habits de noces, et suivis d'un long cortége de fête, veulent se marier ;

cependant, sans le *oui* solennel du marié et de la mariée, très distinctement articulé, M. le maire ne saurait procéder à leur union. Le baptême n'est-il donc pas un acte aussi important que le mariage ? Si, pour qu'il y ait baptême, il faut qu'il y ait parrain et marraine, le filleul du meunier n'a pas été baptisé, je le soutiens ; pour lui, il n'y a eu ni parrain ni marraine. Ceux qui devaient lui servir de caution ont assisté à l'opération du baptême ; mais qu'importe ! la présence muette d'un homme qui doit agir et parler est-elle toute sa personne, et un témoin qu'on n'interroge pas, peut-il donc être un témoin ? Si, pendant la cérémonie, le meunier se fût esquivé pour aller fumer son cigare, et que la fermière fût allée jeter des graines à ses oiseaux, le curé, plein d'une sainte colère, n'eût pas manqué de laisser là l'enfant ; car, alors, il n'y eût plus eu de baptême possible. Pourquoi donc le baptême serait-il plus valide, quand il a été fait comme si les parrain et marraine eussent été aux antipodes du diocèse ? Et, d'ailleurs, qu'est-ce qui prouve au curé que le meunier est chrétien, puisqu'il ne lui a pas seulement fait faire un signe de croix, et que ce joyeux industriel n'a jamais le temps d'aller à l'église ?

Quant à la seconde objection que je me fais, c'est un dilemme : « Ou l'enfant en question est assez baptisé, ou il lui faut un supplément de baptême. » M. Dufêtre le trouve-t-il assez baptisé, je le veux bien ; mais alors, je m'inscris en faux contre toutes les cérémonies que les prêtres ajoutent au baptême. Depuis dix-huit cents ans et au-delà, le péché de charlatanisme est en permanence dans les sacristies ; or, le charlatanisme, c'est le mensonge, et encore, ce n'est pas celui des âmes élevées. S'il suffit, pour baptiser un enfant, d'un cierge éteint, d'un sacristain et d'un curé, pourquoi donc ce bruit de cloches dont les prêtres troublent le repos de la ville ? Que m'importe à moi que la femme de M. le maire lui ait donné un petit garçon, ou que celle du sous-préfet ait paré l'hôtel de la sous-préfecture d'une petite fille ? est-ce que j'ai besoin que les cloches m'instruisent de cette nouvelle ? Que dirait-on donc de moi, si, le jour que je fais inscrire un nouveau né à la mairie, j'envoyais quatre tambours épandre leurs *ra* et leurs *fla* orageux par la ville ? Pourquoi encore ces cierges que vous allumez ? pour quoi ce parrain et cette marraine que vous appelez en grande toilette au bord de votre aiguière, si toutes ces cérémonies n'ont pas plus de valeur que celles

avec lesquelles les francs-maçons reçoivent leurs
adeptes ? A la vérité, tout cela peut être utile à faire
vendre des bouquets artificiels à la modiste et des
dragées au confiseur ; mais les cérémonies des francs-
maçons sont-elles aussi sacrées, parce qu'elles font
vendre des paniers de vin de Champagne au restaurateur ? Et si un prêtre voyait un pauvre insensé
jeter dans un trou ses écus, croyant qu'ils lui rap-
porteront, dans l'autre monde, un bon intérêt, ne
serait-ce pas son devoir de l'en empêcher ? Il y a
plus, ici l'Eglise impose des gênes inutiles aux familles. Croyez-vous qu'il ne me serait pas plus commode d'envoyer, un matin, mon poupon à l'église,
sans tambour ni trompette, que de me soumettre à toutes les formalités qu'ordonne le clergé ?
Allez, ce n'est pas une petite corvée que de fouiller
parmi ses connaissances, pour y trouver un parrain
et une marraine ! Les parrains surtout commencent
à être fort rares : je suis sûr que, dans dix ans, ils
se paieront six francs par heure ; et peut-être, dès
aujourd'hui, un spéculateur qui tiendrait un assortiment de parrains et de marraines bien élevés,
ferait-il de bonnes affaires. Puis, si les cérémonies du baptême sont inutiles, pourquoi toutes
celles qu'en d'autres occasions étalent les prêtres

ne seraient — elles pas atteintes du même vice?

Voilà nécessairement l'objection qui doit suivre la première partie de mon dilemme : « Si un marchand m'a trompé sur sa toile, pourquoi donc ne me tromperait-il pas également sur son indienne? » Alors, nous aurons lieu d'accuser le clergé de matérialiser la religion ; d'en faire, pour le peuple, un continuel spectacle, et de sacrifier au culte la morale de l'Evangile. Pourvu qu'il eût les corps, il se soucierait peu des ames ; il ne se proposerait d'autre but que d'attirer la foule à ses églises; du moment que la vigne du Seigneur jetterait beaucoup de feuilles, et aurait, de loin, l'apparence de la fécondité, peu lui importerait qu'il y eût ou qu'il n'y eût pas de grappes à ses rameaux? Il ferait, en fait, du christianisme, un de ces livres illustrés, dont on ne lit pas le texte, et dont on se contente de regarder les gravures.

Ainsi, si notre pauvre bâtard de village est suffisamment baptisé, tout ce que j'ai dit est vrai, et je défie M. Dufêtre d'en détruire une syllabe; si au contaire il n'est point suffisamment baptisé, il faut qu'il ordonne à son prêtre de procéder une seconde fois à son baptême : on ne peut laisser un enfant

mourir dans l'idolâtrie, parce qu'un curé en veut à
une fermière.

Ce sujet est petit quant aux personnes ; mais la
gravité d'un fait ne dépend pas de l'importance de
celui dont il provient : **M.** le procureur du roi poursuit aussi bien un charbonnier qu'un financier ; le
fermier prend aussi bien ses précautions pour rendre
son colombier inattaquable, quand c'est la belette
qui lui a mangé ses pigeons, que quand c'est un aigle, et le pompier, avant de courir à un incendie, ne
s'enquiert point si celui qui l'a allumé était un
rustre ou un homme comme il faut. D'ailleurs, dans
la personne de mon abbé, c'est tout le clergé rural
qui est en cause ; dans ces âmes d'eunuques, il ne
reste qu'une passion, celle de dominer, et ils s'y
livrent avec plus ou moins d'ardeur, selon le milieu
dans lequel ils dominent : ils ressemblent aux chats
qui volent tous leur maître, mais plus ou moins,
selon qu'il a l'œil plus ou moins ouvert, ou la main
plus ou moins rude. On ne saurait se figurer les
abus religieux qui se commettent dans les villages.
Dans ces petites paroisses que le Morvand cache
entre les plis de ses forêts, il y a des desservants
qui perçoivent encore une espèce de dîme ; et, dans

une commune de l'arrondissement de Clamecy, un curé, pour vaincre l'avarice de ses paysans, et les forcer à faire dire des services à leurs trépassés, ne craignait point de leur dire qu'il avait rencontré les âmes en peine de leurs parents, qui réclamaient des prières. Ce qu'il y a de pis, c'est que tous ces abus restent sans répression. Si le curé est bien avec le maire, les réclamations sont inutiles : l'autorité ecclésiastique renvoie à celui-ci, pour avoir des renseignements, les doléances de la paroisse, et le maire lave son bon ami de tout reproche. Si le maire et le curé sont en guerre, ce qui arrive très souvent, le curé est encore inattaquable. Cette fois, les plaintes viennent du maire ; mais l'évêque, de peur de scandale, et pour ne pas donner une apparence de supériorité à l'autorité civile sur l'autorité ecclésiastique, les étouffe ; alors, la commune désappointée est comme un homme pour lequel le chemin finit, et qui ne voit plus devant lui que des halliers : de guerre lasse elle se désiste de ses poursuites.

Il n'y a que la publicité qui puisse faire justice de ces délits lointains, et qu'on ne voit pas à l'œil nu du chef-lieu du diocèse ; si donc mes abonnés tenaient à ce qu'ils fussent réprimés, je les prierais de m'a-

dresser tous ceux qui sont arrivés à leur connaissance : je les réunirai dans un pamphlet, comme
on réunit des allouettes dans un pâté, et nous en
deviserons à notre manière.

C. TILLIER.

Nevers. Imprimerie de C. SIONEST.

PRÉFACE

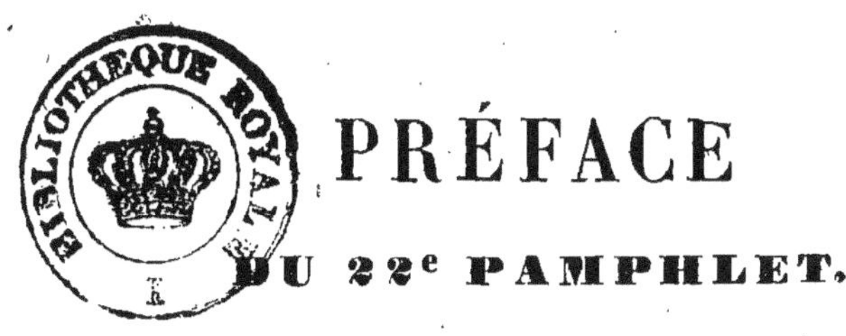

Plusieurs me feront un crime d'avoir écrit ce pamphlet. Bien qu'il ne s'y trouve pas l'ombre d'un nom propre, ils diront que, selon ma coutume, je fais des personnalités, que j'attaque des hommes respectables entourés de la considération publique. A l'exception d'un seul individu, mort pour nous, je n'ai eu l'intention d'attaquer personne individuellement. J'ai tracé des signalements généraux; si la malignité publique les applique à quelqu'un, ce n'est pas ma faute. J'ai fait mon devoir : j'ai dit ce que les prêtres, si la religion et la morale étaient la même chose, devraient tous les jours dire en chaire. Je me soucie peu du reste.

C. TILLIER.

PRÉFACE

DES BANQUEROUTES.

—◦◦◦—

22e et 23e Pamphlets.

On ne peut plus aborder les professions libérales :
au bout de dix ans certains avocats n'ont pas gagné
le coût de leur robe; la médecine est tellement
encombrée, que, pour un malade, on a un docteur
et un officier de santé, et encore quelquefois le
saint du lieu leur fait concurrence. La littérature
est un cercle vicieux, infâme : une fois que vous y
avez mis le pied vous ne pouvez plus en sortir ; pour
trouver un éditeur, il faut se faire un nom , et pour
se faire un nom, il faut trouver un éditeur ; quant
à l'épicerie, c'est une profession descendue dans l'estime des hommes. Si donc vous avez trois enfants,
je vous conseille de faire de l'aîné un banquerou-

tier frauduleux, du second un banqueroutier simple
et du troisième un failli; si Dieu vous embarrassait
d'un quatrième fils, il faudrait en faire un arrangé
avec ses créanciers.

Ces professions ne sont pas très honorables, j'en
conviens; mais l'honneur, qui s'en soucie aujour-
d'hui? Cet ancien proverbe: «Il n'y a point de sot
métier, il n'y a que de sottes gens, » a été modifié
selon les besoins de notre civilisation; on dit maintenant: «Il n'y a point de sot métier, il n'y a que de
pauvres gens.» En effet, la condition du banqueroutier est assez confortable; il y a, dit-on, un dieu pour
les ivrognes: je ne sais si c'est un dieu ou un diable
qu'il y a pour les banqueroutiers, mais toujours ces
gens là se tirent heureusement d'affaires. Voilà un
couvreur qui tombe du faîte d'un toit: il arrive droit
dans le capuchon d'un pauvre moine, et l'étrangle.
Lui, cependant, il n'a éprouvé aucune avarie, et va
au cabaret prochain, prendre un petit verre d'eau-
de-vie pour se remettre du miracle de sa chute.
Ainsi tombe le banqueroutier du faîte de son opulence: il blesse une demi-douzaine de ceux qui l'entourent, et il est sans blessures; si même vous lui
demandiez s'il ne s'est point fait de mal, il pourrait avec plus de raison que ce badaud auquel on

adressait la même question après une lourde chute,
vous répondre, « au contraire. »

Il doit plus qu'il n'a, il ne peut par conséquent
avoir plus complètement rien. Si la loi était d'une
équité rigoureuse, ses créanciers pourraient le jeter
nu dans la rue ; vous le croyez descendu au plus bas
de l'indigence, et vous vous demandez comment il
pourra s'habituer à cette misère ; vous vous attendez
à le voir porter des charges sur son dos, creuser des
fossés, casser des mètres de pierres le long des
grandes routes ; sa femme, dépouillée de ce nuage
de gazes et de dentelles qui l'enveloppait, sera obligée d'aller avec les femmes du peuple, infiniment
plus riches qu'elle, puisqu'elles ne doivent rien, laver les lessives, couper de l'osier sur le bord des
fleuves, ou garder, à tant par jour, le chevet
des malades ; ses enfants courront pieds nus dans la
poussière des rues, comme les enfants de ces prolétaires, gens d'une probité ferme mais un peu rude,
qui croient que quand on n'a pas de quoi payer le
cordonnier, il faut se contenter de la semelle que
Dieu a mise sous nos pieds.

Pourtant aucun de ces phénomènes ne se produit :
il ne tombe point un nœud de rubans de la toilette
de sa femme ; ses enfants n'interrompent point pour

cela le cours de leurs études , car il sait le prix d'une bonne éducation; lui-même, il reste bien ciré, bien vêtu, bien nourri, luisant dans sa peau aussi bien que dans son elbeuf; il ne travaille point, ou du moins il n'a qu'une occupation équivoque. Souvent, de peur qu'on ne lui reproche d'être un membre inutile à la société , il va à la chasse ou à la pêche ; s'il est tombé d'une condition quelque peu inférieure à celle de l'homme comme il faut, et qui lui permettait de hanter le café , il y est plus assidu qu'auparavant; il en est un des convives les plus joyeux et les mieux absorbans ; c'est lui qui imagine les plus beaux tours, qui trouve les meilleures plaisanteries ; tous les habitués en admiration l'appellent farceur. Et qui pourrait lui faire un crime de ce petit passe-temps ? n'est-il pas juste qu'il se distraie de ses malheurs ? S'il venait à mourir de chagrin, il faudrait encore que le syndic payât les frais de son enterrement. Ils ne sont plus ces temps de probité rigoureuse, d'inflexibles mépris pour la fourberie, où le nom de banqueroutier était un stigmate que plusieurs générations pouvaient à peine effacer, où l'on reprochait à un homme que son grand-père avait fait banqueroute !

Ce qu'il y a d'agréable pour le banqueroutier

d'aujourd'hui , c'est qu'il a très peu dérogé dans l'opinion du beau monde. Quand sa banqueroute est arrangée et encaissée, on semble avoir oublié ce qui s'est passé ; il reparaît dans la société, comme s'il revenait d'un voyage ou s'il sortait d'une maladie. On ne lui demande qu'une chose, comment il se porte. Ses amis lui reviennent, comme les papillons reviennent autour d'un flambeau qui se rallume. J'ai connu un homme, un chenapan veux-je dire , que deux banqueroutes heureusement faites n'avaient point deshonoré, et qu'un vol de 5 francs dans un café ruina dans l'opinion publique.

Du reste, il n'y a pas de risque que le banqueroutier se manque à lui-même : il donne l'exemple des honneurs qu'on doit lui rendre; il se saluerait volontiers en passant devant sa glace. A-t-il seulement cinq cents francs de rente de plus que vous , il vous regarde comme un être infime. Si un de ces petits voleurs qui prennent avec leurs mains venait l'aborder dans la rue, il en serait mortifié autant que l'est un supérieur méconnu par son subalterne. Voici, du reste, un trait qui donne la mesure de la considération qu'il se porte : un des plus illustres banqueroutiers de ce pays , avec lequel s'est réfugiée en Angleterre la fortune d'une vingtaine de nos concitoyens, avait rencontré à Londres un aventurier qui s'était deshonoré par d'insignifiantes escroqueries, sans pouvoir toutefois s'enrichir ; il écrivait à sa femme, qu'il avait cru devoir aborder ce quidam ; « mais, ajoutait-il superbement, tu sens bien qu'on ne serre pas la main à de tels hommes. » Voulez vous un autre trait qui vous indique quelle estime ils font de leur vertu ? l'un d'eux disait dernièrement en parlant de moi : « C'est dommage que cet homme ait tourné vers le mal ! » Un peu d'abandon de plus, et il eût dit : « C'est dommage qu'il n'ait pas fait banqueroute ! »

Et, en effet, de quoi donc le banqueroutier aurait-il à rougir ? Vous savez bien que la fortune est une roue ; or, est-ce sa faute si cette roue a mal tourné pour lui ? Il a jeté votre argent dans des spéculations aventureuses ; mais aussi, s'il eût réussi, il vous eût remboursé intérêts et capital, jusqu'au dernier centime, ne vous retenant que cinq sous pour le sac. Pour avoir eu confiance en lui, vous n'avez plus que vos bras pour fournir du pain à vos enfants. Cela est malheureux pour vous et vos enfants ; mais enfin, voyez ses registres, ils sont tenus en partie double et libellés avec une magnifique anglaise qui doit vous faire plaisir à voir ; les additions et les

soustractions en sont irréprochables : vous pouvez
en faire la preuve. Lui et son premier commis , ils
ont si bien arrangé tout cela qu'il n'y a pas la
moindre chose à dire. Il faudrait que vous eussiez
la conviction bien dure , si de l'examen de ce tas de
papiers il ne résultait pour vous qu'il ne peut vous
payer. Comme François Ier, il peut dire : « Tout
est perdu, fors la régularité des écritures ! »

Et vous osez encore , ouvriers mal appris , sous
prétexte qu'il vous a ruinés, faire une esclandre à la
porte de son salon ! Vous troublez sa sieste ; vous
l'interrompez alors qu'il a à sa table cinq à six amis
intimes, et autant d'intimes amies , qui viennent le
consoler dans son infortune ; vous faites pleurer les
beaux yeux de madame qui seront rouges demain
matin. Vous ne comprenez donc pas, malheureux !
que c'est assez de vos femmes pour pleurer sur sa
catastrophe ! Est-ce ainsi que vous respectez les
supériorités sociales ? Si vous n'étiez des gens du
peuple , et que vous eussiez un peu de délicatesse
dans l'ame, vous viendriez, chapeau bas, lui offrir
votre quittance, et si vous aviez quelques fonds de
reste , vous le prieriez de les accepter : je suis sûr
qu'à cette condition il aurait la générosité de vous
pardonner vos avanies. Vous savez qu'on doit res-

pecter les grandes infortunes ; or, quelle plus grande infortune y a-t-il que celle de perdre vingt mille francs de rente et de ne pas perdre l'appétit ?

Du reste, le banqueroutier croit mériter, de la part de ses créanciers, les égards les plus délicats ; il ne trouve rien de plus digne de commisération que sa respectable déconfiture. Si le gouvernement faisait son devoir, il établirait une caisse de secours pour les pauvres banqueroutiers qui n'ont point su profiter de leur catastrophe. Je me rappelle que le premier éditeur de l'*Association*, qui payait ses créanciers à 6 pour cent, leur demandait très sérieusement quelques fonds pour établir une maison d'éducation ; un autre offrait de repasser l'Océan avec les écus qu'il avait de reste, à condition qu'on lui assurerait la propriété de sa maison de campagne ; un troisième, pour ne pas tomber trop vite de l'opulence à la médiocrité, voulait qu'on lui laissât son magnifique mobilier. Du reste, c'eût été un bon marché pour ses créanciers ; au moins, en allant chercher leurs vingt-cinq pour cent, eussent-ils pu se mirer une fois dans leurs belles glaces, et se prélasser un moment sur leurs excellents fauteuils, avantage qui leur est maintenant interdit.

La pitié humaine est sans doute la plus sotte, la

plus moutonnière des vertus, celle qui raisonne le moins. . Beaucoup plaignaient madame Lafarge , et aucuns avaient pour elle une pitié fanatique ; mais qui songeait à ce pauvre M. Lafarge , si traîtreusement assassiné ? Eux, cependant, ces détestables escroqueurs, qui oserait les plaindre en présence de toutes les misères qu'ils ont faites ? Cette compassion ne serait-elle pas d'un mauvais exemple ? Pour moi, si j'en étais atteint, je me le reprocherais comme un tort. Autant vaudrait plaindre le meurtrier qui s'est froissé la main en égorgeant sa victime ; autant vaudrait plaindre le loup auquel il est resté au gosier un os de la brebis qu'il a dévorée. Et puisqu'il s'agit ici de loup, je le déclare, si je voyais mon chien lécher les plaies d'un loup blessé, je le ferais tuer.

Gardez donc votre compassion, si vous avez un cœur qui en produise, pour ces pauvres servantes qui ont mis entre leurs mains leur dot amassée sou par sou, et que voilà maintenant obligées de prolonger indéfiniment leur esclavage et leur célibat ; gardez-la donc à ces rentiers sexagénaires auxquels ils n'ont laissé d'autre asile qu'un hospice ; gardez-la donc à ces hommes confiants et généreux , qu'ils cajolaient du nom d'amis, et qui, n'ayant point l'argent qu'ils imploraient d'eux, sont allés, dans leur aveugle dévouement, le demander à des mains étrangères ; gardez-la encore à ces malheureux ouvriers dont la petite mais honnète fortune est morte dans cette fatale caisse. Pauvres gens ! ils économisaient sur leurs besoins journaliers pour se faire, pendant l'âge de l'impuissance et des infirmités, une oisiveté sans privations, et ils ont jeté, pendant dix ans, leurs épargnes dans une tire-lire défoncée ! Patientes et laborieuses fourmis, ils ont employé tous les jours de la chaude et belle saison à emplir leur magasin, et quand les premières gelées commencent à rider la terre, que de muets flocons de neige commencent à voltiger par les airs, un monsieur passe dessus qui l'écrase. Oh ! non, les auteurs de tant de maux n'ont droit à la pitié ni à l'indulgence : ils sont les ennemis implacables de la société, et la société ne leur doit que châtiments et colère !

Pour moi, je ne le cache point, j'ai contre le banqueroutier un ressentiment d'instinct, de naissance ; de même que j'enveloppe tous les serpents dans la même catégorie, ne me souciant point d'aller leur ouvrir la mâchoire pour m'assurer s'ils ont des crochets à venin ou s'ils n'en ont point, et aimant mieux reculer devant une couleuvre que de me faire mordre

par une vipère, de même j'enveloppe tous les banqueroutiers, banqueroutier frauduleux, banqueroutier simple, banqueroutier failli, banqueroutier arrangé avec ses créanciers, dans la même animad-
version : je voudrais volontiers qu'ils n'eussent, à
eux tous, qu'une paire de mains pour y mettre des
menottes. Et si je les poursuis de mes attaques, c'est
non seulement à cause du tort qu'ils portent à la
fortune publique, mais encore à cause de la corruption qu'ils jettent dans nos mœurs. A mes yeux,
un des symptômes les plus effrayants de la décadence de notre époque, ce sont ces banqueroutes qui
éclatent comme des feux de peloton sur les places de
nos grandes et commerçantes cités. O probité de
nos pères ! qu'es-tu donc devenue ? Ce désintéressement de l'argent et du sang qu'ils possédaient à
un degré si haut, dans quels cœurs s'est-il réfugié ?
Est-ce vous, grands citoyens qui montiez avec
tant d'indifférence à l'échafaud ; vous, intrépides
soldats qui marchiez à la mort d'un pas si ferme
et qu'aucune considération ne pouvait ralentir,
qui avez produit cette race impure ? Reconnaîtriez-
vous pour vos descendants cette classe de marchands
avides qui n'a plus, dans son ame pétrifiée, d'autre
passion que l'amour de l'or ; qui se l'arrachent dans

la boue, qui le cherchent dans des excréments ? Ces malheureux ont perdu totalement le souvenir de votre gloire ; ils ne savent ce que veulent dire les mots d'*honneur* et de *patrie* : leur cœur ne bat plus que quand on leur parle d'une bonne affaire ! Au lieu d'un panthéon, ils ont fait une bourse, et c'est là que sont leurs héros. En vain la fortune les poussait dans ce terrible sillon que vous avez tracé d'un bout à l'autre du monde, ils n'ont point voulu y mettre le pied. Ils aiment mieux parcourir l'Europe en calèche que par étape. Quand ils pouvaient noblement reconquérir leur ancienne existence, une existence de souverain, ils ont mendié le droit d'exister dans les cours ; ils ont demandé à l'empereur de Russie, à l'empereur d'Autriche, au roi de Prusse, la permission d'être un peuple. Toutes les nations qui ont espéré en eux, ils les ont trahies ; partout où ils ont parlé, ils ont menti ; ils ont laissé égorger vos anciens frères d'armes ; leurs ambassadeurs n'ont été que leurs commis-marchands : ils ont vendu la liberté aux souverains pour de la paix et du commerce. Ils parlent encore de vous avec quelque respect ; mais ils vous estimeraient bien plus si, au lieu d'une giberne, vous leur aviez laissé une bourse. Dans le bronze que vous leur avez conquis, ils ne voient qu'un métal propre à forger des machines, et si vos vieux drapeaux n'étaient, en cent endroits, troués par les balles, ils en feraient des sacs à argent.

Peut-être les nations ont-elles leurs saisons comme les années. De votre temps, c'était l'été de la France. Aujourd'hui le soleil descend, les jours se raccourcissent, la terre devient froide et se fane ; bientôt un éternel hiver va nous envelopper de son linceul. Fiers soldats de nos grandes guerres, combien vous devez rougir de vos descendants ! Mais, du moins, vous vous êtes fait enterrer sur des champs de bataille, et notre dépouille rachitique, que nous faisons porter arrosée d'eau bénite au cimetière, n'incommodera point de son contact vos grands ossements !

Et dans une nation ainsi décomposée, dans une nation où la friponnerie ne déshonore plus, qui voudra se donner la peine d'être honnête homme ? quel avantage restera-t-il à l'indigence vertueuse sur la richesse infâme? viendra-t-on chercher nos ouvriers à leurs ateliers, pour en faire des conseillers municipaux ou des officiers de la garde civique ? Quoi ! pour se soutenir dans sa vie de probité et de misère, le pauvre n'aura pas un encouragement : jamais une voix qui lui dise : «C'est bien !» jamais une

main qui presse la sienne d'une étreinte approba-
tive ; rien que le témoignage de sa conscience, et
l'espérance incertaine d'une vie meilleure ! Et encore, sans cesse a-t-il devant lui cette richesse des-
honorée qui le tente, qui lui jette en passant avec
la boue de son carosse, ces désolantes paroles :
« Si tu avais fait comme moi, tu serais comme
moi ! »

Quoi ! ils voient des riches voler le superflu du
superflu, et eux ils s'obstinent à ne point voler
leur nécessaire ; ils n'ont qu'un pas à faire pour passer sous les tentes dorées des fripons, et ils restent
au camp affamé des dupes. Mais quelle probité de
fer ont donc ces gens là, pour résister si patiemment à tant d'épreuves ? S'il n'y a point là de
vertu, où en trouverez-vous donc ?

Oseriez-vous, vous gens comme il faut, qui vous
glorifiez que vos mains sont restées pures, comparer votre probité facile et sans sacrifices, à la probité si rudement éprouvée de ces fiers culotteurs de
pipes ? Vous dites que vous êtes honnêtes gens,
mais vous ne le savez même pas ; car à celui qui n'a
besoin de rien, que sert de dérober quelque chose.
Cependant vous les méprisez, vous croyez que tout
serait perdu s'ils étaient quelque chose ; mais ne

vous y trompez pas, ce sont eux qui ont toujours été et qui sont encore l'élite de la France , sa véritable noblesse. Dans toutes les révolutions que la liberté a amenées, ils ont mille gouttes de sang contre vous une, et ils vous ont laissé le butin; mais combien de temps cela durera-t-il encore? Imposeront-ils toujours silence à la faim, et à force d'avoir le vice sous les yeux , ne s'habitueront-ils pas à en manier eux-mêmes les difformités , comme le médecin s'habitue à toucher les ulcères ?

Mais puisque je dresse l'acte d'accusation des banqueroutiers, quelle est l'étendue de leur délit ? Voilà ce qu'il faut dire. Le banqueroutier est-il un voleur? Si j'habitais une maisonnette perdue au fond d'un bois , n'ayant pour voisins que de bons villageois et d'honnêtes ruminans, personnages, toutefois, il faut en convenir, qui ne se font pas scrupule de donner en passant un coup de dent à l'herbe d'autrui , si l'occasion s'en présente , je me prononcerais résolument pour l'affirmative ; mais la rue passe sous ma fenêtre , et j'ai vu sur quel pied les banqueroutiers y marchaient : de sorte que maintenant je ne sais plus qu'en dire ; je n'ose m'en rapporter à l'autorité de ma conscience: il me semble que mon mépris solitaire ne peut avoir raison contre l'estime de la majorité. Mais laissons de côté les arrêts de la rue, et rapportons-nous-en à la raison. D'abord le banqueroutier frauduleux est-il un voleur? J'espère bien que vous ne me soutiendrez pas le contraire! autant vaudrait vous demander si le roi est un grand personnage. A la tête de la confrérie des écornifleurs de bourse dont l'un n'a qu'une besace, dont l'autre chasse devant soi quelque méchant roussin chargé de gros sous, le banqueroutier frauduleux s'avance triomphalement, monté sur un éléphant chargé d'or, et je suis bien sûr qu'en enfer il a une chaudière d'honneur. Celui-ci, je le trouve d'autant plus malhonnête homme qu'il donne très rarement à ses créanciers la satisfaction de le voir sur la sellette : on le croit encore honnête homme à Paris, que déjà il est en sûreté avec son butin à la frontière.

D'autant plus dangereux qu'il a la liberté de fuir, il est, parmi les voleurs, ce que serait, parmi les reptiles, un serpent qui aurait des ailes; c'est un voleur très comme il faut, j'en conviens, un voleur qui a peut-être dîné avec le roi ou dansé avec la reine. Pourquoi non? L'illustre Lehon n'était-il point invité aux fêtes de la cour? Mais, s'il me tombait sous la main, toute la faveur que je lui ferais, ce serait de le faire attacher à un pilori d'acajou. Ainsi donc, c'est convenu, le banqueroutier frauduleux est un voleur.

Quant au banqueroutier simple, je ne sais pas en vérité pourquoi on s'est donné la peine de faire pour lui une catégorie. Le banqueroutier simple est celui dont les registres sont mal tenus; mais mal tenir ses registres, ce n'est point un délit. Le banqueroutier simple est ou failli, ou banqueroutier frauduleux; entre ces deux degrés, il n'est point d'intermédiaire : c'est au juge et non à la loi à lui assigner sa place. Le fait est que ses créanciers ont été dépouillés. Il vous dit qu'il ne lui reste rien de leur dépouille; êtes-vous donc obligés de le croire sur parole? En tenant régulièrement ses registres, il pouvait vous prouver qu'il n'était qu'un simple failli; pourquoi donc n'a-t-il point profité des moyens de justification que lui fournissait la loi? Est-ce donc lui qui doit profiter de sa négligence? Vous ne pouvez lui prouver qu'il est banqueroutier frauduleux, c'est vrai; mais, lui, peut-il vous prouver qu'il n'est que failli? L'incertitude qu'il a faite sciemment doit-elle donc lui servir d'inviolabilité? Alors, qui empêche le banqueroutier frauduleux de se faire banqueroutier simple, en détruisant ses registres? Vous savez bien, puisqu'il avait un caissier et des commis, qu'il avait des registres. Mais il vous dira que le feu du ciel les a dévorés; et pourquoi ne croiriez-vous point celui-ci comme l'autre sur parole ? Pour moi, cette irrégularité de registres , qu'il est si facile de rendre réguliers, m'est suspecte, et j'y vois presque comme une arrière pensée de banqueroute. Le banqueroutier qui tient régulièrement ses registres a au moins, lui, cette espèce de bonne foi qu'il forge des armes contre lui. Si donc notre homme est banqueroutier frauduleux , c'est un voleur ; s'il n'est que failli , examinons si le failli lui-même est bien un honnête homme.

Quoi ! dites-vous, le failli, qui abandonne à ses créanciers tout ce qui lui reste, ne serait pas un honnête homme ! Êtes-vous fou, monsieur le pamphlétaire ? Un peu, peut-être ; mais est-il donc honnête homme, celui qui jette l'argent des autres dans des spéculations incertaines ? A ce compte, il serait donc aussi honnête homme, ce commis de banque qui joue l'argent de son patron à la roulette et le perd ? Tout est-il donc permis à qui veut s'enrichir ? Quand on n'a que peu et qu'on est honnête homme, on commence avec peu : on n'entreprend point de lever une poutre, quand on n'a de force que pour lever une paille ; l'arbre qui veut mûrir trop tôt voit ses boutons emportés par la gelée, et la voiture qui va trop vite court risque d'écraser les passants. L'honnête homme donc, va d'un pas ferme et lent, et s'il arrive moins vite, il est bien plus sûr d'arriver ; s'il n'a rien du tout, il fait comme ceux qui n'ont rien : il gagne sa vie du travail de ses mains ; il se fait cordonnier ou tailleur. Je conçois qu'il est plus agréable d'entrer de plain-pied dans une boutique pleine de marchandises ; de se pavaner à un comptoir d'acajou ; de suivre, le matin, de sa porte, et dans un élégant négligé, le flot changeant des passants ; mais le bonheur ne s'emprunte point à six pour cent. Voici le calcul que ces misérables font dans un coin de leur ame : « Je n'ai rien ; la mauvaise fortune ne peut rien m'ôter ; par conséquent aucune spéculation ne m'est interdite : n'eût-elle qu'une chance de succès, elle m'appartient ; si je réussis, le bénéfice sera pour moi ; si je perds, la perte sera pour mes créanciers. » Ainsi, pour que tu sois honnête homme, misérable, il faut que tu réussisses ! ta probité dépend des chances du hasard, de la récolte des chanvres ou de la vente des colzas ! Combien, dans la société, y a-t-il de ces honnêtes gens par aventure, dont le succès seul a fait la probité !.. Et voici encore ce que se disent ces messieurs : « Non seulement il n'y a point, pour moi, de perte possible, mais, pendant cinq à six ans, en y mettant un peu d'adresse, en découvrant à propos saint Pierre pour couvrir saint Paul, je vivrai aux dépens de mes créanciers. Quand bien même encore cela ne durerait qu'une année, ce serait toujours autant de pris sur l'ennemi : avec une telle industrie, on est millionnaire. » Et ainsi dit, ainsi fait ; dès le premier jour, ils se mettent avec ardeur à vivre du pain de leurs escroqués, et ils continuent ainsi. Du reste, nul n'est plus maflu plus frais, plus rouge, en meilleure chair que le banqueroutier à éclore. Si j'avais à héberger un Prussien, ou quelque kaiserlick envahisseur, il mettrait au moins quelque discrétion dans ses appétits ; si je n'avais que du vin de France dans ma cave, il ne me demanderait pas de vins étrangers, et si je n'avais qu'une petite maison, il n'exigerait pas de moi plusieurs appartements. Mais, bien plus exigeant est le banqueroutier entretenu par ses créanciers : pas de mets qui soient trop délicats pour son palais ; pas de vins qui soient pour lui d'un prix trop élevé ! Il faut qu'on lui fournisse un beau logement, un magnifique mobilier : la fierté est l'apanage des grandes ames. Rien ne manque à sa toilette ni à celle de madame : celle-ci va à la boucherie, en bottes de soie et en chapeau à plumes, emprunter son pot au feu. Il est comme ces malades condamnés à mourir, il se passe toutes ses fantaisies ; il dit comme le soldat : « Peu importe, c'est le paysan qui paie. » Et vous voudriez que ces hommes-là fussent d'honnêtes gens !.. Mais, que diriez-vous donc d'un individu qui irait faire, chez le restaurateur, un excellent dîner, et qui appellerait effrontément le garçon pour lui dire qu'il est sans argent ou qu'il n'a qu'une pièce de dix sous dans sa poche ? Cependant, entre votre homme et le mien, quelle différence y a-t-il ? Mais ce n'est pas là tout ; quand ces messieurs sont adroits, voici comme ils s'arrangent :

Si grandes qu'aient été leurs prodigalités, ils les exagèrent encore, pour en faire un sujet de vol ; ont-ils tiré de leur caisse dix mille francs pour l'entretien annuel de leur maison, ils en écrivent vingt mille sur leurs registres, cela n'altère en rien la régularité des écritures. Le tribunal n'y voit que du blanc et du noir : on lui prouve qu'un mouton a mangé comme un bœuf, et il ne s'en étonne point ; ainsi c'est dix mille francs par an qu'ils ont gagnés à se bien traiter. Autant ils ont vécu dans le passé ; autant ils vivront dans l'avenir aux dépens de leurs créanciers. Ils se rassasient à déjeûné, le plus qu'ils peuvent, et ils emportent pour le dîné dans leur besace tout ce qui reste sur la table. Mais si ceux-là ne volent point, qui donc vole ?

Sans doute, tu te conduis en honnête homme, quand tu rends à tes créanciers ce qui te reste de leur dépouille, et je souhaite que cette probité-là dure ; mais tu les volais quand, par des cajoleries et un perfide étalage de richesse, tu surprenais leur confiance ; tu les volais quand tu jouais leur argent au jeu périlleux des spéculations ; tu les volais quand tu habillais ta piètre et insignifiante compagne, comme une sainte Renne, quand tu lui faisais apprendre le piano ; tu les volais quand tu prenais deux ou trois domestiques à ton service ; tu les volais quand, n'ayant pas en propre une paire de souliers, tu te donnais une voiture et un beau cheval ; tu les volais quand tu achetais une maison de campagne pour y donner des fêtes, quand, toi, dévoué au régime des prisons, et ayant déjà sur les lèvres le pain de la geôle, tu faisais couler à flots les vins fins sur ta table ; et lors même que, dédaignant de fumer, comme nous gens du peuple, dans une pipe d'argile, tu t'encensais superbement, dans la rue, avec les

flocons odorants d'un fin cigarre, tu les volais encore. A toutes les heures de ta vie, tu as été un voleur ; tous tes actes ont été des vols ; toute la différence qu'il y a entre toi et le banqueroutier frauduleux, c'est que lui vole après sa banqueroute, et que
toi tu as volé avant. Ainsi donc, comme les précédents, le failli est......

Permettez, monsieur, me dit l'un d'eux, j'ai une
objection à vous faire. Quand vous nous avez prêté
votre argent, vous saviez bien que nous étions dans
le commerce ; que les chances du commerce étaient
incertaines ; qu'en nous confiant vos capitaux, vous
vous associiez à notre fortune, et que vous vous
exposiez à les perdre : pourquoi donc nous les avez-
vous confiés ? — Sans doute, monsieur, je savais
que vous étiez dans le commerce ; mais, m'avez-
vous dit que vous n'aviez pas de quoi faire face à la
moindre perte ; qu'une seule partie que vous per-
driez vous enlèverait toutes vos ressources ; que la
première bourrade que vous recevriez de la fortune
vous jetterait honteusement sur votre derrière ? Au
lieu de cela, ne me disais-tu point, de mille façons,
le contraire ? ne me le disais-tu pas par ton luxe,
par ton enseigne, par ta magnifique devanture, par
tes vaniteuses paroles ? Et si j'en avais exigé le ser-

ment, ne me l'aurais-tu pas volontiers prêté? Si, d'ailleurs, j'avais joué avec toi, j'aurais voulu, en cas de gain, la moitié des bénéfices.

Mais, monsieur, me dit un autre, j'étais riche, moi, et j'ai perdu mon argent avec celui de mes créanciers. — Alors, monsieur, je vous en fais mon compliment. C'est, sans doute, une grande consolation pour messieurs vos créanciers, de vous voir ruiné comme eux ; mais vous n'en êtes pas pour cela exempt de tout reproche. Vous aviez des registres qui vous disaient inexorablement, tous les jours, que vos affaires allaient en décadence, et quelle était leur situation : le jour où il vous a été démontré que votre fortune était absorbée, il fallait vous arrêter et respecter celle de vos créanciers. Mais loin de là, vous avez marché plus vite ; un aveugle désir de rétablir votre prospérité vous a jeté dans des spéculations bien plus aventureuses encore ; après avoir joué votre argent à un jeu modéré, vous avez perdu à un jeu effréné celui de vos créanciers, et vous n'avez cessé que quand vous n'avez plus rien eu pour faire un enjeu. Et vous appelez cela être honnête homme ! Vous ne voulez pas qu'on vous mette dans la catégorie de ceux qui, n'ayant rien, se sont aventurés dans le commerce ! Mais, n'y a-t-il pas eu une époque où, n'ayant plus rien, vous avez cependant continué vos spéculations? Allez, monsieur, vous êtes bien placé comme cela ! ne réclamez pas.

Et celui-ci, qui s'est arrangé avec ses créanciers, n'est-il pas vrai, parce qu'il est hors des atteintes de la loi, qu'il se trouve fort honnête homme? mais ce concordat qu'il a passé, qu'est-ce autre chose qu'une banqueroute faite à l'amiable avec le consentement de ses dupes? Le failli a du moins passé sous les regards de la justice, sa probité est tant bien que mal régularisée ; mais lui, l'arrangé, quel autre œil que le sien a pénétré au fond de ses affaires? est-il banqueroutier frauduleux , banqueroutier simple ou failli? on l'ignore ; toujours est-il qu'il est l'un des trois. Il est seul juge dans sa cause. Quand il traite avec ses créanciers, il est maître de ses conditions. A la vérité ils ont sa liberté dans leurs mains, mais lui, il a dans les siennes plus que leur liberté, il a leur bourse. Il sait bien qu'ils ne sacrifieront point les débris de leur créance au plaisir très peu lucratif de le mettre sous les verroux. Le commerçant ne jette pas par mauvaise humeur ce qu'il a par les fenêtres ; si son cheval se tuait en tombant dans

un trou, le dépit ne l'empêcherait pas d'en aller
chercher la peau et les quatre fers.

Voulez-vous vingt du cent? leur dit-il. Nous vou-
voulons vingt-cinq, ou nous poursuivrons. Eh bien!
alors, c'est la justice qui aura tout. Cette phrase
suffit ordinairement pour attendrir les créanciers :
ils ne savent que trop que leur débiteur dit vrai; ils
ont éprouvé déjà combien sont acérés les crocs des
gens de loi, et ce que d'un coup de dent ces terribles aurivores peuvent emporter d'une pièce de
cinq francs. Ils font taire leur ressentiment, et ils
adhèrent. La moitié des banqueroutes se résolvent
par un concordat, tant on a peur de l'intervention
de la justice, et il n'est point rare de rencontrer des
gens qui ont fait fortune en s'arrangeant trois ou
quatre fois avec leurs créanciers.

Selon moi, le concordat est la pire de toutes les
banqueroutes : c'est une banqueroute d'autant plus
dangereuse qu'elle est impunie, et ce serait là
que je frapperais le plus fort. Il y a des gens qui
font métier d'arranger les banqueroutes, or, je ne
voudrais pas que le vol se traitât à la porte de mes
tribunaux par agent d'affaires, qu'il prît une forme
régulière et acquît une existence légale ; je ne
souffrirais point que le peuple eût tous les jours

l'exemple de la fraude impunie sous les yeux. Tout commerçant qui tenterait de passer un concordat, serait aussitôt déclaré en faillite, et il aurait sa sellette à la cour d'assises, tout comme le banqueroutier complet; et en effet, celui-ci ne vole-t-il point comme les autres à ses créanciers l'argent dont il leur fait tort? Vous dites que ses créanciers lui ont fait remise d'une partie de leur dette; mais cette remise est-elle bien volontaire? est-ce un témoignage de leur munificence, de leur commisération ou de leur haute estime pour sa probité, qu'ils lui laissent? Leur débiteur a-t-il le droit de se croire libéré envers eux? Si un brigand facétieux vous arrêtait sur le grand chemin, et vous demandait, le pistolet au poing, ou toute votre bourse, ou les trois quarts de l'argent qu'elle contient, n'aimeriez vous pas mieux lui abandonner la fraction que l'entier? Cependant, ce don serait-il bien volontaire de votre part. Celui qui vous a dépouillé de vos habits, n'est-il pas un voleur, bien qu'il vous ait laissé votre caleçon et votre chemise? Vous ne voulez point, par avarice, réclamer contre l'escroquerie dont vous avez été victime; mais la société perd elle pour cela ses droits de haute et basse justice sur l'escroc? Pourquoi sacrifierait-elle ses intérêts à l'intérêt de votre créance, et re-

noncerait-elle au bénéfice de ce salutaire effet que
produit sur le peuple la condamnation d'un malfaiteur? Qui vous a donné le droit de grâce ? Lorsqu'on vous a fait tort, un autre personnage bien plus
important que vous a été lésé : c'est la société tout
entière! Si vous m'aviez meurtri un orteil, et que
cet orteil medît : « C'est moi seul qui ai été maltrai-
té ; dans mon intérêt, je ne veux point que tu tradui-
ses à la police correctionnelle celui qui m'a meurtri; »
croyez-vous que je l'écouterais.

Et vous, mesdames, tant pis si ma rude polémi-
que marche en passant sur la queue de votre robe!
— Mais quand, après la chute de votre mari, vous
venez la première lever le couvercle de son coffre ,
et que vous essuyez vos beaux yeux pour nous dire :
« Un moment. messieurs, voilà ma dot, je la prends,
et que les autres s'arrangent du reste, » cela est-il
d'une ame bien délicate ? Vous prétendez que voilà
votre dot, mais reconnaissez-vous donc les écus qui
proviennent de votre bourse de ceux qui sont sortis
de la nôtre ; quand deux rivières ont coulé ensemble,
peut-on distinguer les flots de l'une de ceux de
l'autre ? Votre mari faisait circuler votre fortune
aussi bien que la sienne dans son commerce ; quand
il avait fait une perte, nos écus restaient-ils en route

et les vôtres , comme des pigeons fidèles au colombier, rentraient-ils seuls à la caisse? Vous dites
que les dettes de votre mari ne sont pas les vôtres ,
parce que ce n'est pas vous qui avez emprunté ,
parce que ce n'est point votre nom qui est écrit
sur nos billets. Mais comment donc vous appelle-
t-on, madame? Ce nom qui est au bas de nos billets , n'est-ce pas celui que vous avez échangé contre
le vôtre, celui que vous portez depuis long-temps?
Comment pourrait-il être flétri sur le front de votre
mari, sans l'être également sur le vôtre. Qu'il n'y
ait point entre vous communauté de biens , soit !
mais n'y a-t-il point entre vous communauté d'honneur? Pouvez-vous paraître au bras d'un époux dé-
considéré, rayonnante et parée? quand vous avez
vu votre mari prêt à tomber, la générosité de votre
ame ne vous a-t-elle donc point inspiré de jeter
courageusement jusqu'à votre dernier écu dans le
gouffre de sa banqueroute? d'ailleurs n'était-ce pas
un sacrifice que la justice et la probité vous impo-
saient ?

Vous dites que les dettes de votre mari ne vous
regardent point ; mais n'avez-vous pas pris votre
part des sommes qu'il a dépensées ; et même , s'il
eût réussi dans ses spéculations, ne deviez vous pas

avoir la moitié des bénéfices? Puisque votre dot est restée intacte, avec quoi donc achetiez vous ces superbes parures qui vous faisaient reine dans votre petit monde? avec quoi avez vous donc acheté l'éducation que vous avez donnée à vos enfants, la profession honorable qu'exerce votre fils et le brillant mariage qu'a fait votre fille? Quoi! vous avez mené pendant nombre d'années une vie d'opulences à nos dépens, et vous osez dire que vous ne nous devez rien! Mais si le code vous approuve, croyez-vous que la morale vous applaudisse? Non, madame, ce vilain mot ne vient pas de vous, c'est quelque homme de loi qui vous l'a soufflé; il l'a mis sur vos jolies lèvres, comme le limaçon laisse quelquefois de son limon au calice d'une rose. Mais, objecterez-vous, puisque la loi me le permet, ne vaut il pas mieux que mon mari soit riche avec moi, que moi pauvre avec lui?

A la vérité, pour votre agrément et le sien, madame, cela vaudra mieux; mais a-t-on le droit de se faire heureux aux dépens des autres? Cette vie est une vie de sacrifices, et il y a quelque chose qui passe avant le bonheur: c'est la vertu. Croyez-vous, du reste, que votre mari jouisse bien complètement du bien-être que vous lui procurez? Son corps est bien

nourri ; mais s'il a une ame , cette ame est certainement malade : la santé de l'ame, c'est la tranquillité de la conscience ; or, la tranquillité de la conscience il ne l'a point. Quand il sort avec vous , re-
vêtu d'étoffe fine et bien coupée—car il vous faut au
bras, madame, un élégant cavalier—s'il vient à rencontrer un de ses créanciers grelottant dans des
habits troués, un réchaud de l'enfer ne s'allume-
t-il point en lui ? ne voudrait-il point pouvoir s'enfoncer sous le pavé de la rue ? Et vous-même, êtes
vous bien à votre aise dans votre robe de soie ?
Croyez-vous qu'il ne rêve point quelquefois à côté
de vous et sous vos rideaux de batiste, de quelque
créancier qu'il a laissé à la charité publique , de
quelque vieillard qui meurt en ce moment entre
les murailles désolées d'un grenier , parce qu'il n'a
pas eu assez de pain pour soutenir son existence, et
que quand la misère s'est changée pour lui en maladie, il n'a pas eu de remèdes pour se guérir ?
Quelquefois, à la lueur de votre veilleuse, vous
voyez son front couvert de sueur, et vous at-
tribuez cela à un refroidissement ou à une mauvaise digestion ! Mais , qui vous dit que ce ne
sont pas ces impitoyables fantômes qui appuient
leur genou de fer sur sa poitrine ? Croyez-moi , ma-

dame ; donnez tout votre argent à vos créanciers, et s'il vous reste encore des dettes , travaillez avec votre mari pour les payer. Qu'est-ce que la honte de descendre d'une condition élevée à une plus basse , auprès de celle de vivre d'un pain escroqué ? Ne dites point : « A quoi bon commencer puisqu'on ne peut finir ? » Et qui vous a dit cela que vous ne pourriez finir ! qui vous dit même qu'en travaillant à vous acquitter, vous ne reconstruirez pas une fortune nouvelle, plus belle que la première ? Voulez-vous donc ressembler au mendiant qui ne veut pas tuer sa vermine, sous prétexte qu'il en a trop ? Et quand bien-même vous ne rendriez l'aisance qu'à un seul des malheureux que vous avez ruinés , ne serait-ce pas encore votre devoir de la lui rendre ? Ne vaut-il donc pas mieux dépenser l'argent qu'on a à exercer une vertu , qu'à nourrir un remords ? Cet acte de probité vous réhabilitera à vos propres yeux, et Dieu, qui tient compte d'une noble expiation, aussi bien que d'une vertu, oubliera le mal que vous avez fait, et vous récompensera de celui que vous aurez réparé.

Et qu'est-ce donc encore que ces demi-mariages qu'on contracte aujourd'hui , que ces corps qui s'é-pousent et ces fortunes qui ne s'épousent point ?

Quoi! vous, monsieur et madame, qui étiez si bien unis de corps et d'ame, vous étiez séparés de biens. Selon l'Evangile, vous êtes une même chair, et vous n'êtes pas la même bourse! heur et malheur, tout n'est pas commun entre vous; vos deux existences ne sont pas tellement mêlées qu'elles puissent encore se séparer, et madame n'a accepté votre destinée que sous bénéfice d'inventaire!

Et quelle union avez-vous donc contractée là? c'est bien moins un mariage qu'une association de commerce! Pauvre homme! quand vous croyiez prodiguer vos plus tendres caresses à une femme aimée, à la mère de vos enfants, c'était à un créancier privilégié que vous les prodiguiez! Pour moi, j'aimerais autant épouser un huissier qu'une femme qui ne voudrait se donner à moi qu'à de pareilles conditions. Quoi, madame! votre mari joue pour vous deux; s'il gagne vous aurez la moitié du bénéfice, s'il perd vous ne serez pour rien dans la perte? Voilà ce que vous avez voulu, et vous dites que vous et lui, vous êtes mari et femme! Mais non, vous n'êtes pas sa femme, vous n'êtes qu'une personne gagée qu'il prend pour lui tenir compagnie, raccommoder son linge et lui faire des enfants. Or, un tel mariage est-il bien moral, et ceux qui le contractent n'entrevoient-ils pas comme une banqueroute dans leur avenir? Pour moi, je voudrais que de tels contrats fussent signalés à l'attention publique par tous les moyens possibles; que le commerçant ainsi marié, fût obligé de l'écrire en grosses lettres sur son enseigne, de le mettre dans ses circulaires, de l'ajouter à sa signature. Il faudrait que tout le monde fût bien informé que la première personne qui s'est défiée de lui, c'est sa femme. Et d'ailleurs, ne peut-on pas avec de la bonne volonté faire de ces contrats un instrument de vol? cela ne s'est-il jamais vu? Soit un homme qui prémédite une belle banqueroute, une de ces banqueroutes-mères, qui en procréent une dixaine d'autres; pour arriver plus sûrement à ses fins, cet homme se marie; si sa femme lui apporte cent mille francs de dot, il en fait mettre deux cent mille sur le contrat. A quelque dix années de là, quand il trouve sa banqueroute mûre, il la récolte. Qu'arrive-t-il alors? Sa femme se trouve la première à la levée des scellés, et elle prélève de sa main blanche sur les fonds communs la dot que son mari lui a faite si belle! Qu'on ne dise point qu'un homme qui se marie ne songe pas à faire banqueroute: il y en a qui y songent, alors qu'ils sont encore au collége. Mais

sans cette fraude , combien de femmes qui n'ont apporté à leur mari que leur belle tête à couvrir
de dentelles , et leur corps à envelopper de soie ,
qui sont avantagées par eux, et au jour de sa ruine
passent avant les autres créanciers ! Or, je vous
le demande , ces femmes qui se font restituer ce
qu'elles n'ont pas donné , ne sont-elles pas d'infâmes voleuses?

Voyez maintenant tout ce qu'il y a d'infamies
au fond d'une banqueroute, et dites-moi si le banqueroutier est excusable. Non seulement les banqueroutiers sont des voleurs; mais un seul d'entre
eux est plus dangereux que toute une bande de
voleurs. Je parie que les banqueroutes qui éclatent
pendant un mois dans nos places de commerce, portent plus de préjudice à la société que tous les vols
d'une autre espèce qui se commettent pendant une
année en France. Ce subtil prestidigitateur qui vous
a enlevé subtilement votre mouchoir de poche, fût-
il en batiste, ne vous ruine pas ; cela vous contrarie
pendant une minute, et vous n'y songez plus ensuite :
c'est comme si vous vous étiez piqué à une épingle.
Quand ces chétifs industriels préleveraient sur vous,
tous les ans, la dîme de vos foulards, cela vous em-
pêcherait-il de vous moucher ? Celui qui, à la honte

éternelle de votre chaîne de sûreté, vous a enlevé cette grosse montre d'or qui vous venait de votre respectable père, et à laquelle vous teniez tant, ne vous a point ruiné. Quand bien même encore un adroit crocheteur de serrures vous enleverait toute votre argenterie, vous en seriez quitte pour manger, comme moi, dans l'étain, et vous n'en seriez pas plus maigre ; et eût-il encore vidé vos tiroirs de tous les écus des passage qui s'y trouvaient, cela ne dérangerait en rien votre position sociale. Cette petite misère, semblable à un nuage passager qui n'intercepte qu'un moment le soleil, n'assombrirait qu'une minute la sérénité de votre ame : vous n'en iriez pas moins, le soir, à votre café de prédilection, faire votre partie accoutumée. Mais lui, le banque-routier, il a la main comme un râteau : souvent, d'un seul coup, il vous raffle tout ce que vous possédez ; votre fortune a été frappée de mort subite! Vous êtes comme le cavalier dont le cheval a été emporté par un boulet, et qui tombe, tout d'un coup, de sa selle sur ses jambes. Pauvre homme ! vous vous êtes endormi rêvant d'une belle maison de campagne à acheter, et, en vous éveillant, il vous faut songer à vendre votre maison de ville, la maison où vous êtes né, où est mort votre père et où

vous comptiez si bien mourir ! vos meilleures rentes
ne sont plus que des chiffons de papier ; vous avez
parcouru, avec les heureux du siècle , bercé dans
une bonne voiture, la moitié du chemin de la vie,
et il vous faut faire le reste à pied dans les boues
glacées de l'hiver et dans la poussière asphyxiante
de l'été !.. Et nous nous rappelons ces jours sinistres
où la banqueroute avait arboré son drapeau noir
sur notre cité , et semblait y avoir fait élection de
domicile. La terreur et la consternation eussent-
elles été plus grandes parmi nous, si une armée de
brigands eût infesté les bois qui nous environnent?
Les murs en deuil n'étaient plus revêtus que de
ventes par autorité de justice ; dans toutes les rues,
trois à quatre magasins fermés attristaient les passants de leur face morne et ennuyée. Si vous demandiez de l'argent à un banquier, il ne vous répondait que par un regard féroce de ses besicles ;
votre cordonnier attendait à peine que le vernis
de vos bottes fût défloré pour vous présenter sa
note ; le tailleur en était réduit à coudre ensemble du Victor Hugo et du Lamartine, et à couper
des hémistiches. Il n'y avait plus de sourire qu'aux
lèvres des huissiers ; et par-dessus ce petit bruit
de plaintes que jetait la ville affligée, vous enten-

diez retentir la voix de l'huissier-priseur et de ses choristes, comme retentit par-dessus tous les murmures du désert la voix du tigre qui dévore sa proie.

Et ce vol terrible, ce vol qui est un fléau, ce vol qui détruit le bien-être des familles, qui porte la perturbation dans le commerce et l'industrie, qui jette les cités dans la consternation et arrête souvent le cours du travail, comment se fait-il qu'on ne lui oppose qu'une répression postiche? Le législateur, avec ses trois catégories de banqueroutiers, a commencé l'impunité du banqueroutier, et le jury l'achève toujours. Si légères que soient les verges qu'on lui a mises entre les mains, il n'ose l'en frapper. Tous les moyens de défense que l'estimable accusé juge à propos d'émettre, il les trouve triomphants, et si la provision lui en manquait, il lui en soufflerait volontiers. — « Prévenu, vous avez touché quinze mille francs avant de déposer votre bilan : que sont ils devenus? — Ces quinze mille francs étaient dans mon portefeuille, et mes créanciers ont eu le malheur que je le perdisse. — Qu'est-ce qui prouve, prévenu, que vous avez perdu votre portefeuille? — Hélas! mes bons messieurs, rien du tout; mais vous sentez bien que je n'ai pas pris de témoins pour le perdre ! — En effet, pense le jury, il arrive à tout le monde de perdre quelque chose, et on n'est pas pour cela un malhonnête homme. Pourquoi ne perdrait-on pas un portefeuille de quinze mille francs aussi bien qu'une canne ou un parapluie ? Que le ministère public nous prouve que l'accusé n'a point perdu son portefeuille, et nous le condamnerons. » Et maintenant, le perdeur de portefeuille, libéré de toute peine, vit en bon rentier, et va à la messe.

Mais, voici l'autre côté de la question. Si aux mêmes assises eût comparu un homme accusé d'avoir volé quinze mille francs, et qu'il eût affirmé avoir trouvé cet argent au coin d'une borne, il aurait fallu que le jury prononçât sa non culpabilité ; car enfin, il est aussi possible à l'un de trouver qu'à l'autre de perdre, et je ne vois pas pourquoi le premier ne serait pas cru aussi bien que le second. Cependant, qu'eût fait le jury en cette circonstance ? Ce qu'eût fait le jury ? Il avait absous le perdeur ; par compensation, pour qu'on ne l'accusât pas de débonnaireté, il eût envoyé le trouveur aux galères.

Par exemple, il est sans miséricorde pour le banqueroutier qui a mis entre lui et la justice les monts ou les mers : il semble qu'il lui fasse un crime de s'être défié de son indulgence. Les galères à perpétuité ne sont point pour le coupable une peine assez rigoureuse : il est condamné à l'exposition, et sa sentence est affichée par la main du bourreau sur tous les marchés du département. Tandis qu'on le met au pilori à Nevers, le condamné a la douleur de boire d'excellent porter dans un café de Londres, ou de manger des truites saumonnées sur les bords du lac de Genève. Cela lui apprendra, le misérable, à s'enfuir avec l'argent de ses créanciers ! Et on conçoit qu'avec le jury les choses ne peuvent guère se passer autrement. Le jury est composé sans-doute de personnes recommandables, presque toutes éclairées, toutes riches ou du moins faisant sonner de l'argent dans leurs poches ; mais la plupart de ces messieurs sont dans les affaires ; leur fortune roule entre les mains du hasard, et, il y avait quelques mois, celui qui est maintenant sur la sellette passait pour être plus riche qu'eux. Ce qu'a fait le prévenu, ils le font tous ; comme lui, ils risquent l'argent des autres dans des entreprises aventureuses, et comme lui ils sont exposés à faire banqueroute, et peut-être y en a-t-il quelques uns parmi eux qui déjà travaillent à leur bilan. Or, rien n'ôte à l'ame son énergie comme la perspective de la misère après l'opulence. De la faillite à la banqueroute frauduleuse le pas est glissant; j'oserai même dire qu'il n'est pas une faillite, qui, si on lui appliquait rigoureusement la loi, ne fût une banqueroute frauduleuse. Comment donc condamneraient-ils un délit que la force des circonstances peut les amener à commettre, et feraient-ils de leurs mains un pont pour les conduire en prison ! Vous voyez bien qu'avec nos mœurs cela est presque impossible. C'est comme si vous traduisiez une infanticide devant un jury de pauvres filles qui sont toutes enceintes et sans ressources. Et à Dieu ne plaise que j'attaque l'institution du jury ! Je ne suspecte la probité de personne, et je tiens tous mes concitoyens pour honnêtes gens, tant que leur improbité ne m'est pas démontrée. Je me plains seulement de la faiblesse humaine. Il est vrai que le mal que je viens de signaler, les magistrats le réparent autant qu'il leur est possible. La police correctionnelle attend le banqueroutier frauduleux à la porte des assises et le remet sous les verroux comme banqueroutier simple ; mais toujours est-il que cet homme, avant d'agir, est sûr de sa spéculation. Il peut calculer à un franc près ce qu'il gagnera par journée de prison, et ce qui lui restera légitimement appartenant, sa peine accomplie. Cette impunité, sur laquelle compte le banqueroutier, est sans doute féconde en banqueroutes; mais le fléau a dans nos mœurs une cause générale : c'est encore un cadeau de notre régime constitutionnel. Aujourd'hui que l'argent seul fait sortir de la foule, tout le monde veut devenir riche, ou du moins veut en avoir l'apparence. L'employé à douze cents francs, jeûne pour avoir un habit noir et coiffer sa femme d'un chapeau, et le perruquier veut dans la rue être confondu avec un député; de là ce luxe qui a envahi toutes les classes de la société, et de là aussi tous ces établissements qui s'écroulent. Il n'est point de jour que vous ne voyiez gissantes sur la place quelques-unes de ces stupides grenouilles crevées misérablement pour avoir voulu trop s'enfler. Pour moi, si quelque grand d'Espagne me donnait comme à Sancho le gouvernement d'une de ces îles qui ne sont pas sur la carte, je sais bien comme je m'y prendrais avec les banqueroutiers : c'est dans le vice par lequel ils ont péché que les attaquerais. Ils ont voulu se distinguer de la foule par leur éclat; ce qui les en distinguerait ce serait leur honte! toute la peine à laquelle je les condamnerais, ce serait de porter un habit moitié blanc et moitié noir; et de peur qu'ils ne se cachassent aux regards du public, je voudrais qu'ils se présentassent tous les jours à midi à la mairie. Je vous assure qu'avec une telle pénalité, mon île serait mortelle aux banqueroutiers. Je sais bien que la chambre est trop humaine pour user de cette cruauté envers ces messieurs; mais elle pourrait bien faire une nouvelle loi sur les banqueroutes. Il me semble que le mal est assez grand et assez étendu pour attirer son attention, et que nous avions un intérêt aussi pressant à être délivrés des banqueroutiers que des chasseurs en temps prohibé. Mais on a commencé à s'intéresser au gibier, peut-être viendra le tour des hommes ; et si la chambre trouve une loi sur les banqueroutes trop difficile à faire, qu'au moins, à propos des banqueroutes, elle refasse le chapitre du code pénal relatif au vol. Je ne lui demande que cette réforme !

N'en déplaise au grand Napoléon, la pénalité appliquée par lui au vol ne me semble pas très morale. Ils ont arbitrairement divisé et subdivisé le vol, ils en ont fait un grand nombre de catégories de convention : nous avons le vol simple, le vol domestique, le vol dans une maison habitée, le vol par escalade, le vol par effraction, le vol à l'aide

de fausses clefs, le vol de nuit et le vol de jour;
bientôt sans doute nous aurons le vol au clair de
la lune. A chacune de ces catégories on applique
une pénalité plus ou moins forte; ainsi un vol de
rien peut être frappé d'une peine très rigoureuse,
selon les circonstances avec lesquelles il a été commis, tandis qu'un vol considérable, la soustraction
d'un dépôt par exemple, échappe aux atteintes de
la justice! Ainsi, pour le même fait, on peut être
coupable de sept à huit manières différentes, et encourir sept à huit peines diverses. Soit l'objet volé
un bouquet de roses. Si j'ai ouvert la porte du
jardin avec mon passe-partout faisant fonctions
de fausses-clefs, je suis plus coupable que si je
l'eusse ouverte avec sa propre clef; si j'ai forcé
la serrure, je suis plus coupable encore. Ai-je,
appuyant un pied sur quelque pierre en saillie,
franchi d'une enjambée l'humble muraille de l'enclos, mon crime s'en accroît d'autant; mais si un
des cas ci-dessus désignés avait lieu la nuit, alors
il est presque irrémissible. Je ne sais par exemple,
comment ce vol serait classé par le juge, si le bouquet avait été pris pendant une éclipse de soleil, ou
bien, comme dit le bon La Fontaine, à cette heure
équivoque où n'étant plus jour il n'est pas encore

nuit. Et remarquez-le bien, si ce malencontreux bouquet avait été enlevé du sein d'une jeune fille, au milieu d'un bois, ma tête serait gravement compromise ! Toujours est il que grâces à ces diverses catégories, pour un méchant bouquet de roses, je puis être condamné à une peine très forte. Ce sont là, dites-vous, des hypothèses ridicules ! Aimez-vous mieux des faits ? en voici : J'ai vu deux chaudronniers, convaincus d'avoir étamé un sou et de l'avoir fait passer pour deux francs, condamnés à cinq ans de détention ; d'autre part, j'ai vu un banqueroutier, qui avait creusé dans sa caisse un déficit de cinq à six cent mille francs dont il ne pouvait rendre compte, condamné à quelques mois de prison ! Que dites-vous maintenant de l'équité de vos divisions et subdivisions ?

Du reste, ces catégories de vol par effraction, par escalade, dans une maison habitée, on voit assez dans quel but elles ont été faites. C'est une garde formidable et armée jusqu'aux dents, qu'on pose autour des propriétés du riche ; de ces petits vols qui sont seuls à l'usage du pauvre et à la portée de sa main, on a fait un crime irrémissible. Qu'est-ce que des épis de blé ? des rayons de soleil et des gouttes de pluie. De peur que mal endoctriné par la misère, il ne s'imagine que Dieu a fait la pluie et le soleil aussi bien pour lui que pour les autres, on fait retentir à son oreille des menaces terribles, on fait passer devant lui des gendarmes tenant des menottes et des chaînes; la faim est dans ses entrailles et les dévore, ses enfants lui demandent du pain, sa femme pleure. A quelques pas de lui il y a des tas de blé dans la plaine, mais s'il allait y remplir sa besace, il serait jeté dans la prison pendant plusieurs années; sa famille n'aurait plus de soutien, et ses enfants n'auraient plus de père. Il vaut mieux qu'il attende; peut-être Dieu se rappelant qu'il a oublié de lui envoyer sa ration quotidienne, la lui fera-t-il tenir par quelque main bienfaisante.

Pauvre peuple! tu as beau avoir fait une révolution, tu n'es toujours que cet âne de La Fontaine, condamné à être roué de coups pour avoir tondu d'un pré la largeur de sa langue; seulement on t'a mis une couronne sur la tête.

Riches, ces catégories c'est une bonne haie que vous avez mise autour de vos héritages; mais quand on est sévère envers les petits, il faudrait au moins l'être pour les gros. Ces vols de haut parage, ces abus de confiance impies, ces escroqueries immenses, ces gigantesques banqueroutes qui agitent comme une tempête toute la surface du commerce , pourquoi n'a-t-on fait contre eux qu'une répression postiche ? Il semble que la loi en ait peur, qu'elle n'ose les regarder en face, que quand il s'agit de les frapper, la main lui tremble.

Les riches auront-ils donc toujours le privilège d'une quasi-impunité, et laissera-t-on leur pied éternellement appuyé sur tout ce qu'il presse ! Ils ne s'occupent là bas que de réformes futiles, ils ne savent que mettre un synonyme à la place d'un autre ; ils ont toujours les yeux sur le plancher qu'ils foulent, et ne regardent pas au plafond. Quand un abus est un sujet de rente pour les grands, qu'il en suinte de l'or, il est sacré ! y toucher ce serait en ébranler les fondements de la constitution ! Ce sera donc toujours la même domination imposée par le riche, et la même oppression endurée par le pauvre !

Cette manière d'apprécier un délit par des circonstances accessoires , blesse le bon sens et la justice. A qui fera-t-on croire qu'un homme qui a dépouillé, pendant le jour, une maison pleine de richesses, est plus coupable que celui qui , à la faveur des ténèbres , a enlevé d'un fenil quelques bottes de foin ? Il est , au contraire, une manière si simple, si rationnelle de classer les vols, qu'il me semble qu'elle doit frapper tout le monde. Que ne les classe-t-on selon l'importance de la chose volée? C'est un axiôme de droit comme de morale , que la peine doit être proportionnée au délit. Autant donc tu as volé à la société de jouissances payées avec l'argent de tes frères , autant tu lui dois de souffrances expiatoires : Dieu , s'il était appelé à te juger, ne prononcerait pas autrement. Mais, direz-vous, c'est presque cette loi du talion qui était une des superstitions du moyen-âge. La loi du talion , soit ; mais la loi du talion n'est-elle point de justice naturelle ? n'est-ce pas la véritable égalité devant la loi ? et vos passeurs et raffineurs de civilisation ont-ils trouvé quelque chose de plus équitable, et surtout d'une répression plus efficace? J'ai vu ici un homme battre outrageusement une femme frêle et jolie, et cet homme en a été quitte pour une de ces peines insignifiantes qui n'en sont pas une pour le riche. Mais, croyez-vous qu'il se fût permis cet acte de violence, si, sur la place publique, et en présence de la foule, il eût dû recevoir des mains de sa victime ou de celles de son frère, autant de coups de canne qu'il en avait donné ?

J'ai souvent entendu proclamer que celui qui volait cent francs était aussi coupable que celui qui en volait cent mille. Aux yeux de la justice éternelle, cela se peut ; mais, aux yeux faibles et voilés de la justice humaine, j'affirme que cela ne doit pas être. La société, en même temps qu'elle est juge, est partie. Comme partie, elle ne peut demander satisfaction que pour le tort qui lui a été fait ; comme juge, par conséquent, elle ne peut s'accorder davantage. Elle ne descend point dans l'âme de ceux qu'elle accuse. Ce n'est point leur perversité qu'elle apprécie, c'est leurs actes. S'il en était autrement, lorsque la perversité d'un homme lui serait dénoncée par la clameur publique, elle pourrait le frapper avant même qu'il n'eût émis aucun acte condamnable. Quand vous ne lui avez fait qu'un peu de mal, et que rien ne constate que vous ayez eu l'intention de lui en faire davantage, elle ne vous châtie que pour un peu de mal : elle ne peut condamner le malfaiteur qui a brûlé une masure aussi rigoureusement que celui qui a incendié une ville. La justice actuelle prend bien l'intention pour le fait ; mais ose-t-elle toujours appliquer ce principe ? Ainsi, voilà un homme qui veut assassiner son ennemi ; il va l'attendre au coin d'un bois ; sa victime n'est plus qu'à quelques pas de là, et il arme son fusil ; mais une colique soudaine le saisit aux entrailles, ou bien une pierre détachée d'un rocher lui casse un bras, et il est obligé de quitter la place. Je suppose que tout cela fût constaté, le jury oserait-il lui faire couper la tête ?

Pour la société, dans tout délit, il n'y a qu'une chose, un tort. Ainsi donc, si j'étais législateur, chaque vol aurait sa peine, selon le chiffre de la chose volée. Il n'y aurait plus ni circonstances aggravantes, ni circonstances atténuantes ; toute cette multitude d'articles dont le code est surchargé serait remplacée par un simple tarif : Tant de jours de prison par telle somme. Les juges n'auraient plus qu'une multiplication à faire ; toutes les fonctions du jury se borneraient à constater la quotité du larcin, et la peine serait toujours irrémissible. De cette façon, il n'y aurait plus ni failli, ni banqueroutier simple, ni banqueroutier frauduleux ; il n'y aurait plus que des gens accusés de vol, et le chiffre de leur déficit réglerait leur peine. Au premier aspect, cela semble blesser la justice ; mais, de quelque manière qu'on dépouille autrui de son argent, quand c'est volontairement, on est toujours un voleur, et il ne reste plus qu'à totaliser le vol. Mais, pour pouvoir atteindre les grands voleurs, je ferais la peine de la prison plus sévère, et de peur d'infliger aux petits voleurs un châtiment trop grave, j'aurais soin qu'elle fût plus courte; je ferais même des prisons de diverses rigueurs : l'escroc n'y boirait plus le champagne à la santé de ses dupes, son estomac ne s'y parfumerait plus de truffes, et le même régime pèserait inflexiblement sur le riche comme sur le pauvre.

Mais, dites-vous, si l'homme qui a volé cinq cent mille francs a encouru, selon votre tarif, la prison à perpétuité, à celui qui en aura volé six cent mille vous ne pourrez infliger une peine plus forte. Et quand cela serait, n'est-ce pas un inconvénient qui existe aussi dans votre code? Un homme a commis deux meurtres; il n'a qu'une tête, et vous ne pouvez lui en couper deux; mais vous pourriez toujours bien, si vous le vouliez, lui rendre la peine de mort plus terrible. Au lieu de cela, la plupart du temps, vous vous contentez de l'envoyer aux galères! Mais, moi, je ne lâche pas mon homme à si bon marché. S'il avait encouru un nombre d'années de prison exorbitant, je convertirais en coups de quelque chose la détention qu'il ne saurait faire, et tous les mois il recevrait son décompte. Vous criez à la cruauté! mais vous êtes donc de ces philanthropes à vue basse qui ont tant fait de phrases sur

l'abolition de la peine de mort? Vous ne vous apitoyez que sur le mal que vous voyez, sans vous soucier du bien qu'il peut produire : vous plaindriez le
doigt qu'on coupe pour sauver le corps, et vous
traiteriez de barbare le médecin qui déchiquète un
patient avec son bistouri pour lui rendre la santé et
la vie. Cependant, si le mal que je fais doit empêcher
un mal plus considérable, n'est-ce pas pour moi
non seulement un droit mais encore un devoir de le
faire, et ne suis-je pas plus humain que vous qui
m'accusez d'être féroce?

Mais, celui qui ne sait que punir, un fouet, des
menottes, une guillotine en savent autant que lui.
Ces mesures de répression ne m'empêcheraient point
de prendre, contre les banqueroutes, les mesures
préventives les plus sévères. Il faudrait que tout négoce fût soumis à ma surveillance, et je n'admettrais
point à exercer le commerce, je vous prie de le
croire, tous ces marchands sans apprentissage et
sans avenir, qui n'ont à eux, lorsqu'ils s'établissent,
qu'un comptoir et une enseigne. Tout commerçant
devrait posséder en propre, d'une manière bien
claire et bien nette, une certaine somme proportionnée au développement de ses affaires, et suffisante, d'ailleurs, à parer les pertes que peut amener

une mauvaise année. Pour atteindre ce résultat, je les astreindrais à déposer tous les ans, au greffe du tribunal de commerce, un double de leurs registres, et des magistrats nommés *ad hoc* seraient chargés de les vérifier. Aussitôt qu'un négociant aurait écorné la somme qui lui sert de caution, on le forcerait à restreindre l'étendue de ses spéculations, et s'il ne lui en restait plus rien, son nom serait effacé sans miséricorde du tableau des commerçants.

Ces registres, comme ceux des hypothèques, seraient ouverts à tout le monde. On ne pourrait, bien entendu, en connaître les détails ; car il ne faudrait point que les moyens par lesquels un industriel habile a établi sa prospérité fussent livrés à ses rivaux ; mais il serait permis à tous d'en interroger le résultat. Ainsi, quand un négociant traiterait d'un emprunt avec vous, en cinq minutes vous pourriez connaître sa situation financière et agir en conséquence. Une seule de ces deux mesures rendrait les banqueroutes presque impossibles, et elles auraient encore cet avantage, qu'en fournissant aux prêteurs des moyens de placer leurs fonds avec sûreté, elles détruiraient l'usure et feraient baisser le taux de l'argent.

Certains diront qu'avec une telle législation tout

commerce deviendrait impossible. A la vérité, il n'y aurait de possible que le commerce honnête et loyal ; mais doit-il donc y en avoir un autre ? Faut-il chasser la fraude et l'escroquerie de nos comptoirs, ou faut-il les y maintenir ? Voilà toute la question. Or, qui oserait se décider pour l'affirmative ? Je vois pour le public un avantage immense à ce que la fortune des particuliers soit mise au grand jour, et je ne vois point quel préjudice il en résulterait pour ceux-ci, à moins qu'ils n'eussent une arrière-pensée de faillite.

Mais, dis-tu, j'ôterai leur crédit à un grand nombre de commerçants ; si leurs affaires vont en décadence, nul ne voudra leur prêter, et ils ne pourront se relever d'une spéculation malheureuse ! Mais c'est précisément cela que je veux. Peu importe à la société que tu te relèves ! Elle te trouve aussi bien en bas où tu es aujourd'hui, qu'en haut où tu étais hier. Ce qui lui importe, c'est que des familles ne soient point ruinées à ton profit. Pourquoi donc te plains-tu qu'on t'empêche d'emprunter ce que tu ne peux rendre ? Ne vois-tu point que c'est comme si un voleur se plaignait qu'on l'empêche de faire un bon coup ? Est ce donc les fourbes plutôt que les honnêtes gens qu'il faut que les lois couvrent de leur protection? Et, d'ailleurs, es-tu le seul qu'on empêche de tromper? Ne surveille-t-on pas les kilogrammes et les litres de l'épicier, et ne vérifie-t-on pas le mètre du marchand d'étoffes? N'est-il pas du devoir de la société de prémunir ses membres contre les dangers auxquels ils sont exposés? N'interdit-on pas l'entrée d'un pont dont la solidité est douteuse? ne fait-on pas pendre une croix d'un toit dont il pleut des tuiles? n'allume-t-on pas une lanterne sur le bord d'un fossé creusé dans la rue? Toi-même, si tu voyais un filou travailler à m'enlever mon foulard, ne m'en avertirais-tu point? Pourquoi donc ne veux-tu point que je rende aux autres un service que tu me rendrais toi-même? que je ne leur dise pas, quand je sais que tu ne possèdes plus rien : Si vous prêtez votre argent à cet homme, il ne vous le rendra point? Sans doute un grand nombre de chevaliers d'industrie seraient forcés d'abandonner le commerce ; mais cela serait-il donc un si grand mal? Chômons-nous de commerçants? Et, à Nevers, si la garde civique était divisée, comme autrefois, par confréries, les épiciers ne formeraient-ils pas, à eux seuls, une belle compagnie? Les mesures que je propose pourraient avoir des inconvénients que la faiblesse de ma vue ne me permet pas d'aper-

cevoir ; mais dire qu'elles rendraient tout commerce
impossible, c'est dire que tout commerce ne peut
subsister que par la fourberie. S'il en était ainsi, il
faudrait démolir tous ces magasins à façades dorées,
abattre toutes ces pompeuses enseignes qui parent
nos rues , livrer au fer du coiffeur les faces si bien
pommadées de nos élégants commis de magasin, et
déporter nos fringantes demoiselles de boutique aux
Iles Marquises ; car une nation se passe plus aisé-
ment de commerce que de probité : on peut acheter
du drap et de la toile à ses voisins ; mais on ne saurait leur acheter de la vertu.

C. TILLIER.

Nevers. Imprimerie de C. Sionest.

UN QUART D'HEURE DE CONVERSATION

ENTRE

MON SAINT PATRON ET LE BON DIEU,

Vingt-quatrième Pamphlet.

Le 5 juin, mon saint patron dit au bon dieu :

— Seigneur, j'ai une petite réclamation à vous faire.

— Faites, mon cher Claude, lui répondit le bon dieu d'un air si bienveillant que mon patron faillit en tomber en deliquium ; car il comprit qu'il n'était pas mal auprès du maître.

Il commença donc en ces termes :

— Seigneur, vous savez quelle est la détresse de vos saints dans leurs églises, et combien les hommes d'aujourd'hui sont chiches envers eux

1844   30

d'adorations ; on ne récite plus les litanies ; pas une voix qui nous crie : Priez pour nous ! On dirait qu'ils savent que nous n'en faisons rien. Quand ils ont quelque affaire dont le succès leur importe, ils aiment mieux s'adresser à leur député qu'à nous. L'araignée immonde , le hideux cloporte, se promènent entre nos reliques. Nos saintes sont dans un état de nudité déplorable et on leur voit les mamelles ; le curé aime mieux acheter une robe de stoff à sa gouvernante, qu'à nous prélats une dalmatique. Vos bienheureux, qui ont une paroisse sous leur patronage , peuvent du moins , une fois l'année , se régaler d'encens, et encore est-ce de l'encens de mauvais aloi, fraudé par l'épicier et mêlé de colophane. Pour les autres ils n'en tâtent qu'à la Toussaint, et leur portion est si congrue, qu'ils ont à peine de quoi en goûter. C'est si peu de chose , que j'aimerais autant une bonne prise de tabac d'Espagne. Ce n'est pas là tout, Seigneur, vos blancs-becs d'évêques modernes , voyant que la foule s'éloigne d'eux , cherchent à la retenir par des spectacles inusités , par des fêtes nouvelles. A cet effet , ils fabriquent des saints avec de vieux os qu'ils font venir du pays des reliques, aussi facilement qu'on en fabriquerait des dés et des peignes. Un

petit morceau de crâne et une esquille de tibia, leur
suffit pour faire une vierge. Au moins devraient-ils
avoir la galanterie de faire les vierges avec de l'i-
voire. Vous devriez bien, Seigneur, ordonner au
pape de mettre toutes ces vieilles carcasses qui sont
aux catacombes, à six pieds sous terre, ou de les
vendre pour faire de la gélatine; autrement il
vous faudra ajouter une aile au quartier des bienheureux. Ces nouveaux venus font un tort considérable à vos vieilles barbes; la foule est comme
une jeune fille qui aime mieux un conscrit qu'un
grognard. Tout autel neuf attire son hommage, et
les paroisses, pour flatter l'évêque, veulent avoir le
saint de sa fabrique pour patron. Ce qui dédommage
certains bienheureux qui ont des noms sonores,
tels que : saint Ernest, saint Anatole, saint Fer-
dinand, c'est qu'ils ont beaucoup de monde sous
leurs patronages. Les tailleurs, les cordonniers
se disputent pour leurs enfants ces harmonieuses
syllabes. Il résulte de là qu'on offre à ces saints
beaucoup de roses et même des bouteilles de liqueur. A la vérité, c'est peu de chose; les roses
surtout, mais cela fait toujours plaisir. Pour moi,
je n'ai point cet avantage; ces sots là ne veulent
point de moi pour patron; ils aimeraient mieux

qu'on les appelât banqueroutier que de les appeler Claude ; ils ont même l'insolence de dire qu'il faut dix Claudes pour mettre une bique sous son toit.

— Cependant, Claude, dit le bon dieu, vous n'êtes pas maigre.

— Il est vrai Seigneur, dit mon patron, passant avec un sentiment de plaisir la main sur sa face ; mais vos prêtres ont beau dire que la foi est en progrès, si je n'avais pour me sustenter, que la pitance que me font vos fidèles, il y a long-temps que je ne serais plus bon qu'à faire du noir animal. Ces joues pleines et cette trogne rougeaude que vous me voyez, je les dois à un pamphlétaire de mes administrés qui ne me laisse manquer de rien, et dont je défends la poitrine contre les attaques de sainte Flavie. Si elle voulait jeter sur lui quelque maléfice......

— Et quelle est donc, Claude, interrompit le bon dieu, cette sainte Flavie dont vous me parlez ; je ne l'ai point encore remarquée parmi nos martyrs.

— Cela m'étonne, Seigneur, car s'il faut en croire M. Gaulme, *les glorieuses blessures qu'elle a reçues resplendissent sur son corps comme des rubis.* Mais pour en revenir à cette Flavie, c'est une sainte arrivée dans la Nièvre avec M. Dufêtre; car vous savez qu'un accident n'arrive jamais seul. A la position d'un fragment de son crâne et d'un petit morceau de son tibia dans les catacombes, M. Gaume a parfaitement reconnu qu'elle venait de la famille des Domitien, qu'elle était vierge, et qu'elle avait été martyre.

— Oh! oh! dit le bon dieu : voilà un chanoine bien fort sur la science des os! Cuvier n'était pas digne de nettoyer les verres de ses lunettes.

— Seigneur, dit mon patron, cette sainte devait faire des miracles : on l'avait fait venir tout exprès; mais le premier qu'elle a essayé n'a point réussi; cela l'a dégoûtée, et elle a renoncé au métier. M. Dufêtre avait déclaré en chaire qu'elle parlerait, et on était dans l'attente de ce qu'elle allait dire; mais il a beau lui crier tous les jours : « Parlez, madame! c'est votre évêque qui vous l'ordonne; voulez-vous me faire passer pour un gascon? » M. Gaume, de son côté, a beau lui dire : « Parlez, ma chère élève; songez que c'est moi qui vous ai tirée de la poussière des catacombes, et vous ai fait descendre des empereurs romains : vous savez ce qu'il m'en a coûté! parlez, chère fille, ne diriez-vous que ces deux mots : *Jeannette, à la cave !* nous serons tous contents. » Mais, c'est comme si ces respectables prêtres chantaient tous les deux : la sainte, soit qu'elle ne sache pas encore bien la langue du pays, soit que l'humidité de la cathédrale lui ait donné une extinction de voix, persiste dans son silence. M. Dufètre est plein d'indignation : on dit qu'il a écrit au pape pour se faire rendre son argent ; et M. Gaume est tout confus d'avoir choisi deux petits os d'un si mauvais caractère. Aussi, comment ces deux hommes éclairés ont-ils pu espérer qu'ils feraient parler un tibia ? Si c'était un os de la mâchoire, à la bonne heure ! Quoi qu'il en soit, la sainte a été mise en pénitence au grenier ; le sacristain lui enseigne la Grammaire française, et on fera venir un Jésuite de Fribourg pour lui apprendre à faire des miracles. Mais tout cela ne lui servira pas à grand chose : je sais de très bonne part que les rats de la cathédrale lui ont dévoré les deux joues que M. Gaume lui avait faites, et il n'y a pas, à Nevers, d'ouvrier assez habile pour guérir cette plaie. Du reste, M. Dufètre, qui a réponse à tout, pour dé-mentir ce fait, a fait lithographier une prétendue effigie de la sainte ; le crayon lui a rendu la portion de figure qu'elle avait perdue, et c'est maintenant une jeune fille d'un physique assez agréable. Le portrait a été fait sous la direction de M. Gaume : le sagace chanoine, d'après la position de son morceau de tibia et de son morceau de crâne dans les catacombes, a deviné quels devaient être les traits de la sainte. On verra plus tard si on peut la représenter au public. Vous ne devriez pas souffrir, Seigneur, que M. Dufêtre, abusant de la jeunesse de saint Cyr et de la simplicité de son cochon, les éliminât de la cathédrale, et mît à leur place une aventurière !

— Tu veux, Claude, que j'achève l'œuvre des rats ; ton pamphlétaire est suffisant pour cela : dis-lui de ma part qu'il n'est pas un impie.

— Seigneur, dit hardiment mon patron, il le sait bien ; mais permettez-moi de revenir à l'objet de ma demande ; c'est de vous seul que j'ai à me plaindre.

— Comment ! Monsieur l'évêque de Besançon, fit le bon Dieu, ne suis-je donc pas votre père comme celui de tous les autres ?

— Vous êtes pour nous tous, Seigneur, poursuivit sans s'intimider mon patron, le meilleur des pères ; mais, daignez me prêter un moment d'attention, et si mes plaintes ne sont pas légitimes, privez-moi pendant mille ans de votre cantique. Ma pauvre fête arrive tous les ans le 6 juin ; en

30*

l'an de grâce 1844, la vôtre arrive précisément le même jour ; or, vous comprenez, Seigneur, que quand un paysan et un monarque se rencontrent dans la même auberge , le paysan doit se hâter de passer outre.

— Il faut vous en prendre, Claude, à celui qui a fait la lettre dominicale ; pour moi, cela ne me regarde point.

— Seigneur , je vois bien que le voisinage des grands ne convient pas aux petits ; alors , je vous demanderai la permission de transporter ma fête dans un mois où la vôtre ne vienne jamais rôder.

— Mais, quel tort cela vous fait-il, Claude, puisqu'ils renvoient ma fête, comme celle d'un simple patron de village, au dimanche?

— Cela, Seigneur, ne m'en porte pas moins préjudice : votre nom se trouve, toute l'année, substitué au mien sur les almanachs, et ceux qui m'attendent ne peuvent plus savoir quand j'arrive.

— Cela est vrai, dit le bon Dieu ; mais quel remède y a-t-il donc à cela ?

— Il faut, Seigneur, pour ne plus faire tort à aucun de vos saints, supprimer votre fête ; et, en effet, je ne comprends pas que, non contents de vous faire une grande fête, ils vous en donnent encore une petite par-dessus le marché. Est-ce que tous les jours qu'éclaire le soleil ne sont pas votre fête? est-ce que tous les parfums qui s'exhalent de la terre ne montent point vers vous?

— Claude, interrompit le bon Dieu, vous êtes un pauvre physicien. Ces parfums sont arrêtés au milieu de l'atmosphère par leur pesanteur spécifique.

— Excusez-moi, Seigneur, dit mon patron, vous savez qu'on n'apprend point la physique au séminaire ; mais toujours est-il que toutes les adorations des hommes, sous quelque nom qu'on vous les adresse, viennent se réunir autour de votre trône.

— Hélas ! mon pauvre Claude, les hommes me font, à moi le roi du ciel, une liste civile bien maigre ; heureusement que je n'ai pas besoin de cela pour vivre.

— Au moins, convenez, Seigneur, que c'est une triste manière de vous honorer, que de vous enfermer dans un Saint-Sacrement, et de vous promener par les rues toute une matinée sous un grand parasol de velours.

— Cela vous prouve, monsieur Claude, que tout état a ses désagréments.

— Eh ! croyez-vous, Seigneur, poursuivit mon patron, que c'est pour vous qu'ils célèbrent votre

fête? Ils ne sont pas des aigles, c'est vrai ; mais ils
ne sont pas non plus des imbéciles : ils savent très
bien que les chétives magnificences de leurs processions , que vous voyez à travers tant de soleils, ne
sont rien pour vous. Quand ils déguisent des petits
garçons en moines et des petites filles en religieuses;
quand cinq à six ignorantins spécialement laids
poussent, en avant de leur procession, un troupeau
d'enfants revêtus de peaux de mouton et figurant
vos apôtres, ils sont bien sûrs que vous vous trouvez
très mal honoré par cette mascarade ; mais, dans
tout cela, c'est leur seul intérêt qu'ils considèrent :
tombe le ciel, pourvu que l'Eglise domine sur ses
débris ! voilà leur devise. Ces processions, ce n'est
pas autre chose, pour eux, qu'un spectacle donné
au peuple : ils veulent l'attirer au culte par la pompe
de ses cérémonies. A la place de cette sublime religion de l'Evangile qui devait affranchir le genre
humain et réunir les hommes en une seule famille,
ils mettent la religion inféconde des signes de croix ;
pour avoir du monde à leurs autels, ils font, à
l'usage de ceux qui trouvent la pratique des vertus
chrétiennes trop difficile , une religion qui n'est
composée que des commandements de l'Eglise ;
dans leurs sermons , ils ne prêchent que les vertus

mécaniques du culte ; ils recommandent aux femmes de se lever matin pour aller à la messe, et si vous vouliez, Seigneur, me le permettre, je vous dirais ce qui s'est passé dernièrement à Pougues.

Le bon Dieu ayant fait un signe d'assentiment, mon patron poursuivit :

— L'abbé Lacroix, un des missionnaires de monsieur Dufêtre, prêchait à Pougues, et il disait : « S'il vous arrive des malheurs ; si la gelée dessèche vos vignes, si la grêle ravage vos champs, si vous êtes frappés dans votre fortune par des banqueroutes, savez-vous pourquoi, mes très chers frères ? c'est que vous ne chômez pas le saint jour du dimanche. » Or, parmi les assistants était le curé d'une paroisse voisine auquel une banqueroute récente avait enlevé huit mille francs !

Le bon Dieu se prit à sourire, et le ciel fut inondé d'une splendeur nouvelle ; les fleurs de la terre ouvrirent leurs calices et embaumèrent l'air d'un parfum plus doux ; les fruits des arbres se trouvèrent mûrs ; les grenouilles coassèrent entre leurs joncs d'une manière harmonieuse ; M. Lapaulme lui-même, ce fin critique que vous savez, sentit un mot spirituel éclore sur ses lèvres, et il alla bien vite le dire à sa femme.

— Seigneur, poursuivit mon patron, vous devez voir avec peine qu'on déforme ainsi votre religion ; ne pouvez-vous donc réprimer l'ambition de vos ministres et les obliger à rentrer dans l'Evangile ?

— Eh ! quel moyen ai-je pour cela , mon cher Claude ? Veux-tu donc que j'intervienne dans les affaires des hommes ? Dès-lors, que deviendrait leur libre arbitre ? Ce serait moi qui agirais pour eux, et tout le genre humain ne serait plus qu'un tas de pantins dont les fils seraient au ciel. Dès-lors, à quoi servirait qu'ils eussent une ame immortelle ? quelle vie future pourrais-je leur faire ? une vie sans récompense et sans châtiment, et par conséquent sans plaisir et sans douleur ; or, une telle éternité ne serait-elle pas par elle-même un supplice ? Mes ministres, comme tu dis, s'imaginent que je règle les événements de là-bas. Ainsi, ils ont prêché mille et mille fois, les flatteurs qu'ils sont , que c'était moi qui avais rendu les Bourbons à la France ! Mais, pourquoi la Restauration a-t-elle triomphé de l'Empire ? parce qu'une foule de traîtres, lassés de combats et pas encore rassasiés d'or, ont vendu Paris aux souverains. Alors, ces trahisons, c'est donc moi qui les ai inspirées ? et, dans ce cas, quel dieu suis-je donc ? Une partie de ces misérables traîtres sont déjà

dans le feu qui ne s'éteint point , et autant il m'en
arrive, autant j'en envoie à l'éternelle fournaise.
Or, comment pourrais-je les tourmenter s'ils n'a-
vaient été que les aveugles instruments de mes volontés ? Ils sont donc insensés , ces prêtres qui s'i-
maginent que je puis induire mes créatures en tentation ; que je leur inspire des actes contraires à mes
commandements. Pauvres hommes ! ne voient-ils
donc point que cela est d'une impossibilité absolue ;
que ce serait contraire aux qualités qui constituent
mon essence ; que l'idée de Dieu et celle de méchanceté se détruisent l'une l'autre ?

Ils auraient vraiment besoin que je leur envoyasse
pour leurs séminaires des professeurs de théologie !
Si j'interviens dans les grands événements, il faut
bien que j'intervienne aussi dans les petits ; car de
même que la charge d'un canon se compose d'une
multitude de grains de poudre, de même les grands
événements se composent toujours d'une multi-
titude de faits particuliers. Une pincée de mauvaise
poudre dans le canon, et le coup ne part point :
un seul homme dans une bataille qui ne fait pas
son devoir, et la bataille est perdue. Si donc je
veux donner la victoire à une armée, il faut qu'à
chaque soldat je donne de l'ardeur et du courage,

que par conséquent, je dépossède cent mille hommes
de leur volonté. Puis, comment cette réflexion si
simple ne frappe-t-elle point mes ministres : si Dieu
intervenait dans les choses d'ici-bas, il serait toujours du parti du juste contre le méchant? Cependant ils voient tous les jours le méchant opprimer
le juste ; dans les duels, c'est l'insulteur qui tue
l'insulté; au jeu, c'est le riche qui gagne le pauvre ;
dans les batailles, c'est l'oppresseur qui triomphe
de l'opprimé; l'honnête homme ne réussit point,
et le fripon prospère ; le grand homme meurt à la
fleur de son âge, et des êtres nuisibles ou inutiles arrivent à une vieillesse reculée. En vérité,
s'ils croient que je gouverne un tel monde, ils
se font de leur dieu une singulière idée ! Défunt
M. de Pixérécourt, le faiseur de mélodrames, s'entendait beaucoup mieux que moi à faire triompher la vertu. Ils ont vu mes fidèles eux-mêmes
livrés à d'horribles persécutions, et cela ne leur a
point ouvert les yeux : il est vrai qu'ils prétendent
que ces persécutions ont été suscitées par moi pour
assurer le triomphe de ma religion, en faisant éclater la foi et le courage des anciens martyrs. Mais
pour arriver à faire triompher ma religion, n'avais-
je donc pas des moyens moins héroïques? Au lieu

d'inspirer aux empereurs la résolution de livrer les chrétiens aux flammes, de les jeter aux bêtes, de les faire déchiqueter par des bourreaux, ne m'était-il pas aussi facile de les pousser à se faire eux-mêmes chrétiens? S'ils ne me supposent point méchant, il faut du moins qu'ils me supposent bien stupide.

— Seigneur, dit mon patron, étonné de ce qu'il entendait, il ne m'appartient pas d'argumenter contre vous; mais s'il en est ainsi, toutes les prières qu'on vous adresse pour obtenir quelque faveur soit spirituelle, soit temporelle, sont donc inutiles?

— C'est la conséquence de ce que je viens de dire, répondit le bon dieu. Il y a des chrétiens qui m'importunent du matin au soir pour que je les fortifie dans la pratique de ma loi; mais si je leur fais cette grâce, alors c'est moi qui suis vertueux à leur place, et il faut que je les prive des récompenses auxquelles ils s'attendent. En voici d'autres qui me prient de conserver la santé de leurs femmes, de leurs enfants, de prolonger les jours de leurs vieux parents; rien de plus innocent que cette prière: je leur accorderais très volontiers ce bienfait; mais alors, moi qui suis le père de tous, je ne pourrais plus le refuser à personne, et tout le

monde devenant octogénaire, la terre se trouverait
bientôt trop petite pour contenir tous ses habitants.
Puis, que deviendraient les médecins, les pharma-
ciens et les gardes malades? Cependant il importe à
la conservation de la société qu'un peu du bien-
être de tous soit sacrifié à l'existence de quelques-
uns. Il y en a encore qui me demandent un emploi ;
mais si j'intervenais dans cette affaire, ne serait-ce
pas pour donner cet emploi au plus capable et au
plus vertueux ? Je suis au milieu des hommes
comme un régent au milieu de ses élèves, alors
qu'ils composent. Il voit leurs fautes, mais il ne
dit rien qui les en fasse apercevoir ; attendant
pour cela que le jour de la correction soit arrivé.

— Alors Seigneur, dit mon patron, les événements qui surgissent sur notre ancienne planète
sont donc l'œuvre du hasard ?

— Point du tout, dit le bon dieu, le hasard est
un effet produit par une cause inappréciable. Il dépend des propriétés de la matière et de l'organisation de l'ame humaine. Ces causes se combinant
à l'infini, amènent les événements toujours nouveaux qui éclatent parmi les hommes. En créant
l'univers, je lui ai donné les lois nécessaires à son

existence et à sa conservation ; ces lois sont im—
muables, et j'en sais la durée. Maintenant, je n'ai
pas plus besoin de m'en occuper, que l'horloger
n'a besoin de s'occuper d'une pendule, alors qu'il
l'a montée.

CLAUDE TILLIER.

Nevers. Imprimerie de C. SIONEST, rue du Fer, 16.

A mes Abonnés.

MES CHERS ABONNÉS,

Voici ma première collection de pamphlets ter-minée, et je suis prêt à en recommencer une autre. Mais comme les sujets deviennent rares, que ma santé semble n'avoir pas envie de revenir, que ma vieille peau ne me va plus, que toujours elle me gêne ou me blesse en quelque endroit, cette deuxième collection ne se composera que de douze pamphlets. La partie matérielle en sera plus soignée que l'année précédente; ils seront imprimés sur du papier plus blanc, et je vous les habillerai d'une couverture comme un livre comme il faut. Cependant le prix en sera réduit à six francs pour les douze.

J'espère que ceux d'entre vous qui ne voudraient pas continuer leur abonnement, auront l'obligeance de remettre à la poste, sous la même bande, le premier pamphlet qu'ils recevront.

Je les prie d'agréer d'avance, pour le service que je leur demande, mes remercîments ainsi que mes adieux.

Votre Pamphlétaire,

C.   TILLIER.